돈키호테에서 해리포터까지, 지적 장애를 표현하는 방식에 관하여

소설 속 숨겨진 이야기

소설 속 숨겨진 이야기

지은이 마이클 베루베 | 옮긴이 방진이 | 처음 찍은날 2017년 1월 3일 | 처음 펴낸날 2017년 1월 10일 | 펴낸곳 이론과실천 | 펴낸이 최금옥 | 등록 제10-1291호 | 주소 (121-822) 서울시 마포구 포은로8길 32 (망원동, 국일빌딩) 201호 | 전화 02-714-9800 | 팩시밀리 02-702-6655

THE SECRET LIFE OF STORIES: From Don Quixote to Harry Potter, How Understanding Intellectual Disability Transforms the Way We Read
By Michael F. Bérubé

ISBN 978-89-313-6069-1 93800

• 값 18,000원

• 잘못된 책은 바꿔 드립니다.

이 도서의 국립중앙도서관 출판예정도서목록(CIP)은 서지정보유통지원시스템 홈페이지(http://seoji.nl.go.kr)와 국가자료공동목록시스템(http://www.nl.go.kr/kolisnet)에서 이용하실 수 있습니다.(CIP제어번호: CIP2016032486)

The Secret life of stories

돈키호테에서 해리포터까지, 지적 장애를 표현하는 방식에 관하여

소설 속 숨겨진 이야기

마이클 베루베 지음 | **방진이** 옮김

이론과실천

● 책머리에

우리는 내러티브에 푹 빠져 산다. 과거 행위의 의미를 되새기며 재평가한다. 미래 과제의 결과를 예상해 보기도 하고 아직 완료되지 않은 몇몇 이야기의 교차점에 스스로를 세워 두기도 한다. 이렇듯 내러티브의 충동은 아주 오랜 문학만큼이나 오래되었다. 또한 인간 개인의 발달 과정에서도 이야기의 욕망과 능력은 아주 초기 단계부터 존재한다. 대략 3세가 되면 아이는 내러티브를 재구성할 줄 알고 내러티브의 모양새를 잘 갖추었는지 판단할 줄 아는 능력과 하나의 내러티브를 일관된 유형으로 짜 맞출 수 있는 능력을 보여 주기 시작한다. 아이들은 순식간에 어엿한 아리스토텔레스학파가 되어 모든 이야기꾼들이 주목하는 '규칙'인 적절한 시작과 중간, 그리고 특히 결말을 끈질기게 요구한다,

—피터 브룩스Peter Brooks, 『플롯 찾아 읽기Reading for the Plot』

● 차례

● 감사의 글

이 원고가 완성되자마자 읽어 준 필리스 아이젠슨 앤더슨, 크리스토퍼 로빈슨, 수전 스퀴어에게 정말 고맙다. 작문 클럽 활동의 일환으로 '1장 동기' 원고를 읽어 준 펜실베이니아주립대학교 동료인 크리스 카스티글리아, 크리스 리드, 앤 맥카시에게도 감사의 말을 전하고 싶다. 이 원고를 꼼꼼히 읽어 준 리처드 파워스에게 감사하다. 자신의 소설 『에코 메이커The Echo Maker』를 다루면서 웨스턴 유니언 농담을 덧붙였는데도 개의치 않은 것도 고맙다. 장애학 동료들과 수년간 교환한 의견들이 이 책 곳곳에 들어 있다. 특히 이 책에서 내가 펼친 주장들을 여러 사람 앞에서 발표하고 시험해 볼 기회를 마련해 준 미주리대학교, 시러큐스대학교, 루이빌대학교, 조지워싱턴대학교, 로욜라대학교 시카고캠퍼스, 듀케인대학교, 예일대학교, 버지니아대학교에도 감사하다. 내가 몸담고 있는 학교로 다시 돌아와 2013년 봄 학기 대학원 세미나 수업과 2013년 가을 학기 졸업반 세미나 수업에서 이 책에서 다룬 소설 몇 편을 두고 함께 고민해 준 제자들에게도 고마움을 전하고 싶다. 중요한 통찰을 제공한 학생들의 이름은 주에서 특별히 언급해 두었다.

아만다 앤더슨과 코넬대학교 비평과 이론 대학원, 그리고 2013년 여름 학기 '내러티브, 지적 장애, 그리고 인간의 경계' 세미나 참가자들에는 큰 빚을 졌다. 비평과 이론 대학원의 6주짜리 여름 학기 참가자들은 그것을 전환점이 되는 지적 경험이라고 표현하곤 하는데, 나도 이제 그 이유를 알게 되었다. 내가 학문의 길로 들어선 후로 보낸 가장 치열하고 보람된 시간이었다. '진화비평'의 예라면서 내가 읽어 보라고 한 글들을(어떤 이들에게는 끊임없이 혈압이 오르게 하는 글이었지만 그럼에도 불구하고) 순순히 읽어 준 세미나 참가자들에게 정말 고마웠다. 여름 학기가 끝난 후 지금까지도 연락하고 지내면서 의견을 교환하고 있는 샌드라 다니로비치, 앤드류 퍼거슨, 리온 힐튼, 브랜든 존스, 페터 마카이, 메이트 노슨, 데이비드 오스왈드, 코너 피테티, 마이클 소여, 제스 와거너에게도 신세를 졌다. 함께 세미나를 이끌었던 이언 보콤, 제인 베넷, 줄리아 라인하트 러프턴은 지칠 줄 모르고 유쾌한 재치를 발휘해 주었고, 수업이 끝나고 장장 한 시간에 걸쳐 진행된 질의응답 시간에다가 두 시간에 걸쳐 각 세미나 사회자의 연구를 철저히 해부했던 경험은 영원히 잊지 못할 것이다. 그 모든 순간에도 아만다 앤더슨은 언제나 그렇듯이 사려 깊고 훌륭한 모범이 되었다.

이 책 내용의 일부는 『현대어문학협회지Publications of Modern Language Association of America; PMLA』, 『아메리칸 사이언티스트American Scientist』, 『블랙웰 미국 문학 연구 편람Blackwell Companion to American Literary Studies』, 『커먼 리뷰Common Review』에 실렸다.

이 책은 내가 맏아들 니콜라스뿐 아니라 막내아들 제이미와도 논한 첫 학술서다. 제이미는 자신에게 장애가 있다는 것을 인지하고 있으며 내 수업에도 여러 번 참석했고 그중 몇몇은 장애학 수업이었다.(그중 청각 장애의 역사를 다룬 수업이 끝난 후 제이미는 나에게 "저는 청각장애인인가요?"라고 물었다. 자신이 어릴 때 수없이 치렀던 청각 테스트가 기억났기 때문이라고 말했다.) 하지만 제이미는 자신을 둘러싼 세상 속 장애를 더 예리하게 인지하고 있으며 지금은 문학 작품이나 영화 속에서 어떤 등장인물들이 장애를 지니고 있다고 말할 수 있는지 끊임없이 묻곤 한다. 고맙다, 제이미. 그토록 뛰어난 관찰력과 호기심을 갖고 있어 줘서. 고맙다, 닉. 그토록 총명하고 현명한 친구가 되어 줘서. 그리고 우리가 함께한 후로 깨어 있는 모든 순간과 아마도 꿈속에서 서로 중얼거렸던 그 순간까지도 나의 사고에 지대한 영향을 미친 자넷 라이언. 문학과 장애에 관한 뛰어난 연구를 하는 당신이 고마워. 당신의 저서는 모더니즘 연구의 어떤 부분도 놓치지 않을 거야.

나의 어머니 앤 클라크 베루베는 이 책 머리말에 잠시 등장한다. 이 책을 어머니와의 추억에 바친다. 무엇보다 나에게 읽고 쓰는 법을 가르쳐 준 어머니와 아버지 모리스 랄프 베루베께 감사드린다.

펜실베이니아주립대학교에서

머리말

-

이야기

장애의 재현은 어디에서나 볼 수 있다. 그것은 (거의 모든) 사람들이 생각하는 것보다 훨씬 더 널리, 더 깊숙이 퍼져 있다. 인간은 나이가 들면 누구나 어떤 식으로든 장애인이 된다는 그런 당연한 사실을 가리키는 것이 아니라 '장애'라고 인지되지 않는 그런 의외의 방식으로 여기저기 머리를 들이미는 경향이 있다는 의미에서다. 덤보가 하늘을 나는 재주를 지닌 용감무쌍한 어린 코끼리라는 것쯤은 누구나 안다. 덤보가 황당할 정도로 큰 귀를 가지고 태어났고 영화 내내 그 귀 때문에 괴롭힘과 놀림을 당했지만 그 큰 귀를 장애로 보는 사람은 거의 없다. 심지어 그 귀 때문에 서커스단의 다른 코끼리들은 덤보의 엄마를 괴롭혀 미쳐 날뛰게 만든다.(덤보의 엄마는 결국 자신과 다른 코끼리들에게 위험하다고 여겨져서 별도의 서커스 마차에 갇히게 된다.) 폴 버호벤Paul Berhoeven 감독의 〈토탈 리콜Total Recall〉(1990)이 아놀드 슈워제네거가 샤론 스톤에게 "우-리- 가자, 후-아-성-으로"라며 애걸하는 등 우스꽝스럽게 과장된 역겨운 장면들로 가득 찬 영화라는 건 모르는 사람이 없다. 같은 영화에 산재로 인해 불구가 된 근로자, 즉 태양 방사능을 막는 적절한 보호 장비가 없어서 돌연변이가 된 사람들이 등장한다는 사실을 기억하는 사람은 거의 없다. 또한 엑스맨들이 슈퍼히어로라는 것은 누구나 안다. 하지만 2000년에 선보인 〈엑스맨X-Men〉 시리즈 1편에서 처음 20분 동안 엑스맨을 동성애자이자 장애를 지닌 뛰어난 유대인 아이들로 묘사하고 있다고 생각하는 사람은 적어도 내 주변사람들 중에는 나밖에 없다.[1]

이들 영화는 〈나의 왼발My Left Foot〉(1989), 〈레인맨Rain Man〉(1988), 〈어웨이 프롬 허Away From Her〉(2006)와는 달리 장애에 '관한' 영화는 아니며 더구나 장애라는 단어가 사용되지도 않는다. 이 책의 주제와 관련해서 중요한 것은 이들 영화에서의 장애가 (〈엑스맨〉 시리즈에서 휠체어를 타고 등장하는 자비에 교수를 제외하고는) 전혀 '사실적'이지 않다는 것이다. 가령 현실에서는 (a) 귀가 너무 커서 자꾸 자기 발로 밟는 아기 코끼리는 존재하지 않는다거나 (b) 심령술을 지닌 태아 같은 존재를 배에 품고 다니는 돌연변이는 화성에 존재하지 않는다고 반박한다면 내가 말하고자 하는 바의 핵심을 놓치고 있는 셈이다. 현실에서 장애인들은 타인의 마음을 읽거나 쇠를 구부리거나 자신의 모습을 바꿀 수 있는 능력이 없는데 엑스맨을 장애인이라고 부르는 것이 불쾌하다고 반박한다면 소설이 고대부터 누려 왔던 특권, 즉 없는 이야기 지어내기를 부인하는 것이나 마찬가지다.

이 책은 소설 속 장애에 관한 책이다. 여기서는 '허구'의 장애를 다룬다. 엘런 새뮤얼스Ellen Samuels가 『정체성에 관한 환상들Fantasies of Identification』에서 아주 훌륭하게 묘사한 '장애의 가장무도회'에서 나오는 것처럼 장애가 없는 등장인물들이 장애인 행세를 한다는 의미가 아니다. 소설이라는 허구에서 다양하게 *전개*된 장애를 다룬다는 의미다. '묘사depiction'나 '재현representation'이 아닌 '전개deployment'라는 단어를 사용한(그리고 앞으로도 이 어색한 단어를 반복해서 사용하는) 이유는 장애를 지닌 하나 이상의 인물을 특정해 이야기에 등장시키는 것 외에도 장애와 장애에 대한 통념들이 훨씬 더 다양한 형태로 소설 속에서 활용되고 있다고 이 책을 통해 주장, 아니 입증해 보일 것이기 때문이다. 그렇다, 장애는 어디에서나 흔히 볼 수 있다. 당신이 딱히 관심을 기울이지 않아도, 아니 관심을 기울이지 않을 때는 더더욱 그렇다. 그러나 이야기 속 장애의 '전개'는 단순히 장애로서 존재하는 데 그치지 않는다. 내러티브 전략, 즉 인간의 사고, 경험, 행위와 같은 폭넓은 영역을 탐색하는 장치가 되기도 한다. 앞으로 세 장에 걸쳐 그런 영역들 중 세 가지를 살펴볼 작정이다. 이 책을 읽는 동안 실제로 장애가 어디에나 존재하며 여러 가지 기능을 수행한다는 것을 깨달았으면 좋겠다. 더 나아가 이 책을 다 읽어 갈 즈음에는 내가 하는 주장들을 점점 당연한 것으로 받아들이고 비록 아직은 과거불완전시제와 미래완전시제를 모두 아우르는 그런 시제 표현은 존재하지 않지만 당신도 늘 나와 같은 생각을 해 오고 있었음을 깨닫게 되길 바란다. 그리고 그런 생각들에는 다음과 같은 것도 포함되어 있으면 좋겠다. 어떤 다른 기법도 사용하지 않은 채 오로지 자세히 읽기에만 의존하여 이 책에서 분석한 장애의 다양한 *전개*는, 시간, 죽음, 인과관계, 이성 자체를 인지하는 이성을 지닌 생명체이자 사회적 존재로 살아간다는 것이 어떤 의미를 지니는지에 대한 감명 깊은 성찰이라고 말이다.

***

책머리에서 피터 브룩스Peter Brooks의 『플롯 찾아 읽기Reading for the Plot』의 한 구절을 인용했다. 그것이 이 책으로 통하는 문 위에 내가 새기기로 한 구절이다. 왜냐하면 전문 문학비평가이든 아니든 살면서 늘 염두에 둘 만한 내용이라고 생각하기 때문이다. 내러티브는 우리가 생각하고 실천하고 계획하고 기억하고 상상하는 모든 것에 형태를 부여한다. 인간은 걷기와 말하기를 배운 지 몇 년 지나지 않아 이야기를 들려주고 이야기를 들으며 이야기들이 '제대로 된 형태를 갖추었는지'를 편단한다. 그런 통찰이 최근 '진화비평가' 혹은 '문학 다윈주의자'에 의해 재조명되고 있다. 그들은 인간이 스토리텔링 능력을 타고났을 뿐 아니라(어린 아이들이 증거가 된다면 꽤 설득력이 있다) 더 나아가 인간의 스토리텔링 능력이 생존에 핵심적인 역할을 한다고 주장한다. 스토리텔링 능력은 *적응*adaptation의 산물, 인간이 플라이스토세를 무사히 넘기고 살아남게 해 준 진화적 장치라는 것이다. 이 책 마지막 장에서는 진화비평가들의 주장을 장애학의 관점에서 다룰 것이다.(아직 아무도 그런 시도를 하지 않은 것으로 안다.) 하지만 일단은 더 소박하고 평범한 이유로 다시 피터 브룩스의『플롯 찾아 읽기』의 전제로 돌아가려고 한다.[2] 먼저 내 아이들 이야기부터 시작해 보자.

내 아이들은 더 이상 아이들이 아니다. 첫째는 20대 후반, 막내는 20대 초반의 성인이다. 첫째인 닉은 '뛰어난' 아이였다. 다섯 살 때 구릉지에 세워진 중세 유럽 도시의 그림을 고대로 베껴 그릴 수 있을 정도였다. 동생인 제이미는 다운증후군을 지녔다. 제이미 또한 상어와 비틀즈의 음악에 대해 백과사전과도 같은 정보력과 대단한 기억력을 지니고 있다. 둘 다 타고난 내러티브 이론가이다. 다만 추상화 능력에서 차이가 나기 때문에 나는 그 아이들의 내러티브 이론을 각각 다른 방식으로 시험하게 되었다.

닉의 경우에는 조금 더 적극적으로 접근했다. 닉이 막 걸을 무렵 나는 20대 후반이었다. 그래서 이 '부모 되기'에 대해 아주 무지했다. 닉이 말할 수 있게 되자마자 나는 닉이 내가 들려주는 이야기들을 아주 좋아한다는 사실을 알게 되었다. 닉은 심지어 내가 들려주는 이야기에 번호도 붙였다. 비록 어떤 분류체계를 사용하는지는 끝끝내 알아내지 못했지만 말이다. 그런 이야기 중 하나는 순전히 훈계를 하려고 지어냈음을 고백한다. 당시에 아내와 나는 아직 대학원을 다니고 있었기 때문에 닉이 두 살이 되었을 무렵에는 보육기관에 반나절만 맡길 수 있었다. 그래서 일주일에 세 번은 내가 오후에 닉을 데리고 있기로 합의를 보았다.

우리 둘 다 논문을 쓰고 있었고 시간을 공평하게 나누어야 했는데 그래도 내가 글 쓰는 속도가 조금 더 빨랐기 때문이다. 어쨌든 일주일에 세 번 어린 닉은 나를 따라 버지니아대학교 알더만도서관에 내 논문의 3장(훗날 책으로 출간되었다)에 필요한 참고자료를 찾으러 함께 이리저리 돌아다니게 되었다. 그래서 나는 닉에게 '할아버지가 퀸즈공립도서관에서 아빠를 잃어버렸던 날의 이야기'를 들려주는 것이 좋겠다고 생각한 것이다. 이야기에 숨겨진 교훈은? *내 곁을 절대 떠나지 마라.*[3]

닉은 극적인 사건이 벌어지는 이야기들을 좋아했다. 1972년에 하키팀 수련회 버스가 날 홀로 남겨 두고 떠나 버린 이야기, 캠프 선생님이 나를 풀장 밖으로 내동댕이친 이야기, 1학년 첫날 아직 다섯 살이었던 내가 나도 여섯 살이라고 말하고 다니자 선생님이 사실대로 말하게 만든 이야기(바로 그 선생님이 내 독해능력이 뛰어나다며 나를 2학년으로 월반시키는 바람에 상황은 더욱 악화되었다)처럼 말이다. 하지만 쉽게 짐작할 수 있듯이 이야기를 들려달라는 닉의 요구가 때로는 부담이 되기도 했다. 매일 밤 닉에게 책을 읽어 주었고 내가 살면서 만난 사람들 이야기를 들려줬으며 때로는 이야기를 지어내기도 했다. 그러던 어느 날, 닉이 세 살 반쯤 되었을 때 멀리 중부로 차를 타고 가게 되었고 닉은 이야기 하나가 끝날 때마다 또 이야기를 해 달라고 졸랐다. 마침내 나는 작은 실험을 하기로 했다. "좋아." 내가 한숨을 쉬며 말했다. "새로운 이야기를 들려주마. 그러니까 이런 이야기야. 빨강, 노랑, 주황, 파랑, 보라, 초록, 검정, 하양, …."

"아빠!" 닉은 짜증을 내며 끼어들었다. "그게 무슨 이야기에요."

"이야기가 아니야?"

"아니에요! 그냥 색깔 이름만 잔뜩 말하고 있잖아요."

"색깔 이름만으로는 이야기가 될 수 없다는 거니?"

"당연하죠! 이야기에는 뭔가가 있어야죠."

"아." 내가 대답했다. 실험 1단계는 완료되었다. "이야기에는 뭔가가 있어야 한다. 네 말이 맞다. 좋아. 나무, 구름, 햇빛, 물, …."

"아니, 아니, 아니라구요." 닉은 크게 짜증을 내며 말했다. "이야기에서는 *뭔가가 일어난다구요.*"

"그렇구나." 나는 인정했다. "나무가 구름을 가렸다. 햇빛이 물에 반사되었다. 꽃이 자랐다. …."

"아빠!" 닉은 더 크게 짜증을 냈다. "그것도 이야기가 아니잖아요."

"하지만 뭔가가 일어나고 있잖니." 내가 지적했다.

"하지만 왜 그런 일이 일어나는지가 안 나오잖아요."

유레카! *이야기에서는 뭔가가 일어나는 데 이유가 있어야 한다.* 그렇게 우리는 "'왕이 죽었다. 그 다음에는 왕비가 죽었다.'는 이야기다. '왕이 죽었다. 그러자 너무 슬픈 나머지 왕비도 죽었다.'는 플롯이다."(60)라는 E. M. 포스터Forster의 유명한 명제에 아주 가까이 다가가게 되었다. 다음 장에서 살펴보겠지만 사뮈엘 베케트Samuel Beckett의 『머피Murphy』의 도입부 "해가 비췄다. 다른 대안이 없었기 때문에 아무것도 새로울 것이 없는 것들을."(1)에서와 마찬가지로 존 쿳시John Coetzee의 『마이클 KThe Life and Times of Michael K』와 같은 내러티브는 이야기에서는 뭔가가 일어난다는 관념에 도전한다.

이 이야기에 관한 이야기는 연민을 불러일으킬 여지도 있다는 것을 안다. 불쌍한 꼬맹이 같으니라구. 단지 심심해서 재미있는 이야기를 듣고 싶었을 뿐인데 변덕스런 문학비평가 아버지에게 괴롭힘이나 당하다니. 하지만 나는 궁금했다. 도대체 닉은 '이야기'의 밑바탕에 깔린 사회계약을 어떤 식으로 이해하고 있을까? 어떤 이야기가 그런 계약에 위배된다고 생각할까? 그리고 왜 위배된다고 생각할까? 몇 년이 지나 일곱 살이 된 닉이 당시 내가 읽고 있던 포크너의 『소리와 분노The Sound and the Fury』를 집어 들었다. 그래서 처음 몇 페이지를 한 번 읽어 보라고 권했다. 그때 닉과 했던 대화는 (결국, 시간을 꽉 채워, 20년도 더 지난 후에) 이 책 2장의 도입부가 되었다. 닉은 문장을 읽는 데는 전혀 어려움을 겪지 않았다. 그런데도 서너 단락을 읽고 나자 혼란스러워 하며 물었다. "무슨 일이 일어나고 있는 거죠?"

나는 "그것 참 좋은 질문이구나."라고 답할 수밖에 없었다.

***

제이미는 유치원에 들어가기 전 여섯 살에 알파벳을 뗐다. 여덟 살이 되었을 때는 초등학교 1학년 수준의 독해 능력을 갖췄다. 그동안 수화를 주제로 한 세서미 스트리트 책의 그림을 보며 수화 단어 몇 개와 수화 알파벳도 익혔다. 다만 제이미는 상어, 농장 동물, (자기 또래 여느 아이들과 마찬가지로) 영화 〈꼬마 돼지 베이브Babe〉(1995)를 각별히 좋아하긴 해도 이야기를 *이야기로* 이해하지는 못했다. 제이미는 각 장면을, 특히 슬랩스틱 유머가 담긴 경우에는 놀라울 정도로 잘 기억했고, 오리인 페르디난드가 돼지인 베이브에게 왜 농부 호겟의 집에 들어가 그의 침대 옆에 놓인 자명종을 훔쳐 오라고 하는지에 대해 이야기를 주고받는 부분은 그대로 따라 하기도 했다. 하지만 영화의 플롯이 그 장면에 얼마나 의존하는지 이해하지 못했다.(동물이 자신이 '없어서는 안 될 존재'임을 보여 주면 인간에게 잡아먹히는 일을 피할 수 있을까 하는 것이 쟁점이었으며 페르디난드는 살아남기 위해 매일 아침마다 수탉처럼 울기로 마음먹는다.) 실은 플롯이 '장면에 의존한다'는 것이 무슨 의미인지도 이해하지 못했다. 제이미는 열 살이 되기 전까지는 내러티브를 재미있는 장면들의 묶음 정도로 받아들였다.

그러다 2001년에 우리 가족은 〈해리포터와 마법사의 돌Harry Potter and the Sorcerer's Stone〉(2001)을 영화관에서 봤다. 우리는 영화가 제이미에게 너무 어렵지 않을까 걱정했다. 비참한 고아 시절부터 갈등이 최고조에 이르면서 볼드모트의 사악한 영혼이 퀴렐 교수 머리 뒤에서 말을 하는 장면, 그리고 중간중간 플롯에서 심어 놓은 온갖 실수와 방황(거의 대부분은 해리의 세계에서 사악한 세력으로 퀴렐이 아닌 스네이프를 지목한다)까지 꽤 복잡한 이야기이기 때문이다. 하지만 제이미는 우리 모두의 예상과는 달리 *그 모든 것을 이해했다.* 자신도 해리처럼 안경을 끼기 때문도 아니고 자기도 호그와트 학교에 다니고 싶다고 생각했기 때문도 아니다. 자신을 해리에 비추어 보는 일은 거의 없었다. 대신 그는 이야기에 매료되었다. 그 후로 몇 주 동안 제이미는 그 영화 얘기만 했고 심지어 서너 번 더 보러 갔다. 꽤 놀라운 반응이었기 때문에 나는 제이미에게 영화의 원작인 소설을 읽고 싶은지 물었고 제이미는 기대에 한껏 부풀어 올라 물론 그렇다고 했다.

그렇게 제이미와 나는 조앤 롤링의 플롯으로 모험을 시작했고 제이미는 그 플롯의 복잡미묘함에 매료되었다. 『해리포터와 비밀의 방Harry Potter and the Chamber of Secrets』은 제이미에게는 하나의 도전이었다. 볼드모트의 어린 시절 모습인 톰 리들과 해리가 대적하는 장면에서 대부분의 사건은 볼드모트가 해리의 친구 중 한 명에게 "임페리우스 저주"를 걸어 자신의 꼭두각시로 삼았기 때문에 일어난다. 시리즈의 세 번째 책 『해리포터와 아즈카반의 죄수Harry Potter and the Prisoner of Azkaban』의 플롯은 더 복잡했다. 머리가 어지러울 정도로 반전이 거듭되면서 여러 살인의 (그리고 해리의 부모를 볼드모트에게 넘긴) 범인으로 지목된 마법사 시리우스 블랙이 결백한 반면 해리의 단짝 친구 론 위즐리의 애완쥐 "스캐버스"가 실제로는 마법사 피터 페티그루이며 시리우스 블랙에게 범죄를 뒤집어씌우기 위해 13년 동안 숨어 지내고 있었다는 사실이 드러나면서 갈등이 해결되기 때문이다. 네 번째 책 『해리포터와 불의 잔Harry Potter and the Goblet of Fire』에서는 마법부의 내부 구조가 소개된다. 마법부 내에 여러 분파가 존재하고 서로 대립하고 있으며 고위공직자 중 한 명의 아들이 볼드모트의 추종자였다는 사실을 알게 된다. 이 내러티브의 말미에서 마법부 직원과 도망자 피터 페티그루 때문에 볼드모트는 인간의 형상을 다시 취할 수 있게 된다. 그리고 이는 마법 세계에서 다시 벌어진 내전을 다루는 『해리포터와 피닉스 기사단Harry Potter and the Order of the Phoenix』의 시작점이 된다. 다섯 번째 책인 『해리포터와 혼혈왕자Harry Potter and the Half-Blood Prince』에서 호그와트의 교장인 알버스 덤블도어는 해리와 함께 톰 리들의 어린 시절을 조사하면서 롤링의 내러티브 쌍둥이 역할을 한다. 덤블도어와 해리는 순수 혈통에 대한 톰 리들의 집착과 점차 볼드모트 경으로 변화하는 과정을 추적한다.

해리포터 시리즈에 열광하는 수백만 독자 중 한 명이 바로 지적 장애를 지닌 내 아들, 〈치킨 리틀Chicken Little〉(2005)보다 더 복잡한 플롯은 따라갈 수 없으리라 여겼던 바로 그 아들이라는 사실이 놀랍기만 했다. 그런데 *진짜* 충격적인 사실은 따로 있다. 나는 매일 밤 자기 전에 여섯 내지 일곱 페이지씩만 읽어 주었는데도 제이미는 천 페이지에 걸친 플롯의 세세한 부분까지 기억하고 있었다. 음유시인들이 트로이에 포획당한 배를 기록하고 가문의 족보를 읊으면서 생계를 유지한 고대부터 지금까지 내러티브는 언제나 기억력을 보강하는 장치로 활용되어 왔다. 하지만 제이미와 내가 이 일곱 권이나 되는 청소년판 프루스트 시리즈를 다 읽기까지는 무려 8년이 걸렸다. 그런데도 제이미는 그동안 플롯의 세세한 부분을 하나도 놓치지 않고 기억했다. 그래서 *이건 말도 안 돼*라고 혼자 생각하곤 했다.

나는 롤링이 마법 세계도 우리가 사는 세계와 마찬가지라는 관점을 고수했다는 점에 끌렸다. 편협한 관료주의와 학력평가 시험이 존재하는 세계, 아주 훌륭한 선생님이 늑대인간이라는 이유로 교단에서 쫓겨나는 학교가 존재하는 세계, 학생들이 설명할 수도, 이해할 수도 없는 일들을 경험하는 와중에도 깃털펜으로 양피지에 에세이를 적어 내는 과제를 정기적으로 제출해야 하는 학교가 존재하는 세계 말이다. 게다가 학생들은 마법 주문, 약초학, 마법의 약, 변장술처럼 어려운 과목, 마법의 역사 같은 필수 과목, 그리고 (마법을 하지 못하는 사람들인 '머글'을 머글 관점에서 배우는) 머글 연구 같은 '학점 받기 쉬운' 선택과목을 배운다. 제이미도 이 모든 것에 매료되었다. 마법 세계를 우리가 사는 세계처럼 묘사하는 데서 생기는 아이러니, 이를테면 마녀와 마법사가 셰익스피어의 『템페스트The Tempest』에 나오는 구절을 읊는 대신 국제 마법사회 협력 부서의 법령이나 솥의 법령상 표준 두께를 인용하는 장면이 전하는 아이러니를 완벽하게 이해하지는 못해도 말이다. 제이미는 "*그래서* 지니 위즐리가 비밀의 방을 연 거군요!"라거나 "잠깐만요, 시리우스 블랙은 *결백하잖아요!*"라고 외치며 침대에서 벌떡 몸을 일으키는 일을 반복했다. 그리고 제이미가 그렇게 해리포터 시리즈의 플롯에 대한 깨달음을 얻을 때마다 내러티브에 대한 깨달음도 얻고 있다고 나는 느꼈다.

시리우스 블랙이 결백했다는 점은 결코 가볍게 볼 문제가 아니다. 시리우스 블랙의 이야기에서 우리는 아주 중요한 인생 교훈, 즉 권력을 쥔 사람들은 종종 변덕스럽고 무식하고 잔인하다는 교훈을 얻게 된다. 이 교훈은 후속 편으로 갈수록 더 분명하게 제시된다. 제이미가 이런 사실에 경악하면서 회피할 가능성도 있었지만 그러지 않았다. 대신 그는 '결백'이나 '정의'와 같은 것들에 대해 묻기 시작했다. 그래서 마사 누스바움Martha Nussbaum은『시적 정의Poetic Justice』에서 찰스 디킨스의 작품을 통해 그런 중요한 문제에 접근했듯이 내 아들 제이미 베루베는 롤링의 작품을 통해 그런 중요한 문제에 접근했던 것이다. 그래도 상관없지 않은가? 한 명은 복잡하고 뒤틀린 플롯과 비전형적인 인물들로 가득 찬 3층 버스에 대해 쓰는 다작 소설가이고 다른 한 명은 열광적인 미국 독자층과 대표작인『크리스마스 캐럴A Christmas Carol』을 비롯해 흥행에 성공한 여러 작품을 낸 대중문화의 아이콘이다.『크리스마스 캐럴』에도 온갖 속편과 연작들이 뒤따랐다. 두 소설가 모두 흡입력 있는 내러티브의 창작자이고 콧대 높은 호사가들의 비판에 시달렸다.

롤링의 '해리포터' 시리즈는 제이미로 하여금 자율성이 무엇을 의미하는지 생각하게 만들었다. 비록 제이미는 자율성이라는 단어를 쓰지는 않았지만. 임페리우스 저주도 물론 끔찍하지만 임페리우스 저주에 걸려 있었기 때문에 어쩔 수 없이 볼드모트 편에 섰다는 나쁜 마법사의 거짓 주장을 접하면 의문을 품을 수밖에 없게 된다. 그런 문제는 강박적일 정도로 모든 일에 열심인 헤르미온느 그레인저를 통해 희극적으로 그려진다.(롤링도 정의와 자율성의 문제를 유머러스한 서브플롯에서 다루는 경향이 있다.) 헤르미온느는 부유한 마법사 가족에 끊임없이 충성하며 사는 집요정을 해방시키기 위해 '집요정의 권익신장을 위한 모임'을 결성하기로 마음먹는다. 그런데 헤르미온느는 집요정이 그렇게 충성하며 사는 삶이 옳고 정의롭다고 굳게 믿고 있다는 점, 그래서 그들을 '해방'시키고자 하는 자신의 노력이 그들에게는 오히려 심한 모욕으로 받아들여진다는 점을 결코 인정하지 않는다. 집요정은 매우 어려운 질문을 던진다. 스스로의 의지에 따라 행동한다는 것은 무엇을 의미하는가? 어떤 사람이 스스로의 이익에 위배되는 행동을 하는지 여부를 어떻게 판단할 수 있을까? '행복happiness'이 개인의 삶의 질을 판단하기에 적당한 기준인가?(이를테면 소마가 끊임없이 공급되는 올더스 헉슬리Aldus Huxley의 『멋진 신세계Brave New World』[역주1]를 떠올려 보자.) 아니면 그보다는 덜 주관적인 '번영flourishing' 같은 것이 더 바람직한 기준인가?

독자로서 제이미의 지적 성장을 가늠하는 중요한 기준은 제이미가 '해리포터' 시리즈를 주제라는 측면에서 자기가 좋아하는 다른 내러티브와 연결할 수 있게 되면서 (그리고 그렇게 연결하는 것을 즐길 수 있게 되면서) 그렇게 연결한 다른 내러티브에 대한 이해도도 깊어졌다는 사실이다. 우리는 『해리포터와 혼혈왕자』에서 젊은 시절의 덤블도어가 고아원에서 지내는 열한 살 톰 리들을 찾아가 톰이 마법사이며 호그와트에 입학하도록 허가받았음을 알리는 꽤 긴 플래시백 장면을 읽게 되었다. 제이미는 덤블도어의 통보에 톰이 거만하게 반응하는 것에 크게 놀랐고, 피곤해 하면서도 두어 페이지를 더 읽는 동안 잠들지 않으려고 애썼다. 하지만 그 전에 다음과 같은 내용이 나왔다. "해리는 보았다. 고아들은 모두 똑같은 모양의 잿빛 가운을 입고 있었다. 그럭저럭 보살핌을 받고 있는 듯 보였지만 그곳이 어린 시절을 보내기에는 우울한 장소라는 사실은 부인할 수 없었다."(268) 나는 고아원에 대해 몇 마디 더 보태기로 했다. 그리고 볼드모트로 성장하는 외톨이 소년에게 해리가 뜻밖에도 동정심을 느끼는 복잡한 장면에 대해 이야기를 나누었다. "해리는 행복한 어린 시절을 보냈을까?" 내가 묻자 제이미는 아니라며 고개를 저었다. "하지만 더즐리 가족과 살았었잖아요."라고 제이미는 덧붙였다. 나는 해리와 볼드모트가 부모 없이 자란 점에서 비슷하며 고아원의 아이들은 부모가 없기 때문에 그곳에서 자란다고 설명했다. 나는 제이미에게 〈마이크처럼Like Mike〉(2002)이라는 영화에서도 고아원이 나온다고 말했다. 제이미가 한때 '수없이 돌려보던' 영화 중 하나다.

"〈프리윌리Free Willy〉(1993)에서도요." 제이미가 덧붙였다. "그래, 맞아." 나는 다소 놀라며 말했다. "〈프리윌리〉는 부모 없이, 양부모와 사는 아이가 나오지. 새 가정에 적응하는 데 어려움을 겪고."

"〈루키Rookie of the Year〉(1993)도요." 제이미가 말했다. "그건 좀 아닌 것 같은데." 나는 반박했다. "그 영화에서 헨리는 엄마랑 살잖아. 엄마의 남자친구가 나쁜 사람이어서 그렇지. 헨리가 태어나기 전에 아빠가 어떻게 되었는지는 안 나오잖아."

"〈스타워즈Star Wars〉(1997)는요? 루크 말이에요." 제이미가 말했다. "맞구나! *꼭 들어맞는* 예야!" 나는 소리쳤다. 실은 완벽했다. 〈스타워즈〉는 서구의 대표적인 신화 모티프가 한자리에 모여 동창회를 연 것 같은 영화다.

"〈미세스 다웃파이어Mrs. Doubtfire〉(1993)" 제이미가 말했다. "아니, 거기서는 부모가 이혼하고서 떨어져 살지. 하지만 아이들이 그립고 보고 싶어서 아버지가 유모로 분장하지."

"〈꼬마 돼지 베이브〉는 어때요?" 제이미가 물었다.

"오, 그래. 그것도 좋은 예구나." 내가 말했다. "베이브는 부모가 없지. 그래서 플라이가 엄마가 되어 주겠다고 했을 때 그렇게 기뻐했지."

"그리고 렉스는 아빠 역할을 했죠." 제이미가 덧붙였다. "그리고 오리 페르디난드는 형 같고요."

그러고 보니, 페르디난드는 *정말로* 베이브의 형처럼 굴었다. 그 전까지는 미처 깨닫지 못했다. 하지만 제이미가 이런 영화를 보면서 가족관계에 대해 생각하고 있다고 누가 예상할 수 있었을까? 그리고 제이미가 그토록 많은 불행한 가족, 인간, 돼지들을 연결해서 생각할 수 있을 줄 누가 알았겠는가?

그 후로도 제이미와 나는 〈꼬마 돼지 베이브〉를 여러 번 더 보았다. 이제 제이미는 플롯을 이해하기 때문에 우리는 고기를 먹는 것이 그 필요성 여부를 떠나서 옳고 정당한지에 대해 종종 이야기를 나눈다. 제이미는 결코 소시지와 베이컨을 끊을 생각은 없다. 하지만 이제는 자기가 먹는 음식이 어디서 나고 어떻게 만들어지는지 묻는다. 그렇게 하나의 내러티브에 대한 분석은 겹치고 뒤따르는 다양한 내러티브를 무수히 많이 낳는다. 물론 제이미가 모세 이야기에서 로물루스와 레무스 형제 이야기, 『위대한 유산』, 해리포터, 루크 스카이워커, 브루스 웨인에 이르기까지 많은 탁월한 내러티브들이 불우하지만 뛰어난 재능을 지닌 고아

이야기를 다룬다는 점을 지적한 최초의 인간은 아니다. 하지만 나는 제이미와 그런 대화를 나눌 수 있다는 것만으로도 기쁘다. 고아 내러티브에 대한 우리 인간의 오랜 집착은 한편으로는 우리의 기원에 대해, 그리고 내러티브를 어떻게 시작할 것인가라는 문제를 고민하는 일을 멈출 수 없다는 것을 보여준다. 또한 프랭크 커모드Frank Kermode가 『종말의 식The Sense of an Ending』에서 주장했듯이 우리는 인간이 언젠가는 죽는다는 것을 알기 때문에 이야기를 지어낸다. 따라서 '해리포터' 시리즈를 읽고 분석하면서 제이미가 스스로의 기원에 대해 좀 더 구체적으로 인식할 수 있게 된 것('아기', '유아', '어린이' 시절을 거치면서 제이미는 예를 들면 '유아'는 1993년에서부터 1995년까지라는 식으로 이들 시기를 특정 기간과 연결한다), 그리고 죽음, 즉 허구 속 인물의 죽음, 아는 사람의 죽음, 조부모의 죽음을 더 잘 이해할 수 있게 된 것은 모든 면에서 완벽하게 들어맞는다. 2004년에 외할아버지가 돌아가셨을 때 제이미가 아무 말도 못한 채 그저 혼란스러워했다면 2013년에 친할머니가 돌아가셨을 때는 침묵 속에 묵묵히 받아들였다.(그리고 정서적으로 더 성숙했기 때문에 친할머니가 돌아가시기 직전에 찾아가서 말장난도 주고받고 '으깬' 감자도 먹여 드릴 수 있었다.) 그것은 단순히 시간의 함수는 아니었다. 내러티브의 함수이기도 했다. 또한 제이미의 내러티브의 변수를 둘러싼 깨달음의 함수이기도 했다.

***

이렇듯 내 아들들은 뛰어난 내러티브 이론가들이었지만 이 책의 영감을 그 아이들에게서만 얻은 것은 아니다. 장애학 연구를 하는 동료들과 수년간 나눈 대화, 2013년도에 비평과 이론 대학원에서 강의한 '내러티브와 지적 장애' 세미나와 이 연구의 범위를 은밀하게, 하지만 확실하게 넓힌 우연한 만남들도 이 책이 탄생하는 데 큰 역할을 했다.

첫 번째 만남은 2011년 로스앤젤레스에서 열린 현대어문학협회Modern Language Association; MLA의 연례학회에서 이루어졌다. 지금은 웃으면서 말할 수 있지만 당시에는 교수들이 늘 우려하는 악몽 같은 사건이었다. 나는 레이첼 애덤스Rachel Adams가 진행한 '내러티브와 지적 장애'라는 패널의 일원이었다. 2011년에는 이 책의 가제가 그 패널의 제목과 같은 '내러티브와 지적 장애'였기 때문에 나는 이 책에서 다루려고 하는 논점들을 글로 적어 보는 것이 도움이 될 거라고 생각했다. 그리고 에머리대학교에서 열린 2004년 MLA 장애학 학회 이후 방치했던 주제를 다시 연구하고 싶기도 했다. 게다가 『블랙웰 미국 문학 연구 편람Blackwell Companion to American Literary Studies』에 싣기로 한 원고도 마감을 훨씬 넘긴 상태였다. 그래서 학회 논문을 쓰면 그 원고에 속력을 내는 데도 도움이 될 거라고 생각했다. 내 논문의 제목은 「불구인 내러티브Disabled Narrative」였고 그 흔적이 이 책에도 남아 있다. 나는 지적 장애를 지닌 인물, 더 구체적으로 말하면, 자신이 속한 이야기를 이해하지 못하도록 설정된 인물이 존재할 때 내러티브 아이러니가 어떤 식으로 작동하는가 하는 문제를 다루었다. 존 스타인벡John Steinbeck은 『생쥐와 인간Of Mice and Men』 도입부에서 레니를 그런 인물로 설정하고 있다.

레니는 쭈뼛거리며 그를 바라봤다. "조지?"

"어, 왜?"

"조지, 우리 어디 가는 거야?"

작은 남자는 쓰고 있던 모자챙을 홱 젖히고는 레니를 나무랐다. "그러니까 벌써 잊어버린 거야? 그런 거야? 또 말해 줘야 한단 말이지, 응? 맙소사. 너 진짜 얼빠진 놈이다."

"잊었어." 레니가 조용히 말했다. "잊어버리지 않으려고 했어. 신께 맹세해. 진짜야, 조지."(4)

레니는 자신이 어디로, 왜 가는지를 이해하지 못하는 것처럼, 책의 마지막 장에서 자신에게 벌어지는 일도 이해하지 못할 것이다. 그런 점에서 그의 지적 장애는 내러티브 아이러니의 뼈대가 된다. 그리고 그 내러티브 아이러니는 소설의 전부가 된다. 레니는 자신이 무엇을 하는지 모르고 우리는 그가 자신이 무엇을 하는지 모른다는 것을 안다. 하지만 나는 그 논문에서 『생쥐와 인간』은 가볍게 언급만 하고 대신 『소리와 분노』의 벤지 콤슨에서 시작해 엘리자베스 문이 쓴 『어둠의 속도The Speed of Dark』와 마크 해던이 쓴 『한밤중에 개에게 일어난 의문의 사건The Curious Incident of the Dog in the Night-time』을 비교했다.(마크 해던은 영국 작가이다 보니 같은 논점을 미국 문학서에서 다루는 데 어려움을 겪었다.) 이 책의 3장에서도 살펴보겠지만 해던은 자신이 속한 내러티브를 (처음에는) 이해하지 못하는 인물의 시점에서 소설을 쓸 때 생기는 문제에 아주 기발한

(그리고 감동적인) 해결법을 제시했기 때문이다. 반면에 문은 같은 문제를 해결하려고 자폐증이 없는 정상인인 인물의 시점에서 서술하는 제2의 화자를 투입해서 자폐증을 지닌 인물이 서술하는 내러티브에 어떤 위험이 도사리고 있는지를 설명한다.

학회가 열리기 직전에 같은 패널에서 발표하기로 한 동료가 불참하게 되었다. 그래서 레이첼 애덤스는 대신 롭 스피코Rob Spirko가 「인간 스펙트럼: 인간 허구와 자폐증Human Spectrum: Human Fiction and Autism」이라는 제목의 논문을 발표할 것이라고 알렸다. 롭은 나보다 먼저 발표를 했고 그의 논문도 『어둠의 속도』와 『한밤중에 개에게 일어난 의문의 사건』을 다루고 있었다. 게다가 내가 발표에서 예로 들려고 했던 단락들 대부분을 그도 인용하고 있었으며 비슷한 주장을 하고 있었다. 롭의 발표를 들으면서 나는 연단에 올라가 "내 논문은 롭이 발표한 거랑 똑같습니다."라고 말해야겠다고 생각하고 있었다. 하지만 바로 그때 롭이 필립 K. 딕Phillip K. Dick의 『화성의 타임슬립Martian Time-Slip』이 "라쇼몽 같은" 내러티브 전개를 보인다고 즉흥적으로 말했다. 나는 정신이 번쩍 들었다. 이거야말로 논의할 가치가 있겠다 싶었다. 당시 내 논문에서는 『화성의 타임슬립』은 전혀 언급되어 있지 않았다. 하지만 나는 막 그 책을 읽은 참이었고 그 비범함과 기이함을 어떻게 이해해야 할지 고민하던 중이었다. 그리고 학회에서 롭과 그 소설을 두고 논의할 수 있다는 사실이 기뻤다. 롭은 상당히 오랫동안 장애와 공상과학소설을 연구했기 때문이다.

결국 나는 원래 준비한 내용을 발표했다. 롭의 주장과 나의 주장이 완전히 일치하지는 않았기 때문이다. 하지만 『화성의 타임슬립』의 10장, 11장이 라쇼몽과는 다르다는 지적을 덧붙였다. 만약 라쇼몽 같은 내러티브 전개를 따른다면 서로 다른 네 인물이 들려주는 이야기가 같은 이야기를 천차만별로 다른 관점에서, 사건들을 전혀 다른 순서로 배열한 것이어서 '같은 이야기'로 받아들이는 것 자체가 불가능해야 한다. 하지만 그렇지 않다. 대신, 2장에서 구체적으로 다루겠지만, 『화성의 타임슬립』의 10장과 11장은 처음에 같은 이야기를 거의 같은 단어를 써 가면서 들려주다가 딱히 한 인물과 짝지을 수 없는 기이한 환상으로 넘어간다. 그런데 모든 인물들이 그런 일련의 사건들의 후유증을 똑같이 느낀다. 『화성의 타임슬립』의 내러티브는 단순히 지적 장애를 지닌 인물의 관점에 '관한' 것이 아니다. 그 내러티브는 지적 장애를 불구가 된 텍스트성이라는 형태로 구현하고자 하는 시도의 일종이다. 그리고 텍스트성의 불구를 단순히 어느 한 인물의 정신 작용의 탓으로 돌릴 수 없도록 구성되어 있다.

막판에 학회에 참여하게 된 발표자가 15분에 걸친 발표에서 가볍게 던진 말 덕분에 *그런 점*들을 깨닫게 되자 나는 내 논점의 아주 중요한 조각을 손에 넣을 수 있었다. 지적 장애와 내러티브에 대해 이야기하면서도 처음부터 마지막까지 인물 X가 Y장애를 앓고 있다는 논의로 채우는 것을 피할 방법을 찾은 것이다. 나는 그 후로 종종 내가 이 책을 쓰는 이유는 오로지 더 많은 사람들에게 『화성의 타임슬립』을 읽히기 위해서라고 말하곤 했다. 그것만으로도 충분한 가치가 있다.

두 번째 만남은 앞에서 쓴 "전혀 예상치 못했다"는 표현만으로는 한참 부족하다. 내가 감히 상상도 하지 못한 그런 만남이었다. 어느 날 나는 즉흥적으로 페이스북에 가입했다.(그렇게 오랫동안 저항하면서 잘 버텨 놓고 말이다.) 그리고 그것이 계기가 되어 6학년 제40회 동창모임에 나갔다.(나는 10살에 6학년이 되었고 그래서 그다지 좋은 기억은 없다. 하지만 2012년이나 되어서 1972년에 벌어진 질풍노도의 시기를 굳이 떠올릴 필요도 없다고 생각했다.) 알고 보니 옛 반 친구들은 페이스북에 "변덕쟁이 폴리카스트로 선생님을 만나 고통스러운 6학년을 견뎌 내고 살아남은 학급친구 모두에게" 바치는 페이지를 만들었다. 에타 폴리카스트로 선생님은 전설이었다. 우리 학교 안에서뿐 아니라 학군 전역에서도. 선생님은 열정적이었고 까다로웠다. 늘 똑같은 올림머리를 고수했고 체벌이라고 해도 좋을 만한 벌을 내렸다. 그리고 나는 선생님이 아끼는 두 학생 중 한 명이었다.

페이스북에 가입한 지 며칠 되지 않았는데 나와 함께 폴리카스트로 선생님의 애제자였던 필리스 아이젠슨이 연락을 했다. 거의 40년 동안 잊고 지냈던 이름이었다. 당시 폴리카스트로 선생님은 누구를 편애하는지 확실하게 티를 냈다. 선생님은 반 학생들이 읽은 책 모두를 기록해서 벽에 붙였고(읽은 책 수로는 필리스가 1등, 내가 2등이었다) 학년말에 시 전체의 독해와 수학 학력 수준 평가 성적표가 나오자 선생님은 나와 필리스의 학력이 12학년 수준으로 판정되었다고 발표했다. 반 친구들이 우리를 특별 취급한 것도 당연하다. 폴리카스트로 선생님이 프랑스어 연극의 주연으로 나와 필리스를 지목했을 때도 마찬가지 반응을 보였다.(한 남자애는 불만을 표시하는 한 방편으로 매 연습 때마다 내가 실수를 몇 번이나 하는지 기록했다. 그리고 연습이 진행되는 수개월 동안 그 정보를 잊지 않고 늘 나와 공유했다. 또 한 명은 필리스에게 내 이름으로 쪽지를 전달했다. 그 쪽지에 뭐라고 적혀 있었는지는 몰로크만이 안다. 그게 바로 1972년 십 대들이 질풍노도의 시기를 보내는 방식이었다.) 그 모든 일이 벌어지는 동안 필리스와 나는 말을 주고받은 적이 단 한 번도 없다. 적어도 영어로는 말이다. 나는 필리스가 친하게 지내는 친구들이 따로 있는 줄 알았다. 그래서 40년이 지난 후 나는 그해에 필리스의 유일한 친구가 다른 지역으로 전학 갔고 *반 친구들의 놀림 철저히 무시하기*가 필리스의 1972년 새해 목표 중 하나였다는 이야기를 듣고 놀랐다.

그래, 나는 생각했다. 6학년이 그런 식으로 흘러갔구나. 친구들에게 따돌림 당하고 있다고 느끼는 내성적인 책벌레가 두 명 있었지. 그러다 누구나 두려워하고 미워하는 선생님이 아주 노골적으로 편애하는 학생 두 명이 되었지. 이런 조건은 단순한 우정의 조건을 넘어 TV 청소년 영화의 줄거리로 그만이다. 그리고 퀸즈구 제32공립학교를 졸업한 지 40년이 지나서야 처음으로 필리스와 대화를 나누면서 나는 당시에 읽고 있던 매들렌 렝글Madeleine L'Engle의 『시간의 주름A Wrinkle in Time』을 언급했다. 2012년은 그 책의 출간 50주년이 되는 해였고 1972년에는 반 친구들 중 적어도 절반 이상이 읽었던 책이다. 물론(혹은 적어도 내 생각에는)

필리스는 긴 머리에 안경을 낀 아주 영리한 메그 머리였다. 이런 초보적인 동일시는 내가 『시간의 주름』을 읽으면서 그 책에 등장하는 남자 인물이 아닌 메그와 내 자신을 동일시했다는 사실 때문에 다소 복잡해진다.(나는 특히 메그의 고립감, 무력감, 취약성에 공감했다.) 게다가 내가 무심코 던진 말이 옛 반 친구에게 어떻게 받아들여질지 미처 생각하지 못했다는 사실도 상황을 더 복잡하게 만들었다. 마치 "나 너 기억해. 너 그 안경 낀 여자애였잖아. 게다가 모두들 널 괴짜 취급했었지."라고 말하는 거나 마찬가지였고 그건 처음으로 이야기를 나누는 사람에게, 특히나 40년이 지나서 하는 말치고는 상당히 무례한 것이었다.

어쨌든 페이스북에서 나눈 그 짧은 대화로 우리는 서로의 배우자, 자녀, 직업(각각 영문학 교수, 임상심리학자)에 대한 소식을 교환했고 나는 식탁에 마주 앉아 막 상어 종류 25가지의 목록을 만들어 내게 건네 준 제이미에 대해 얘기해 주었다. 필리스는 "물론 내 오빠가 자폐아라는 건 몰랐겠지."라고 답했다. 그 얘기를 들은 난 까무러칠 정도로 놀랐다. 말할 것도 없이 처음 듣는 사실이었다. 일단 나는 그녀에 대해 아무것도 모르고 있었다. 심지어 오빠가 있다는 사실도 몰랐다. 무엇보다 1960년대에 자폐증을 앓는 오빠가 있었다니.(필리스의 오빠 앤디 아이젠슨은 1957년생이다.) '맙소사. 필리스의 어머니는 어떻게 살아갔을까. 자폐증의 원인이 '냉장고 엄마refrigerator mothers' 때문이라고 알려져 있던 바로 그런 시절에 자폐아를 키우다니. 얼마나 힘드셨을까.'라는 게 처음 든 생각이었다. 그리고 곧 '맙소사. 게다가 그 다음 태어난 것이 필리스처럼 똑똑한 여동생이었다니. 그런 집은 어떤 식으로 돌아갔을지 상상조차 되지 않아. 아니, 잠깐. 아, 그래. 상상이 되지.'로 생각이 이어졌다. 그리고 그 뒤에 들은 얘기에 따르면 필리스의 어머니, 실비아 아이젠슨은 뉴욕시 공립학교에서 심리상담사로 일했다. 게다가 일리노이대학교 어바나샴페인캠퍼스를 졸업했다. 필리스의 어머니는 브루노 베텔하임Bruno Bettelheim이 레오 캐너Leo Kanner의 냉장고 엄마 이론[역주2]을 어떻게 왜곡하고 있는지 아주 잘 알고 있었고 실제로 베텔하임에게 그의 연구가 사랑으로 가득 찬 부모들에게 해를 끼치고 있다는 편지도 썼다. 베텔하임의 조수가 쓴 답장에는 심리치료나 받아 보라고 적혀 있었다.

이 모든 것을 나는 단 한 번의 페이스북 대화로 알게 되었다. 처음에는 "아, 그래. 너 기억 나."로 시작했는데 몇 분 지나지 않아 가족과 감정에 대한 진지한 대화로 옮겨 갔다. 장애인 공동체에 속한 삶은 그런 식으로 흘러가게 마련이다. 한번은 학회에서 누군가 자신을 다운증후군을 지닌 자녀의 부모라고 소개했고 우리는 채 십 분도 지나지 않아 당시 십 대 청소년이 된 아들이 친구, 특히 여자 친구를 사귀고 싶어 한다는 이야기를 주고받고 있었다. 공유하는 영역이 너무나 많기 때문에 가벼운 대화도 곧 장애를 지닌 자녀나 형제자매로부터 전권을 위임받는 과정에서 일어나는 신뢰와 윤리의 문제에 관한 심각한 토론이 되어 버리기도 한다. 그로부터 며칠 뒤, 필리스는 자기가 간직하고 있던 『시간의 주름』을 다시 읽었고 다음과 같이 알려 왔다.

막 '주름' 첫 장을 읽었어. 메그를 안경, 치아교정기, 전반적인 쭈뼛거림으로 묘사해 놓았더라. 그래, 이런 점도 내가 이 책을 너무나 좋아했던 이유 중 하나였지 하는 생각이 들더라. 바로 거기에 내가 있었으니까. 오빠에 대해 얄미운 소리를 지껄이던 애한테 싸움을 걸 용기는 내게 없었지만 말야.

이걸 읽었을 때 나는 다시금 '어라, 내가 무슨 소릴 했던 거야.' 하며 정신이 번쩍 들었다. "아, 그래. 너 안경이랑 치아교정기 끼고 있었고 대체로 쭈뼛거렸었지."라고 말했었나?(알고 보니 치아교정기는 나중에 끼게 되었다고 한다. 내 기억 속 필리스는 치아교정기를 끼고 있지 않았다.) 하지만 마지막 문장이 내 시선을 사로잡았다. 어린 필리스 아이젠슨, 그리고 지적 장애를 지닌 형제자매를 지닌 누구라도 『시간의 주름』을 읽으면 더 약한 가족 구성원에 대한 보호심이 작동하면서 그런 생각을 하게 되었을 것이다. 그게 바로 '독자-반응 비평' 입문 강의에서 맨 처음 배우는 내용 아닌가?

한편으로는 아주 단순하고 초보적인 지적이다. 우리는 자신이 읽는 모든 텍스트에 그동안 자신이 겪은 경험, 관계, 만남, 혹은 자신이 접한 다른 관련 텍스트를 투영하기 마련이다. 1970년대를 풍미한 독자-반응 비평에서는 대부분 이런 초보적인 지적들로 이루어져 있었다. 그 시절에는 의미를 부여하는 것이 독자인지 텍스트인지, 의미라는 것이 결정론적인지 불가지론적인지, 윌리엄 포크너William Faulkner의 「에밀리를 위한 장미 한 송이A Rose for Emily」에 대한 가상의 '에스키모 읽기'가 재판에서 기각의 대상인지 여부가 '비평 연구Critical Inquiry' 포럼에서 아주 진지하게 논의되었다.[4] 그러나 다른 한편으로는 이런 대화가 장애학을 도입한 문학비평 영역에서 아직까지 다루어지지 않은, 상당히 포괄적인 원칙의 가능성을 제시한다는 생각이 들었다.(그리고 지금도 그렇다고 생각한다.) 롭 스퍼코를 통해 문학 텍스트에서 장애가 반드시 특정한 장애를 특정 인물에 부여하는 형식으로 존재하거나 연결될 필요가 없다는 통찰을 얻었듯이 필리스 아이젠슨을 통해 텍스트와 독자의 관계에서 장애가 반드시 장애를 지닌 인물이라는 형태로 존재할 필요는 없다는 통찰을 얻게 된다. 특정 장애를 지닌 것으로 설정된 인물의 등장 여부와 상관없이 장애에 대한 '통념', 즉 장애에 부여되는 사회적 낙인에 대한 통념만으로도 충분하기 때문이다. 그러면 비평 가능한 영역이 아주 넓어진다. 그리고 나는 그것이 아주 바람직하다는 주장을 펼치려고 한다. 소설 속 등장인물의 장애를 진단하려고 애쓰는 장애학 연구의 고질적인 습관을 고치고자 마음먹었기 때문만은 아니다.

일단 이런 통찰은 아토 퀘이슨Ato Quayson이 장애인과 비장애인의 만남을 가리키는 데 사용한 '미학적 불안감Aesthetic Nervousness'이라는 틀에 절대적으로 필수적인 수정을 가하는 역할을 한다. 나의 6학년 동창 필리스에게(그리고 그녀와 같은 처지에 있는 많은 사람들도 마찬가지로 느꼈으리라 생각되는데) 『시간의 주름』 도입부를 읽을 때 장애를 지닌 *사람*과 장애가 없는 *사람* 간 관계가 특히 큰 문제로 다가온다. 소설에서 소개하는 가족은 천재로 가득하고 지적 장애를 지닌 인물은 전혀 나오지 않는데도 말이다.(그리고 이런 지적으로 『시간의 흐름』 속 찰스 월러스 머리가 자폐증 스펙트럼에 놓이는지 여부를 둘러싸고 벌어진 최근의 논란이 얼마나 쓸데없는지가 명백해졌으면 한다.)[5] 이 책을 통해 장애학이 인문학에서 20년 전에는 상상도 못할 지위를 획득했음에도 불구하고 문학비평 분야에서는 여전히 너무 한정적인 연구 주제만을 다루고 있다는 것을 보여 주고 싶다. 내가 장애학을 '치료'하겠다는 말은 (당연히) 웃자고 하는 이야기지만 장애학이 비평과 이론의 새로운 분야로서 개개의 등장인물의 장애 유무나 그 종류를 진단하는 데 몰두할 때마다 스스로의 영역을 불필요하게 제한하고 있다고 굳게 믿고 있다. 장애학은 한 손에는 문학 작품을 한 손에는 장애진단분류표를 들고서 읽는 비평 관행에서 그 존재 의미를 찾을 필요도 없고 찾아서도 안 된다. 텍스트 자체에서 등장인물이 (예를 들어) 자폐증 스펙트럼에 있다고 명시하는 경우조차도 말이다. 인물의 상태가 우리가 그 인물을 읽는 데 중요하지 않다는 의미가 아니다. 다만 옛날 옛적에 '심리학적' 해석론이 햄릿이 본인은 모르고 있었지만 사실은 동성애자였다고 분석하면서 『햄릿Hamlet』을 설명했다고 믿은 것처럼 진단이 텍스트를 어떤 식으로든 '해결한다'고 믿고 싶은 유혹을 물리쳐야 한다는 말이다.

『햄릿』에 대한 이런 말도 안 되는 분석을 언급하는 이유는 앞으로 살펴보겠지만 알버스 덤블도어가 동성애자라는 사실이 알려졌을 때(저자 자신이 보증한 사실이니 논란의 여지가 없다) 어린 시절 덤블도어의 운명의 향

방을 결정한 지적 장애의 역할은 등한시되었다. 즉, X라는 인물은 Z로 인해 Y와 같은 행동을 했다는 더 생산적인 깨달음이 X라는 인물이 지닌 Y라는 장애에 묻힌 것이다. 하지만 필리스 아이젠슨이 제시하는 통찰은 그보다 더 많은 것을 함의한다고 생각한다. 장애인과 비장애인 인물들 간의 잠재적인 관계(그리고 독자와 그런 관계 간의 잠재적인 관계)라는 질문을 확장해서 다른 등장인물에 의해 지적 장애가 있다고 추정될 뿐인 인물들(이를테면 존 쿳시 작품 속 마이클 K나 프라이데이)까지 대상으로 삼으면 우리는 지적 장애가 단순히 신체적/신경학적 증상의 표현이 아닌, 중요하지만 평가 절하된 사회망의 한 실타래를 비유적으로 묘사한, 인간의 사회성이라는 현상 그 자체를 탐색하는 장치로 인식하게 된다. 이것은 단순히 얼간이와 신성한 바보가 인간의 위계질서와 가치체계의 부수적인 갈래에 대한 전략적 통찰을 제공한다는 점을 지적하는 그런 문제가 아니다. 물론 그런 측면도 있다. 하지만 그것은 또한 문학 작품이 자신이 속한 세계를 관장하는 사회체계를 태생적으로 이해하거나 따르지 못하는—다른 등장인물에 의해 그렇게 추정되는 것이든 실제로 그렇든—그런 인물을 등장시켜 사회성이라는 시스템을 어떻게 묘사하는지를 가늠하는 문제다. 마거릿 애트우드Margaret Atwood의 『부상Surfacing』 속 무명의 화자/주인공이 툭 내뱉듯이 "사회 적응 능력이 떨어지면 정신지체아나 다름없다. 다른 이들에게 거부감과 동정심, 학대하고 싶은 욕구와 교정시키고 싶은 욕구를 불러일으키니까."(69) 물론 그것이 전부는 아니다.

지적 장애가 '인간의 사회성 그 자체'를 문학적으로 탐색하는 토대를 제공할 수도 있다는 생각이 인간이라는 종種이 타고난 이야기꾼이라는 생각과 결합하면서 나는 '진화비평' 혹은 '문학 다윈주의' 등으로 알려진 새로운 문학비평 접근법에 대해 알아보게 되었다. 맺음말에서 나는 (다른 논의와 함께) 그런 접근법은 인간에 있어 정상이라는 관념—실제로는 '진화론에 근거한' 정상이라는 관념—에 지나치게 집중하고 집착한 나머지 인간의 한 형태로서의 장애에 새로운 내용을 제공하지 못한다 (그리고 각 문학 텍스트에 대해서도 이렇다 할 흥미로운 내용을 제기하지도 못한다)는 주장을 펼칠 것이다. 하지만 진화비평가인 블레이키 베르뮬Blakey Vermeule이 『왜 우리는 문학 작품 속 인물에 관심을 가지는가?Why Do We Care About Literary Characters?』에서 하는 논의는 문학에서의 장애 연구에 아주 솔깃한 가능성을 제시한다. 역설적이게도 그 가능성은 그가 지적 장애(그의 글에서는 자폐증)에 대한 가장 논란이 많고 체계성이 부족한 해석을 있는 그대로 받아들였기 때문에 탄생했다. 나는 그 가능성에 대해 여기서 잠시 논의하고자 한다. 다음 장에서 할 논의와의 연결 고리가 되어 줄 것이다.

베르뮬은 논의를 그 자체로는 장래성이 전혀 없어 보이는 이론에서 시작한다. 바로 자폐증을 '마음맹mindblindness'으로 보는 사이먼 배런-코언Simon Baron-Cohen의 이론이다. 인지 심리학자 사이에서는 매우 영향력이 큰 이론이지만 자폐증 커뮤니티에서는 대부분의 사람들이 거의 신뢰하지 않는 이론이다.(앞으로 보겠지만 마크 해던의 『한밤중에 개에게 일어난 의문의 사건』과 리사 준샤인Lisa Zunshine의 『우리가 픽션을 읽는 이유Why We Read Fiction』 초판이 이 이론을 토대로 삼고 있다.) '마음맹'이라는 관념은 자폐증을 지닌 사람은 사람들이 모두 제각각 다른 마음을 가지고 있다는 사실을 이해하지 못한다고 본다. 이 이론의 통계적/실험적 근거는 놀라울 정도로 빈약하다. 이 이론을 증명하는 데는 '샐리-앤 테스트Sally-Anne test'라고도 부르는 다음과 같은 시나리오가 사용된다. (a) 샐리가 컵 안에 물건을 넣어 둔다. (b) 샐리가 방을 나간다. (c) 앤이 그 물건을 다른 컵 안으로 옮기거나 다른 장소에 숨긴다. 그러고 나서 (d) 샐리가 방으로 돌아온다. 이 시나리오를 들려준 후 피실험자에게 다음과 같은 질문을 한다. "샐리는 물건을 찾기 위해 어디를 살필까?" 만약 피실험자가 앤이 무슨 일을 했는지 샐리는 알지 못한다는 사실을 이해하지 못한다면 마음맹이라는 진단을 받는다. 이 실험은 딱 보기에도 문제가 있다. 하지만 여기서는 베르뮬이 이 실험을 특이하게 다룬다는 점과 그 과정에서 장애학에 매우 유용한 개념을 제시한다는 점을 언급하려고 한다.

오로지 풍자만을 다루는 장에서(인지 심리학에서도 풍자를 중요하게 다루지만 여기서는 논하지 않겠다) 베르뮬은 '조건부 마음맹situational mindblindness'이라는 관념을 도입한다. 자유의지로 마음맹이 되는 것은 당연히 불가능하지만 조건부로 마음맹 상태가 되는 것도 불가능하다는 점을 고려하면 그가 배런-코언 이론을 잘못 이해하고 있음이 명백히 드러나는 부분이다. 게다가 베르뮬은 이 논의에서 "비록 어떤 자폐아는 탁월한 시각적 능력을 보이기도 하지만 마음맹은 분명 자폐아와 그 가족에게 비극이라는 점은 확실하다."(196)라거나 "마음을 읽는 능력이 부족한 사람은 다른 사람들을 비인간화하는 우리 자신의 능력에 대해 아무래도 더 깊은 통찰을 제공한다."(198) 같은 평가를 곳곳에서 하고 있다. 간략히 요약해서 이에 대한 적절한 대응은 "다른 이들을 마음맹이라고 부르는 사람은 우리에게 다른 사람들을 비인간화하는 그 사람들의 능력에 대한 더 깊은 통찰을 제공한다." 정도일 것이다. 그리고 흥미롭게도 베르뮬 또한 이런 대응에 매우 근접한 주장을 한다. "조건부 마음맹은 비록 매우 복잡하기는 하나 비인간화의 수사학이다. 조건부 마음맹의 핵심은 그것이 다른 인간의 합리적인 사고능력을 부정해서 그 인간을 동물, 기계 등 마음이 없는 무언가로 바꾼다는 점이다."(195) 이번에도 부수적인 문제는 일단 무시하겠다.(이 경우에는 동물이 마음이 없다는 전제다.) 베르뮬은 배런-코언 이론을 그대로 받아들였기 때문에, 그것을 받아들이면서도 *마음맹을 부여하는 것 자체가 비인간화의 수사학*이라는 생각은 전혀 하지 못한다.

하지만 마음맹이 전략적으로, 여기서는 자폐증을 지닌 사람이 아니라 유머나 풍자의 대상이 되는 그 어떤 대상에도 부여될 수 있다는 관념(베르뮬은 이 수사학이 풍자의 구성 요소까지는 아니더라도 적어도 특히 유용한 요소라고 여긴다)은 문학 속 인물의 장애 유무나 그 유형 진단에서 벗어나 겉으로 보기에는 장애를 지닌 인물이 없는 문학 텍스트에서 낙인과 비인간화의 수사학이 어떤 식으로 작동하는지에 대해 생각해 보게 한다. 이보다 더 유용한 부분은 『왜 우리는 문학 작품 속 인물에 관심을 가지는

가?』 초반부에 나오는 헨리 제임스Henry James의 『메이지가 알고 있었던 일What Maisie Knew』에 대한 베르뮬의 독해로, 그녀는 마음맹이 "사회질서에서 벗어나길 선택함으로써 그 사회질서를 인식하는 방법"(97)이라고 주장한다. 메이지의 경우 가증스런 부모에게 자신이 지적으로 모자라다고 믿게끔 행동해서 (즉, 멍청한 척해서) 부모의 파괴적인 생활 방식에 참여하는 일을 피한다. "메이지에게 바보가 되는 것이 바로 복수이자 나사의 회전이다. 그녀는 오로지 다른 사람의 도구가 되기를 거부하려고 집을 떠나는 쪽을 선택한다."(98)

이제 뭔가 실마리가 보인다. 한편에는 마음맹 부여하기, 그리고 다른 한편에는 인물의 마음맹을 전략적으로 이용하기를 나란히 놓으면 지적 장애를 지녔다고 확실하게 꼬리표를 붙일 수 있는 인물의 존재 여부를 떠나 사회 텍스트를 더 심도 깊게 읽는 것이 가능해진다. 그리고 심지어 그런 읽기는 (기쁘게도) 마음맹 이론이 자폐증 스펙트럼을 이해하는 데 조금이라도 도움이 되는지 여부와도 전혀 무관하다. 실제로 전략적·조건부 마음맹은 논의의 대상이 되는 인물이 지적 장애를 지녔다고 (다른 등장인물 혹은 수많은 독자층에 의해) 거의 확실하게 추정되는 텍스트에서도 작동할 수 있다. 존 쿳시의 마이클 K가 엄격하고 냉혹한 계엄령 질서와 곳곳에 존재하는 검문소를 피할 방법을 꿈꾸는 장면을 한 번 보자. "그는 생각했다. 만약 내가 정말 바보처럼 군다면 그냥 지나가도록 내버려 둘지도 몰라."(40) 입술이 갈라지고 머리가 둔한 마이클 K조차도 전략적 마음맹은 인물의 특성이라는 문제와는 아무 관계가 없다. 그것은 인물과 사회체계 간 관계의 문제이고 따라서 사회성 그 자체의 문제다. 이런 내 주장이 어디에서 시작되었는지 다시 거슬러 올라가 보자면 바로 옛 초등학교 동창과의 페이스북 채팅인데, 그래서 찰스 웰러스 머리가 자폐증 스펙트럼에 있는지 여부가 중요하지 않다는 것이다. 중요한 것은 찰스 웰러스, 그리고 메그의 찰스 웰러스에 대한 맹렬하고도 방어적인 사랑에 다른 사람들이 보이는 반응을 유발하는 사회관계의 구조다.

***

이 책의 주제는 토빈 지버스Tobin Siebers의 『장애 미학Disability Aesthetics』과 조셉 스트라우스Joseph Straus의 『특별한 방식들Extraordinary Measures』에서 다룬 주제와 같은 선상에 놓을 수 있다. 요컨대 이 책에서는 지난 20년간 장애학 연구를 적용한 엄격한 형식주의적 텍스트 분석 방법을 적용하면서도 문학에서의 장애 연구가 문학 텍스트 속 인간의 신체와 정신의 재현에 한정되지 않도록 그 영역의 범위를 넓히는 것이다. 이것은 상당히 까다로운 작업이다. (앞으로 보게 되겠지만) 아주 드문 경우를 제외하고는 문학 텍스트가 인간의 신체와 정신의 재현이라는 수단을 통해 신체적·지적 장애를 둘러싼 쟁점들을 다루기 때문이다. 장애가 주제인데 신체와 정신 외에 어떤 것에 관해 이야기할 수 있겠는가? 하지만 장애는 또한, 그리고 실제로는 언제나 사회적 관계, 즉 장애에 대한 두려움을 유발하는, 그리고 인간의 '규범'이라고 추정되는 것들을 구성하는 가치관과 사회 관행을 동반하는 사회적 관계다. 그렇기 때문에 지버스는 디트로이트를 미국의 '어글리법ugly laws'[역주3]의 잔재로 해석하는 등 장애학의 통찰을 건축과 도시공학에 적용할 수 있었다. 또한 그렇기 때문에 스트라우스는 장애학의 통찰을 현대 실험 음악에 적용할 수 있었다. 현대 실험주의는 인간 존재의 비규범적인 형태와 장애의 탐색이 밀접한 관련이 있다는 지버스의 통찰을 많이 끌어다 썼다.(그것은 지버스가 지적했듯이 다른 측면에서는 나치 큐레이터가 공유하고 영감으로 사용한 통찰이기도 하다. 나치 큐레이터들은 그런 통찰을 토대로 1937년에 '퇴행 예술'전을 열었고 인간 형태 묘사의 아주 이상적인 시각적 재현을 적극적으로 지원했다.) 물론 스트라우스는 현대 실험주의를 분석할 때 각 작곡가의 신체 상태를 근거로 삼는 경향이 있다. 예를 들면 그는 "단절되고 고립된 텍스트 구간으로 인해 [스트라빈스키Stravinsky의] 〈레퀴엠 칸티클스Requiem Canticles〉[역주4]의 분열된 음악적 표면은 신체적 퇴보, 즉 분절되고 유기적 통합성을 잃는 상태가 진행되고 있는 신체를 상징적으로 재구성한 것으로 볼 수도 있다."라고 하면서 그 근거를 다음과 같이 설명했다. "이런 후기 스타일의 특성은 스트라빈스키가 나이가 들면서 급격히 어려워진 신체 상태와 관계가 있을 수 있다."(87) 하지만 작품을 장애의 상징적 재구성으로 해석하기 위해 반드시 작곡가가 노쇠하거나 마라톤을 뛸 수 없는 상태여야 할 필요는 없다는 핵심은 여전히 유효하다. 형식주의적 분석법은 무엇이 옳고 적절한가, 무엇이 바람직한 비율이며 제대로 작동하고 있는 상태인지에 대한 우리의 인식을 구성하는 인간의 사회규범의 적용과 위반에 대한 통찰을 제공한다.

장애학 연구를 개인의 신체와 정신이상 분석에 한정시키지 않은 지버스와 스트라우스의 연구는 지적 장애보다는 신체적 장애에 대한 관념들에 더 의존한다고 반박할지도 모르겠다. 나는 그런 반론을 기꺼이 수용한다. 지버스와 스트라우스뿐 아니라 동기를 다루는 다음 장에서도 마찬가지다. 장애가 내러티브 '동기'가 된다는 주장에서 그 장애가 지적 장애에만 한정되어야 할 이유는 없다. 신체적 장애를 동기 장치로 배치한 내러티브는 수도 없이 많다. (장애학에서) 그에 해당하는 가장 고전적인 예는 허먼 멜빌Herman Melville의 『모비딕Moby-Dick』이다. 에이해브 선장의 신체 손상은 피쿼드호의 항해를 단순히 돈을 벌기 위한 고래 사냥과는 다른 무언가로 탈바꿈시키는 동기다. 하지만 그 외에도 그런 예는 어디에서나, 그리고 특히 사변소설에서 흔히 볼 수 있다. '결함 있는 자들'(화자를 포함해, 발 대신 집게발을 지닌 인간들)이 사냥꾼에게 포획되어 미국 서부에 노예로 팔리는 것을 피하려고 애쓰는 이야기를 담은 조지 손더스George Saunders의 중편 소설 『현상금Bounty』이나 지구의 지도자들이 빛의 속도보다 빠르게 이동하면 인간에게 충격적인 유전적 변이를 일으킨다는 사실을 알고서 항성 간 여행을 가능하게 하는 포털을 폐쇄하는 작전을 펼치는 이야기를 담은 C. S. 프리드먼Friedman의 『이 외계의 해변This Alien Shore』도 그런 예다.(『이 외계의 해변』에는 돌연변이들이 "애이니크"(우주의 웜홀)를 통해 이동하는 방법을 결국 알아내는데 소설 속에서는 그들이 자폐증 스펙트럼에 있다고 암시함으로써 지적 장애를 지니고 있다는 표식을 부여하는 기발한 내러티브 주름이 존재한다. 다만 이미 강조했듯이 그들이 어떤 장애를 지니고 있는가는 중요하지 않다. 중요한 것은 그런 장애가 내러티브에서 어떤 기능을 수행하는가이다.」

아무튼 이 책에서 지적 장애에 초점을 맞추는 데는 몇 가지 이유가 있다. 첫째, 가장 단순하게는 시간과 자기-인식을 각각 다루는 2장과 3장에서 살펴보는 형식의 실험과 텍스트 효과들이 바로 지적 장애의 허구적 유형에 전적으로 의존하기 때문이다. 신체적 장애는 지적 장애에 비해 정신의 측면과 결합시키기 까다로운 듯하다. 물론 트라우마 등 아주 복잡한 심리적·정신분석적 과정을 거쳐 신체적 장애를 정신의 측면과 결부시킬 수도 있겠지만 그런 경우에도 내가 이 책에서 살펴보는 것과 같은 인지에 대한 메타인지적 고찰로 연결되지는 않는다. 둘째, 장애의 위계질서와도 관련이 있다. 안타깝게도 지적 장애는 신체적 장애에 비해 더 손쉽게, 더 널리 비인간화 장치로 꾸준히 사용되고 있다. 그래서 문학 텍스트 속에 담긴 사회와 사회적 텍스트의 이해에 미치는 파급력이 더 크고 더 많은 것을 우리에게 가르쳐 줄 수 있다.[6] 마지막으로, 장애학 내에서의 장애의 위계질서, 신체적 장애만을 장애로 취급하는 경향과 관련이 있다. 그런 통념에 도전하는 연구들이 (주로 자폐증과 정신질환을 연구하는 사람들에 의해)[7] 최근 몇 년간 나왔지만 아직 어떤 의미 있는 변화를 가져오지는 못했다. 장애학의 고전이라 할 수 있는 로즈메리 갈런드-톰슨Rosemarie Garland Thompson의 『보통이 아닌 몸Extraordinary Bodies』에는 그런 경향이 두드러지게 반영되어 있다. 실제로도 장애인 권리 신장 운동은(그리고 신체의 문제인 손상과 사회관계 및 구조의 문제인 구분하는 근본주의적인 '사회 모델'은) 신체적 장애를 지닌 사람들의 (절박한) 입장 때문에 시작되었다.[8] 하지만 신체적 장애에 집중하는 행태는 그것이 반드시 필요하지 않은 경우에도 지속적으로 반복되고 있다. (특히 두드러지는 예를 들자면) TV 드라마 〈글리Glee〉에 대한 수많은 비평이 그랬다. 비장애인 연기자가 휠체어를 타고 다녀야 하는 장애인을 연기하는 것에 대해 엄청난 비난이 쏟아졌지만 같은 드라마에서 다운증후군을 지닌 젊은 여성이 다운증후군을 지닌 젊은 여성을 연기한다는 점은 그다지 주목받지 못했다.[9] 그렇다고 그 드라마에서 휠체어를 타는 장애인 아티 역을 케빈 맥헤일이라는 연기자에게 맡겼다는 사실을 비판하는 것이 부당하지는 않았다. 충분히 비난받을 만한 일이었다. 특히 아티가 (a) 자신의 장애를 꾸며 낼 수는 없다고 언급하고 (b) 아이크와 티나 터너가 리메이크했던 〈프라우드메리호Proud Mary〉에 맞춰 실제로 휠체어 춤 공연을 하는 극단의 안무와는 거리가 먼 휠체어 춤 공연을 선보이는 '휠스Wheels'라는 에피소드의 경우에는 더욱 그렇다. 그렇다고 로렌 포터가 연기하는 베키 잭슨을 그 드라마에서 묘사하는 방식이 다운증후군 젊은 여성의 재현이라는 관점에서 행해지는 비평의 대상이 될 수 없다는 말이 아니다. 다만 장애학이 마치 신체적 장애만이 장애 전체를 대변하는 것처럼 신체적 장애만을 연구 대상으로 삼고 지적 장애는 인지하지도, 논의하지도 않는 일은 이제 없어야 할 것이다.

이 책에서 '지적 장애'가 아닌 '발달 장애' '인지 장애' 혹은 그 밖에 다른 용어를 사용했어야 하는지 여부는 다른 사람들이 논의하도록 놔두겠다. 어떤 용어가 더 바람직한가라는 논쟁은 장애인 공동체에서는 매우 흔하다. '사람'에 초점을 맞추어야 한다는 이유로 '다운증후군 환자'가 아닌 '다운증후군을 앓는 사람'이 더 바람직한 용어라고 주장되던 시기가 있었다. 그러다 누군가 '사람에 초점을 맞춘' 용어가 오히려 '다운증후군을 앓는 사람'은 다운증후군 외에는 다른 무엇도 지니지 않은 사람으로 여기게 하는 부작용을 낳는다고 지적했다. '자폐인' '자폐성향' '자폐증을 지닌 사람' 대신 '신경비전형인'이 더 바람직한 용어라고 주장되던 시기도 있었다. 그러다 누군가 '신경비전형인은' 자폐증 스펙트럼에 있지 않은 사람은 모두 신경전형인이 되는(전혀 그렇지 않은데도) 뜻하지 않은 부작용이 있다고 지적했다. 따라서 누군가 *지적* 장애보다는 *발달* 혹은 *인지* 장애 (혹은 그 외 다른) 용어가 더 바람직하다고 생각한다면 본인의 책에서는 그 용어를 쓰길 권한다. 어쨌든 어떤 용어를 선택해도 비판에서 자유로울 수는 없을 것이다. '장애'라는 용어도 마찬가지다. 한번은 학회에서 '인지 장애'라는 용어를 썼다고 비판받은 적이 있다. '인지'라는 용어가 아닌 '장애'라는 용어에 불만을 표시했다. 그의 말에 따르면 '장애'가 아닌 '차이'라는 용어를 써야 한다는 것이다. 학회의 주제는 무엇이었을까? 바로 '인지 장애와 그것이 도덕 철학에 던지는 과제'였다. 만약 인지 장애에 관한 학회에서 발표자가 '장애'라는 용어를 쓰는 것에 반대한다면 우리가 사용하는 모든 음소가 잘못되었다고 해야 할 것이며 새로운 언어에 대한 갈망을 표현할 새로운 언어가 필요할 것이다.

이 책에서 지적 장애의 '허구적' 특성을 강조하는 것에 대해 한마디 더 보태자면 그런 강조는 문학 속 인물들이 현실 인물들이 아니라는 고대부터 이어져 온, 그러면서도 언제나 중요한 통찰에 근거한 것이다. 장애를 지닌(혹은 장애를 지닌 것으로 추정될 수 있거나 추정되는) 등장인물을 다룰 때 우리는 현실 속에 실재하는 사람에 대해 이야기하는 것이 결코 아니다. 우리는 꾸며 낸 장애를 지닌 허구 인물에 대해 이야기하고 있는 것이며 그런 장애는 때로는 다양한 소설에서 내러티브와의 관계로 규정된다. 이 책에서 연구하는 허구 장애가 지적 장애이기 때문에 픽션 연구에 더 적합하거나 더 색다른 논의를 낳는 것은 아니다. 이 책에서는 플롯과 기법, 내용와 형식, *파불라fabula*(이야기의 원재료를 시간 순으로 나열한 것)와 *수제szujet*(이야기에서 전달한 그대로의 이야기) 사이를 오고가는 형식주의적 방법론을 철저하게 따른다. 물론 그런 대조가 뚜렷하게 구별되거나 고정된 것이 아니라는 점은 인정한다.

내가 머리말에서 마지막으로 하고 싶은 말은 내가 이 책에서 인용하는 텍스트에 관한 것이다. 이 프로젝트를 통틀어(장애 관련 용어에 관한 밑도 끝도 없고 피할 수도 없는 논쟁을 포함시킨다 해도) 텍스트 선정 작업이 가장 힘들었다. 이 책의 바탕이 된 아이디어는 2004년에 장애 연구에 관한 MLA 학회에 논문을 발표할 때 처음 싹텄다는 건 이미 언급했다. 그 논문은 맥신 홍 킹스턴Maxine Hong Kingston의 『여전사Woman Warrior』를 여러 번 다시 읽는 과정에서 거듭 수정되었다.(따라서 이 책에 실린 부분은 십 년이 넘는 기간 동안 몇 번을 다시 읽었음에도 살아남은 부분들이다.) 하지만 곧 예로 들 만한 것들이 넘쳐나기 시작했다. 처음에 『여전사』에서 내 관심을 끌었던 현상이 그 작품 속 곳곳에서 각기 다른 형태로 모습으로 발견되었다. 그리고 내 관심을 끌었던 그 현상 자체도 자세히 들여다보면 볼수록 더 복잡해져만 갔다. 처음에는 텍스트 속에서 이야기를 전개시키는 동기로 배치된 것처럼 보였던 지적 장애가 곧 텍스트의 텍스트성을 심화하는 형태로 배치되어 있다는 사실을 깨닫게 되는 식이었다. 『여전사』는 더 이상 단순히 가부장제의 여러 구속에 의해 미쳐 버린 여성의 이야기가 아니었다. (물론 그것도 주요 주제이긴 하지만) 더 나아가 점점 이야기를 이해할 수 없을 정도로 미쳐 가는 인물과 그 인물과 이야기의 연결 고리를 유지하고자 애쓰는 과정, 말하자면 텍스트 내부의 투쟁을 담고 있기도 하다. 그 후 그런 식의 생각들이 꼬리에 꼬리를 물면서 『돈키호테Don Quixote』에 이르게 된다. 그런데 내가 『돈키호테』 속 지적 장애의 재현과 자기-인식 구현에 관한 논문을 발표할 수 있을 정도가 되자 이번에는 『돈키호테』에서 내가 제기한 질문들을 블라디미르 나보코프Vladimir Nabokov의 『창백한 불꽃Pale Fire』에도 적용할 수 있을지 궁금해졌다.(답은 그렇다이다. 그리고 그 때문에 『창백한 불꽃』을 3장에서 다룬다.) 장애와 사변소설에 대한 나의 초기 연구들도 결국 같은 결론에 이르게 된다. 장애가 〈토탈 리콜〉, 〈엑스맨〉 같은 영화의 핵심을 이룬다고 주장하는 마당에 C. S. 프리드먼의 『이 외계의 해변』에 대해서는 어떻게 생각하느냐고? 필립 K. 딕의 소설 속 프리코그들[역주5]의 역할에 대해서는? 옥타비아 버틀러Octavia Butler의 기념비적인 『제노제네시스Xenogenesis』 3부작에 대해서는? 시오도어 스터전Theodore Sturgeon의 아주 기이하고 불편하기 짝이 없는 『인간을 넘어서More Than Human』는 또 어떤가?[10]

내가 그런 질문들을 진지하게 고민했기 때문에 버틀러나 스터전의 작품들을 비롯한 다른 작품들의 연구는 다른 사람에게 넘길 수밖에 없었다는 것을 이 책이 입증했길 바란다.(실제로 버틀러와 스터전의 소설에 대한 아주 훌륭한 연구들이 속속 배출되고 있다.) 어쨌든 어느 시점에 이르자 나는 예로 들 작품에 대한 고민을 멈추고 책을 써야만 했다. 그래서 이 책은 관련 작품을 전부 하나도 빠짐없이 다루고 있지는 않으며 소설 속 지적 장애에 대한 교과서임을 자청하지 않는다. 백과사전을 집필하려고 하기 보다는 소설 속에서 지적 장애가 활용되는 가장 중요하고 친숙한 형태들을 다룬 간단명료한 책을 쓰는 것이 더 낫다고 판단했다. 이 책에 담긴 주장들이 충분히 설득력을 지녔다면 꼬리에 꼬리를 무는 겹겹의 읽기 경험으로 이어질 것이고 그중 일부는 내가 피하거나 예상할 수는 없었지만 무시하거나 놓친 많은 다른 예들을 포착하게 될 것이다. 그리고 그런 읽기 경험 중 일부는 내가 설명한 현상들이 전 세계에 축적된 무수히 많은 이야기들 중에서 손에 꼽을 정도로 아주 적은 수의 텍스트에 한정된 특이한 현상이 아니라 내가 처음부터 말했듯이 어디에나 흔히 존재하는 현상이라는 사실을 뒷받침할 수도 있을 것이다.

1 장

동기

『해리포터와 죽음의 성물Harry Potter and the Deathly Hallows』 제35장 「킹스 크로스」는 볼드모트가 해리에게 "아브라 카다브라" 살인 저주를 내린 직후 삶과 죽음의 경계에 있는 어딘가를 무대로 한다. 전편인 『해리포터와 혼혈왕자』 말미에서 살해당한 알버스 덤블도어는 그런 절체절명의 순간에 해리에게 잠시 방황하며 파시즘에 빠져들었던 (그동안 잘 알려지지 않았던) 자신의 젊은 시절 이야기를 들려준다. 사악한 천재 겔러트 그린델왈드와 단짝이 되어 (덤블도어와 그린델왈드가 중심이 되는) 엘리트 마법사 비밀 위원회가 지구상의 머글을 지배하는 세계정복 계획안을 마련했던 시절의 이야기다. "너는 어떤 일이 있었는지 알잖니. 이미 알고 있어. 다만 네가 아무리 날 경멸해도 내가 나 자신을 경멸하는 것보다 더하지는 않을 게다."라며 덤블도어는 이야기를 꺼낸다.

"하지만 전 교수님을 경멸하지 않아요."라는 해리의 반박에 "그렇다면 경멸해야 마땅해. 곧 그렇게 되겠지."라며 덤블도어는 그 이유를 다음과 같이 설명했다.

덤블도어가 이렇게 말하더니, 숨을 길게 내쉬었다.

"너는 내 여동생의 상태가 안 좋았다는 비밀을 알고 있지. 그 머글들이 한 짓을, 그래서 내 동생이 어떻게 됐는지를 말이다. 그리고 불쌍한 아버지가 복수한 것도, 그 죗값을 치르다가 아즈카반에서 돌아가셨다는 사실도 알고 있어. 또한 어머니가 아리애나를 보살피다 어떻게 목숨을 잃었는지도 알고 있을 게다. 나는 그 일이 너무나도 분했단다."

덤블도어는 아주 담담하고 냉정하게 내뱉듯이 말했다. 이제 그는 해리의 머리 위 너머, 저 먼 곳을 바라보고 있었다.

"나는 많은 재능을 타고났고 총명했단다. 난 벗어나고 싶었어. 빛나는 존재가 되고 싶었고, 영예를 얻고 싶었단다. 그렇다고 오해는 하지 말아 다오."

그 순간 고통이 그의 얼굴을 스쳤고, 그는 다시 폭삭 늙은 것처럼 보였다.

"나는 그들을 사랑했어. 부모님을 사랑했고, 동생들도 사랑했단다. 하지만 난 이기적이었어, 해리. 놀랍도록 이타적인 네가 상상할 수 없을 정도로 매우 이기적인 사람이었지.

그래서 어머니가 돌아가시고, 성치 않은 여동생과 제멋대로인 남동생에 대한 책임을 고스란히 떠맡게 되었을 때, 난 분노와 쓰라린 마음을 안고 내가 살던 마을로 돌아왔단다. 마치 덫에 걸려 망가진 느낌이었지! 그 무렵 … 그래, 그가 찾아온 거야….”

덤블도어는 다시 해리의 눈을 똑바로 바라보았다.

“그린델왈드. 너는 그의 생각이 얼마나 나를 사로잡았는지, 나의 마음을 타오르게 했는지 상상조차 못할 게다, 해리. 머글들을 힘으로 굴복시킨다. 우리 마법사들을 승리로 이끈다. 그린델왈드와 나, 바로 혁명의 자랑스러운 젊은 지도자들이 말이야.”(715-716)

덤블도어의 치기 어린 반항은 동생 애버포스가 집으로 돌아와 그린델왈드와 함께 죽음의 성물을 찾아 떠나겠다는 알버스의 계획에 찬물을 끼얹으면서 끝났다. “나는 애버포스가 나를 향해 외치는 진실을 듣고 싶지 않았지. … 연약하고 불안정한 여동생을 끌고서 성물을 찾아 떠날 수 없다는 말 따윈 듣고 싶지 않았단다.” 급기야 덤블도어와 그린델왈드는 다투게 되고, 사고로 결론 내렸지만 어쨌든 그 와중에 아리애나는 죽었다. 그린델왈드는 달아났고 알버스 덤블도어는 제정신으로 돌아왔다. 그는 “남아서 여동생을 땅에 묻었어. 그리고 죄책감과 무시무시한 슬픔 속에서, 내 수치스런 행위의 대가를 치르며 살아가는 법을 배웠지.”(717)

2007년 10월, 『해리포터와 죽음의 성물』이 출간되고 몇 달 뒤 카네기 홀에서 열린 독자와의 대화 행사에서 조앤 롤링은 덤블도어가 동성애자라는 사실을 밝혔다. 해리포터의 수백만 팬이 보인 반응은 대체적으로 깜짝 놀랐다는 것이었다. 덤블도어의 성적 취향을 드러내는 텍스트상 '단서'는 없기 때문이다. 결국 그린델왈드에 대한 덤블도어의 관심은 머글에 대한 불타오르는 적개심과 자기처럼 뛰어난 인물이 작은 마법사 마을에서 썩어서는 안 된다는 자기 과시욕에서 비롯된 이념적인 것이기도 했지만 다른 한편으로는 성적인 것이기도 했다. 그린델왈드와의 동맹은 그를 향한 사랑이 계기가 되었던 것이다. 하지만 덤블도어의 성적 취향을 둘러싼 모든 소동과 논평은 눈에 뻔히 보이는, 텍스트에 명시적으로 적혀 있는 무언가를 놓치고 있다. 바로 한순간에 몰락한 집안과 스스로를 분리시키고 싶은 욕구, 그리고 특히 망가져 버린 여동생으로부터 벗어나고 싶은 덤블도어의 욕구다.

사실 첫 번째 욕구와 두 번째 욕구는 연결되어 있다. 불구가 된 아리애나가 바로 덤블도어(가)가 몰락한 원인이기 때문이다. 아리애나는 여섯 살 때 마법을 쓰다 그것을 본 머글 소년 세 명의 공격을 받는다. 어떤 공격을 받았는지는 명확하지 않다. 다만 애버포스가 해리와 헤르미온느에게 다음과 같이 설명한다. "그래서 아리애나는 망가졌어. 그 녀석들이 한 짓 때문에 말이야. 아리애나는 그 후로 쭉 정상이 아니었어."(364) 결국 아리애나는 평생 집에 갇혀 지내게 된다. 그리고 덤블도어 가족은 그 사실을 감추기 위해 핑계가 될 이야기, 즉 덤블도어 교수가 해리에게 했던 아리애나가 "아프다"는 이야기를 꾸며 낸다. "그 아이는 마법을 쓰길 거부했어. 하지만 그렇다고 마법을 없애지도 못했지. 결국 마법은 그 애의 내부로 파고들었고 그 애를 미치게 만들었어. 그러다가 아리애나가 더 이상 마법을 억누를 수 없게 되면 밖으로 터져 나오곤 했어. 그래서 그 애는 이따금씩 이상하고도 위험한 존재가 되었어." 그들의 아버지는 "그런 짓을 한 개자식들을 찾아내서 혼쭐을 냈어." 하지만 마법부 공무원들에게 왜 그런 일을 했는지 해명하지 않았다. "만약 마법부가 아리애나가 어떤 상태인지 알게 된다면 성 뭉고 병원에 영원히 갇히고 말았을 테니까."(364) 그래서 덤블도어의 아버지는 마법사들의 감옥인 머나먼 아즈카반에 유배된다. 덤블도어의 어머니는 아리애나가 열네 살이 되었을 때 아리애나가 참지 못하고 일으킨 분노발작의 희생양이 되어 목숨을 잃는다. 그래서 막 호그와트를 졸업한 알버스는 자신의 계획과는 반대로 집으로 돌아와야만 했다. 하지만 애버포스의 신랄한 평가처럼 알버스는 돌보는 일에는 어울리지 않았다.

> "형은 집에 있을 때면 늘 자기 방에 처박혀 있었어. 책을 읽거나 자기가 받은 상의 숫자를 헤아려 보거나 '당대에 가장 저명한 마법사들'과 서신을 주고받으시느라 말이지. … *본인은* 아리애나에 대해 신경 쓰고 싶어 하지 않았어. … 잘난 양반으로서는 영 위신이 떨어진 셈이지. 반미치광이 여동생을 보살피면서 이틀에 한 번꼴로 그 애가 집을 날려 버리는 걸 막는다고 해도 그런 일로 상을 받을 리 없었으니까."(365-366)

가십 전문기자 리타 스키터는 (그녀답지 않게 제대로 된 증거를 바탕으로)

이것이야말로 "덤블도어가 평생에 걸쳐 가장 철저하게 감춘 비밀"이라고 장담한다. 상대적으로 논란의 여지가 적은(그리고 텍스트 밖 세상에서는 아주 크게 환영받은) 알버스 덤블도어가 동성애자라는 사실이 아닌 것이다.

롤링이 들려주는 아리애나의 이야기는 "밥, 자네도 익히 알다시피 말이지" 식으로 전개되는 단순한 뒷이야기가 아니다.(물론 해리포터 시리즈에는 그런 뒷이야기가 수도 없이 많이 등장한다.) 롤링은 지적 장애를 지닌 인물이 직접 등장하지 않는 내러티브의 중심에 지적 장애를 집어넣었다. 독자가 아리애나를 직접 마주하는 일은 결코 없다. 플래시백 장면에서조차 등장하지 않는다. 오직 벽에 걸린 초상화에서 잠시 모습을 드러내는데 그 초상화는 호그와트와 연결된 마법의 비밀 통로로 밝혀진다.(다른 비밀 통로들은 모두 감시당하고 있다.) 『해리포터와 죽음의 성물』의 플롯에서 아리애나가 수행하는 유일한 '행위'는 그 유령 통로의 유령 안내자 역할이다. 그러나 해리포터 시리즈의 전체 줄거리에서 아리애나는 자신의 '천재적인' 오빠의 인생이 흘러가는 방향을 좌우하는 결정적인 역할을 담당한다. 덤블도어는 장애를 지닌 여동생과 한 가족이라는 사실이 수치스러웠고 여동생을 그렇게 만들고 자기 아버지를 감옥에 보냈으며 자기 어머니를 (간접적으로) 죽게 만든 머글에게 (충분히 이해할 만한) 분노를 느꼈기 때문에 그린델왈드에게 매료되었고 그와 함께 마법사 독재주의를 꿈꾸게 된다. 반면 아리애나의 죽음은 덤블도어가 자신의 가치관을 돌아보는 계기가 되었으며 그 후 그는 그린델왈드의 주장에 철저히 등을 돌리고서 머글의 권익을 신장하는 운동, 모든 마법 생명체의 포용을 권장하는 운동, 종류를 불문하고 모든 위계질서 및 정당한 근거 없는 차별에 반대하는 운동에 평생을 바치게 된다.

그런 면에서 지적 장애는 결코 내러티브의 전면에 나서지 않으면서도 윤리적 핵심 역할을 하고 있다. '윤리적 핵심ethical core'은 아토 퀘이슨이 사용하는 용어이며 그가 제안한 획기적인 개념 '미학적 불안감'과 아주 긴밀한 연관이 있다. 퀘이슨에 따르면 "장애는 미학적 영역을 윤리적 핵심으로 되돌아가게 만들고, 그 윤리적 핵심은 재현의 표면을 깨뜨린다."(19) 그는 이를 더 정형화해서 "장애의 재현은 장애가 재현된 미학적 현장들에 대한 읽기가 미학적 구조에서는 쉽사리 포용할 수 없는 윤리적 측면을 반드시 수반하도록 강요하는 방식으로 미학적 영역과 윤리적 영역 사이를 아슬아슬하게 오락가락한다."(19)라고 적고 있다. 이 장에서는 퀘이슨의 이러한 예리한 통찰을 구체화하고 확장해 보겠다. 또한 여기에서 언급된 "깨뜨린다disruption"는 개념과 "오락가락한다oscillation"는 개념을 특히 강조하는 방향으로 작품을 해석할 예정이다. 그런 해석에서 지적 장애를 지닌 인물의 재현을 다룰 때는 그 인물 자체보다는 그 인물과 내러티브—내러티브 중에서 그 인물이 등장하는 특정 부분과 내러티브 자체—의 관계에 초점을 맞출 것이다.(앞으로 살펴보겠지만, 지적 장애의 성격과 그 장애가 등장하는 내러티브의 구조에 따라 '내러티브 자체'의 의미는 '각각의 이야기'에서부터 '인물의 삶 전체' 또는 '상상을 초월하는 방대한 시간'까지 그 범위가 달라진다.) 마지막으로 퀘이슨이 "미학적 불안감의 마지막 단계는 독자와 텍스트 사이에서 완성된다."(15)는 (나도 동의하는) 주장을 펼치고 있기 때문에 (아리애나의 장애가 덤블도어 교수의 인생과 덤블도어 교수가 직접 들려주는 자신의 이야기에서 동기로 작용하는) 해리포터 시리즈에서와는 달리 지적 장애가 텍스트 자체의 구조를 비틀어 독자가 내러티브를 이해하는 데 '장애'를 유발하는 몇몇 작품도 다룰 예정이다. 그런 작품에는 지적 장애가 퀘이슨이 말하는 '해석적 난관hermeneutic impasse'을 (내용적인 측면에서) 텍스트 내에서 만들어 낼 뿐 아니라 (형식적인 측면에서) 독자가 텍스트와 교류하는 조건을 설정하는 역할을 하는 내러티브들이 포함된다.

하지만 그런 논의를 시작하기 전에 퀘이슨이 하는 주장의 두 가지 측면을 먼저 짚고 넘어가고자 한다. 우선 '윤리적 핵심'을 한번 살펴보자. '윤리적 핵심'은 언제 발생할까? 『미학적 불안감Aesthetic Nervousness』에서 이 개념은 텍스트 내에서 제대로 검증되지 않은 채 마치 그 자체가 윤리적 핵심인 양 하나의 덩어리로, 자연의 법칙인 것처럼 소개되고 있다. 앞서 든 해리포터 시리즈 예에서는 '윤리적 핵심'이 무엇인지 꽤 명확하다. 무엇보다 덤블도어의 아버지가 머글 소년들에게 보복을 가한 대가로 아즈카반에 감금되지 않는가. 굳이 더 파고들지 않더라도 정의라는 문제가 얽혀 있음을 알 수 있다. 어린 자녀가 망가질 정도로 공격한 이들에게는 어떻게 대응해야 도덕적으로 적절하다고 인정될 수 있을까? 아리애나의 가족과 그 가족이 속한 (마법) 사회는 어떤 책임을 지는가? 마찬가지로 장애 아동이 속한 사회는 어떤 책임을 지는가? 마법 사회에서는 '적당한 편의reasonable accommodation'가 마련되지 않은 것으로 보인다. 어머니의 목숨을 앗아 가는 비극적인 결과를 낳았지만 아리애나를 집에서 보살핀 이유는 마법 질병과 상해를 치료하는 성 뭉고 병원에 가두는 것이 유일한 대안이었기 때문이다. 우리는 살면서 언제나 정의라는 문제와 마주하게 된다. 그러니 윤리적 핵심이 우리가 다양한 형태로 맞닥뜨리게 되는 정의라는 문제에서 비롯되거나 정의라는 문제로 구성되는 것도 당연하다. 다음 장에서도 살펴보겠지만 내러티브 자체의 윤리성이라는 문제 또한 얽혀 있어서 지적 장애를 지닌 인물이 자신이 등장하는 내러티브에 대해 얼마나 알고 있는가(혹은 알 수 있는가)라는 문제도 대두될 수밖에 없다.

다만 윤리적 핵심은 지적 장애를 지닌 인물이 존재하지 않아도, 심지어 그런 인물이 언급조차 되지 않아도 발생할 수 있다. 지적 장애를 지닌 인물이 전혀 등장하지 않는 경우에도 지적 장애는 텍스트(텍스트 자체나 인물들의 동기)에 영향을 미칠 수 있다. 머리말에서 지적했듯이 『시간의 주름』이 그 예다. 열네 살인 메그 머리는 학급에서 성적이 하위권으로 떨어졌다. 한 선생님이 짜증을 내며 "그토록 똑똑한 부모를 둔 너 같은 아이가 어떻게 성적이 이다지도 형편없는지 도대체 이해할 수가 없구나."라고 말한다.(11) 일단 문제의 일부는 그녀의 태도에 있다. 같은 학년 친구들은 그녀를 덜떨어진 말썽꾼 정도로 여긴다. 그런데 메그의 태도 불량에는 주변 사람 모두가 메그의 남동생을 지적 장애아 취급한다는 점도 한몫한다.

> 책을 한가득 안고 학교에서 집으로 돌아오는 길에, 남자애 하나가 메그에게 "멍청한 애기 동생" 어쩌고 하는 말을 던졌다. 그 말에 메그는 들고 있던 책을 길가에 내팽개치고 있는 힘껏 그 남자애에게 달려들었다. 집에 돌아온 메그의 블라우스는 찢어져 있었고 한쪽 눈에는 커다란 멍이 들어 있었다.(12)

『시간의 주름』을 읽은 수많은 독자들은 메그의 다섯 살배기 남동생 찰스 월러스가 바보가 아님을 안다. 말은 늦었지만 찰스는(찰스 본인도 잘 알고 있듯이) 생물학적으로 우월한 돌연변이로 글자를 읽을 수는 없어도 일반 상대성 이론을 이해하며 덤으로 텔레파시 능력도 지닌 비정상적일 정도로 영특한 아이다. 실제로 찰스는 사람들에게 무시당하는 게 더 낫다는 걸 알 정도로 똑똑하다. "글을 배우면 내년에 학교 가서 더 힘들어질까 봐서 그래. 이대로 사람들이 날 좀 모자라다고 여기는 편이 나을 것 같아. 그럼 그렇게까지 미워하진 않을 테니까."(34)

머리 남매의 부모는 모두 과학 분야 박사 학위를 여러 개 받았다.(아버지는 물리학자고 어머니는 미생물학자다.) 그야말로 엄청난 두뇌들로 넘쳐나는 집안인 셈이다. 하지만 지적 장애라는 *낙인*이 '저능아' (또는 덜 무례하게 표현하자면 좀 모자라다는) 취급을 받는 메그와 찰스를 그림자처럼 따라다닌다. 특히 별 특징 없이 무난한 열 살배기 샌디와 데니스 쌍둥이 형제와 비교당하기 때문에 더 그렇다. "두 사내아이는 멀쩡하고 괜찮은 애들 같아요. 하지만 그 못생긴 여자애랑 꼬마 녀석은 어딘가 모자라는 게 틀림없어요."(16) 이렇듯 머리 가족이 똑똑함으로 규정되고 똑똑함을 연상시키기 *때문에* 지적 장애에 가해지는 낙인은 머리 가족들을 지배한다. 그래서 메그는 그런 낙인을 피하거나 그런 낙인에 저항하려고 애를 쓰고(이를테면 누군가 아무렇게나 던진 고약한 말에 주먹다짐을 하고) 찰스 월러스는 공포와 증오의 대상이 되지 않으려고 그런 낙인을 보호막으로 삼는다(괴물 취급 받는 것보단 바보 취급 받는 게 나으니까). 따라서 『시간의 주름』에서는 하나의 인물 또는 일련의 특징이 아닌 더 일반화된 사회적 낙인의 존재로 인해 윤리적 핵심이 발생한다.

이 점에 대해서는 일찌감치 명확히 해 두고 싶다. 왜냐하면 (a) 언뜻 말이 안 되는 소리처럼 들리고(『시간의 주름』을 장애의 관점에서 읽는 사람이 과연 있을까?) (b) 다른 모든 면에서는 퀘이슨이 제시한 꽤 포괄적인 분석틀의 주요 한계 중 하나를 노출시키기 때문이다. 미학적 불안감이 "일차적 단계에서는 장애인과 비장애인 간의 상호작용에서 시작되며 다양한 긴장상태가 포착된다."(15) 퀘이슨이 '불안감'이라는 단어로 그런 상호작용을 규정한다는 점에 주목해야 한다. '불안감'은 잠재적으로는 생산적인 불안감과 불편함을 함의하고 따라서 '역겨움', '거부감', '공포감' 같은(그리 어렵지 않게 떠올릴 수 있는 반응들, 그리고 많은 시대와 장소에서는 정상인이 일반적으로 보이는 반응들을 가리키는) 단어보다는 더 유연한(그리고 심지어 더 희망적인) 단어다. 어빙 고프만Erving Goffman이 그런 만남을 설정한 방식에서 영감을 얻은 개념임이 분명하다. 고프만의 경우 "정상인과 낙인찍힌 자들이 실제로 서로 근접한 공간에 들어서

게 되면 … 원초적인 사회학적 장면의 하나가 탄생한다."(13)고 표현했다. 퀘이슨의 정식이 특히 매력적인 이유는 장애의 실재에 직면한 비장애인 인물들이 느끼는 역겨움, 거부감, 공포감을 *미학적* 불안감의 문제로 재설정함으로써 그런 원초적인 장면을 재구성할 가능성을 제공하기 때문이다. 보통은 빅터 프랑켄슈타인이 자신의 창조물에 처음으로 눈길이 닿았을 때 느낀 원초적인 역겨움에 대해 생각하기 마련이다. 그런데 퀘이슨의 논의를 따라가다 보면 그런 만남이 "상징과 모티프의 배열, 내러티브의 전체 혹은 일부 구간의 극적인 시점, 플롯의 구성 및 역전 등 텍스트의 다른 층위를 거치면서 굴절된 긴장 상태에 의해 증폭된다."(15)는 점에 생각이 미치게 된다. 가장 꺼려지는(그리고 가장 끔찍한) 장애와의 만남도 '미학적 불안감'을 통해 다른 무언가, 텍스트의 윤리적 핵심의 측면에서뿐 아니라 텍스트의 형식과 결이라는 측면에서도 의문을 제기하는 다른 무언가로 탈바꿈된다.[1] 다만 퀘이슨의 논의는 여전히 장애를 지닌 인물의 재현에 초점을 맞추고 있다. 장애를 구성하는(그리고 해체하는) 텍스트상의 수사 용법, 수사학적 장치, 내러티브 전략은 깊이 다루지 않는다.

마찬가지로 데이비드 미첼David Mitchell과 샤론 스나이더Sharon Snyder의 '내러티브 보정 장치narrative prosthesis' 이론도 내러티브 이론보다는 장애를 지닌 등장인물에 관한 이론에 가깝다. 하지만 '내러티브 보정 장치' 이론이 장애학 연구에서 내러티브를 다루는 가장 권위 있는, 그리고 유일한 논리이므로 미첼과 스나이더의 이론과 이 책의 주제가 어떻게 다른지 살펴보겠다. 2000년도에 출간된 『내러티브 보정 장치Narrative Prosthesis』는 기념비적인 이론서로 장애와 내러티브에 관한 그 이후의 연구가 마땅히 다루어야 할 영역을 획정했다.(그리고 퀘이슨의 '미학적 불안감' 이론도 이와 비슷한 주제를 다루며 두 저서 간에는 겹치는 논점이 많다.) 퀘이슨과 유사하게 미첼과 스나이더도 "문학 내러티브 내에서 장애는 진부한 문화 현상들에 도전하는 저항 세력으로 작동한다."고 주장한다.(48) 하지만 그런 저항 세력을 설명하면서 미첼과 스나이더는 장애가 언제나 해석의 동기가 된다는 주장에 철저하게 기댄다. 그들은 장애를 언제나 그 자체가 아닌 다른 무언가를 상징하는 것으로 본다. 그래서 장애는 언제나 수수께끼와 도전 과제를 끌어들이는 요인이다.

> 장애의 불가지성 그 자체를 다루는 내러티브로 인해 그 장애에 관한 이야기를 해야만 하는 필요성이 공고해진다. 따라서 장애가 그 인물의 근간을 이루는가라는 문제가 언제나 이야기의 밑바탕에 깔려 있다. 장애가 인물이 문제 행동을 하는 원인이나 증상인지, 아니면 그런 행동으로부터 시선을 돌리기 위한 장치인지는 문제되지 않는다. 장애가 던지는 수수께끼를 화자가 꿰뚫어 볼 수 있는지가 쟁점이다.(6)

하지만 장애의 재현이 수수께끼와는 거리가 먼 경우도 있다. 미첼과 스나이더가 "장애는 문학 내러티브에 만연해 있다. 첫째, 전형적인 인물 설정의 토대로서, 그리고 둘째, 편리한 은유 장치로서"(47)라는 구문을 읽으면 리처드 라이트Richard Wright의 『미국의 아들Native Son』과 같은 작품을 떠올리게 된다. 그 소설에서는 시각을 잃은 눈은 영혼을 들여다보는 창문 역할을 한다는 장애 은유를 구현하고 있으며 재판정에서 변론 중에 변호사인 보리스 맥스가 비거 토마스에게 피살된 여성의 어머니에게 "그래서 돌턴 부인에게 나는 이렇게 말하겠습니다. '시각 장애인인 당신이 베푼 자선 또한 딱할 정도로 눈 먼 것이었습니다!'라고요."(393)라고 소리치는 고약한 장면이 나온다. 나는 이 장면을 "고약하다"고 표현했다. 왜냐하면 무남독녀를 잃은 돌턴 부인을 탓하는 것이 현명한 변론 전략일 리 없을 뿐 아니라 이미 시각 장애인에 대한 수사 용법이 넘치도록 사용된 내러티브에서 그런 변론을 하고 있기 때문이다. 비거가 "잰은 장님이었어. 메리도 장님이었지. 돌턴 씨는 장님이었어. 돌턴 부인도 장님이었고. 그래, 여러 면에서 눈이 멀었었지."(107)라고 생각하는 장면도 마찬가지다.

『미국의 아들』은 장애의 배치를 통해 장애를 도덕성의 타락으로 구현하고, 그럼으로써 장애 그 자체의 실질적인 세부사항을 무시하도록 만든다. 돌턴 부인이 그날 밤 메리의 방에서 비거를 보지 못하는 것이 플롯에서 아주 중요한 역할을 했을 것이다. 하지만 돌턴 부인이 플롯상 자신의 역할을 다 수행하고 난 후에는 그녀의 눈이 멀었다는 점은 은유적인 측면에서만 의미가 있다. 미첼과 스나이더는 이런 경우를 염두에 두고 "기회주의적인" 은유 장치라는 표현을 썼을 것이다. 하지만 미첼과 스나이더의 내러티브 보정 장치 이론은 그런 은유 장치를 넘어

혁신적이고 도발적인 읽기 전략으로 확장된다. 다만 앞으로 보게 되겠지만 잠재적으로는 한정적이기도 하다. 미첼과 스나이더는 독자들이 대개는 장애를 눈치 채지 못한다는 적절한 지적을 한다. "역사를 통틀어 이야기를 지어내는 행위를 낳는 차이들 중 가장 뚜렷하고 가장 많이 언급되는 역할을 수행한 것이 장애"였는데도 말이다.(54) 이는 앞서 인용한 장애가 이야기를 끌어들인다는 주장의 또 다른 변형이다. 이런 논리의 예로 나는 내 처제의 사업 파트너를 들곤 한다. 그녀의 팔은 팔꿈치까지밖에 없다. 팔이 왜 그렇게 되었냐는 질문을 수년간 계속해서 받자 그녀는 신물이 났다. 그런 질문을 할 정도로 무례한 사람들일수록 태어날 때부터 그랬다는 자신의 답변에 유독(비록 대놓고 그러지는 않았지만) 실망한다는 사실을 알아챈 그녀는 짐짓 무심하고 태평한 어조로 "상어한테 물렸어."라고 답하기 시작했다. 그런데 미첼과 스나이더가 보기에 장애에서 비롯된 이야기는 상어 공격 이후라는 궤적을 따라가면서 자신들이 제시한 내러티브 보정 장치 이론의 한 측면인 내러티브가 장애를 사라지게 만들려고 애쓰는 방향으로 전개된다.

내러티브 구조를 단순하게 도식화해 보자면 다음과 같다. 첫째, 일탈이나 다름이 독자에게 제시된다. 둘째, 내러티브는 그런 일탈의 기원과 이후의 형성과정을 설명하도록 요구함으로써 내러티브 자신의 존재 이유를 공고히 한다. 셋째, 그 일탈을 관심의 주변부에서 앞으로 전개될 이야기의 중심으로 가져온다. 넷째, 이야기의 나머지 부분에서

는 어떤 방식으로든 그 일탈을 복원 또는 교정한다.(53)

이런 도식은 일부 디즈니 애니메이션 영화와 제임스 브룩스의 〈이보다 더 좋을 순 없다As Good as It Gets〉(1997) 같은 주류 할리우드 영화에는 아주 잘 들어맞는다.[2] 디즈니화에서는 인물의 장애를 독특하고 소중한 재능으로 재정립하는 방식을 선호한다. 이를테면 덤보의 어마어마하게 큰 귀는 비행능력이라는 종種의 돌연변이로 작동한다.(그리고 서커스의 주요 볼거리가 되어 흥행 돌풍을 일으킨다.) 이와 유사하게 인물의 장애는 독특하고 소중한 재능으로 보상받기도 한다. 〈해피 피트Happy Feet〉(2006)에서 구애를 위한 '하트송'을 부르지 못하는 멈블은 동료 펭귄들에게 추방당한다.(그리고 그의 장애는 아버지가 부화기간 동안 알을 제대로 돌보지 않았다는 사실과 연관이 있다고 암시된다.) 그런데 알고 보니 멈블은 종의 돌연변이에 해당해서 탭댄스에 뛰어난 재능을 보이고 결국 그 재능으로 펭귄 종족을 구해 낸다.[3]

하지만 이런 내러티브 구조를 내러티브 속에서 장애를 다루는 모든 작품, 혹은 대부분의 작품에 적용할 수 있을지는 명확하지 않다.(해리포터 시리즈의 아리애나 덤블도어는 이에 해당하지 않는다.) 지적 장애를 지닌 인물이 전혀 등장하지 않으면서도 지적 장애라는 관념 자체가 얽혀 있는 『시간의 주름』 같은 소설은 논외로 하더라도 말이다. 그리고 내러티브가 장애의 제거, 요컨대 이야기의 핵심동기인 일탈을 복원하고 교정하는 것을 목표로 진행되는 경우에도 미첼과 스나이더가 제시하는 내러티브 보정 장치 이론은 완전히 다른 두 갈래로 제각각 전개되는 것처럼 보인다. 한 갈래는 장애를 다루는 내러티브가 단순히 기회주의적일 뿐 아니라 기생한다는 결론에 이른다. "우리가 사용하는 내러티브 보정 장치라는 용어는 역사 전반에 걸쳐 문학 내러티브가 장애에 기대어 재현성, 잠재된 파괴력, 분석적 통찰을 얻는 데 이용했다는 의미를 담고 있다."(49) 문학 내러티브에는 그런 재현성, 잠재된 파괴력, 분석적 통찰을 얻는 데 이용할 수 있는 다른 장치들이 다양하게 존재한다는 아주 손쉬운 반박은 일단 제쳐 두자. 이 주장에서 가장 눈에 띄는 측면은 그런 내러티브가 현실에서 장애를 지닌 채 살아가는 사람들에게 해를 끼친다는 결론으로 연결된다는 점이다. "이야기는 장애가 상징적인 존재로서 지닌 파급력에 기대면서도 사회적, 정치적인 경험으로서의 장애는 거의 다루지 않는다."(48) 이 결론에 덧붙인 추론은 더 당혹스럽다. "장애는 내러티브를 낳지만 내러티브는 자신이 매료된 대상이 말살되는 것을 묵묵히 지켜보면서 스스로의 음란한 호기심을 *필연적으로* 단죄한다."(56-57, 강조는 저자) 그리고 이 추론은 "*모든* 내러티브는 한계를 보상하거나 과도하게 군림하려는 욕망을 원동력으로 삼는다."(53, 강조는 저자) 이런 필연성과 잔혹성에 대해서는 곧 다시 다루겠지만 우선 내러티브 보정 장치 이론의 이런 결론은 일종의 장애학적 관점에서의 해석적 의심을 제시한다고 봐도 좋을 것이다. 즉 내러티브가 장애와의 관계에서 사악하고 '음란하고' 잠재적으로 해로운 결과를 추구한다는 의심을 피력한다. 『내러티브 보정 장치』의 첫 페이지에는 다음과 같이 적혀 있다.

이런 문학 전략은 장애가 사회의 이상理想에 위배된다고 못 박을 뿐만 아니라 장애인의 삶에 치명적인 영향을 미친다. 마음을 불편하게 하는 장애의 실재는 도발적인 문화비평으로서 문학 작품에 강력한 힘을 제공하지만 장애인은 역사적으로 자신들이 속한 사회제도 내에서 그와 같은 힘을 부여받지 못했다. 달리 말해 문학이 장애의 잠재적 파괴력에 의존하는 동안 장애의 문학적 재현의 토대는 장애인을 격리하고 소외하고 배척하고 말살하는 근거가 되었다. 문학은 문화적으로 요구되는 정상성에 억눌린 일탈로서 계속 장애를 사용하지만 장애인 집단은 받아들이기 힘든 신체적 차이와 일탈을 연결시키는 재현이 낳은 결과를 고스란히 감내해야 한다.(8)

따라서 미첼과 스나이더가—비록 마지막에 가서는 (현명하게도) 그런 유혹을 뿌리치기는 하지만—"문학이 장애와의 관계에 있어서는 파산 상태라고 비난"(9)하고 싶은 유혹을 느끼는 것도 당연하다.

반면 다른 하나의 갈래는 내러티브가 필연적으로 장애를 제거하거나 말살한다(그리고 그 때문에 장애인을 더 비참하게 만드는 데 일조한다)고 결론 내리지 않는다. 오히려 일부 문학 텍스트에서는 장애를 제거하거나 말살하려는 노력이 흔히 실패한다고 지적하면서 러시아 형식주의 이념을 장애학의 관점에서 변형해서 제시한다. 빅토르 쉬클로프스키Viktor Shklovsky가 제안한 대로 '장치를 있는 그대로 드러내는 것'이 문학의 기능이라는 점에 착안해 보정 장치의 복구적 기능을 강조하면서도 장치는 그 자체를 있는 그대로 드러내는 역할을 한다는 입장을 취한다.

> 실제 보정 장치는 언제나 불편함을 다소 야기하는 반면 텍스트상의 보정 장치는 보기 싫은 것을 눈앞에서 치워 버림으로써 불편함을 덜어 준다. … 신체적 불구나 지적 이상에 '급조된 해결책'을 동원해 장애를 제거하면 독자로서는 신경을 쓰거나 끊임없이 경계해야 할 필요가 없어진다. … 따라서 앞으로 다룰 대부분의 작품에서는 보정 장치가 주류 재현과 신념 속에서 급조된 해결책이 적용된 장애를 복원하는 기능을 한다. 이 책은 결함이 있는, 혹은 적어도 불완전한 보정 장치의 문학적 *성과*에 관한 것이기도 하다. *그 성과란 보정 장치를 드러내는 것, 즉 보정 장치의 불완전한 보충이 하나의 환상에 불과함을 당당하게 보여 주는 것이다.* 신체와 글의 보정적 관계는 그런 관계가 인공적인 고안물이라는 점을 폭로한다. 장애는 문학 작품이 문화적 정상의 땅으로 되돌아가고자 하는 열망을 거부함으로써 그 문학 작품에서 불안을 야기하는 목적물 역할을 한다. 역설적이게도 이 책에서 면밀히 분석할 그런 문학 작품의 성과는 보정적 관계를 은폐하기보다는 폭로하는 데 있다.(8, 강조는 원저자)

내가 보기에 "역설적이게도"라는 단어가 이 두 번째 갈래의 핵심이다. 보정 장치는 보기 싫은 것을 시야에서 숨기려고 한다. 내러티브가 일탈을 복원하거나 교정하는 역할을 한다는 점에 대해서는 첫 번째 갈래와 동의하는 셈이다. 그런데 여기서는 그런 노력이 오히려 장애에 관심을 집중시키는 결과를 낳는다는, 그래서 보정적 관계를 은폐하기는커녕 노출시킨다는 주장으로 연결된다.

이런 도식에서는 장애가 그 불확정성으로 인해 수수께끼나 의문점, 즉 화자가 간파해야 하는 난제로 제시되는 현상과 밀접한 관련이 있기 마련이다. 미첼과 스나이더의 이론에서 이런 측면은 문학비평 관행에 아주 충격적인 함의를 지니지만 여전히 제대로 다루어지지 않고 있다. 해석에 대한 저자들의 회의론은 어떤 신체는 다른 신체보다 더 글로 묘사하기 쉽고 더 두드러진다는 아주 논리적인 생각에서 비롯된다.

> 장애의 재현 논의에서 쟁점은 장애를 더 "긍정적으로" 묘사한 이야기를 찾는 것이 아니다. 장애학 연구에서는 흔히 그런 식으로 정식화했지만 오히려 장애는 해석을 필요로 한다고 해석하는 권위와 그런 권위를 뒷받침하는 근거에 전면적으로 도전하는 것이다. 아무 표지가 없는 몸은 신체적 익명성 덕분에 요구되지 않는 설명을 장애에 대해서는 요구한다는 점에서 정치적인 문제이기도 한 것이다.(59-60)

여기서 독자는 불구인 신체는 언제나 해석의 대상이 되는 반면 *불구가 아닌 신체는 그렇지 않다*는 인상을 받게 된다. 그런 인상은 '내러티브 보정 장치와 은유의 실체성'이라는 장 말미에서 강화된다. 그 장에서 저자들은 "만약 기능에 아무 문제가 없는 신체는 내러티브화하기에 너무 심심하다고 확정되어 버리면 불구인 신체는 인물 구축에 아주 탁월한 장치가 된다."(64) 아주 엄청난 "만약"이다. 내러티브가 기능상 아무 문제없는 신체를 이야기의 소재로 삼지 않는다면 그 이유는 바로 그런 이야기가 충분히 흥미롭지 않기 때문이라는 명제에 동의하길 요구하고 있다. 하지만 그보다 더 큰 문제는 해석 그 자체가 장애, 그리고 장애인에 폭력을 가한다는 인상을 주고 있다는 점이다.

> 장애가 역사적으로 과도한 의미 부여를 요구한다고 해석하는 자동반사적인 충동은 장애의 상징적인 효용성을 결정한다. 이렇듯 장애가 지니는 의미에 대한 과도한 확신은 장애인 집단을 끝없는 문화적 호기심의 매개물로 탈바꿈시킨다. 문자 기록이 발전하는 동안 문학은 의미로 넘쳐나는 장애라는 깊은 우물을 마음껏 사용했다. 그 과정에서 문학 내러티브는 장애의 무한한 해석 가능성을 파헤치고자 하는 문화적 욕망을 부추겼다. 이런 지칠 줄 모르는 욕망 때문에 장애인은 문화적 포착을 도발하면서도 회피하는 불가지한 미스터리로 구현되었다.(61)

물론 장애를 둘러싼 해석학 산업에 대한 이런 회의론을 정당화하는 증거들은 역사 기록에 충분히 잘 나와 있다. 장애는 다양한 종교 전통에 따라 (신의 처벌이나 신의 간택이라는 형태로) 신의 분노나 신의 은총의 징표로 받아들여졌을 뿐 아니라 지난 두 세기 동안 장애를 관리하는 주체가 종교 질서에서 의학 질서로 넘어가면서 불구인 신체는 생권력[역주1]의 객체가 되었다. 그래서 장애는 의학 질서에 의해 규정되며 불구인 신체는 의학의 예리한 감시 아래 수용될지, 불임시술을 당할지, (미국의 역사에서는 종종) 엘리스 섬에서 추방되어 출신국으로 되돌려 보내질지가 결정된다. 장애에 대한 사회 영역에서의 해석은 해석당하는 사람들의 입장에서는 유익하기는커녕 무해한 경우조차 찾아보기 힘들다. 하지만 나는 문학비평에서 이런 해석을 금지하는 것이 직관에 반한다는 점을 강조하고 싶다. 그것은 마치 장애가 의미를 지니지 않은 채 그냥 존재만 해야 한다는 말처럼 들린다. 요컨대 시각 장애, 청각 장애, 정신분열증, 연골무형성증 같은 장애의 묘사는 그런 사실 자체를 벗어난 다른 의미론적 기능이나 함의를 지니면 안 된다고 주장하는 것이나 마찬가지다.

물론 장애가 다른 무언가를 상징하는 징표가 아닌 그냥 장애로 묘사되는 문학 텍스트와 고전도 존재한다. 「성자들이 절뚝거리며 들어올 때When the Saints Come Crippin' In」라는 미발표 논문에서 앨리스 셰퍼드Alice Sheppard는 제 1천년기에 기독교 작가들은 장애를 그 장애를 지닌 이의 도덕성의 발현 혹은 자선이나 기적적인 치료의 대상으로 이해한 반면 노르딕족의 연대기에서는 장애가 장애 그 자체—전쟁 상흔, 갈라진 입술이나 혀가 그 이상도 그 이하도 아닌 의미론적으로 별다른 중요성이 없는 장애 그 자체—로 묘사되었다고 주장한다. 더 최근의 예를 들자면 『모비딕』이 있다. 에이해브 선장은 셰익스피어의 리처드 3세와 마찬가지로 장애로 인해 뒤틀린 인물의 대표적인 예로 흔히 언급된다는 점에서 장애학에서 더 관심을 가질 만하다. 미첼과 스나이더가 주장하듯이 에이해브 선장은 흰 고래에게 다리 하나를 잃은 후 과대망상증에 사로잡힌 미치광이가 되었다. 하지만 제임스 버거James Berger가 미첼과 스나이더의 주장에 반박하며 지적하듯이 멜빌의 텍스트에는 그에 반하는 예시도 존재한다. 바로 새뮤얼엔더비호의 부머 선장이다. 그는 모비딕에게 팔 하나를 잃었지만 에이해브 선장에게 (유쾌하게) 강조했듯이 그 고래와 다시는 얽히고 싶은 생각이 없다. "이미 가져가 버린 팔 하나는 가지라지요. 이젠 돌이킬 수도 없으니까요. 그땐 그 고래에 대해 잘 알지도 못했고요. 하지만 나머지 팔마저 내줄 수는 없습니다. 전 이제 흰 고래는 지긋지긋합니다. 그 고래를 한 번 쫓아간 걸로 족하오. 그것만으로도 충분합니다."(340) 그러니 부머 선장에게 있어(그리고 이 경우에는 멜빌에게도) 잃어버린 팔 하나는 잃어버린 팔 하나 그 이상도 그 이하도 아니다. 그래서 제임스 버거는 "에이해브 선장을 의미론적 테러분자로 보는 데는 나도 동의한다. 하지만 에이해브 선장을 온전히 그의 장애로만 규정하는 미첼과 스나이더의 주장은 받아들일 수 없다."(170) 장애의 재현은 장애 그 자체가 상징한다고 여겨지는 메타상징물과는 아무 관련이 없는 경우도 있다. 망가진 담배는 망가진 담배일 뿐이다.

에이해브 선장처럼 누구에게나 명확해 보이는 인물 분석은 내러티브 보정 장치 이론에 힘을 실어 주며 나도 모든 내러티브는 그런 식으로 작동한다는 미첼과 스나이더의 일반화에 동조하고 싶다. 하지만 제임스 버거의 주장 또한 내가 하는 연구에 밀접한 함의를 지닌다. 그래서 지금 여기서 살펴보려고 한다. 『모비딕』에서(그리고 실제로는 모든 문학 텍스트에서) 장애가 단 하나의 정해진 결론을 향해, 혹은 고정불변의 궤적을 따라 작동하지는 않는다는 주장은 이 책 전체의 핵심이기도 하다. 비록 그로 인해 내 분석의 범위와 깊이에 아주 치명적인 한계를 설정하게 되겠지만 말이다. 하지만 이 책은 백과사전식의 개괄적인 분류를 위한 연구 프로젝트가 아닌 극단적인 개별화에 집중한다. 지적장애인 공동체에서 통하는 논리가 하나 있다면 그것은 자폐증이 있는 사람을 한 명 만났다면 … 자폐증이 있는 사람을 단 한 명만 만났을 뿐이라는 것이다. 자폐증 스펙트럼에서 보일 수 있는 행동과 상태는 간단히 말해 너무나 다양해서 일반화시킬 수 없다.[4] 내가 가장 익숙한 장애는 다운증후군인데 이 경우에도 마찬가지다. 비록 장애가 생긴 생화학적 원리, 즉 염색체가 분열하지 않아서 유전 배열에 이상이 있다는 점에서는 같더라도(그래서 다운증후군에 '증후군'이 붙는다) 21번 염색체의 3염색체성이 실제로는 각기 다른 재능, 결함, 성향으로 발현된다. 그래서 나는 똑같은 해석의 강에 두 번 발을 들일 수는 없다는 헤라클레이토스의 교설[역주2]을 장애와 내러티브에도 적용해야 한다는 급진적인 주장을 펼치려고 한다. 그리고 앞서 언급한 자폐증에 관한 논리에서 한 걸음 더 나아가고자 한다. 자폐증인 사람 한 명을 만났다면 자폐증인 사람 단 한 명만을 만났을 뿐이다. … *그것도 단 한 번*. 다음에 그 사람을 다시 만난다면 그 사람은 조금 달라졌을 것이고 그것은 당신도 마찬가지다. 이는 문학에 등장하는 인물에도 적용할 수 있다. 문학 작품에서 에이해브 선장이나 마이클 K를 만났다면 에이해브 선장이나 마이클 K를 *단 한 번* 만났을 뿐이다. 다음번에 다시 만난다면 그들은 조금 달라졌을 것이고 그것은 당신도 마찬가지다.

문학과 비문학(혹은 문학 학자들 중 저 머나먼 비주류의 영토에서 고집을 꺾지 않고 버티고 있는 이들에 따르면 현실세계) 간의 관계는 미첼과 스나이더의 내러티브 보정 장치 이론과 퀘이슨의 미학적 불안감 이론이 교차하는 가장 중요한 지점에서 핵심적인 역할을 수행한다. 장애가 '해석을 하도록 떠미는 권위'를 수반한다는 자신들의 논의 갈래에 반하는 듯한 또 다른 논의의 갈래를 전개한 단락에서 미첼과 스나이더는 텍스트에서 장애의 실재는 해석학적 조작 장치에 오류를 일으킨다고 적고 있다. "장애는 되풀이해서 … 문화적으로 이상으로 삼는 '정상'과 '온전한' 신체라는 관념에 도전하는 강력한 힘으로 작용한다. *하지만 그와 동시에 장애는 열린 결말이라는 문학의 작동 기제를 가로막거나 비틀거리게 만드는 텍스트상 걸림돌로 작동한다.*"(50, 강조는 원저자) 퀘이슨은 미첼과 스나이더의 이론이 이런 점에서 "내러티브 보정 장치에 대한 논의가 내가 제안하는 미학적 불안감이라는 개념에 매우 가까워진다."고 인정하면서도 "그들은 비미학적이라고밖에 할 수 없는 용어로만 이런 방해 기능을 해설하는 데 천착한다."면서 거리를 둔다.(25) 퀘이슨은 다음과 같이 이야기한다.

> 투과성이 있고 역동적인 내러티브 형식에서 장애가 이런 "가로막힘"

을 가져온다는 점은 장애를 둘러싼 역사적인 난제를 잘 보여 준다. [문학 작품 속에 등장하는 다양한 장애인들은] 그 문학 작품이 속한 각각의 문화에서 일탈을 구성하는 데 정상화 기능을 수행하는 진실에 대한, 그리고 일반적으로는 지식 체계의 고정불변성에 대한 소중한 대척점을 제공한다. 그런데도 그런 각각의 인물 구축은 장애라는 책략에 자동적으로 부여되는 도식화된(심지어는 결정론적인) 정체성에 장애 인물을 속박시킨다는 점을 뒷받침하는 증거가 되기도 한다.(미첼과 스나이더 2000, 50)

따라서 문학의 작동 기제를 가로막거나 비틀거리게 만든다는 미첼과 스나이더의 견해는 문학 분야 그 자체에 본질적인 것이 아니며 장애의 문학적 재현을 사회-문화적 관념과 대척시키는 과정에서 결정된 것이다. … 나는 장애인에게 자동적으로 이미 도식화된 정체성이 부여된다는 그들의 주장에도 반대한다. 앞으로 텍스트의 다양한 층위에서 존재하는 관계들의 더 광범위한 담론 구조 속에서 장애 인물을 분석하면서 살펴보듯이 이미 도식화된 양식에 따라 자동적으로 부여되었던 역할조차도 어느 순간 갑자기 바뀌면서 그들이 말하는 "비틀거림"을 유발할 수 있기 때문이다. 그리고 그런 텍스트상의 "비틀거림"을 미학적 불안감이라는 용어로 설명하려고 한다.(25)

이런 완곡한 반론과 그 반론에 앞선 비본질성의 언급은 아주 방대한 질문을 낳는다. '열린 결말이라는 문학의 작동 기제'의 본질은 무엇이며 어떻게 하면 그런 작동 기제를 가로막거나 비틀거리게 만들 수 있는가? 아마도 에이해브 선장과 같은 인물, '흰 고래'만 아니라 고착화되어 확고하게 자리 잡은 의미들로 이루어진 체계를 찾아 모험을 하는 그런 인물에서 답을 구할 수 있을지도 모른다. 그 답은 바로 장애는 그것이 등장하는 모든 상징성의 영역을 뒤흔든다는 것이다. 이제 우리는 재현의 표면을 깨뜨리는 역할을 하는 장애의 묘사 안에 자리한 적극적인 윤리적 핵심이라는 퀘이슨의 관념에 아주 가까이 다가가고 있다. 하지만 재현을 둘러싼 정당성을 문학 외부에서 구하는 것이 과연 부당한 일일까? 문학적 재현이 문학 외부의 것을 재현하지 않았다면 과연 무엇을 *토대로* 삼았겠는가? 그리고 장애학을 연구하는 그 누가—어떤 접근법을 택하든지—장애인의 삶에 어떤 함의나 영향을 미치지 *않는* 문학 속 장애의 재현에 대해 의문을 제기하고 탐구하겠는가? 성소수자들의 삶이나 생활과 아무 관련이 없는 순수하게 학문적인 연구 프로젝트를 진행하는 퀴어 이론 학자를 과연 상상이나 할 수 있을까? '학문적인' 질문, 즉 이래도 그만, 저래도 그만인 비현실적인 질문을 다루는 '학문적인' 프로젝트가 무슨 의미가 있을까?

하지만 읽기의 방법론으로서가 아니라 단지 사회 정책상 중요하기 때문에 문학비평에서 장애학을 연구할 필요가 있다고 주장하고 싶지는 않다.(적어도 나는 그렇다.) 우리가 독서하는 방식에 영향을 끼치는 *읽기 자체로서* 장애 읽기가 어떤 식으로든 의미를 지녀야 할 것이다. 퀴어 이론도 읽기 이론으로서 현대 문학비평 및 문학 이론 주류에 자리 잡은 것처럼 말이다. 캐럴 푸어Carol Poore는 장애의 재현에 대한 비판이 "널리 퍼진 장애인에 대한 부정적인 인식들이 이제까지 그리고 지금 현재도 장애인의 삶에 치명적인 영향을 끼치고 있기 때문에 반드시 필요하다."고 적고 있다.(261) 나는 그런 목적이 흠잡을 데 없다고 본다. 하지만 그런 주장은 그런 비판이 왜 문학비평의 도구에 포함되어야 하는지는 설명하지 못한다.(이를테면 왜 미디어학, 커뮤니케이션학, 사회학, 정책학이 아닌 문학비평인가?) 과연 장애 연구는 읽기 관행에 대해 어떤 것을 알려 줄 수 있을까?

미첼과 스나이더 논의의 한 갈래, 즉 장애의 재현이 문학 텍스트의 열린 결말을 가로막거나 비틀거리게 만든다는 논리는 퀘이슨이 문학 외부적 기준이라는 적절한 명칭을 붙인 것에 의존하고 있다. 하지만 그들의 논리 또한 퀘이슨의 이론과 마찬가지로 문학 속 장애 연구가 문학비평(그리고 그중에서도 특히 내러티브의 연구)이라는 분야에 어떤 기여를 하는지에 대해 뚜렷한 주장을 펼치고 있다. 다만 그들의 이론은 내러티브 보정 장치에 자동적으로 부여되는 정해진 정체성이라는 결정론에 의해 어느 정도 한계를 지니고 있다. 미첼과 스나이더는 '내러티브는 언제나 ~하고 필연적으로 ~할 수밖에 없다'는 식의 주장을 하기 때문이다. 나의 주장은 조금 더 소극적이지만 근거를 대기가 더 쉽다. '어떤 내러티브는 ~한다 그리고 어떤 내러티브는 ~하지 않는다'라는 형태를 띠기 때문이다.

미첼과 스나이더에 비해 퀘이슨은 장애와 내러티브를 더 다채롭고

융통성 있게 분석한다. 그가 제시한 '장애 재현의 유형'은 미학적 불안감의 기능을 무려 아홉 가지로 나누고 있다. 그의 분류법에 따른 항목을 나열하자면 대조군/도덕성 시험대 역할을 하는 장애(『크리스마스 캐럴A Christmas Carol』, 『소리와 분노』, 그리고 영화 〈메리에겐 뭔가 특별한 것이 있다There's Something About Mary〉(1998)), 타자성(인종, 계습, 섹슈얼리티, 사회 정체성)과의 접점 역할을 하는 장애, 주제와 내러티브 진행 방향의 괴리를 구체화하는 장애(디즈니 애니메이션 〈니모를 찾아서Finding Nemo〉(2003)), 도덕적 결함/사악한 본성을 묘사하는 장애, 현현顯現으로 연결되는 장애(『앵무새 죽이기To Kill a Mockingbird』), 종교 의식의 기표記標가 되는 장애(그리스 신화 테베의 눈먼 예언자 테이레시아스), 설명이 불가능한 수수께끼투성이 비극의 통찰 역할을 하는 장애(『백년의 고독One Hundred Years of Solitude』), 해석적 난관을 유발하는 장애(〈잉글리시 페이션트The English Patient〉(1996)와 이 책에서도 다루는 존 쿳시의 『포Foe』, 『마이클 K』), 정상성으로 받아들여지는 장애가 있다.[5]

나의 경우 정상성으로 받아들여지는 장애라는 범주에 특히 눈길이 간다. 퀘이슨이 내 책 『우리가 아는 삶Life As We Know It』을 이 범주에 넣었기 때문만은 아니다.[6] 퀘이슨이 보기에 미학적 불안감은 "문학 텍스트 속 재현의 기본 규약이 장애와 연결되면 누전을 일으키는" 과정을 의미한다.(15) 하지만 정상 상태로서의 장애라는 범주는 이런 미학적 불안감의 역학관계에서는 예외에 해당하는 것으로 보인다. 그리고 이 범주에는 대개 논픽션, 자서전, 회상록이 주를 이룬다. 『우리가 아는 삶』과

로버트 머피Robert Murphy의 『침묵하는 몸The Body Silent』을 다루면서 퀘이슨은 다음과 같이 적고 있다.

> 이 두 작품 모두 장애가 유발하는 반응의 복잡성을 완벽하게 이해하고서 장애를 묘사하고 있다. 그래서 단순화한 분류법에 쉽게 집어넣을 수 있는 부류나 현상이 아니다. 이런 작품에는 장애를 가지고 산다는 것의 함의를 둘러싸고 일정 정도의 불안감과 긴장감이 조성되곤 하지만 문학 작품 속에서 접하게 되는 미학적 불안감과는 전혀 다르다. … 장애인의 (자전적) 전기에서는 장애인과 그 장애인을 돌보는 사람들의 관점에서 장애의 재현이 일관성 있게 전개되므로 주류 방법론에서처럼 "붕괴"가 발생할 가능성이 줄어든다.(51)

따라서 이 범주는 넓게 보면 로즈메리 갈런드-톰슨Rosemarie Garland-Thomson이 장애를 (갈런드-톰슨 자신의 분류법에서) 경이로움, 애처로움, 색다름이 아닌 장애 그 자체를 가리킨다고 말한 시각적 재현의 '사실주의' 판에 해당된다.[7] 하지만 갈런드-톰슨의 분류법에 문제가 있듯이 마찬가지 이유로 퀘이슨의 분류법에도 문제가 있다. '사실'은 사물이 그냥 그 사물 자체만을 가리키는 자기-설명적 영역이 아니다. 문학과 시각예술에서 '사실주의'는 모방을 통해 환상을 만들어 내는 재현 방법론, 장치, 기법의 결과물이다. '사실'은 뛰어난 장인이 예술을 감추는 예술에 그런 장치들을 배치하는 데서 생겨난다. 퀘이슨이 이 범주에서 논픽션에 집중하게 되는 것도 당연하다. 그런데 논픽션도 픽션과 마찬가지로 언어로 구성되어 있기 때문에 멜빌이나 몽테뉴의 작품에서와 마찬가지로 해체주의라는 아슬아슬한 토끼굴로 이어진다. 롤랑 바르트Roland Barthes가 발자크Balzac의 『사라진Sarrasine』에 다시 읽기와 다시 쓰기를 적용해 『S/Z』로 재탄생시키는 작업을 완성한 지금에 와서는 '사실주의'도 비평을 피할 수 없는 영역이 되었다. 또한 다큐멘터리 〈파리는 불타고 있다Paris Is Burning〉(1990)에서 촬영한 드래그 파티 속 분류 항목 중 하나가 '사실성'이라는 것을 접하고 나면[8] 사실주의 또한 퀴어의 왜곡 효과에서 벗어날 수 없다는 점을 받아들이게 된다.

그렇다면 이 책의 주제에 비추어 볼 때 우리 인간이 사람과 사건을 서로에게 묘사할 때 내러티브라는 형태로 재현하는 한 '사실'과 '정상'은 인간이 하는 다른 모든 것과 마찬가지로 기이하게 여겨야만 하고 기이하게 여기게 될 것이다. 내가 아들의 어린 시절을 재현하려고 시도한 것처럼 장애를 특이한 것이 아닌 평범한 것으로 그리려는 텍스트가 존재한다는 사실을 부정하지는 않는다. 다만 그런 전략은 장인들이 사용하는 다른 모든 전략과 마찬가지로 인위적이라고 주장하는 것이다. 게다가 더 넓게 보면 텍스트나 시각 재현을 '인위적'이라거나 '사실적'이라고 판단하는 기준은 시간과 장소에 따라 크게 달라진다. 이 책에서 추구하는 더 야심찬 목표는 내러티브 속 지적 장애 연구를 통해 무엇이 '사실'이며 '정상'을 구성하는지를 묻고 현재 우리가 평범하고 자명하고 아무 문제 없다고 여기는 인공물의 문화적 생산에 관여하는 정교한 절차를 있는 그대로 노출시키는 것이다.

문학 텍스트 분석으로 돌아가기에 앞서 마지막으로 이론적으로 짚고 넘어가고 싶은 부분이 있다. 『미학적 불안감』에서 퀘이슨은 "문학 텍스트 속 재현의 기본 규약이 장애와 연결되면 누전을 일으킨다."는 명제에서 "누전을 일으킨다short-circuited"는 것이 무엇을 의미하는지를 설명하지 않고 있다. "누전을 일으킨다"는 것을 '왜곡되다' 혹은 단순히 '혼란을 겪는다'와 유사한 의미로 가볍게 해석해서 읽을 수도 있다. 장애는 재현의 기본 규약을 교란시킨다는 의미에서 말이다. 그런 가벼운 해석에는 미덕이 많다. 이 책에도 나오듯이 장애가 재현의 기본 규약을 *실제로 교란시키는* 예는 얼마든지 있기 때문이다. 하지만 누전과 교란은 동의어가 아니다.(그렇다고 왜곡이나 혼란과 동의어도 아니다.) 누전이라는 용어도 적어도 미첼과 스나이더가 사용한 "보정 장치"라는 다의적인 용어만큼이나 꼼꼼한 검열을 거칠 필요가 있다. 달리 말해 우리는 퀘이슨의 은유에서 퀘이슨 본인보다도 더 많은 것을 끌어내야 한다. 전류의 흐름을 전압이 더 낮은 곳으로 돌리면 전류가 담당해야만 했던 어떤 기능들은 화재경보기를 꺼놓은 경우처럼 '불구'가 될 가능성이 높다.[9] 이런 '불구'가 지니는 잉여적 의미는 인지 장애나 신체 장애에 부여되는 낙인을 전혀 동반하지 않는다.[10] 화재경보기에서 건전지를 뺀다고 해서 아무도 그 경보기를 낙인찍지 않는다. 컴퓨터의 전원을 껐다고 해서 컴퓨터의 가치를 폄하하거나 컴퓨터를 모독하지 않는 것처럼 말이다. 마찬가지로 누전이라는 방법으로 내러티브의 어떤 측면을 '불구로 만든다'고 해서 내러티브라면 마땅히 어떠해야 한다는 규범적 판단으로 이어지지는 않을 것이다.

이것은 진부한 논점으로 여겨질 수도 있다. 그 누가 '장애'라는 용어가 반드시 낙인을 수반한다거나 내러티브의 일부를 불구로 만든다는 말이 내러티브에 대한 규범적 판단으로(혹은 그 밖에 다른 것으로) 필연적으로 연결된다고 생각하겠는가? 내가 신중을 기하는 이유는 장애인 권익 신장 운동에서처럼 장애학 연구에서도 장애를 기능이라는 관점에서 논의하는 것을 대체로 피하는 경향이 있기 때문이다. 장애를 기능과 연관지어 논의할 때는 언제나 신체와 마음이 *마땅히* 수행해야 하는 기능들에 대한 어떤 규범적인 이상에 대한 생각(이를테면 눈은 보고 귀는 듣고 다리는 걷는 기능을, 뇌는 얼굴 표정을 해석하고 환상과 현실을 구분하는 기능을 수행할 수 있어야 한다는 등)을 불가피하게 끌어들이는 듯하다. 따라서 장애가 기능의 축소나 손실과 관련이 있다고 조금이라도 인정하면 장애를 부족함과 연관시키도록 할 뿐 아니라 장애(사회적 현상)와 손상(신체적 현상)을 근본적으로 구별하는 근거를 포기하도록 만드는 위협이 되어 돌아온다. 달리 말해 모든 장애는 손상과 동일시되고 손상을 *사회적으로 조직하고 관리하는 현상*으로서의 장애를 탐구하는 장애학이라는 개념 자체가 의미를 잃고 만다. 이것은 퀘이슨이 언급한 누전이라는 용어를 철저하게 분석하기 위해서 치르기에는 너무 비싼 대가이다.

하지만 장애의 사회적 특성에 대한 통찰의 핵심을 부인하지 않고도 기능에 대해 논할 수 있는 방법이 있다. 존 설John Searle은 『사회 현실의 구성The Construction of Social Reality』에서 "무생물적인 현실"(암석, 물리 입자, 행성, 자기장)의 세계와 "사회적인 현실"(화폐, 제도, 가치, 정부 형태)의 세계를 구분하는 경계선은 바로 기능의 속성에 의해 주어진다고 말하고 있다. "기능은 어떤 현상의 물리성에도 결코 본질적이지 않다. 단지 의식을 지닌 제3자와 사용자에 의해 외부로부터 주어질 뿐이다. *요컨대 기능은 결코 본질적인 것이 아니라 언제나 제3자와의 관계에서 결정되는 것이다.*"(14, 강조는 원저자)[11] 따라서 (존 설이 든 예에 따르면) "심장이 피를 순환시킨다."고 말하면 무생물적인 현실에 대해 이야기하고 있지만 "심장의 기능은 피를 순환시키는 것이다."라고 말하면 사회적 현실의 영역에 발을 들인 것이다. 뒷문장은 "본질적인 사실을 기록하는 데 그치지 않고 다른 무엇인가를 덧붙이고 있는데 우리는 그런 사실들을 우리가 지닌 가치 체계와 비교하며 받아들이기" 때문이다.(14) 따라서 예를 들어 마리아 트루크만-타타린Maria Truchman-Tataryn이 「텍스트의 남용: 포크너의 벤지Textual Abuse: Faulkner's Benjy」에서 "벤지에 대한 분석은 그의 기능은 축소된 상태이므로 인간으로서의 가치도 낮아진다는 장애에 대한 억압적 전형성을 공고히 한다."라고 말할 때(515) 두 가지를 지적할 수 있다. 첫째, 어떤 장애는 기능의 축소로 이어진다는 점을 부정한다고 해서 얻는 것은 아무것도 없다. 둘째 '기능의 정도'와 '인간 가치의 정도'를 분리시키면 될 일이다. 모든 장애가 오로지 순수하게 사회 낙인의 문제인 척 하자는 말이 아니다. '기능'은 '인간의 가치'를 재는 의미 있는 잣대가 절대 될 수 없다는 주장을 하고 싶은 것이다.

그런 맥락에서 나는 퀘이슨의 연구를 내러티브의 기능을 탐문하는 데 적용해도 장애학 연구 프로젝트에 크게 해가 되지 않으리라고 본다. 오히려 어떤 내러티브는 독자가 기대하는 기능을 수행하지 않는다는 점을 인정함으로써 두 가지 이점을 얻을 수 있다. 첫째, 미학적 불안감을 완성하는 최종 단계가 독자와 텍스트 간에 존재한다는 퀘이슨의 논지를 따라가면 지적 장애를 이용해 형식 실험을 행하는 『소리와 분노』, 『화성의 타임슬립』, 『창백한 불꽃』, 크리스 놀란 감독의 〈메멘토Memento〉(2000) 같은 텍스트를 탐색하면서 독자가 겪는 경험을 제대로 설명할 수 있게 된다. 그런 텍스트는 (앞으로 더 구체적으로 살펴보고 나면 알게 되겠지만) 어렵다. 그 이유는 바로 내러티브의 어떤 특성들이 불구 상태이기 때문이다. 즉 텍스트 자체가 독자의 이해를 저지하고 방해하고 회피한다.(비록 그런 텍스트가 독자를 불구로 만든다고까지는 말하지 않겠지만 말이다.) 둘째, 독자는 텍스트가 어떻게 흘러갈 것이라고 기대하는가라는 질문을 다룰 수 있다. 그런 질문을 다루면서 장애학 연구를 적용해 독자-반응 비평의 핵심 주제 중 하나를 부활시키고 내러티브(와 인간)를 정상화라는 관점에서 이해하려고 공격적으로 나서고 있는 진화 비평/문학 다윈주의 이론에 맞설 수 있다. 그럼 우선 문학 텍스트 두 개를 소개하고자 한다. 하나는 명백히 픽션이고 다른 하나는 분류가 불가능하다.

***

『여전사』는 픽션도 논픽션도 아니어서 분류가 불가능하다. 회상록, 민담, 이민자 이야기, 초현실주의를 흥미롭게 버무려 놓은 작품으로, 유령이 수시로 등장하고 토끼가 스스로를 제물로 바치고 금으로 된 사람 두 명이 지구를 자전시킨다. 1976년에 처음 출간된 이 작품은 수십 년 동안 아시아계 미국인 문학의 기념비적인 작품이자 가부장제 하에서 침묵을 강요당하는 여성의 현실에 대한 페미니즘 비평으로 흔히 이해되어 왔다. 침묵하라는 무시무시한 경고를 하는 동시에 그런 경고에 반하는 탁월한 장면으로 시작한다. "아무에게도 말하면 안 돼." 어머니는 말씀하셨다. "내가 지금 너에게 해 주는 말."(3) 『여전사』가 아시아계 미국인 문학의 기념비적인 작품이자 가부장제 하에서 침묵을 강요당하는 여성의 현실에 대한 페미니즘 비평이라는 점에는 의심의 여지가 없다. 하지만 놀라운 점은—그리고 안타깝게도 별로 주목받지 못한 점은—이 작품에 등장하는 여성들 중 정말 많은 수가 *미쳤다*는 점이다.(과연 이걸 무례하지 않게 표현할 방법이 있을까?)

"미쳤다"는 표현은 엄청난 숙고 끝에 나온 것이다. 저자인 킹스턴이 그 표현을 쓰기 때문에 여기서도 일부러 "미쳤다"는 표현을 썼다. 그것은 잔인한 표현이면서도 (앞으로 살펴보겠지만) 킹스턴은 지적 장애를 표현할 때 잔인한 표현을 쓰는 것을 주저하지 않는다. 『여전사』의 3부 '샤먼'에서 "마을의 미친 여자"에게 생기는 일의 잔혹성을 강조한다. 킹스턴은 "마을의 미친 여자"를 "사람들이 돌을 던진 부적절한 여자"로 소개한다.(92) 그 여자는 전쟁이라고 불리는 광범위한 광기가 낳은 일반화된 정신이상 상태를 담은 장면에서 마을 사람들이 "하루가 멀다 하고 산등성이를 폭격하는 일본 비행기가 나타났는지 살피고" 있는 와중에 등장한다.(93)

> 폭격은 사람들을 미치게 만들었다. 사람들은 땅 위를 굴렀다. 몸을 땅에 바싹 밀어붙였다. 마치 땅이 그들을 위해 문을 열어 줄 것처럼. 위험이 지나간 후에도 벌벌 떠는 것을 멈출 수 없는 이들은 동굴에서 잠을 잤다. 내 어머니는 그 아이들의 귀를 꼼지락거리면서 비행기에 대해 설명했다.(94)

애석하게도 어느 날 "마을의 미친 여자가 머리를 땋으면서 작은 거울을 잔뜩 꽂았어." 그리고 강으로 가서 노래를 부르고 뛰놀며 기이한 행동을 했다. 마을 사람들은 그 여자가 비행기에 폭격 신호를 보내고 있다고 생각했다. 그래서 스파이라고 몰아세우자 그 여자는 어리석게도 수긍했다. "'그래.' 그 여자가 말했어. '나는 엄청난 힘을 가졌어. 하늘에서 불이 비처럼 쏟아져 내리게 할 수 있지. 바로 이 내가. 내가 그랬다. 또 해 보이기 전에 썩 물러나거라.'라고."(95) 마을 사람들은 그 여자가 숨이 끊어질 때까지 여자의 머리를 돌로 치는 것으로 답을 대신했다.

『여전사』에는 이름 없는 이모에서부터 문 오키드와 피-아-나까지 미친 여자들이 많이 등장한다. 대부분은 그들의 삶을 둘러싼 뿌리 깊은 부당함에 혼란과 정신이상으로 내몰린다. 책이 종반부로 치닫는 가운데 화자가 지적한다. "나는 모든 가정에 미친 여자 하나 또는 미친 여자애 하나쯤은 있고 모든 마을에 바보 하나쯤 있는 것이 당연한 줄로만 알았다. 우리 집에서는 누가 그 미친 여자였을까? 아마도 나였겠지." (189) 강의를 하면서 『여전사』를 네 번이나 다루었으면서도 나는 장애학이라는 분야를 접하고 나서야 이 작품이 지적 장애에 *관한* 텍스트라는 것을 깨달았다. 내가 장애라는 쟁점에 얼마나 무심했는지를 적나라하게 보여 주는 증거라고 생각한다. 실제로 문 오키드의 이야기를 들려주는 장에서 킹스턴은 지적 장애와 내러티브를 노골적으로 결합시킨다. 그런 결합은 화자의 어머니인 브레이브 오키드의 "미친 사람과 정신이 똑바로 박힌 사람의 차이는 … 정신이 똑바로 박힌 사람은 다양한 이야기를 지어낸다는 거야. 미친 사람들은 했던 이야기를 또 하고 또 하고 또 하지."라는 설명에서 아주 명백하게 제시된다.(159)[12] 하지만 그보다 더 일찍, 문 오키드가 정신이상과 혼란 속으로 추락하는 고통스러운 과정을 시작할 때 이미 모습을 드러낸다. 문 오키드의 장애는 처음에는 적절한 내러티브가 어떤 것인지에 대한 이해가 점점 더 떨어지는 과정에서 확실해진다. 그런 현상은 그녀가 얼마나 부적절한 여자가 되었는지를 재는 척도가 되기도 한다. 보통은 집안에서 자기 가족을 쫓아다니면서 그들이 하는 모든 행동과 대화를 일일이 전달할 필요를 느끼지 않는다. 하지만 문 오키드가 바로 그렇게 한다. 그리고 그 텍스트에서는 어느덧 신경을 긁는 그런 생중계의 수위를 한층 더 높인다.

그녀는 중국어를 할 줄 모르는 남편에게 통역을 해 주었다. "지금 이모는 내가 찬장에서 기계를 꺼내고 있다고 말했고 내가 그 기계에 금속 거미 두 마리를 부착하고 있다고 말했어. 그리고 그 거미들이 다리를 꼰 채 회전하면서 전기를 이용해 달걀을 휘젓고 있다고 말했어. 그리고 지금은 내가 뭔가를 찾으려고 냉장고를 뒤지고 있다고 말했어. 그리고 아하! 라고 … 찾았다. 나는 버터를 꺼내고 있어. … '소기름', '걔들은 소기름을 정말 많이도 먹어대.'라고 말했어."(141)

문 오키드의 조카는 자신이 달걀을 푸는 것을 묘사하는 문 오키드의 집착 어린 내러티브를 그대로 전달하고 있다. 조카는 자신이 버터를 찾았을 때 문 오키드가 낸 "아하!"라는 소리조차도 그대로 반복해서 전한다. 하지만 내가 주목하는 문장은 "그리고 그 거미들이 다리를 꼰 채 회전하면서 전기를 이용해 달걀을 휘젓고 있다고 말했어."다. 이건 누가 봐도 과하지 않은가? 너무 세세하다. "달걀을 풀고 있다."라고 말하면 단순하긴 해도 정확성이 떨어지지는 않는다. 하지만 그런 과함을 통해 이 문장은 지적 장애가 빅토르 쉬클로프스키가 말한 낯설게 하기의 순간을 어떻게 만들어 내는지 아주 정신이 번쩍 들 정도로 잘 묘사하고 있다. 여기서 문 오키드는 무엇을 하고 있는가? 킹스턴은 이런 장치를 대놓고 늘어놓음으로써 무엇을 하고 있는가? 거미가 다리를 꼰 채 회전한다는 문 오키드의 묘사가 우리에게 색다른 관점을 제공하고 달걀 거품기를 새로운 눈으로 바라보게 한다면, 그리고 돌을 더 돌스럽게(혹은 달

갈 거품기를 더 달걀 거품기스럽게) 볼 수 있게 돕는다면 킹스턴이 지적 장애를 문학의 매개물 그 자체로 배치하고 있다고 말할 수도 있을 것이다.[13]

그런 순간은 그 자체만으로도 충분히 인정받을 만하다. 그리고 독자들로 하여금 『여전사』가 장애학 연구 대상으로 삼을 만한 보람 있고 매력적인 텍스트라고 여기게 만들 것이다. 하지만 왜 내가 『여전사』를 '동기'라는 장에서 논하는가 하는 질문에 대한 답이 될 수는 없다. 왜 분류 불가능한 킹스턴의 텍스트 『여전사』를 『해리포터와 죽음의 성물』이나 『시간의 주름』에 적용하는 관점에서 바라보아야 하는지 이해하기 위해서는 『여전사』의 마지막 장 '야만인의 갈대 파이프에 바치는 노래'를 살펴보아야 한다. 그 장에는 침묵하는 소녀와 "덜떨어진" 소년에 대한 이야기가 나온다.

첫째, (어린 맥신 홍 킹스턴과 다소 닮은 듯 보이는) 이 작품의 화자는 6학년에 재학 중인 말없는 소녀를 자신이 "혐오했다"고 적고 있다.(174) 장장 일곱 페이지에 걸쳐 지루하게 계속되는 장면에서 화자는 그 소녀를 무자비하게 괴롭히고 고문하고 신체적으로 공격하면서 말을 하게 만들려고 애쓴다. "바보"(177), "멍청이", "풀떼기"(180)라고 부르면서.[책의 후반부에서는 그 말없는 소녀가 지적 장애를 지니고 있다는 결론을 독자가 내리도록 유도한다. 말없는 소녀는 성인이 된 후에도 여동생과 부모님의 보살핌을 받는다고 나온다. "그녀는 영화를 보러 극장에 가는 것 외에는 집을 나설 일이 없었다. 가족의 부양을 받았다. 가족들이 그녀를 지켜주었다."(182)] 그 뒤 얼마 지나지 않아 화자는 자신의 생활기록부를 보게 되었다. "나는 유치원에서 낙제점을 받았고 1학년 때는 아이큐가 측정 불가였다고 기재되어 있었다. 아이큐가 0이었던 것이다."(182-183) 그리고 그 장의 후반부에 가면 우리는 화자를 "졸졸 따라다니는 덜떨어진 남자애, 아마도 나를 자기와 같은 부류라고 믿은" 소년을 만나게 된다.(194) 그 소년은 킹스턴 가족이 세탁소를 운영한다는 사실을 알게 된 후부터 그 세탁소에 눌러앉기로 작정한다. 이 지점에서 내러티브는 화자가 침묵하는 소녀에게 했듯이 소년을 아주 잔인하게 다룬다. 우리는 이 소년이 "머리가 어마무시하게 컸고" "으르렁거렸다"는 설명을 읽게 된다.(194) 그 소년은 아이들에게 장난감을 나누어 줬다. "'어디에서 장난감이 나는 거야?' 내가 물었다. '나 … 가게 … 해.'라고 그 남자애는 울부짖듯 내뱉었다. 둔해 빠진 혀로, 한 번에 한 단어씩.(195) … 때로는 그 남자애가 뚱뚱한 팔을 벌린 채 뚱뚱한 손가락을 오므렸다 폈다 하면서 우리를 쫓아다녔다. 괴물 프랑켄슈타인만큼이나 다리가 뻣뻣해서 발을 질질 끌고 다니는 미라처럼 보였다."(195) 그 소년은 앉아 있는 모습조차 괴물 같아서 화자는 너무 겁이 난 나머지 신체장애(절름발이)가 있는 척하는 일을 포기해 버린다.

> 가게 주인들은 대개 가게 안에 앉을 자리를 마련해 두었다. 하지만 우리 가게에는 앉을 자리가 없었다. 세탁소 안은 찜통 같았고 차이나타운 외곽에 위치한 탓도 있었다. 그 남자애는 땀을 흘리고 숨을 거칠게 몰아쉬었다. 뚱뚱한 목과 턱에서 털구멍이 연신 솟아올랐다가 가라앉았다가 했다. 그 남자애는 큰 상자 두 개를 들고 와서 쌓아 올린

다음 그 위에 앉았다. 우리 엄마, 아빠한테 인사한 뒤 무거운 머리를 가누고 엉덩이를 조심스럽게 내리면서 그 상자에 앉았다. 우리 부모는 그러거나 말거나 내버려 두었다. 그 남자애를 쫓아내거나 그 애가 얼마나 이상한지 떠들어대지 않았다. 나는 장난감 주문을 그만두었다. 나는 더 이상 절뚝거리지 않았다. 계속 그랬다가는 우리 부모가 이 좀비 같은 녀석과 나를 천생연분이라며 엮을지도 모를 일이었다.

나는 공부에 매진했다. 올 A를 받았다. 하지만 아무도 내가 똑똑하다는 사실, 태어날 때부터 결함투성이인 이 괴물과 공통점이 전혀 없다는 사실을 눈치채지 못하는 것 같았다.(195)

그렇다고 이 방해꾼을 무시하는 것도 별 효과가 없었다. "내 등이 썩고 있는 것 같았다. 장난감을 나눠 주는 그 괴물에게 등을 돌리고 있었기 때문이다. 그 녀석의 아둔함이 내 아이큐를 떨어뜨리는 세균덩어리를 뿜어내고 있었다. 그 녀석이 내 뒤통수에서 아이큐 지수를 거머리처럼 빨아내고 있었다."(196)

킹스턴이 화자의 역겨움을 일부러 고조시키고 있음은 분명하다. 그래도 여전히 어려운 텍스트다. 혐오감이 지나치게 과장된 포물선을 그리고 있는 것처럼 보여도 실제 지적 장애인의 끔찍한 처지에 근거하고 있으며 지적 장애에 부여되는 사회적 낙인을 접해 본 사람에게는 너무나 익숙한 논리다. 그런데 이런 혐오감은 텍스트의 내러티브가 기능을 수행하는 데 핵심적인 역할을 한다. 이 소년이 다른 무언가를 대변하는 인물이기 때문이 아니라 오히려 그렇지 않기 때문에 가능한 일이다. 화자는 이 소년 때문에 마음이 불편하고 자기 부모가 그 소년을 사위 후보로 고려하고 있다는 믿음 때문에(알고 보니 전혀 근거 없는 믿음이었지만) 더 동요하고 있다. 미친 여자나 마을의 바보가 될까 봐 두려워하는 작가가 자기 뒤통수에서 아이큐 지수를 빼내고 있음이 분명한 덜떨어진 소년에게 유난히 위협을 느끼는 것은 당연하다. 등장인물은 주어진 지적 장애의 유형에 따라 스스로를 제대로 설명할 수 없도록 구현되기도 한다.(이런 경우에 대해서는 내러티브 아이러니와 자기-인식을 다루는 3장에서 다시 논의할 것이다.) 그런 인물은 자신의 정신이상 발작 행위가 내러티브에서 그 행위에 부여한 기능을 다 수행한 후에도 제정신으로 돌아오지 않는다. 리어 왕이 그런 예로 결국 치명적인 결말을 맞이한다. 심각한 지적 장애를 지닌 사람은 리어 왕에게 어떤 일이 벌어졌는지 이해할 능력조차 없을 수도 있다. 무無에서 생기는 것은 무無뿐이라고 선언할 능력도 그런 발언에서 파급되는 다층적인 아이러니를 이해할 능력도 없을 것이다. 그런 인물들은 킹스턴이 묘사하는 정신지체 소년이 세탁소와 킹스턴 본인 주위를 맴돌듯이 내러티브 주위를 맴돈다. 스스로를 서사할 수 없는 인간 형체를 부여받은 인물은 남이 그 내러티브를 대신 서술해 줄 수밖에 없다. 그리고 그런 인물들은 모두 화자 주위를 맴돌면서 그 화자 또한 언젠가는 일관된 이야기를 들려주지 못할 수 있다는 사실을 상기시킨다.

온전한 마음이 자기-표현과 서사에 필수 조건임은 너무나도 명백하다. 그래서 다양한 유형의 손상된 마음이 각 인물의 도덕성을 측정하는 잣대가 되거나 동정 혹은 공포를 유발하는 원인으로 작동하지 않고 내러티브 재현의 가능성 자체에 대한 고민을 반영하는 경우를 접해도 놀랍지 않다. 맥신 홍 킹스턴의 화자가 더 이상 견디지 못하고 마침내 어머니에게 자신을 설명하고 정당화하는 말들을 쏟아 내는 것도 우연이 아니다. "내가 못생기고 덜렁거리는 건 사실이에요. 하지만 난 적어도 지진아는 아니에요."(201) 이것도 전부 텍스트에 실재하는 "정신지체아" 때문이다. 이즈음 이 텍스트는 지적 장애와 언어 능력 간의 관계를 확고하고도 고집스럽게 구축한다. 한쪽에 대한 두려움이 다른 쪽에 대한 두려움도 필연적으로 낳는다는 듯이, 마치 스스로가 미치지도 덜떨어지지도 않았다는 것을 남에게, 그리고 스스로에게 입증하기 위해 서사를 시작했다는 듯이 말이다. 그렇다면 『여전사』에서는 지적 장애에 대한 거부감이 킹스턴이 들려주는 내러티브의 동기 그 자체임이 드러난다. *이것이야말로* 킹스턴의 화자가 우리에게 자기 엄마가 아무에게도 발설하지 말라던 이야기를 해 주는 이유다.

이와는 대조적으로 존 쿳시의 『마이클 K』에서는 지적 장애가 내러티브의 동기일 뿐 아니라 내러티브의 서술부 그 자체이기도 하다. 소설의 첫 페이지부터 지적 장애는 마이클 K의 삶과 그가 살았던 시대의 면면에 깃들어 있다. 마이클 K는 언청이로 태어났다. 그리고 그 사실은 곧바로 마이클 K라는 인물을 규정하는 더 흔한 장애의 표식이 된다.

외모상 결함과 둔한 머리 때문에 마이클은 일단 학교에 입학은 했지만 곧 포러에 있는 헤이스 노리니어스라는 보호시설로 보내졌다. 그곳은 국가의 지원을 받는 시설로 그는 다른 불우하고 다양한 결함을 지닌 아이들과 함께 읽기, 쓰기, 산수, 쓸기, 닦기, 침대 정리, 설거지, 바구니 짜기, 목공, 삽질 등의 기본을 배우면서 남은 어린 시절을 보냈다.(4)

헤이스 노리니어스 보호시설부터 야칼스드리프 수용소를 거쳐 소설의 2부에서 마이클 K가 한동안 머물게 되는 의료시설에 이르기까지 소설은 마이클 K의 삶과 그가 살았던 시대를 공공시설에서의 수용과 결부시켜서 설정해 나간다. 소설 전반부에서 마이클의 엄마가 죽은 후 플롯—플롯이라고 부를 수 있는지도 의심스럽지만—은 마이클이 남아프리카공화국에 유일하게 남아 있는 사회조직인 것처럼 보이는 여러 국가 시설에 감금되는 것을 피하는 데 성공할 수 있을 것인가의 문제에 온통 집중되어 있다.

그래서 마이클 K를 오로지 그가 수용소에서 두 번이나 탈출했기 때문에 들려줄 수 있는 이야기를 지닌, 그리고 머리를 잘 굴린 덕분이 아니라(그는 아둔하니까) 정원사로서의 기술과 배고픈 예술가 코스프레를 해 가며 가까스로 연명해 나가는 극히 미미한 인간, 즉 일종의 호모 사케르homo sacer[역주3]로 해석하고 싶은 강렬한 유혹에 시달리게 된다. 그것은 2부의 화자인 의사라는 인물을 통해 공공연히, 그리고 소설의 전개 방향을 통해 암암리에 소설 자체가 권하는 해석이며 그렇게 해석하면 마이클의 내러티브에서 절정의 순간은 소설의 마지막 페이지에 나오는 자유간접화법으로 쓰인 다음의 긴 단락에 담겨 있는 셈이 된다. 그 단락에 이르러서야 마이클은 마침내 자신의 삶과 자신이 살고 있는 시대의 개요, 즉 수용소가 전부인 사회의 모습을 간파할 수 있게 된 것처럼 보인다.

> 그는 생각했다. 적어도, 적어도 나는 영리하게 굴지는 못했다. 그리고 수용소에서 내가 막대기처럼 비쩍 마르고 머릿속이 텅 빌 때까지 그들이 나를 때린 이야기로 가득한 시 포인트Sea point로 돌아왔다. 나는 처음부터 벙어리에 바보였고 마지막까지도 벙어리에 바보일 것이다. 머리가 둔한 것은 부끄러운 일이 아니다. 그들은 다른 사람들을 가두기 전부터 이미 바보들을 가두고 있었다. 이제는 부모가 달아나고 없는 아이들을 가두는 수용소, 발버둥 치면서 입에 거품을 무는 사람들을 가두는 수용소, 머리가 큰 사람들과 머리가 작은 사람들을 가두는 수용소, 뚜렷한 생계 수단이 마련되지 않은 사람들을 가두는 수용소, 땅에서 쫓겨난 사람들을 가두는 수용소, 빗물 배수로에서 살다 들킨 사람들을 가두는 수용소, 매춘부를 가두는 수용소, 2 더하기 2를 할 줄 모르는 사람들을 가두는 수용소, 서류를 집에 두고 온 사람들을 가두는 수용소, 산에서 살면서 밤에는 다리를 폭파하는 사람들을 가두는 수용소도 갖추고 있다. 아마도 수용소에서 벗어나 있다는 사실만으로도, 이 시점에 그 어떤 수용소에도 감금되어 있지 않다는 사실만

으로도 족하다는 것이 진실에 가까울 것이다. 아마도 현재로서는 그것만으로도 충분히 대단한 성과일 것이다.(182)

이 단락은 실제로 전체 내러티브를 요약한 것처럼 여겨지기도 한다. '이 모든 것이 무엇을 의미하는가'라는 장황한 설명은 수용소에서 벗어났다는 사실, 모든 형태의 생권력biopower으로부터 벗어났다는 사실, 그러기 위해서 스스로 인간이기를 철저히 포기했다는 사실만으로도 충분했던 내러티브의 마지막에 강조하듯이 떡하니 놓여 있다. 앞서 마이클은 "안타깝다. 이런 시대에 살아가려는 사람은 동물처럼 살 준비가 되어 있어야 하다니. … 사람은 자신이 살아 있다는 흔적이 조금도 남지 않게 살아야만 한다. 그런 지경에까지 이른 것이다."라고 생각한다.(99) 반대로 수용소는 지적 장애를 탐지하고 관리하는 것을 목적으로 한다. 즉 *그들은 다른 사람들을 가두기 전부터 이미 바보들을 가두고 있었다.*

물론 그렇게 해석하더라도 전혀 문제될 것은 없다. 그런 해석에서 느닷없이 퀘이슨이 쿳시를 다룬 장에서 내린 것과 같은 결론, 요컨대 마이클 K는 그저 자폐증을 앓고 있었을 뿐이며 그런 사실은 그의 침묵을 통해 텍스트에 기록되어 있다는 결론을 도출하지 않는다면 말이다. 내가 보기에 그런 결론은 마이클 K가 스스로를 가리켜 "벙어리이고 바보"라고 한 표현을 필요 이상으로 단순화한 해석이며 장애 연구에 만연한 증후군의 한 증상인 모든 해석 작업을 장애진단범주를 어떻게든 적용할 근거 찾기 과정으로 탈바꿈시키는 행위에 해당한다.(그런 식으로 진단에 치중한 해석을 하도록 부추기는 『한밤중에 개에게 일어난 의문의 사건』과 등장 인물들이 자기 자신과 다른 사람들을 진단하는 행위를 가지고 텍스트를 한가득 채운 『화성의 타임슬립』을 분석할 때 그런 행태에 대해 다시 논의하겠다.) 하지만 마이클 K가 벙어리이고 바보라는 설정에는 더 많은 것이 담겨 있다. 단순히 그런 특징들이 장애 유무의 판단 근거가 되는 증상으로 해석될 수 있는지 여부만이 문제가 아니다. 그런 설정이 수용소만 남은 남아프리카공화국의 사회구조와 내러티브 구조 모두에 어떤 영향을 미치는지도 문제가 된다. 달리 말하면 마이클 K는 플롯에도 어느 정도 말썽을 일으키고 자유간접화법에도 어느 정도 말썽을 일으킨다. 그래서 『마이클 K』에는 내러티브의 부재에 가까운 상태를 낳는 구문들도 존재한다. "한동안 일자리를 구하지 못해 자신의 손을 바라보며 침대에 누워서 시간을 보내다."(4)라거나 "자신의 손을 멍하니 바라보면서 아무 생각 없이 오랫동안 앉아 있었다."(33)거나 "그저 자신이 손수 가꾼 작품 앞에 서 있거나 무릎을 꿇고 앉아서 한동안 딴생각에 빠져 있곤 한다."(100)라는 구절들을 도대체 어떻게 다루어야 할까? 마이클이 프린스 앨버트에서 달아나 산에서 머무는 부분에서는 그의 삶과 그가 살았던 시대는 내러티브가 절대 무無의 상태에 아주 가까워진다. "지금 그는 때때로 자신의 동굴 앞에서 아무것도 원하지 않고 아무것도 기대하지 않은 채 눈을 감고 머리를 비우고 깍지 낀 손가락으로 머리를 받치고 있었다."(69) 시간성도 욕망도 없는 이야기, 장애가 내러티브의 동기를 비워 내는 동력이 되는 이야기를 도대체 어떻게 전개해 나가야 하는 것일까?[14]

이것은 단순히 기법상의 문제, 이를테면 내러티브 전략이 맞닥뜨린 난제에 머물지 않는다. 이 문제는 마이클 K의 삶과 그가 살았던 시대, 그리고 『마이클 K』의 모든 면을 구성한다. 마이클이 "아주 바보"(40)처럼 보이면 검문소에서 날카로운 감시의 눈길을 면할 수 있지 않을까 기대하면서 블레이키 베르뮬이 '전략적 마음맹strategic mindblindness'이라고 명명한 상태를 택하는 순간들도 있다. 그의 외모가 자선의 근거가 되기도 한다. 예를 들어 "아프리칸스 기독교회의 부인들은 아마도 그가 비쩍 말랐기 때문에, 혹은 그가 모자라다고 판단했기 때문에 매번 그에게 스프 양동이 씻는 일을 맡겼는지도 모른다. 그는 일주일에 세 번의 끼니를 그렇게 해결했다."(84) 그리고 2부에서 의사가 수용소에서 그에게 필연적으로 닥칠 최악의 상황을 막으려고 애쓴 이유가 되기도 한다. 의사가 화자로서의 역할을 이어받고 나서야 우리는 마이클이 갈라진 입술 때문에 심각한 언어장애를 겪고 있다는 사실을 알게 된다. "만약 다른 사람들처럼 말할 수만 있어도 살아가기가 더 수월했을 것이다."(131) 그 전까지는 마이클과 다른 등장인물들의 관계가 오로지 그의 외모를 토대로 이루어진다고 믿게끔 유도되었다. "혀가 제대로 박혀 있는지 확인해 봐."라고 한 장교가 말한다.(말할 것도 없이 쿳시의 다음 작품 『포』의 핵심 수수께끼를 염두에 둔 문장일 것이다. 그에 관해서는 3장에서 다룰 것이다.) "그가 겉으로 보이는 것만큼 덜떨어졌는지 한번 봐 봐."라고도 한다.(122) 소설에 등장하는 다른 모든 인물들에게는 마이클 K의 얼굴이 그의 전부다. "저런 얼굴을 어떻게 잊을 수 있겠소?"라고 우스트헤이즌 경찰서장은 반문한다. 그리고 그의 외모상 결함은 곧 그가 지적 장애를 지니고 있다는 표식이었다. 그 외에는 알아야 할 것이 아무것도 없었다. 그리고 내러티브의 독자들에게는 마이클 K가 지녔으리라고 추정되는 내면을 들여다볼 접근권이 허락되지만 그의 머릿속이 텅 비었다는 것만을 알게 된다. "그 *속엔 아무것도 들어 있지 않습니다.* 장담합니다."라고 의사는 수용소 소장 노엘에게 말한다. "그리고 그를 경찰에게 넘긴다면 그들도 같은 결론을 내릴 겁니다. 그 속에는 아무것도 들어 있지 않으니까요. 정상적인 사람이 조금이라도 흥미를 보일 만한 이야기 따위는 없습니다."(142)

그렇다면 도대체 왜 애초에 우리가 마이클 K의 삶과 그가 살았던 시대에 대해 굳이 계속 읽어 나갔는지 한 번쯤 의문을 제기해 볼 필요가 있다. 실제로 그의 존재가 그가 지닌 장애로 요약될 수 있다면 첫 네다섯 단락만 읽고서 책을 덮어도 그만이었다. 마이클 K의 머리가 둔하다는 이야기 다음에는 그의 머릿속이 텅 비어 있는 경우가 많다는 이야기가 나올 뿐이니까. 그건 이야기라고 할 수 없다. 그런데도 마이클 K를 둘러싼 이야기의 부재는 그 자체로 이야깃거리가 되고 이야기 부재의 이야기화는 다시 내러티브 기법과 플롯 모두에 작동하는 동력이 된다. 이미 지적했듯이 마이클 K는 자유간접화법으로 서술하려는 소설가에게는 도전 과제다. 소설 속에서도 이 점은 공공연히 적시되고 있다. "그가 스스로에게 자기 자신을 설명하려고 할 때 늘 그랬던 것처럼, 그의 이해를 가로막는, 단어를 아무리 쏟아부어도 메울 수 없는, 틈, 구멍, 암흑

이 여전히 자리를 차지하고 있었다. 단어들을 모조리 집어삼켜 버리고서 그 틈은 고스란히 남아 있었다. 그의 이야기는 언제나 구멍 난 이야기였다. 틀린 이야기, 언제나 변함없이 틀린 이야기였다."(110) 마이클의 외모를 규정하는 틈에서 시작해 마이클 K에 대한 의사의 서술로 채워지는 마이클 K의 이야기에 존재하는 구멍인 2부의 틈으로 확장되는 식으로 그런 틈들이 텍스트를 구성한다.[15] 하지만 마이클 K는 그를 파악하려는 군당국자들에게도 도전 과제다.(여기서 '파악하다apprehend'는 적어도 두 가지 의미로 사용된다.) 마이클 K가 자신의 이야기를 일관되게 전달할 수 없기 때문에 그에게는 이야기가 주어지기 마련이고 (단 한 경우를 제외하고는) 그렇게 주어진 이야기가 우호적인 것일 리 없다. 마이클이 가꾼 피사기 가家의 농가 정원에서 마이클을 붙잡은 장교는 그에게 "네 얘길 해" 보라고 요구한다.(122) 그것은 마이클에게 잠시 앉아서 본인의 삶과 이야기에 대해 차근차근 설명해 보라는 권유가 아니다. 마이클 K가 폭도를 돕고 선동하고 있다고 확신하는 사람이 내리는 명령이다. 소설 속 다양한 지점에서 마이클에게는 그가 바보라는 기본 전제를 보충하는 신원이 부여된다. 그래서 그는 술주정뱅이, 부랑자, 테러분자가 된다. 수용소에 감금되는 것을 피하기 위한 시도들, 군 당국자에게 붙잡히지 않기 위한 시도들, 그리고 그런 내러티브를 부여받지 않기 위한 마이클의 시도들은 결국 그런 내러티브에서 해방되기 위한 시도들, 즉 내러티브의 대상이 되는 것 자체를 거부하는 시도들로 귀결된다.

스스로를 대변할 수 없는 이들은 그들을 대변해 줄 누군가를 필요로 한다. 그것이 바로 칼 마르크스Karl Marx가 「루이 보나파르트의 브뤼메르 18일The Eighteenth Brumaire of Louis Bonaparte」에서 제시한 정치적 난제부터 지적 장애인을 관리·감독하고자 하는 모든 시도에 뒤따르는 윤리적 책임에까지 적용되는 필수 지침이다. 또한 아토 퀘이슨이 말한 해석적 난관으로서의 장애에서도 핵심으로 작용한다. 수용소에 감금되는 것을 피하고자 하는 마이클 K의 욕망을 이해하는 순간 이야깃거리가 생긴다. 내러티브의 대상이 되는 것을 피하고자 하는 마이클 K의 욕망을 이해하고 나면 더 난처한 이야깃거리가 생긴다. 일단 그런 깨달음은 마이클 K를 호모 사케르라는 낙인을 극복한 자, 즉 수용소를 탈출한 자로 해석하는 일은 피하라는 경고로 받아들여야 할 것이다. 무엇보다 그런 해석이 바로 2부가 끝나갈 무렵 의사 자신이 텍스트 내부적으로 도망친 마이클을 대신해 세워 둔 가상의 마이클 K를 상대로 늘어놓는 이야기에서 제시하는 해석이기도 하기 때문이다. "수용소에서 당신이 보낸 시간은 알레고리에 불과했어요. 당신이 그런 단어를 알 리 없겠지만. 수치스럽고도 터무니없게도 도대체 어떻게 특정한 의미가 하나의 체제 내에서 자리를 차지하고 있으면서도 그 체제 내에서 그것을 지칭하는 용어를 얻지 못할 수 있는지에 관한 가장 고차원적인 의미에서의 알레고리였어요. 당신은 내가 당신을 규정하려고 할 때마다 빠져나갔다는 걸 눈치챘나요?"(166) 이런 진술 또한 마이클이 떠난 뒤에 마이클에게 (술주정뱅이, 부랑자, 테러분자, 바보와 같은) 어떤 신원을 부여하지는 않지만 용어를 얻지 못한 의미라는 일종의 내러티브 공식을 부여해서 그를 규정하려는 시도의 하나(비록 메타적인 시도지만)라는 점을 놓치면 안 된다.(그리고 그런 메타적인 시도는 감탄을 자아낼 만큼 불분명하다. 의미를 얻지 못한 용어는 우리 주변에서 흔히 접할 수 있다. 그렇지만 그것을 지칭하는 용어를 얻지 못한 의미라는 것이 존재 가능하기나 할까?) 거듭 말하지만 소설에서 '수용소들'에 대해 마지막으로 언급하는 단락을 『마이클 K』의 주제로 해석하고 싶은 유혹에 빠지기 쉽듯이 위의 구절을 마이클 K를 규정하는 결정적인 진술로 받아들이고 싶은 강렬한 유혹을 느낄 것이다. 그리고 이 경우에도 역시 그렇게 해석해도 전혀 문제되지 않는다. 인물(또는 텍스트)에 대한 해석치고는 충분히 그럴듯하며 의사의 호의에서 비롯되었다는 점에서 마이클에 대한 다른 '파악'들과는 달리 우호적이다. 그렇지만 여전히 파악이며 마이클의 감금 가능성을 열어 둔 파악이다.

그렇다고 마이클 K를 '해석'하는 모든 사람이 그를 감금한다거나 그를 감금하는 행위에 동참한다는 말을 하려는 건 아니다. 그렇게 간단한 문제가 아니다. 그렇게 알레고리적이지도 않다. 마이클 K와 『마이클 K』를 파악할 때는 눈에 빤히 보이는 것들—이를테면 해석적 교착 상태로서의 지적 장애, 대조군이나 도덕성 측정 리트머스지로서의 지적 장애—을 훨씬 넘어서는 해석 지침들과 해석상 딜레마들이 뒤따른다는 말을 하는 것이다. 마이클 K와 『마이클 K』를 접할 때는 언제나 그런 눈에 빤히 보이는 동력들이 작용한다는 데에는 의심의 여지가 없다. 하지만 마이클 K가 내러티브와의 관계에서 지니는 장애도 내러티브 그 자체에 영향력을 행사하고 있으며 그런 점은 마지막에 전혀 다른 방향으로 전개되는 마이클에 대한 의사의 해석 중 하나에도 암시되어 있다.

> 우리는 모두 역사의 가마솥 가장자리에서 그 안으로 굴러떨어졌어요. 그런데 당신만이 자신의 덜떨어진 빛을 따라서, 고아원에서 시간을 벌고(누가 그런 곳이 은신처가 될 수 있으리라고 상상이나 했겠어요?) 평화와 전쟁을 피하고 그 누구도 쳐다볼 생각조차 하지 않는 허허벌판에서 잠복하면서, 옛날 방식대로 시간 속을 표류하고 계절의 변화를 지켜보고 모래알 한 톨마냥 역사의 흐름을 바꿀 엄두는 절대 내지 않으면서 그렇게 살아 나갔어요. 우리는 당신을 소중하게 여기고 당신을 찬양해야 해요. 우리는 당신의 옷을 작은 인형에게 입혀 놓고서 박물관에 진열해야 해요. 당신의 옷과 당신의 호박씨가 담긴 봉투에도 이름표를 붙여서 진열해야 해요. 당신이 이곳에 머물렀다는 사실을 기념하는 명패를 만들어 경마장 벽에 걸어 놓아야 해요. 하지만 그런 일은 일어나지 않을 거예요. 진실은, 당신은 아무도 모르는 새 죽음을 맞이할 것이고 현재로서는 볼터마더 공동묘지로 시체를 옮기는 일은 논외인 상황이니 경마장 한구석 이름 모를 구덩이에 묻힐 테고 나 외에는 아무도 당신을 기억하지 않겠지요. 당신이 결국 단념하고서 입을 열지 않는다면 말이죠. 마이클즈, 당신에게 애원합니다. *단념해요!*(151-152)

이것은 단연코 다른 어떤 군인이 했던 요구보다도 마이클의 이야기에 훨씬 더 우호적인 요구다.(그런데 마이클을 마이클즈라고 부르면서 "방화

범"이라고 보고한 군인을 따라 의사도 마이클을 마이클즈라고 부른다.(131)] 하지만 여전히 요구다. '네가 입을 열지 않으면 널 기억하는 이는 아무도 없을 것이다.'라는. 그런데 의사가 자신이 속한 내러티브의 기준틀을 부수고 나오지 않는 한 알 수 없는(그리고 알 도리가 없는) 사실이 있다. 바로 마이클 K의 이야기는 돈키호테의 영웅담처럼 영원히 기억될 것이라는 점이다.(다만 앞으로 살펴보겠지만 『돈키호테』에서는 내러티브와 지적 장애의 관계가 허구의 틀을 부술 것을 요구하는 방향으로 설정된다.) 마이클의 삶과 그가 살았던 시대는 이야기되고 『마이클 K』라는 책에 담겨 전달된다. 즉 마이클 K는 자신이 등장하는 내러티브, 즉 그를 파악하거나 표현하는 것이 불가능하다는 내러티브를 제외한 다른 어떤 형식으로도 표현되는 것을 피하는 데 성공한다. 그래서 그의 지적 장애는 그의 삶을 대상으로 한 내러티브를 전개시키고 그와 관계를 맺는 모든 인물들을 움직이는 동력일 뿐 아니라 그에게 적용되는 모든 해석 절차를 진행시키는 동력이기도 하다. 쿳시는 능숙하고도 교활하게 그런 절차에 그 소설 자체도 포함된다는 점을 끊임없이 상기시킨다. 그런 면에서 『마이클 K』는 지적 장애를 단순히 표현하거나 주제화하는 데 머물지 않고 동기로서의 지적 장애에 대한 거장의 탐색, 요컨대 텍스트와 그 텍스트에 대한 독자의 이해에 새로운 가능성을 제공하는 조건으로서의 지적 장애를 구현하고 있다. 다음 장에서는 시간의 구조를 대상으로 삼은 극단적인 실험들을 통해 이런 내러티브 전략이 문학 기법상 매개물로서 어떻게 타성他姓의 형식에 근본적인 변화를 가져오는지를 살펴보겠다.

2 장

-

시 간

『소리와 분노』의 도입부는 읽기 어렵지 않다. 정말이다. 그러니 부디 한 번 읽어 보라고 권하고 싶다. 내가 아들 닉에게도 한 번 읽어 보라고 권했던 것처럼 말이다.

> 울타리 사이로, 구부러진 꽃들이 난 자리 사이로, 나는 그 사람들이 치는 것을 보았다. 그 사람들은 깃발 근처로 오고 있었고 나는 울타리를 따라서 갔다. 러스터는 꽃나무 옆 잔디를 뒤지고 있었다. 그 사람들은 깃발을 꺼냈다. 그리고 쳤다. 그런 다음 그 사람들은 깃발을 제자리에 다시 꽂았고 탁자로 갔다. 그리고 그 사람이 쳤고 다른 사람이 쳤다. 그 사람들은 다시 갔다. 그리고 나는 울타리를 따라서 갔다. 러스터는 꽃나무에서 멀어졌고 우리는 울타리를 따라서 갔고 그 사람들이

멈췄고 우리는 멈췄고 나는 러스터가 잔디를 뒤지는 동안 울타리 사이로 지켜봤다.(3)

이 인상적인 도입 단락에는 어려운 문장이 하나도 없다—이 단락이 포함된 장 전체가 그렇다. 쉼표와 마침표 외에 다른 문장부호는 사용되지 않았다.(내가 앞 문장에서 사용한 쌍반점이나 줄표 같은 건 전혀 찾아볼 수 없다.)[1] 초등학교 3학년 수준의 독해능력을 지녔다면 이해 못 할 구문이나 어휘도 없다. 그렇다면 도대체 왜 다들 그렇게 호들갑을 떠는 걸까? 왜 대학생들은 (내가 미국 문학 개론 수업 강의 계획서에 감히 이 소설을 집어넣으면) 이 부분을 참고서의 도움 없이 읽으라고 하면 경악하며 울부짖을까? 저 단순한 단락을 다음 단락과 비교해 보자. 똑같은 기법으로 서술되어 있다.

가시적인 것의 불가피한 양상: 그보다 더했으면 더했지, 눈을 통해 나는 생각했다. 내가 여기서 읽으려고 하는 만물의 징후들, 어란과 해초 무더기: 다가오는 바닷물, 저 녹투성이 구두. 코딱지 초록색, 은청색, 녹슨 금속색: 채색된 기호들. 반투명한 것의 한계. 그러나 그는 덧붙여 말한다: 몸체에 있어서. 그러자 그는 채색된 몸체들 이전에 그 몸체들을 인지했다. 어떻게? 그의 머리를 그 몸체들에 들이받음으로써, 그래. 서두르지 마. 그는 대머리이자 백만장자였다, 마에스트로 디 콜로르 케 산노. 몸체가 있는 반투명한 것의 한계. 왜 몸체가 있는 걸까?

반투명, 반反반투명. 만일 네 손가락 다섯 개를 통과시킬 수 있다면 그것은 대문이다, 문까지는 아니라도. 눈을 감고서 보라.(제임스 조이스 37)

왜 이 단락을 읽기 힘든지는 빤하다. 단테를 인용한 "반투명한 diaphane"이라는 단어와(당신은 이것이 단테를 인용한 것인지 어떻게 알았는가? 솔직해지자) 다섯 번째 문장에서 (아무런 설명 없이 불쑥) 아리스토텔레스를 가리키는 "그he"가 문제다. 빽빽한 덤불 같은 스티븐 데달러스Stephen Dedalus의 내러티브를 방황하지 않고 헤쳐 나가려면 방대한 지식이 필요하다. 그리고 이 내러티브를 구성하는 독특한 구문 배열, 불완전한 문장, 의식의 비약을 따라가는 법도 알아야 한다. 그 결과 친절한 해설서 없이『율리시스Ulysses』에 도전하는 용감무쌍한 이는 거의 찾아보기 힘들다.(나의 경우 해리 블래미어스Harry Blamires의『블룸스데이 서The Bloomsday Book』를 참조했다.)

처음부터 지적 장애를 지닌 어른의 무의식의 흐름과 문학 역사상 과할 정도로 지적인 인물의 무의식의 흐름을 대비시켰으니 부정한 속임수를 썼다고 생각할지도 모르겠다. 분명 얼핏 보면 '자신의' 초지에서 골프 치는 사람들을 바라보는 벤지 콤슨의 정신 활동의 기록은 스티븐 데달러스의 사색에 비해 훨씬 더 읽기 쉽다. 스티븐에 비하면 벤지의 지적 능력은 정말 보잘것없으니까. 그런데 전반적으로 벤지의 내러티브를 읽는 것이 수월하지만은 않다. 문장 하나하나만 놓고 보면 식은 죽 먹기인데도 말이다. 왜 그럴까? 벤지가 골프 치는 사람들 대부분이 사용하는 익숙한 단어들, 이를테면 그린, 티("탁자"), 퍼트하다("치다") 같은 단어들을 잘 모르기 때문일까? 벤지가 골프에 무지하다는 점이 결코 도움이 되지는 않지만 그 단락에서 어떤 일이 벌어지고 있는지 파악하는 데 큰 걸림돌이 되지도 않는다. 이 소설을 펼쳐 든 사람이라면 누구나 금방 알아차릴 수 있듯이 진짜 문제는 벤지 콤슨이 우리로서는 이해하기 힘든 시간 감각을 지녔다는 점이다. 다시 말해 벤지의 내러티브에는 내러티브를 내러티브로 이해하는 데 필요한 필수 연결 조직이 일부 빠져 있다.

일관성이 부족하지도, 이해가 불가능한 것도 아니다. 처음에는 쩔쩔매던 사람도 몇 페이지만 읽고 나면 벤지가 자신이 살면서 겪은 일련의 에피소드를 전달하고 있다는 것을 눈치채게 된다. 비록 그 순서는 엉망진창이지만 말이다. 나는 2005년에 쓴 논문에서 〈메멘토〉의 내러티브가 '불구'라고 지적한 적이 있는데 벤지의 내러티브도 그 자체로 불구인 상태다. 내러티브의 (우리 생각에는) 통상적인 기능들 중 일부가 작동불능 상태라는 의미다. 나는 〈메멘토〉에서는 파불라와 수제를 조화시킬 방법이 전혀 없다고 주장했다. 단기 기억상실증을 앓는 인물의 시점에서 시간을 역순을 전달하고 있다는 점을 고려해서 수제를 '보정'하더라도 내러티브를 시간순으로 재구성하는 것이 불가능하기 때문이다.[2] 『소리와 분노』에서 벤지의 시점으로 서술된 장은 그렇게까지 심하지는 않다. 수제의 전개를 토대로 일관된 파불라를 이어 붙이는 것이 궁극적으로는 가능하기 때문이다. 다만 곧 살펴보겠지만 그 과정에서(특히 '푸른 잇몸' 단락에서는) 중대한 해석적 가정들이 다소 필요하다. 『율리시스』의 '키르케Circe' 장은 영어로 쓰인 텍스트 중 타의추종을 불허하는 역작이기는 하지만 마찬가지로 내러티브라고 보기는 어렵다. 제임스 조이스의 말을 빌리자면 『율리시스』의 '키르케' 장은 내러티브는 잠들고 다른 어떤 논리가 지배권을 행사하면서 생긴 산물이다. 다만 지적 장애를 지닌 인물은 전혀 등장하지 않는다. 따라서 실험적 양식으로 인해 그 장에서 발생하는 문제들은 벤지의 시점으로 서술된 장이 지닌 문제들과는 사뭇 다르다. 지적 장애를 지닌 인물이 전달하는 내러티브가 논의의 대상이 되면 다음과 같은 문제가 특히 중요해진다. 그 인물의 지적 장애를 통해 우리는 시간과 내러티브의 기능 전반에 관해 어떤 것을 알게 되는가? 즉 내러티브 안에서 시간의 기능 일부가 우리의 기대와는 다르게 작동하는 것처럼 보이는 내러티브를 읽을 때 우리는 내러티브 시간의 작동 방식에 대해 무엇을 배울 수 있을까?

여기에는 숨은 문제가 또 하나 있지만 그 문제는 다음 장에서 다루겠다. 텍스트적 자기-인식이라는 맥락에서 다루어야 (내가 기대하기로는) 더 풍성한 논의로 이어질 것이기 때문이다.(적어도 나는 그렇게 기대하고 있다.) 포크너의 기발한 형식 실험이 개별 인물의 주관성의 작동에 의존하기 때문에(물론 형식 실험이 반드시 그런 방식으로 이루어질 필요는 전혀 없으며 조이스의 '키르케' 장은 그런 방식을 따르지 않았다) 우리는 지적 장애를 지닌 인물이 자신이 등장하는 내러티브를 어디까지 이해할 수 있는지 판단하도록 암묵적으로 요구받는다. 이를테면 우리는 벤지가 왜 자신이 '거세'당했는지 이해하지 못한다는 것을 안다. 그가 자신이 살고 있는 시대, 즉 강제 수용 및 불임시술의 시대에 대해 아는 바가 전혀 없다는 것도 안다. 우리는 벤지가 자신의 상실을 상실로 경험했음을 안다고 생각한다. 그리고 그가 그런 상실을 다른 상실과 연결시키고 있다고 생각한다. 다머디의 죽음을 다루는 장면과 벤지가 거세당한 자신의 몸을 바라보는 장면을 옷을 벗는 행위를 연결 고리로 삼아 병치하는 식으로 말이다.

> 퀜틴과 버시가 들어왔다. 퀜틴은 고개를 돌리고 있었다. "왜 우는 거야." 캐디가 말했다.
>
> "쉿." 딜지가 조용히 말했다. "이제 모두 옷 벗어, 당장. 버시, 너는 집에 가도 돼."
>
> *나는 옷을 벗었고 내 몸을 봤다. 그리고 울기 시작했다. 쉿, 러스터가 말했다. 그것들을 찾아봐야 아무 소용없어. 사라졌으니까. 계속 이러면 앞으로 생일 축하 따위 안 해 줄 거야. 그는 내게 가운을 입혔다.*(73-74)[역주1]

이 소설에 수록된 부록에서 포크너가 벤지의 자기-인식에 대한 이런 최소한의 해석조차도 부정했다는 점은 이미 널리 알려진 사실이다. 그는 벤지가 자신의 상실이 어떤 의미를 지니는지에 대해 어떤 의미 있는 인식도 하지 못한다고 주장한다. "그는 누이를 기억하지는 못했다. 다만 누이를 잃었다는 사실만 기억한다."(340)라고, "그의 누이처럼 그는 초지는 기억하지 못하고 다만 그 초지를 잃었다는 사실만 기억한다."고 지적한다. 하지만 포크너가 자신이 창조한 인물에 부여한 설명을 거부할 합당한 이유가 이론적·실질적으로 충분히 존재한다.[3]

이론적인 이유를 먼저 살펴보자. 포크너가 직접 부록이 "책 전체의 열쇠"라고 선언했기 때문에 독자로서는 그 부록을 '강의 지침서', 소설에 나오지 않는 뒷이야기(그리고 책에는 한 번도 등장하지 않는 인물들의 이야기)를 전부 채워 넣고 모든 모호한 부분들을 명확하게 알려 주는 해설서로 삼고 싶은 유혹을 느낀다. 즉 그 부록은 자신을 시간적·해석적 난관을 해결하고 이야기를 시작부터 마지막까지 시간순으로 보여 주는 「파불라 회보」로 읽으라고 우리에게 손짓한다. 푸코가 말하는 "우리가 의미의 증식을 두려워해야 하는지 여부를 규정하는 이데올로기적 인물"(118)로 저자를 세우고 싶은 것이 아니라면 그런 초대는 거절하는 것이 최선이다. 그런 인물이 존재하면 어떤 해석이 적당한 "권위가 있는지" 여부를 결정할 때마다 끌어들이게 된다. 실질적인 이유를 살펴보기 위해서는 벤지 섹션의 원문 텍스트로 돌아가야 한다. 그러면 "포크너 씨, 책을 읽어 보긴 하신 건가요?"라는 질문이 더 이상 건방지게 들리지 않을 것이다. 적어도 내 생각에는 『소리와 분노』의 도입부를 읽었다면 벤지가 자신의 초지를 기억하지 못한다고 절대로 말할 수 없다. 초지에 가까이 갈 때마다 벤지는 어김없이 끙끙대고 울부짖는다. 그리고 그런 소리는 골프 치는 사람들이 캐디를 부르는 소리가 날 때마다 더 다급해진다.

러스터가 오로지 벤지를 더 괴롭히기 위해 동음이의어를 쓰는데—"'뭔가 울부짖을 핑계가 필요한 거지. 좋아. 캐디.' 러스터가 속삭였다. '캐디. 이제 울부짖어 보시지. 캐디.'"(55)—그것은 누가 봐도 벤지의 지적 장애로 인한 결함이 아닌 다른 인물들의 공감 능력 부족을 보여 준다.[4]

이런 점에서 '푸른 잇몸' 단락은 벤지 섹션에서 가장 중요한 의식 전환부일 것이다. 그 전환부에서는 병치의 연결 고리가 소설 속 다른 어떤 병치보다도 불분명하기 때문이다. 그 단락은 다음과 같이 전개된다. 캐디가 더 이상 처녀가 아님을 벤지가 직감하는 장면 바로 다음에 나온다.

> 버시가 말했다. 이제 네 이름은 벤저민이야. 어째서 네 이름이 이제 벤저민인 줄 아니. 사람들이 너를 푸른 잇몸으로 만들려는 거야. 엄마가 그러는데 옛날에 너희 할아버지가 어떤 깜둥이 이름을 바꿨더니 전도사가 됐대. 그런데 사람들이 봤더니 그 사람도 푸른 잇몸이었다는 거야. 원래는 푸른 잇몸이 아니었는데. 그리고 보름달이 떴을 때 집안 여자가 그의 눈을 들여다보니 푸른 잇몸인 아이가 태어나더래. 그러다가 어느 날 밤 푸른 잇몸 아이 열둘이 이리저리 뛰어다니는가 싶더니 그 사람이 집에 안 돌아왔대. 주머니쥐 사냥꾼들이 그를 숲속에서 찾았는데 깨끗이 먹혔더라는 거야. 누가 먹었게. 그 푸른 잇몸 아이들이 그런 거야.(69)

왜 버시가 전달하는 이런 불편하고 아리송한 민담이 1909년에 캐디가 울면서 집에 뛰어 들어오는 순간 다음에 등장하는 걸까? 물론 민담에 개명에 대한 내용이 나온다. 하지만 민담의 나머지 부분은 의심스러울 정도로 벤지와는 아무 관련이 없다. 벤지가 푸른 잇몸이 되는 일은 결코 없을 것이고 벤지가 푸른 잇몸인 전도사를 먹으려고 푸른 잇몸인 다른 아이들과 함께 숲속으로 들어가지도 않을 것이다. 벤지 섹션에서 의식의 전환은 대부분은 핵심 단어, 연관된 장소, 혹은 못에 걸리는 기억 등 훨씬 더 직접적인 연결 고리를 통해 이루어진다. 그래서 벤지가 대체로 장면과 장면이 주는 인상의 수동적인 기록장치로 여겨지는 것이다. 벤지의 내러티브에는 의도된 동기가 없는 것처럼 보인다. 그리고 포크너는 어떻게 벤지의 말이 종이로 옮겨졌는지 해명하려는 어떤 시도도 하지 않는다. 정신 작용을 있는 그대로 받아 적는 의식의 흐름 기법을 사용한 것으로 보인다. 스테이시 버튼Stacy Burton의 말대로 "벤지는 이야기를 전달하고 있다. 하지만 비평가들은 벤지의 수수께끼 같은 담론이 던지는 도전을 대할 때 그것을 벤지의 내러티브가 아닌 포크너의 형식 실험으로 취급하는 경향이 있다."(214) 따라서 우리는 이런 형식 실험의 전략을 대니얼 키스Daniel Keyes의 『앨저넌에게 꽃을Flowers for Algernon』이나 마크 해던의 『한밤중에 개에게 일어난 의문의 사건』과 대조할 필요가 있다. 『앨저넌에게 꽃을』과 『한밤중에 개에게 일어난 의문의 사건』은 지적 장애를 지닌 화자들이 어쩌다가 화자가 되었는지를 신중하게 공을 들여 설명한다. 그 둘의 전략을 퀜틴 섹션과 제이슨 섹션과 대조할 필요도 있다. 퀜틴과 제이슨은 자신이 이야기를 서술하고 있다는 점을 인지하고 있는(제이슨의 경우는 명확히 인지하고 있다) 전형적인 1인칭 화자로 보인다.(퀜틴 섹션에서는 누군가의 생각을 엿듣고 있는 것처럼 느껴지고 제이슨 섹션에서는 이미 첫 문장부터 제이슨이 잠재적 독자를 아주 선명하게 인식하고 있는 것처럼 느껴진다는 차이는 있다.)

리처드 고든Richard Godden은 벤지가 이 소설에서 계획하고 있는 바가 있고 자신만의 방식으로 의도적으로 플롯 짜기를 하고 있다고 주장한다.

> 이런 병치의 복잡성 덕분에 어린애처럼 유치하고 단순한 목적이 실현된다. 벤지는 어린 소녀였던 누나를 독점하고 싶어 한다. 그리고 그런 목적을 달성하기 위해 "플롯 짜기"를 실행에 옮겨서 1909년의 불쾌한 사건에서 벗어나 그 전에 있었던 덜 힘들었던 상실로 옮겨 갈 수 있는 시간적 비교 구조를 만들어 낸다. 그런 전환은 그의 계획대로 작동하고 푸른 잇몸으로서의 벤지는 자기 누나의 섹슈얼리티를 통제할 수 있게 된다. 통상적으로 "수동적이고 이해력이 떨어지는" 혹은 "의식이 … 완벽하게 배제된"이라는 표현으로 묘사되는 벤지가 의식적인 행위를 한다는 나의 주장은 아주 심각한 학습 장애를 지닌 사람들조차도 그들이 긴 어린 시절을 보내는 문화를 규정하는 숨겨진 이야기의 영향을 받는다는 확신에서 비롯된다.(101-102)

나는 그의 생각에 전적으로 동의하지는 않는다. 일단 왜 캐디가 "어린 소녀"여야만 하는지가 확실하지 않다. 그리고 나는 단순히 벤지가 자신의 "긴 어린 시절"(그리고 이런 표현은 벤지를 어린애 취급하는 "삼십 년간 세 살이었다"(17)는 구절과 너무 비슷하다) 동안 들은 "숨겨진 이야기"에 "영향을 받는" 그런 문제가 아니라고 생각한다. 하지만 벤지가 "스스로 1909년의 불쾌한 사건에서 벗어나 그 전에 있었던 덜 힘들었던 상실로 옮겨 갈 수 있는 시간적 비교 구조를 만들어 낸다"는 고든의 기본 골자에는 동의한다. 물론 여기에서 핵심 단어는 "만들어 낸다"이다. 그리고 그 단어는 벤지가 자신의 내러티브 속 사건들의 순서를 어느 정도는 의식적으로 통제할 뿐 아니라 우리가 무의식적인 지배라고 부를 수 있는 무언가, 세 살짜리 어린애의 무의식보다는 더 제멋대로이고 세련된 지배력을 행사하고 있다는 것을 의미한다.

그런 가능성을 텍스트에서 주어진 것보다 더 확대하고 싶지는 않다. 벤지가 스스로 '젠장, 캐디가 집에서 쫓겨나서 이렇게 슬프지 않다면 좋을 텐데.'라거나 더 구체적으로는 '엄마랑 제이슨이 캐디를 집에서 쫓아내지 않았다면 좋았을걸. 정말 너무한다. 특히 캐디 딸을 이 집에서 키우고 있다는 걸 생각한다면 더더욱.'이라고 생각할 능력이 있다고까지 말할 수는 없을 것이다. 하지만 캐디의 섹슈얼리티와 푸른 잇몸 민담을 결부시키면서 자신이 무엇을 하는지 벤지 스스로 어느 정도 인식하고 있다는 주장에는 아주 중요한 부차적인 쟁점이 있다. 퀜틴과 제이슨이 스스로를 콤슨 가의 명예와 이상적인 남부 백인 여성상에 스스로를 구속시키는 것은 별다른 문제가 되지 않는다. 퀜틴과 제이슨의 내러티브에서는 그것이 핵심 주제다. 그래서 캐디의(혹은 제이슨의 장에서는 캐디의 딸 퀜틴의) 섹슈얼리티에 내러티브의 초점이 맞춰질 때마다 생각의 흐름이 흐트러지면서 갑자기 회상으로 넘어가거나 횡설수설하게 되고 그런 집착은 의식적이고 무의식적인 욕망, 혹은 보는 관점에 따라 (결국 같은 소리지만) 성과 인종에 관한 전형적인 옛 남부 이데올로기의 요구에 대한 순응에서 나온다. 하지만 *벤지가,* (그의 창조자와 독자들이 부여한 이미지에 따르면) 단순하고 순수한 벤지가 캐디가 향수를 뿌리고 남자애들과 키스하는 걸 반대한다면 그런 모든 것들이 뭔가 잘못되었기 때문이라고, 캐디의 섹슈얼리티는 그것이 바로 캐디의 섹슈얼리티라는 점만으로도 문제가 된다고 생각하기 쉽다. 그리고 캐디의 섹슈얼리티를 질병 취급하는 것이 당연하다고 여기기 쉽다. 진흙투성이 속바지 장면(세상에나, 캐디의 그곳은 더럽고 언제나 더러웠어, 아주 어렸을 때부터 말야), 혹은 캐디가 *"내 안에 뭔가 끔찍한 것이 있어서 밤이면 그게 나를 향해 씨익 웃어 그것들 얼굴 사이로 나를 향해 씨익 웃는 게 보여"*(112)라고 말하면서 스스로에게 그런 이미지를 부과하는 그런 방식으로 말이다. 하지만 벤지의 내러티브 궤적이 어떤 식으로든 동기의 지배를 받고 있다면 그는 자신들의 형제와 이해관계를 공유하는 한편이 된다. 그렇다면 우리는 벤지가 캐디의 향수 때문에 기분이 언짢다면 그건 단지 벤지의 관점일 뿐이라고 말할 수 있다. 벤지가 사물을 있는 그대로 다루는 내러티브에 조작을 가하지 않고 그대로 전달하는 것이 아니기 때문이다.

결국 벤지가 캐디가 향수를 뿌리고 남자애들과 키스하고 성관계를 가지는 것을 걱정하는 이유로는 특히 다음의 두 가지를 들 수 있다. 첫째, 퀜틴처럼 가족의 명예에 대해 나름 신경을 쓰고 있고 더 넓게는 다른 형제들처럼 여성의 섹슈얼리티에 대한 결벽증이 있다는 것이다. 둘째, 캐디가 향수를 뿌리고 남자애들과 키스하고 성관계를 가지면(그것이 결혼 전인지, 교회/국가에 의해 허용된 것인지 여부는 벤지에게 관심 밖이라는 생각은 들지만) 결국은 콤슨 가를 떠나게 될 것이고 그러면 벤지가 배려받을 가치가 있는 주관성을 지닌 존재라는 생각을 조금이나마 하는 유일한 가족을 잃게 될 것이라는 어렴풋하지만 근거가 충분한 인식이다. 따라서 '푸른 잇몸' 단락에 해석적 압박을 가하는 이유는 그러면 벤지의 시간 이동에 단순한 감각이 아닌 더 복잡한 원리가 적용된다고 설명할 수 있게 해 주는 일종의 분류 기제를 벤지가 가지고 있다는 가능성을 우리가 고려해 보게 되기 때문만은 아니다. 그러면 벤지와 시간과의 관계가 벤지의 주관성에 우리가 부여하는 한계를 벗어나는 질문을 던지게 된다는 점을 지적하기 위해서다.

왜냐하면 더 넓게 보면 벤지의 텍스트에서는 벤지가 예리한 감각, 생생한 연계, 정리되지 않은 감정들로 가득한 풍부한 내면세계를 지니고 있다는 것이 은밀하고 비연대기적인 방식으로 명시되어 있다. 벤지의 감정들이 당신이나 내 감정보다(혹은 논란의 여지는 있지만 퀜틴이나 제이슨의 감정보다) 더 뒤죽박죽 엉켜 있지만 정도에서만 차이가 날 뿐 여전히 감정이다. 문제는 벤지가 자신이 풍부한 내면세계를 지니고 있다는 사실을 알고 있는가, 자기-반영을 할 수 있는가이다. 다음 장에서 내가 다루는 주제가 바로 그런 문제들이다. 하지만 여기서는 내러티브의 시간성을 두고 포크너가 벌인 실험의 함의 중 하나를 강조하고 싶다. 벤지 섹션에 적용된 장치는 장치의 부재다. 이것은, 다시 한 번 강조하지만 그 내러티브가 단순히 벤지가 세계를 바라보는 방식을 나열하고 기록한 것에 불과하다는 가정을 토대로 한다. 『율리시스』의 '프로테우스' 장에서 내러티브가 시각과 아리스토텔레스와 드야펜의 한계에 대해 데달러스가 명상하는 방식을 나열하고 기록하는 것과 마찬가지라고 보는 것이다. 벤지 섹션이 『소리와 분노』의 핵심 모티프들(표현할 수 없는 상실, 캐디의 섹슈얼리티와 팜므파탈의 파멸, 옛 남부 귀족의 몰락, 캐디의 섹슈얼리티와 남부 백인 여성성의 이데올로기, 죽음과 질서와 종말의식, 캐디의 섹슈얼리티, 그리고 캐디의 섹슈얼리티)을 개괄적으로 보여 주면서 콤슨 내러티브를 조셉 프랭크가 "근대 문학의 공간적인 형태"[5]라고 기발하게 표현한 무언가로 번역해 놓은 일종의 서곡 역할을 한다는 것이 포크너 비평가들의 신조다. 하지만 포크너가 그런 서곡을 *명백한 지적 장애의 산물로* 구현하는 방식을 택했다는 것을 어떻게 받아들여야 할까? 더 나아가 벤지처럼 세상을 바라보게 만드는 지적 장애가 아직 지구상에서는 발견되지 않았다는 점을 고려한다면 그런 의문은 더 깊어진다.

벤지 섹션의 경우 다음과 같은 책략을 쓰고 있다. 여기 세상을 바라보는 관점이 "왕이 죽었다. 그래서 여왕은 너무나 슬픈 나머지 죽었다."와 같은 통상적인 내러티브 논리를 따르지 않는 인물이 있다. 그가 세상을 바라보는 관점은 오히려 다음에 더 가깝다. "소가 농장에서 뛰쳐

나왔는데 캐디의 결혼식 날이었고, 그래서 캐디를 잃었다, 누가 날 돌봐 줄까? 다머디는 죽었고 캐디는 나무에 올라가 있었다. 그리고 캐디가 향수를 뿌린 날이고 빨간 넥타이를 맨 녀석이 내 집 정원에 있고 캐디의 딸 퀜틴에게 수작을 부리고 있다. 그리고 또 다른 때에는 캐디에게 비 같은 냄새가 났다." 나는 여기에서 중요한 이론적 원칙 두 가지가 작동하고 있음을 지적하려고 한다. 첫째, 내가 1장 후반부에서 언급한 원칙이 작동하고 있다. 벤지의 장애는 철저하게 '꾸며낸' 장애라는 의미에서 *허구적 장애*다. 즉 DSM-5 분류법[역주2](혹은 기타 어떤 분류법)에도 나오지 않는 장애라는 의미에서만이 아니라(그리고 『소리와 분노』의 독자와 〈메멘토〉의 관객의 입장에서 더 중요한 것은) 허구의 구조와의 관계 속에서만 발현되는 장애라는 의미에서다. 둘째, 폴 리쾨르Paul Ricoeur의 연구와 미하일 바흐친Mikhail Bakhtin의 연구 간에 일종의 속도위반 결혼을 억지로 추진한다면 그것이 바로 여기에서 작동하는 *지적 장애 크로노토프*[역주3]일 것이다. 그런 지적 장애 크로노토프에서는 내러티브가 지적 장애를 내러티브 시간성에 적용되는 통상적인 규약을 흐트러뜨리는 생산적이고 계몽적인 결과를 야기하는 원인이 되도록 구현함으로써 내러티브 자신과 지적 장애의 관계를 표지한다.

폴 리쾨르는 『시간과 이야기Time and Narrative』 1권에서 "시간은 내러티브 기법을 통해 구현된 한도 내에서 인간의 시간이 된다. 그리고 내러티브는 시간적 존재의 조건이 될 때 그 의미를 완벽하게 실현한 것이 된다."(52)라고 했다. 이것은 핵심적인 통찰로 내러티브와 시간적 존재를 이중나선구조로 적절하게 엮은 주장이다. 이제 와 생각해 보면 리쾨르가 이런 통찰을 얻기까지 전후관계에 대한 구조주의의 무관심과 그로 인한 내러티브 이론의 평면화를 일일이 반박하면서 아리스토텔레스와 아우구스티누스의 사상을 결합시키기 위해 얼마나 많은 노력을 기울여야 했는지 다소 놀랍다.(이와는 대조적으로 그런 성가신 구조주의와 대륙주의 전통의 구속에서 좀 더 자유로웠던 프랭크 커모드는 전통적인 내러티브가 "틱톡tick-tock"[역주4] 형태를 띤다고 간단하게 지적하는 것만으로도 시간성을 강조하는 내러티브 이론을 구축할 수 있었다.) 시간이 지적 장애 인물을 가지고 시도되는 내러티브 실험의 대상이 되는 이유 중 하나는 아마도 시간적 존재의 대안적 방식을 모색하는 과정에서 인간과 시간이 맺는 다양한 관계들뿐 아니라 시간 자체가 "인간의 시간"이 되도록 만드는 방식 또한 탐색할 수 있기 때문이다. 어쨌든 지난 백 년간 인간이 얻은 혁신적인 깨달음 중에는 공간의 경우에도 그렇지만 시간은 더 자세히 살펴보면 볼수록 더 기이하고 더 종잡을 수 없게 된다는 것도 포함되지 않던가.[6] 그런 측면에서 아마도 아우구스티누스는 시간을 이해하려는 인간의 시도가 어떤 미래를 맞이하게 될지 이미 알고 있었는지도 모른다. "그렇다면 도대체 시간이란 무엇인가? 나는 시간이 무엇인지 잘 알고 있다. 적어도 누군가 나에게 그것이 무엇이냐고 묻기 전까지는 그렇다. 하지만 시간이 무엇이냐는 질문을 받고서 설명하려는 순간 당황하게 된다. … 우리는 시간이 *현존한다*고 확실하게 말할 수는 없다. 그저 그것이 필연적으로 곧 *더 이상 존재하지 않는* 상태가 되리라는 논리를 통하지 않고서는 말이다."(264) 어느 날 아침 시간에 쫓겨 어딘가로 서둘러 가던 중 나는 (당시 십 대 중반이었던) 제이미에게 그와 비슷한 말을 한 적이 있다. 우리는 시계들에 둘러싸여 있고 지구의 자전과 공전을 어느 정도는 인식하고 있는데도 시간이 무엇인지 혹은 왜 시간이 계속 앞으로만 흘러가는지 정확히는 모른다고. 그러자 제이미는 곧장 이렇게 덧붙였다. "헤르미온느의 타임터너가 등장하는 해리포터 소설은 예외죠." 그 말에 나는 너무 놀라 차 사고를 낼 뻔 했다. 하지만 제이미의 말이 맞다. 허구야말로 우리가 시간 여행, 예지력, 대체 시간 차원 같은 걸 상상할 수 있는 장소다. 그리고 허구는 우리(와 제이미)가 다양한 형태의 장애 크로노토프에 대해 이리저리 생각해 볼 수 있는 장소이기도 하다.

이 장에서 다루듯이 내러티브와 연결된 지적 장애의 배치를 통해 내러티브 문학의 영역은 인간의 경험을 벗어나 더 멀리 확장된다. 『소리와 분노』에서는 벤지가 모든 시간을 현재로 받아들인다는 점이 최소한 딜지에게는 신의 뜻을 깨달을 기회가 허락되도록 간접적으로 돕는다. 버지니아 울프Virginia Woolf의 『댈러웨이 부인Mrs. Dalloway』, 리처드 파워스Richard Powers의 『에코 메이커The Echo Maker』, (그리고 바로 다음에 다룰) 필립 K. 딕의 『화성의 타임슬립』에서는 동물의 의식 그리고/또는 지질학적 시간을 끌어들여 장애 크로노토프가 인간의 인지를 뛰어넘는 시간 경험의 영역으로 연결되는 통로를 마련할 수 있었다.

***

지금까지는 내가 언급하는 소설들이 대체로 독자들에게 익숙한 작품이라는 전제 하에 논의를 전개했다. 문학비평의 역사를 고려할 때 지금에 와서 『소리와 분노』, 『여전사』, 『마이클 K』, 그리고 해리포터 시리즈의 대략적인 줄거리를 소개할 필요는 없을 테니 말이다. 하지만 필립 K. 딕의 소설 『화성의 타임슬립』은 대중에게 널리 알려진 작품도 아니고 문학비평가들이 잘 연구하지 않는 작품이므로, 그리고 대부분의 사람들은 게임으로 치자면 레벨 6에 해당하는 필립 K. 딕 열성팬이 아니므로 이 작품을 먼저 간략하게 소개해 보겠다.

『화성의 타임슬립』의 배경은 필립 K. 딕이 쓴 전후戰後 미국 공상과학소설의 전형적인 구성을 따른다. 여기서 '전형적'이라는 말은 곧 '상상할 수 없을 정도로 기이하다'는 의미다. 소설은 1994년의 화성을 무대로 하고 있다. 사람들은 방사선과 각종 독성물질로 오염된 지구를 떠나 UN의 감독 하에 화성을 식민지로 개척한다. 화성 개척 프로젝트는 (a) 식민지에 인류와 동일한 조상에서 갈라져 나온 것으로 추정되며 멸종 위기에 처한 아프리카-오스트레일리아 원주민에 가까운 수렵-채집 종족(피부가 검으며 지구인들은 이들을 블리크맨이라고 부르면서 욕하고 무시하고 하인으로 부린다)이 살고 있다는 사실과 (b) 화성으로 중장비를 운반하는 비용이 엄청나게 비싸서 식민지의 기반 시설 대부분이 이미 낙후되었다는 사실에 의해 어려움을 겪고 있다. 당연히 수리공에 대한 수요가 높아서 그들은 대우를 잘 받는 전문가 계급을 형성하고 있다.(반면 정신과 의사는 고객을 쫓아다니면서 영업을 해야 겨우 생계를 유지할 수 있는 것으로 묘사된다.) 그리고 화성 제4지부 수자원 노동자 조합의 최고 지도조합원인 어니 코트는 화성에서 제일 잘나가는 권력자 중 한 명이다. 내러티브의 대부분은 전지적 제3자 시점에서 서술되고 있다. 때로는 코트를 집중 조명하기도 하고 때로는 잭 볼렌을 집중 조명하기도 하면서 자유간접화법을 아주 자유롭게 사용한다. 소설의 첫 몇 단락에서는 건강보조식품 및 금지 식품을 판매하는 노버트 슈타이너에게 내러티브가 집중된다. 하지만 그가 자살한 이후 그는 내러티브의 궤적에서 사라진다. 슈타이너의 아들인 만프레드는 1964년의 지식으로는 자폐증에 해당하는 증상을 보이는 것으로 나온다. 만프레드는 화성에서 자신과 같은 '비정상적인' 아동을 수용하는 유일한 시설인 이스라엘 정착촌에서 운영하는 벤-구리언 캠프라는 학교에서 지내고 있다. 소설 초반부에 우리는 UN이 벤-구리언 캠프 폐쇄를 명하는 법안을 통과시키려고 한다는 사실을 알게 된다. 그런 법안을 통과시키려는 이유는('비정상적인' 아이 중 한 명의 엄마이자 어니 코트의 전처인 앤 에스터해이지의 말에 따르면)

> 그 사람들은 자신들이 "결함투성이 집단"이라고 부르는 것들이 식민 행성에 출현하는 걸 원하지 않아. … 지구에서 보기에 화성에 비정상적인 아이들이 태어난다는 사실은 바로 지구의 심각한 문제 중 하나가 자신들의 미래로 이미 옮아갔다는 징표라고. 바로 우리들이 그들의 미래거든.(41-42)

이 소설에는 인종차별, 우생학, 식민 정책, 그리고 장애인의 문제를 전면에 내세우고 있다. 그야말로 "지구의 심각한 문제"를 다루고 있는 것이다. 만약 그게『화성의 타임슬립』의 전부라면 진짜 사회문제를 특별히 환상적인 틀에서 다루는 사변소설이라는 (포괄적인) 범주로 분류해도 될 것이다. 또한 우생학적인 인종말살 프로젝트를 비판하는 천사의 편에 선 소설로 떠받들 수도 있을 것이다. 하지만 이 소설은 기쁘게도, 그리고 성가시게도, 그보다는 더 복잡하다. 만프레드 슈타이너가 소설 속 모든 인물들의 내러티브 시간을 초월할 뿐 아니라『화성의 타임슬립』이라는 텍스트의 내러티브 시간을 관장하면서 내러티브 구조 자체를 뒤틀고 왜곡하는 것처럼 보이기 때문이다. 만프레드를 돌보는 의료진 중 한 명인 의사 글라우브는 만프레드의 아버지 노버트에게 최근 스위스의 연구진들이 제시한 '자폐증에 관한 새로운 이론'에 대해 이야기한다.(46) 그 이론은 요약하자면 자폐증을 지닌 사람들은 정상인과는 다르게 시간을 경험한다는 것이다. 그래서 주변 세계가 너무 빨리 움직이고 있다고 느끼고 정보 처리에 어려움을 겪는다는 것이다. 그러면 '퇴행'을, 즉 다른 사람과 교류하거나 정서적인 신호를 해석하지 못하는 이유를 설명할 수 있다. 스위스 연구진의 이론은 어느 정도 정확했음이 드러난다. 만프레드 슈타이너는 실제로 소설 속 다른 인물과는 다르게 시간을 느끼고 있었다. 하지만 그가 세상으로 나가길 거부하는 이유는 그것만이 아니다. 더 직접적으로는, 그는 자신을 둘러싼 모든 것들이 어쩔 수 없이 부패하는 미래의 모습에 시달리고 있었다. 그는 아직 지어지지 않은 화성의 구조물이 복구 불가능할 정도로 부식되고 쇠락한 먼 미래까지 볼 수 있다.("거비쉬"는 쓰레기/폐기물을 포괄적으로 가리키는 용어로 소설 전반에 걸쳐 자주 등장한다.) 특히 주택이던 건물에 설치된 의료시설에서 사지가 절단되고 내부 장기는 대부분 제거되어 수십 년간 움직일 수 없는 상태로 생명만 간신히 유지하고 있는(그리고 철저히 방치되고 있는) 200살이 된 자신의 모습이 반복해서 보이기 때문에 공포에 떨고 있다.

어니 코트는 자폐증 환자가 미래를 볼 수 있는 "프리코그"일 수도 있다는 이야기를 듣자 잭 볼렌을 고용해서 내러티브 시간을 다르게 느끼게 만드는 감각을 완화시키고 만프레드의 예지 영상을 현대에서 해석할 수 있는 장치를 만들어 달라고 한다. 코트의 동기는 거의 코미디에 가까울 정도로 치졸하다. 그는 근처의 고립되고 황폐한 FDR산맥을 둘러싼 블록버스터급 대형 부동산 개발 프로젝트(UN이 주도하는 AM-WEB 주택 단지 건설)에 관한 정보를 얻고 싶어 한다. 볼렌이 코트에게 (a) 만프레드가 그 산맥에 (거의 백 년 넘게 지난 미래에) 위치한 거대한 AM-WEB 주택 단지가 허물어지고 있는 아주 구체적인 스케치를 그렸다는 사실과 (b) 자신의 아버지인 레오 볼렌이 이미 그 땅을 샀다는 사실을 알리는 부분에서 플롯은 절정으로 치닫는다. 볼렌은 독불장군인 코트에게 시간 해석 실험이 실패했으며(만프레드는 내부 거래 정보를 얻는 데는 쓸모없었으므로) 그 프로젝트의 동기 자체가 이미 사라졌다는 사실을 알려야 하는 처지에 놓였다는 것을 깨닫게 되자 불안감에 휩싸인다.

하지만 그런 절정에 이르기 전에 이미 소설은 아주, 아주 기이해진다.

볼렌이 코트에게 그런 사실을 알리는 장면은 네 번이나 서술된다. 처음 세 번은 시간 순서에서 벗어나 있고(즉 어찌 보면 미래로의 플래시포워드인 셈이고) 네 번 모두 만프레드의 시점에서 서술되는 것처럼 보이는데 다음과 같은 구절로 시작한다. "코트 씨 피부 밑에는 축축하고 미끈미끈한 죽은 뼈들이 있다."(157, 167, 178) 그런데 공간적으로는 서로 다른 장소에서 서술된다.(한 장면에서는 인물을 따라 거실 밖으로 나가고, 다른 장면에서는 거실에 계속 머무른다.) 그리고 각각 미묘하게 차이가 난다. 처음 두 번은 10장에 포함되어 있고 세 번째는 11장의 도입부로 등장하는데 마치 10장이 그대로 반복되는 것처럼 보이는 효과를 낳는다. 각각의 미묘한 차이는 '글리치', 요컨대 게이머들이 쓰는 용어처럼 코드에서 아주 살짝, 하지만 고의적으로 변형된 것 같은 형태를 띤다.[7] 그중 두 가지 예를 들겠다. 하나는 두 번째와 세 번째 플래시포워드 장면을 비교할 것이고 다른 하나에서는 세 장면에서 같은 내용을 담은 부분을 비교해 보겠다.

> 잭 볼렌도 죽은 주머니다, 거비쉬로 가득 찬. 겉모습은 거의 모든 사람을 속였다. 예쁘게 칠해지고 좋은 냄새가 났다. 앤더튼 양 위로 숙이고 있다. 그는 보았다. 그는 그것이 그녀를 끔찍한 방식으로 갈망하는 것을 보았다. 그것은 축축하고 끈적끈적한 자신을 그녀에게로 쏟아부었고 죽은 벌레 단어가 그것의 입에서 튀어나왔다. "난 모차르트를 좋아해." 코트 씨가 말하고 있었다. "이 테이프를 틀게."(167)

잭 볼렌도 죽은 주머니다, 거비쉬로 가득 찬. 겉모습은 거의 모든 사람을 속였다. 예쁘게 칠해지고 좋은 냄새가 났다. 앤더튼 양 위로 숙이고 있다. 그는 보았다. 그는 그것이 그녀를 추잡한 방식으로 갈망하는 것을 보았다. 그것은 축축하고 끈적끈적한 자신을 그녀에게로 가까이 더 가까이 쏟아부었고 죽은 벌레 단어가 그것의 입에서 튀어나와서 그녀 위로 떨어졌다. 죽은 벌레 단어가 꿈틀대며 그녀의 옷 주름 사이로 들어갔다. 그리고 일부는 그녀의 피부로 비집고 들어가 그녀의 몸속으로 들어갔다. "난 모차르트를 좋아해." 코트 씨가 말하고 있었다. "이 테이프를 틀게."(177)

이 두 단락 모두 만프레드의 시점에서 동족인 인간들을 바라보는 자신만의 독특한 시각과 일상적인 대화를 섞어 가며 서술된 것처럼 보인다. 하지만 다음에 드는 예에서는 또 다른 층위의 복잡성과 당혹스러움을 야기한다. 코트가 테이프를 틀자 모차르트가 아닌 자신의 동료에게 보내는 암호화된 전자 메시지가 흘러나오는 장면이다.

끔찍한 끼릭끼릭 소리와 비명 소리가 한바탕 스피커에서 흘러나왔다. 진동하는 시체에서 나는 소리처럼. 코트 씨는 테이프 암호를 껐다.(157)

끔찍한 끼릭끼릭 소리와 비명 소리가 한바탕 스피커에서 흘러나왔

다. 진동하는 시체에서 나는 소리처럼. 그는 테이프 암호를 껐다.(167)

끔찍한 끼릭끼릭 소리와 비명 소리가 방 어디선가 한바탕 흘러나왔다. 한참 후에야 그녀는 그게 자신에게서 나는 소리라는 걸 깨달았다. 그녀는 내부에서부터 요동치고 있었다. 그녀 내부에 시체스러운 모든 것들이 방의 전등 불빛 속으로 나가려고 들썩거리고 기어 다니고 벗어나려고 애쓰고 있었다. 맙소사. 어떻게 해야 그 시체스러운 것들을 멈출 수 있을까? 그것들은 그녀의 땀구멍에서 나와 발발 기어갔다. 끈적끈적한 거미줄에서 떨어져 나가 마루에 깔린 널빤지 틈 사이로 사라졌다.(177-178)

이번에도 "모차르트" 테이프를 둘러싼 처음 두 묘사는 만프레드의 시점에서 서술된 것으로 보인다. 하지만 세 번째 묘사는 명백하게 도린 앤더튼의 시점에서 진행되고 있다. 그녀는 지금 볼렌의 입에서 쏟아져 나온 "죽은 벌레 단어"와도 같은 무언가에 의해 압도당한 것처럼 보인다. 여기에서 뒤틀린 것은 시간만이 아니다. 내러티브 구조 전체가 왜곡되었다. 그래서 그 뒤에 "만프레드 슈타이너의 실존 자체가 공립학교의 구조에 침투해 그 가장 깊은 곳에 자리 잡은 핵심을 관통"했고 그래서 학교의 인조인간 교사 전부를 미치게 만든다.(194) 그 경우에도 슈타이너의 존재와 관점이 어째선지 다른 인물들에게로 "새어 나와 깃든다." 그 결과 위의 예로 든 단락들이 슈타이너만의 시점에서 서술되었다고 단정할 수 없게 된다. 예를 들어 잭 볼렌과 어니 코트의 대면이 마침내 '실시간'으로 서술되었을 때(요컨대 정상적인 시간 순서대로 그날의 다른 사건들이 전개된 후에 진행되었을 때) 코트는 모차르트 테이프를 틀고 우리는 그 귀에 거슬리는 끼릭끼릭 소리를 시체의 진동 소리에 비유하는 인물은 바로 코트 자신임을 알게 된다.

> 스피커에서 끔찍한 끼릭끼릭 소리와 비명소리가 한바탕 흘러나왔다. 마치 시체가 진동하는 소리 같군. *어니가 공포에 떨며 생각했다.* 그는 달려가 테이프 재생기를 껐다.(208, 강조는 저자)

그렇다면 우리는 앞서 세 번 반복된 단락에서 "시체가 진동하며 내는 소리 같다."는 생각을 누구의 것이라고 받아들여야 하는 것일까? 누가 혹은 무엇이 어니의 마음을 들여다볼 수 있었을까? 세 번째로 반복된 단락에서 도린 앤더튼은 어떻게 그 소리가 자신에게서 나온다는 것을 "깨달을" 수 있었을까?

볼렌은 자신이 정신분열증을 앓고 있다(재발했다?)는 것을 알게 된다. 그리고 저녁이 깊어 감에 따라 점점 더 정상적인 사고능력을 잃고 있음을 느끼게 된다. 한 페이지에서 그는 "신체의 모든 부분이 조각조각 떨어져 나가고 있는 느낌"을 받게 된다.(211) 그리고 그 다음 페이지에서 코트와의 대면이라는 위기의 순간이 지나고 난 후 그 사건을 전혀 기억하지 못한다는 것을 깨닫게 된다. "그러고 난 후 그는 자신이 어둡고 텅 빈 인도에 서 있다는 사실을 알아차렸다."(212) 그 다음 장에서, 그 다음 날, 볼렌은 잠시 시간을 들여 자신과 소설에 무슨 일이 벌어졌는지 곰곰이 되돌아본다.

> 그는 깨달았다. 그는 어니 코트의 거실에 반복해서 앉고 또 앉았다. 그 저녁이 실제 다가오기 전에 이미 그 순간을 경험하며. 그리고 그 순간이 실제로 다가와서 사건이 현실에서 벌어졌을 때 그는 그 순간을 건너뛰어 버렸다. 글라우브 의사가 정신분열증의 핵심 증상이라고 본 시간 감각의 근본적인 동요가 지금 그를 괴롭히고 있었다. 어니의 집에서 보낸 그날 저녁은 그에게도 일어났다. … 다만 순서가 어긋난 채로 말이다.(219-220)

이것이 독자인 우리도 막 경험한 사건의 그럭저럭 적절한 요약일 것이다. 그래서 아마도 만프레드가 아니라 잭이 이런 단절되고 순서가 어긋난 타임슬립의 '원흉'일 것이다. 하지만 이런 추측은 해답이 되지 못한다. 잭 볼렌이 죽은 주머니, "거비쉬"로 가득 찬, 그리고 도린 앤더튼에게 집적댄다는 생각은 잭 볼렌의 시점에서 나온 것이 분명하기 때문이다. 만프레드의 '자폐적' 시선에서 재구성된 사건은 소설 자체의 텍스트에서 '정신분열적' 단절을 일으킨다. 필립 K. 딕은 『화성의 타임슬립』에서 단순히 벤지 콤슨처럼 시간과 내러티브에 대해 근본적으로 다른 감각을 지닌 지적 장애 인물을 만들어 낸 것이 아니다.(물론 그것도 쉬운 일은 아니다.) 그는 더 나아가 지적 장애를 지닌 인물의 시간과 내러티브에 대한 감각이 소설의 전반에 영향력을 행사하고, 그래서 그런 감각이 더 이상 그 인물의 개인적인 의식의 흐름에 머물지 않도록 지적 장애를 텍스트화했다.

이 긴 에피소드는 어떤 측면에서라도 더 명확해질 수밖에 없기도 하지만 그날 저녁의 타임슬립 현상에 대한 다른 인물들의 반응에서도 위와 같은 점이 명확하게 드러난다. 만프레드는 단지 잭의 시간 감각을 뒤틀기만 한 게 아니다. 도린 또한 자신의 주관성이 침범당하고 변형되었다고 단언한다. "정말 그 아이랑은 함께 있는 것조차 힘들어요." 그녀는 잭에게 말했다. "어젯밤은 악몽 그 자체였어요. 그 방이랑 내 마음 주변을 떠다니는 끔찍하고 차갑고 물컹거리는 촉수가 끊임없이 느껴졌어요. … 제 안에 있는 것도 아니고 밖에 있는 것도 아닌, 그냥 그 주변 언저리 어디엔가 있는 듯한 추잡하고 사악한 기운이 느껴졌어요."(221-222) 도린은 분명 그녀 안에서 들썩거리고 기어 다니는 시체스러운 것들을 가리키는 것임에 틀림없다. 하지만 어니도 그런 시간감각의 왜곡을 느끼고 있었음이 드러나면서 그 현상이 그녀의 내부도 외부도 아닌 곳에서 벌어지고 있었다는 도린의 말을 뒷받침한다.(또는 그녀의 밖이 안으로 들어와 있었고 그녀의 안이 밖으로 나와 있었는지도 모르겠다.) 헬리오가 발루스가 자신에게는 만프레드의 생각이 "플라스틱만큼이나 투명하게 보여요. 제 생각도 그에게는 마찬가지로 훤히 보일 테죠."(226)라고 설명할 뿐 아니라 (앞으로 다룰) 만프레드의 AM-WEB 주택 단지의 예지 영상의 전체 내용을 전달하는, 어니와 그의 블리크맨 시종 헬리오가발루스 간에 오고간 기나긴 대화 중간에 어니는 타임슬립이 일어난 날 밤을 설명하는 또 하나의 이론을 제시한다.

> "내 생각을 말해 줄까?" 어니가 말했다. "그 녀석은 시간을 꿰뚫어 보기만 하는 게 아니야. 그 녀석 시간을 조정할 수 있어."
>
> 블리크맨의 눈이 어두워졌다. 그는 어깨를 으쓱했다.
>
> "그렇지?" 어니가 추궁했다. "이봐, 헬리오가발루스, 이 검둥이 새끼야, 그 자식은 어젯밤 장난을 쳤다고. 확실해. 이미 미리 그 장면을 보고서 건드려 보려고 했다고. 그 장면이 일어나지 않게 하려던 거였나? 시간을 멈추고 싶었던 것 같은데."
>
> "그럴지도 모르죠." 헬리오가발루스가 답했다.(227)

그럴지도 모른다. 그리고 만프레드가 시간을 조작할 수 있다고 하니 마침내 소설 속에서 만프레드가 자유간접화법을 이용해 그날 밤을 서술하는 장면이 나오면 모든 것이 설명될지도 모른다. 혹은 만프레드의 예지 영상은 충격적일 정도로 평범해서 실망만 안겨 줄지도 모른다. 만프레드의 것임이 분명한데도 벌레 단어나 부패하는 여인이나 이상한 시간 왜곡의 흔적은 전혀 없는 특별할 것 없는 다음과 같은 단락처럼 말이다.

> 카페트 위에 앉아서 가위를 가지고 잡지의 사진을 잘라 새로운 형태로 붙이고 있던 만프레드 슈타이너는 소리가 들리자 고개를 들었다. 코트 씨가 허둥지둥 테이프 재생기로 가서 끄는 모습이 보였다. 코트 씨가 얼마나 흐릿해졌는지가 느껴졌다. 코트 씨가 그렇게 재빠르게 움직이면 잘 보이지 않게 된다. 마치 코트 씨가 방에서 사라진 다음 어느 순간 다른 장소에 다시 나타나는 것 같았다. 그럴 때면 소년은 겁이 났다.
>
> 그 소리 또한 소년을 겁에 질리게 했다. 그는 볼렌 씨가 앉아 있는 소파 쪽을 쳐다봤다. 그도 기분이 언짢은지 보려고. 하지만 볼렌 씨는 도린 앤더튼과 여전히 거기 앉아 있었다. 그녀와 얽힌 채로. 소년이 걱정하며 움츠러들게 만드는 방식으로. 어떻게 두 사람이 저토록 서로 가까이 붙어 있는 상태를 견딜 수 있는 걸까? 만프레드가 보기에는 마치 그들 각각의 정체성이 서로에게로 흘러들어 간 것 같았다. 그리고 그런 뒤섞임에 대한 생각이 그를 공포에 떨게 만들었다.(208-209)

타임슬립의 다양한 모티프가 이 부분에 들어 있음(테이프 재생기의 끔찍한 소음, 잭과 도린이 서로 붙어 있는 모습)은 분명하다. 하지만 여기에서 우리가 자유간접화법을 통해 접하게 되는 만프레드는 『화성의 타임슬립』의 독자와 등장인물들이 당한 (의식적이든 무의식적이든) 주관성의 끔찍하고 차갑고 물컹한 촉수의 근원일 수도, 아닐 수도 있는 만프레드와는 거리가 멀어 보인다. 이 장면에서 만프레드는 그저 겁에 질린 아이일 뿐이다. 자신이 다른 모든 이들의 시간과 공간 감각을 왜곡시킬 수 있는 능력이 있다는 것은 전혀 모르고 있음이 명백하다. 하지만 그래도 어니코트나 도린, 혹은 그 누군가는 만프레드 본인은 모르고 알 수도 없는, 만프레드에 관한 무엇인가를 알 수도 있지 않을까?

하지만 어니는 만프레드가 시간을 조작할 수 있고 "어젯밤 장난을 쳤다"(나는 이 표현이 정말 마음에 든다. 그래서 이 표현을 적용해 벤지가 1928년 4월 7일을 가지고 장난을 친 것이 분명하다고 말하고 싶다)는 야심차고도 그럴듯한 이론을 제안하면서도 그에게는 그런 점이 레오 볼렌의 FDR 산맥 소유권을 박탈할 수 있도록 몇 주 전으로 시간을 되돌릴 수 있는 기회 이상의 의미는 없다.(그는 결국 만프레드와 아주 노쇠한 블리크맨의 도움으로 이것을 달성한다. 그리고 그 내용 또한 뒤에서 다루겠다.) 그런 열망이 헬리오가 발루스가 어니에게 만프레드의 시간 관념을 설명한 뒤에도 변함없었다는 점에서 더 역겹다.

> "이 소년은 자신의 늙은 모습을 경험합니다. 그는 지금으로부터 수십 년도 더 지난 미래에 초라한 행색으로 누워 있어요. 아직 화성에 지어지지도 않은 양로원에요. 그가 표현할 수 없을 정도로 혐오하는 무너져 가는 장소. 이 미래의 장소에서 소년은 침대에 꼼짝 못 하고 누운 채 허무하고 피곤한 시간을 매해 보내고 있습니다. 인간이 아닌 대상이 되어. 바보 같은 법 때문에 생명을 유지하고 있죠. 그가 현재로 다시 눈을 돌리려고 아무리 발버둥 쳐도 그는 곧장 자신에 대한 그런 무서운 장면에 다시 사로잡힙니다."

"그 양로원에 대해 자세히 말해 봐." 어니가 말했다.

"곧 지어질 겁니다." 헬리오가발루스가 말했다. "양로원으로 지어지는 건 아니고 화성에 오는 이민자들을 위한 아주 큰 거주지로요."

"그래." 어니가 깨달으면서 답했다. "FDR 산맥에 말이지."

"사람들은 옵니다." 헬리오가발루스가 말했다. "그리고 정착해서 살고 동화되지 않은 블리크맨들을 마지막 피난처에서 몰아내죠. 그 대신 블리크맨들은 그 땅에 저주를 내립니다. 이미 황폐할 대로 황폐한 땅이지만요. 지구에서 온 이민자들은 정착에 실패합니다. 그들이 사는 주거지는 해가 거듭될수록 쇠락합니다. 정착민들은 화성에 올 때보다 더 서둘러 지구로 돌아갑니다. 결국 그 건물은 다른 용도로 사용됩니다. 늙고 가난하고 정신 나가고 몸에 이상이 생긴 이들을 수용하는 곳이 됩니다."(226-227)

달리 말해, 이 모든 이야기를 듣고 난 후에도—만프레드를 공포에 떨게 하는 미래의 모습, 그리고 마지막으로 쫓겨나는 블리크맨들, 그리고 화성에서 늙고 가난하고 정신 나가고 몸에 이상이 생긴 자들의 운명에 대한 이야기—어니는 여전히 '그래, 그래. 됐고, 어떻게 하면 그 땅을 손에 넣을 수 있는 건데?'라는 생각만 한다. 아마도 지금쯤은 어니가 개자식이라는 사실을 비평해서 얻을 것이 별로 없다는 점을 간파했을 것이다. 하지만 이 부분에는 더 중요한 구조적 논점이 담겨 있다. 타임슬립이 그저 주제에서 관심을 돌리려는 기이한 텍스트상의 서커스 재주나

스턴트가 아니라(요컨대 소설 제목은 『화성의 타임슬립』이지 『화성의 블록버스터급 대형 부동산 프로젝트』가 아니다) 이 소설에서 아주 중요한 역할을 하는 요소라는 점을 깨닫고 나면 만프레드의 (무)의식이 그날 밤 "새어나왔"듯이 소설 전체가 순서를 거슬러 앞뒤로 왔다 갔다 하면서 "새어나오기" 시작했음을 이해하게 된다. 이 소설의 주제는 가장 표면적인 층위에서는 기본적으로 정신분열증, 정신병, 지적 장애다. 비록 화성을 배경으로 하지만 그런 문제를 여전히 꼼꼼하게 다루고 있다.[8] 텍스트 속에는 정신분열증에 대한 진단과 논의가 넘쳐난다. 잭은 공립학교의 (자상하게 아버지라는 웃기는 이름이 붙은) 인조인간 교사에게 정신분열증은 "모든 질병을 통틀어 가장 의문점이 많은 병"이며 "6명 중 1명에게서 발병한다."(88)고 말한다. 하지만 잭의 아버지 레오는 TV에서 그 수치가 "3명 중 1명"이라고 했다고 전한다.(133) 잭이 공립학교에 찾아갔을 때 그는 자폐증이 "수많은 성인들을 엄습하는 정신분열증의 유아적 형태일지도 모르겠다. 정신분열증은 늦든 빠르든 거의 모든 가정에 영향을 끼치는 흔한 질병"(73)이라고 하면서 깊은 생각에 잠긴다. 처음에는 자폐증이 "현실에 대한 객관적인 감각에 우선하는 주관적인 요소에 순응하는 것"(72)이라고 설명된다. 그 다음 페이지에서는 자폐증이 "간단히 말해 사회가 심어 놓은 욕구에 따라 살지 못하는 사람"(73)이라는 설명이 나오고 바로 그 다음 다음 페이지에서 잭은 다음과 같은 결론을 내린다. "진정한 자폐증이란 결국 공공의 노력에 대한 완전한 무관심이라고 정의할 수 있을지도 모르겠다. 마치 개인이 가치관을 전달받고 수용하

는 존재가 아니라 마치 모든 가치의 창시자인 양 별개의 존재로 살아가는 것이라고."(77)

이런 정의들이 서로 배치되는 것은 아니다. 하지만 그렇다고 서로 동일한 것도 아니다. 여기에서 내가 논의하는 주제와 관련해서 그런 행태에 주목하는 이유는 그토록 많은 정의가 제시된다는 점이다. 잭이 자신이 정신분열증 증세를 보였던 과거를 수없이 회상하고 고찰하는 장면에서 우리는 잭이 특히 진단이라는 행위에 (과도하게) 집착한다는 걸 알게 된다. 그는 "정신분열증은 … 인류문명에게 닥친 가장 시급한 문제 중 하나"(88)이며 "가장 심각하고 악질적인 정신병"(124-125)이라고 믿는다. 하지만 유독 잭만 그런 것도 아니다. 정신과 의사 글라우브도 어니 코트를 진단하는 과정에서 "정신분열증 증상이 발현했고 점점 심해지고 있다는 첫 징후는 공공장소에서 음식을 먹을 수 없게 되는 것이다."(110)라고 되새긴다. 더 놀랍게도 글라우브는 "일반적으로 정신분열증에 대한 관심은 그 사람이 이미 내부에서 그런 증상과 싸우고 있다는 징후"라고 스스로에게 상기시킨다는 점이다.(110)

그리고 이 시점에서 소설은 인구 대비 정신분열증 환자의 비율을 1대 6이나 1대 3이 아닌 1대 1로 만드는 완벽한 순환고리를 구축했다고 볼 수도 있다.[9] 소설 속 모든 등장인물이 정신분열증에 대해 고심하니 말이다. 블리크맨인 헬리오가발루스조차 나름의 이론을 제시한다. "정신분석이라는 분야 자체가 허세로 가득한 바보짓입니다."(97)라고 단언하면서 계속해서 1960년대의 반문화적, 반정신과적 입장이 반영된 화성원주민의 관점을 표명한다.

> "생명의 목적에 대해서는 알려진 바가 없고 어떻게 살아야 할지는 살아 있는 생명체의 눈에는 보이지 않습니다. 정신분열증 환자가 사실은 제대로 알고 있지 않다고 그 누가 단언할 수 있을까요? 주인님, 그들은 용감한 선택을 한 사람들입니다. 그들은 단순한 사물, 손으로 만질 수 있고 유용한 사물에 등을 돌립니다. 그들은 *의미*를 찾아 들어갑니다. 그곳은 칠흑같이 어두운 밤이 계속되는 구덩이죠. 그들이 과연 돌아올 수 있을지 누가 알까요? 그리고 그들이 돌아온다면 의미를 들여다본 그들은 어떤 존재가 될까요? 저는 그들을 존경합니다."(98)

반면에 잭은 다음과 같은 생각들을 끔찍하게 여긴다. "*그런데 사람들은 정신병이 도피의 일종인 양 말한다!* 그는 몸을 부르르 떨었다. 정신병은 도피가 아니다. 그것은 삶을 좁아지고 움츠러들다 결국은 썩어가는 축축한 무덤, 아무것도 드나들지 않는 그런 장소로 몰아넣는다. 완벽한 죽음의 장소로."(154) 정신분열증에 시달릴 때면 잭은 사람들 속에 숨어 있는 전선, 플라스틱, 철로 만들어진 사이보그를 "꿰뚫어" 본다. 만프레드는 사람과 사물뿐 아니라 언어 자체도 붕괴되는 거비쉬로 이루어진 세계를 본다. 그래서 마침내 텍스트 자체가 (타임슬립이 일어난 장면 중 하나에서) "거블, 거블거블거블, *거블!*"(179)에 불과하게 되기도 한다. 하지만 새어나옴은 거기에서 그치지 않는다. 일단 텍스트 속에서 정신분열증과 지적 장애가 만연하다는 것을 알게 되면 소설의 첫 문장을 1964년의 표면을 막 뚫고 들어간 미국 교외의 권태로움이라는 형태를 띠는 타임슬립으로 재해석할 수 있게 된다. "페노바르비탈로 인한 깊은 잠 속에서 실비아 볼렌은 뭔가가 자신을 부르는 소리를 들었다."(1) 그녀는 아들과 남편이 깨고서 한참이 지난 9시 30분에 잠에서 깬다. 그리고 페노바르비탈을 "더 이상 복용하면 안 되겠다."고 마음먹는다. "다른 세상 사람들처럼 정신분열증이 진행되는 것을 받아들이는 편이 낫겠어."라고 생각한다.(1) 그러니 이제 이 텍스트를 지적 장애에 관한 텍스트*라는 관점에서* 재해석하면 정신분열증의 진행은 개인을 세상에서 고립시킨다는 것을 알게 된다. 공공의 노력에 대한 무관심을 낳고 사회에서 주어지는 욕망에 따라 살 능력을 잃게 된다는 것, 그리고 역설적으로 다른 이들도 전부 같은 처지라는 것을 말이다.

1964년에 인간들이 30년 안에 화성에 식민지를 세우리라고 상상한 것 자체가 바보 같다는 빤한 지적은 차치하고라도(필립 K. 딕이 진실을 마음대로 왜곡해서 공기, 물, 경작이 가능한 땅, 거대한 벌레, 블리크맨이 존재하는 허구적 풍경을 지닌 화성을 만들었다는 점도 내가 보기에는 사소한 지적이다), 시간은 소설 내내 기이하게 흘러간다. 소설 초반부에 "화성에서는 지구에서 와는 시간이 다르게 흐른다"는 가능성이 "심리학 저널의 논문"에 소개된다.(5) 화성이 (앤 에스터해이지가 말했듯이) 미래임에도 불구하고 이미 쇠락하고 있다는 점은 이미 지적했다. 마찬가지로 지구의 물건들은 마치 그것들이 상상할 수 없을 정도로 오래된 것처럼 설명된다. 한번은 어니가 헬리오가발루스에게 그는 "글렌 굴드가 연주한 … 빌어먹게 오래되고 너무 귀중한 것이라 차마 돌려볼 엄두조차 낼 수 없는 … 오래 재생되는 레코드판을" 소유하고 있으며 그것은 "40년이나 됐어. 가족 대대로 물려받은 거지."(95)라고 말한다. 블리크맨의 존재는 문제를 더 복잡하게 만든다. 책은, 그럴 만한 이유가 있는 것으로 나중에 밝혀지지만, 만프레드가 블리크맨과 살면 더 나을 거라는 상상을 한다.["아마 그들의 시간 감각이 만프레드의 시간 감각에 더 가깝겠지."(150)] 그리고 소설의 말미에 가면 어니는 FDR 산맥의 소유권을 차지하기 위해 시간을 되돌리는데, 헬리오가발루스는 그에게 블리크맨의 신성한 바위, 더러운 돌기에 만프레드와 함께 가야만 한다고 알려 준다. "그 바위만으로는 아무 능력을 발휘하지 못하지만" 만프레드와 함께라면 "시간은 더러운 돌기가 위치한 곳에서 가장 약하기 때문에"(236) 어니가 시간 여행을 할 수 있을 것이라고 말한다.

그렇다면 이렇게도 해석할 수 있다. 부동산 프로젝트를 둘러싼 소설의 플롯은 타임슬립의 형식이라는 실험과 그런 타임슬립이 소설 나머지 부분에 미치는 영향력에 의해 대체되었고 부동산 프로젝트는 타임슬립의 매개물에 불과하다고. 이런 점에서는 토머스 핀천Thomas Pynchon의 『제49호 품목의 경매The Crying of Lot 49』와 유사하다. 『제49호 품목의 경매』도 마찬가지로 부동산을 둘러싼 이야기로 시작하지만 결국 대안 우편 시스템을 사용해 정보를 주고받는 비밀조직 네트워크의 존재 가능성에 관한 텍스트임이 밝혀진다. 나는 이미 수업에서 학생들에게 『화성의 타임슬립』을 읽으면서 “과연 어니가 소유권을 차지하는 데 성공할 것인가?”라는 질문에 대한 답을 궁금해 하는 사람은 없을 거라고 지적한 바 있다.(그리고 학생들의 반응으로 볼 때 실제로도 내가 옳았던 것 같다.) 그런데도 부동한 개발 프로젝트를 둘러싼 플롯과 타임슬립은 서로 아주 복잡하게 얽히고설켜 있기 때문에 타임슬립이 그 플롯을 대체하기보다는 감염시킨다. 어니는 시간을 거슬러 올라가는 데 성공한다. 하지만 그의 시간 여행은 만프레드화한다. 그래서 소설 속에서 어니의 하루는 처음부터 다시 서술되기 시작하지만 그 작동 기제가 무너져 내리기 시작한다. 그래서 어니가 『뉴욕타임스』를 읽을 때 그의 눈에는 기사가 “거블, 거블”로 채워진 것처럼 보인다.(254)

더 충격적인 것은 그 다음에 소설이 우리가 블리크맨과 처음 맞닥뜨리는 2장으로 돌아가서 그 장면을 재생한다는 점이다. 잭 볼렌은 헬리콥터를 멈춰 세워서 죽어 가는 블리크맨 유목민들에게 물을 제공한다.(그러지 않으면 UN법에 저촉된다.) 반면에 자기 소유 헬리콥터를 타고 가던 어니는 그런 일을 해야 한다는 데 아연실색한다. 잭의 도움에 보답하고자 블리크맨은 부적을 건넨다. “물의 요정은 당신이 생명의 원천인 물을 필요로 할 때면 언제든지 가져다줄 것입니다.”(31)라고 그들은 말했다. 그리고 뒤에 헬리오가발루스가 어니와 이야기하면서 누군가 잭을 해치려고 하면 “그것이 그의 안전을 지켜줄지도 모른다.”고 주장하는 장면이 나온다. 신비한 초현실적인 능력이 있는 장치를 2장에 등장시키면 16장에 가서는 그것을 어떤 식으로든 사용해야 한다고 말한 게 체호프였던가?[역주5] 잭이 물의 요정을 건네받는 장면이 다시 재생된 시간 여행에서 어니는 잭을 죽이려다 블리크맨의 독화살에 맞는다. 어니가 과거에서 죽는 것이 가능할까? 이미 예전에 죽은 것이 될 수 있을까? 꿈속에서 죽는 것이라고 보아야 할까? 그리고 그렇다면 어니 본인의 꿈속에서 죽는 걸까? 아니면 만프레드의 꿈속에서 죽는 걸까? 어니가 이런 질문들에 대한 답을 고민하는 동안 그는 소설 속 타임슬립이 만프레드가 텍스트에 등장했을 때부터가 아닌 블리크맨이 물의 요정을 꺼내들었을 때부터 시작되었을 가능성에 맞닥뜨리게 된다.

> 그 젊은 블리크맨 놈이 어떻게 그토록 빨리 알아차렸지? 보통은 지구인에게 화살을 쏘는 일이 없는데. 사형에 처하는 중죄이고, 그건 곧 끝이라는 걸 의미하니까.
>
> 그는 생각했다. 아마도 나를 기다리고 있었을지도 몰라. 자신들에게 먹을 것과 마실 것을 준 볼렌의 목숨을 구하려고 음모를 꾸민 거야. 그들이 잭에게 물의 요정을 건넨 자들임에 틀림없어. 뻔하다. *그리고 볼렌에게 물의 요정을 건네줄 때 이렇게 될 줄 이미 다 알고 있었던 거다. 그때 이미. 처음부터.*(264, 강조는 원저자)

이 부분에서는 동사 시제에 어마어마한 혼돈이 일어나고 있다. 어떻게 블리크맨이 어니가 1주일 후에 볼렌을 죽이려고 달려들 것을 미리 알고서 볼렌을 구하기 위한 음모를 과거에서 꾸밀 수 있었겠는가? 어니의 가설은 블리크맨이 만프레드처럼 시간에서 분리되어 어니와의 첫 만남에서 아직 실현되지 않은 그 첫 만남의 반복 재생인 시간 여행을 이미 꿰뚫어 보고 예견할 수 있었다는 것이다. 그런 미래의 재생 장면을 표현할 수 있는 시제는 무엇일까? *나는 그들이 내가 그들을 만날 당시에는 현재이자 그 순간이 미래에 반복 재생된 시점에 다시 나타날 음모를 과거에 꾸몄다는 것을 지금 깨달았다?*

혹시나 해서 덧붙이자면 어니는 어찌어찌해서 결국 '현실의' 시간, 현재로서는 그 때가 언제를 의미하는지 불분명한 그 시간으로 되돌아온다. 그리고 일 때문에 적이 된 자에게 살해된다.(그리고 현재 자신이 여전히 과거에 머물고 있다고 믿기 때문에 죽지 않을 거라고 생각한다.) 만프레드는 AM-WEB에 수용되는 운명에서 벗어나는 데 성공하고 여생을 블리크맨 유목민과 함께 보낸다. 그리고 그는 이 요란스러운 하루가 끝날 무렵 이제는 미래에서 방문한 아주 나이 많은 노인이 되어 수수께끼로 가득한 마지막 소설의 장면에 다시 모습을 드러낸다. 그는 잭에게 오래전 자신을 도와주려 애써 줘서 고맙다고 인사를 한다. "그렇게 오래 전은 아니었어." 잭은 답한다. "잊었어? 우리한테 돌아왔잖아. 바로 오늘이었는걸. 지금이 너에게는 아주 오래된 과거이겠지만. 네가 아직 소년이었던 시절이니까."(277)(여기서도 동사의 시제는 불가사의다. "잊었어?"가 도대체 무슨 의미인지 헷갈릴 수밖에 없다.)

완벽한 해피엔딩은 아니다. 늙은 만프레드는 여전히 튜브와 전선으로 뒤덮여 있다. 그가 두려워하던 "펌프와 호스와 다이얼"투성이 사이보그인 것이다.(276) 하지만 AM-WEB에서는 도망쳤다. 그리고 그것이 바로 그의 목표였음이 밝혀진다. 그래서 그가(그리고 블리크맨도?) 소설의 시간 구조를 가지고 장난을 쳤던 것이다.

만프레드와 블리크맨 간의 신비에 싸인 연결 고리는 정치적인 관점에서는 다소 창피한 것이다. 헬리오가발루스는 자신이 소년과 소통할 수 있는 이유가 "우리 둘 다 인질이니까요, 주인님. 적국에서."(226)라고 말한다. 그것은 마치 특수한 서벌턴들만의 서브채널[역주6]이 존재한다는 말과도 같다. 따라서 헬리오가발루스는 영화비평가들이 "매직 니그로Magic Negro"라고 부르는, 토드 보이드Todd Boyd에 따르면 "신비주의가 밑바탕에 깔린 특별한 능력"을 부여받은 인물인 셈이다.[10] 하지만 서벌턴의 서브채널은 오리엔탈주의를 연상시킨다는 결점에도 불구하고 헬리오가발루스가 어니에게 만프레드의 마음속 깊이 존재하는 두려움에 대해 장황하게 설명하기 전까지는 드러나지 않았던 AM-WEB와 벤-구리언 캠프 간의 연결 고리를 더 명확하게 보여 준다. 이제 다시 벤-구리언 캠프 장면, 더 정확히 말하자면 노버트 슈타이너가 아들을 만나려고 캠프를 방문하는 장면으로 돌아가 보자. 그 방문 후에 곧 노버트 슈타이너는 자살해야겠다고 마음먹게 된다. 자기 아들이 "스스로 일하면서 자립할 수 없을 것이다. … 그 아이는 지금처럼 앞으로도 계속 사회에 짐이 될 것"(44)이라는 이유로 캠프 시설이 폐쇄되어야 *마땅하다*는 말로 벤-구리언 캠프 직원을 당황하게 만든 후에 노버트는 레드폭스 식당에서 식당 주인으로부터 우생학에 근거한 더 잔인한 주장을 잔뜩 듣게 된다.

> "왜 그렇게 우울해 보여?"
>
> 슈타이너가 답했다. "벤-구리언 캠프를 폐쇄할 거라고 들었어요."
>
> "잘됐군. 여기 화성에 그런 괴물들은 필요 없지. 이민 유치에 걸림돌이 될 뿐이야." 레드폭스 주인이 말했다.
>
> "저도 같은 생각입니다. 어느 정도는요." 슈타이너가 답했다.
>
> "그 왜, 60년대에 독일제 약을 썼다가 태어난, 물범처럼 물갈퀴를 달고 태어난 아이들과 마찬가지야. 모두 없애 버렸어야 해. 이미 건강하고 정상인 아이들도 충분히 많이 태어나는데, 왜 굳이 그런 것들을 살려 둬야 하는 거지? 만약 자기애가 팔 하나를 더 달고 태어나거나 팔이 전혀 없거나, 아무튼 기형이 있다면 살려 두고 싶지 않을 거야, 안 그래?"
>
> "네." 슈타이너가 답했다. 그는 지구에 있는 처남이 단지증短指症을 갖고 태어났다는 얘기는 하지 않았다. 처남은 팔 없이 태어났지만 캐나다의 특수 보조 장비 업체에서 맞춤 제작한 인공 팔을 아주 능수능란하게 사용했다.(49)

플롯이 마치 아직도 충분히 복잡하지 않다는 듯이 점점 더 미궁으로 빠져든다. (1957년에 케미 그뤼넨탈사가 처음 판매한 바로 그 독일제 약인) 탈리도마이드로 한창 떠들썩하던 시기에 이 소설을 쓴 딕은 장애를 지닌 사람들에 대한 대량 학살의 충동은 슈타이너의 처남이 꽤 멋진 보정장치를 갖추고 있는(그리고 지적 장애는 없는) 그런 미래에도 여전히 존속하리라고 암시하고 있다.

마지막으로 어니 코트 본인도 앤 에스터해이지와의 사이에서 생긴, 태아일 때 감마선에 노출되어 손상을 입은 세 살 된 아이를 벤-구리언 캠프에 맡기고 있다. 그 아이는 "작고 말라비틀어진, 여우원숭이처럼 커다란 눈을 하고서 … [그리고] 특이하게도 손가락 사이에 막이 있다."(40) 장애아를 향한 어니의 입장은 충분히 예측 가능하다. 캠프를 폐쇄하고 아이들은 제거하라.

"애초에 그 유대인들이 수용소를 세웠을 때부터 마음에 들지 않았어."

앤이 대꾸했다. "오, 신이시여, 이 솔직하고 노골적인 어니 코트, 친애하는 인류의 동지를 굽어살피소서."

"온 세상에다 대고 여기 화성에 괴물들이 살고 있다고 선전하는 거나 마찬가지잖아. 여기 오려고 우주여행은 생식기에 손상을 입히기 마련이고 그 독일제 물갈퀴족이 친근한 이웃사촌으로 보일 정도로 괴상망측한 괴물을 낳게 될 거라고."

"당신이나 그 레드폭스 주인이나 똑같아."

"난 그냥 냉철하고 객관적인 현실주의자일 뿐이라고. 우리는 살아남기 위해 애쓰고 있어. 계속 사람들이 여기로 이주해 오지 않으면 우리는 줄기째 말라죽을 거야. 앤, 당신도 잘 알잖아. 벤-구리언 캠프만 없으면 지구인들에게 수소폭탄 실험으로 대기가 오염된 곳을 떠나 기형아 따위는 태어나지 않는 화성으로 오라고 선전할 수 있을 거야. 그런데 벤-구리언 캠프가 다 망치고 있잖아."

"벤-구리언 캠프 탓이 아니야. 기형아가 실제로 태어나는 게 문제지."

"아무도 기형아가 태어나고 있다는 걸 확인하거나 증명할 수 방법은 없어." 어니가 지적했다. "벤-구리언 캠프만 없다면 말이지."(64-65)

생권력의 영역은 겉으로 보기에는 (아직까지는) 화성에는 미치지 못한 것처럼 보인다. 인구관리가 지구에 비해서는 허술해서 벤-구리언 캠프가 폐쇄되면 장애아가 존재한다는 사실은 묻히게 된다. 그런데 어니는 지구에서는 그런 독일제 물갈퀴족이 아주 뛰어난 인공 팔을 장착하고서 *실제로도* 이웃사촌인 경우도 있다는 것을 모르는 듯하다. 아무튼 소설이 진행되면 UN도 어니와 비슷한 생각을 하고 있음이 밝혀진다. 어니와 전부인과의 대화는(이상하게도 이 부분의 대화는 직접 서술되지 않고 다음 장에서 어니의 회상으로만 등장하지만) UN이 FDR 산맥에 대규모 부동산 개발 프로젝트를 추진하고 있다는 정보 교환으로 이어진다. 어니는 누군가 이미 그 땅에 눈독을 들이고 있다는 소문을 들었다. 앤은 여러 정보를 가지고 있었고 그중 하나는 UN이 "거대한 초국가적 공원, 일종의 에덴의 정원을 건설해서 지구에서 이민자를 끌어들이려고 계획하고 있다."는 것이었다.(94) 그렇다면 이 부분에서 암시하고 있는 것은 AM-WEB의 건설과 벤-구리언 캠프의 폐쇄는 동일한 계획의 일부인 셈이다. 그러니까 지구에서 이민자를 끌어들여야 하고 그러니 화성에 장애인의 존재 자체를 인정하는 모든 공식적인 채널을 폐쇄하자. 만프레드가 본 미래에 사이보그가 된 자신의 모습은 곧 닥칠 학살의 예지인 셈이다.

『화성의 타임슬립』은 영어권 문학에서 시도된 지적 장애의 텍스트화 중에서 지적 장애를 가장 매력적으로 텍스트화한 예다. 단지 지적 장애에 *관한* 소설에 머물지 않기 때문이다. 이것이 지적 장애에 관한 소설이라는 점은 이미 투명할 정도로 잘 드러난다. 『소리와 분노』가 (다른 것들과 함께) 1920년대 '정신지체아'의 운명을 기록했다면 『화성의 타임슬립』은 (다른 것들과 함께) 우생학적 학살이라는 담론에 대한 답변을 제시하고 있다. 그런 학살이 논의되는 화성에서는 UN이 거대한 학살자이고, 화성의 유대인 정착촌이 최근 역사에서 배운 교훈을 가슴에 새기고서 만프레드 슈타이너와 같은 아이들에게 머물 곳과 돌봄을 제공하는 유일한 집단으로 묘사된다. 하지만 『화성의 타임슬립』은 그 이상을 보여준다. 퀘이슨의 말을 빌리자면 문학 텍스트에서의 재현의 규약이 장애와의 관계에서 누전을 일으켰다. 물론 일부 독자에게는 『화성의 타임슬립』 같은 급진적인 실험주의가 바로 사변소설이라는 장르의 속성에서 기인한다는 설명만으로도 충분하다고 말할 수도 있다. 그런 장르에서는 시간 여행이나 외계 문명 같은 이국적인 것들을 얼마든지 지어낼 수 있으니까. 그리고 주류 소설에서는 매 페이지마다 철저하게 적용하는 재현의 기본 규약을 그런 장르에서는 무시하는 일이 다반사니까. 하지만 그런 반박은 오히려 나의 논지를 강화한다고 생각한다. 과학적으로 불가능한, 그래서 말도 안 되는 모습을 띤 화성을 무대로 행해진 복잡한 내러티브 실험은 시간, 공간, 정신병, 지적 장애에 대한 심오한 고찰의 매개물이 되었다. 그리고 『소리와 분노』에서와 마찬가지로 장애 크로노토프가 명백하게 *허구의* 장애에 의존하고 있으며, 그러면서도 우리 중에 가장 취약한 인간들을 어떻게 대우해야 하는가 하는 질문을 아주 선명하게 던지고 있기 때문이다.

***

그런데 취약성의 문제에서 인간만이 돌볼 가치가 있는 유일한 생물인 것은 아니다. 앞서 장애 크로노토프가 인간의 인지력을 넘어서는 시간적 경험의 영역으로 연결되는 출입구를 제공한다고 언급했다. 『화성의 타임슬립』에서 만프레드가 지닌 허구의 장애는 블리크맨만이 이해할 수 있는 (것으로 추측되는) 시간 단위의 가능성을 열어 준다. 하지만 그런 허구의 장애는 인간이 아닌 다른 생명체와의 연결 고리가 되기도 한다는 점에서도 중요하다. 우리는 텍스트가 잠시 단절된 직후에 아무런 경고도 없이 등장하는 만프레드의 자유간접화법과 처음으로 대면하게 된다. 그 단락은 이런 식으로 전개된다.

하늘 높이 육식조들이 원을 그리며 날고 있다. 창문이 달린 건물 아랫부분에 그 새들의 배설물이 쌓여 있다. 두어 덩어리를 들어 손에 쥐었다. 밀가루 반죽처럼 뭉개지고 뒤틀렸다. 그는 그 안에 살아 있는 생명체가 있다는 것을 알고 있다. 그는 배설물을 조심스레 다루면서 건물의 텅 빈 복도로 들어섰다. 한 덩어리가 머리카락처럼 엮인 틈을 타고 갈라져서 벌어졌다. 너무 커져서 더 이상 들고 있을 수가 없게 되자 이제 그것이 벽에 있는 것으로 보였다. 옆으로 누워 있는 구획, 갈라진 틈이 너무나 넓어져서 그 안에 있는 생명체가 보였다.

거비쉬! 축축하고 뼈처럼 하얀 주름으로 이루어진 지렁이 한 마리가 돌돌 말린 채로 있었다. 사람의 몸에서 나온 거비쉬 지렁이. 높이 나는 새들이 그것을 찾아서 그렇게 먹어 치울 수만 있다면 좋을 텐데. 그는 계단을 뛰어 내려갔고 발밑이 푹푹 꺼졌다. 널빤지가 없었다. 널빤지가 사라진 틈 아래로 흙이 보였다. 어둡고 차가운 구멍은 거비쉬 때문에 완전히 썩어서 축축한 가루가 된 목재의 잔해로 가득했다.

위로 뻗은 팔들이 그를 원을 그리며 도는 육식조를 향해 던졌다. 그는 위로 떠오르는 동시에 아래로 떨어졌다. 새들이 그의 머리를 먹어 치웠다. 그러고 나서 그는 바다 위에 놓인 다리 위에 섰다. 상어들이 칼날처럼 날카로운 등지느러미로 수면을 가르며 나타났다. 그가 드리운 낚싯줄에 잡힌 한 마리가 그를 삼키려는 듯 아가리를 벌리면서 미끄러지듯 물 밖으로 올라왔다. 그는 뒤로 물러났다. 하지만 다리가 무너져 내리고 밑이 푹 꺼지면서 물이 그의 허리까지 차올랐다.

이제 거비쉬 비가 내린다. 사방을 둘러봐도 온통 거비쉬 천지다. 자신을 탐탁지 않게 여기는 무리가 다리 끝에 모습을 드러내고서 상어 이빨로 만들어진 고리를 들어 보였다. 그는 제왕이었다. 그들이 그 고리를 그의 머리에 왕관처럼 씌웠고 그는 감사의 말을 전하려고 했다. 하지만 그들은 그 고리를 그의 머리에서 목으로 끌어내리고는 그의 목을 조르기 시작했다. 그들은 고리를 묶어서 상어 이빨로 그의 머리를 베었다. 또다시 그는 어둡고 축축한 지하실에 썩은 가루에 둘러싸여 앉아 있었다. 파도치는 물이 사방에서 철썩거리는 소리가 들렸다. 거비쉬가 지배하는 세상이고 그는 목소리를 낼 수 없었다. 상어 이빨이 그의 목소리를 뜯어가 버렸다.

나는 만프레드야, 그는 말했다.(137-138)

다시 봐도 이런 서술은 모사模寫의 파라미터[역주7]가 잠재적으로는 무한한 사변소설에서는 그렇게까지 특이한 것은 아니라고 생각할 수도 있다. 혹은 이것이 문학적 거비쉬에 불과하다고 판단했을 수도 있다. 하지만 내셔널 북 어워드를 수상한 주류 소설 속 한 단락과 한 번 비교해 보자. 어떤 경고도 없이 이 단락이 내러티브 초반에 불쑥 끼어들기 전까지는 사실적인 재현의 기본 규약을 충실히 따르고 있었다.

새 한 무리에서 각각의 새들이 불타고 있다. 별들이 총알처럼 쏟아져 내린다. 빨갛고 뜨거운 점에 그곳에 자리를 잡고서 몸체의 일부이자 부분적인 몸체가 된다. 영원히 지속된다. 측정 가능한 변화가 없다.

> 불타오르는 잿더미. 그들의 회색 고통이 옅어지면 언제나 물이다. 납작한 너비가 너무 느려서 액체가 되지 못한다. 마지막에 가서는 흐름밖에 없다. 다음이 없는 물줄기, 알 수 없는 가장 낮은 것. 그 자체가 차가움이어서 그 차가움을 느낄 수 없는 사물.(10)

이것은 리처드 파워스가 2006년에 발표한 소설 『에코 메이커』를 인용한 것이다. 그리고 이 단락은 아마도—아무도 확신할 수는 없다—마크 슐루터라는 젊은이의 시점에서 서술된 것이다. 그는 새벽 2시에 빈 도로에서 트럭을 시속 120킬로미터로 운전하다가 차가 미끄러지는 의문의 사고로 치명적인 뇌손상을 입었고 점차 의식을 되찾는다. 그가 서서히 언어 능력을 회복하면서 우리는 그에게 카그라스 증후군이라는 아주 희귀한 신경학적 장애가 생겼음을 알게 된다. 카그라스 증후군에 걸린 사람은 자신이 사랑하던 사람들을 알아보지 못하게 된다. 가족의 얼굴은 알아보지만 그들이 자기 가족이라는 것을 인정하지 않는다.(신경학적으로는 편도체와 하측두 피질이 어떤 이유로든 단절된 상태다. 안면인식을 담당하는 뇌는 정상으로 작동하지만 그런 인식에 의미를 부여할 감정 담당 중추와의 연결이 끊어진 것이다.) 아주 익숙한 얼굴인데도 그런 얼굴에 어떤 감정적인 애착을 느끼지 못하는 상태를 이해하기 위해 그들은 자기 가족들이 다른 사람, 인조인간, 혹은 외계인으로 바꿔치기 당했다고 믿게 된다. 아주 비극적인 장애이며 카그라스 증후군을 앓다가 완전히 미쳐 버리는 경우도 있다. "영국 미들랜드 출신의 젊은 카그라스 환자는 자기 아버지가 로봇이라는 것을 증명하려고 전선을 노출시키겠다면서 아버지를 잘랐다."(89-90)는 내용은 사실에 바탕을 둔 것이다.

마치 올리버 색스Oliver Sax가 다룰 법한 소재라는 생각이 들 것이다.[역주8] 그리고 실제로 이 소설의 절반 정도는 올리버 색스를 연상시키는 제럴드 웨버라는 인물에 할애된다. 그는 마크 슐루터의 여동생 카린이 절망하며 쓴 편지의 수신자다. 웨버가 점점 자기-회의에 더 깊이 빠져들다가 결국 미치는 과정이 플롯의 한 가닥을 이룬다. 플롯의 또 다른 가닥은 물이용권, 에코투어리즘, 부동산 개발(이 경우에는 지구에서의), 그리고 매년 슐루터의 고향인 네브래스카 주 커니에 찾아오는 캐나다두루미의 이동 패턴으로 이루어진다. 이 책의 주제와 관련해서 가장 중요한 점은 이 소설이 새의 지적 능력에 대해 반복적으로 사유한다는 점이다. 카린의 남자친구인 환경보호운동가 대니엘 리겔이 말한다. "새는 놀라운 동물이라고. 큰어치는 거짓말을 할 수 있어. 큰까마귀는 무리에서 속임수를 쓰는 개체를 처벌하지. 까마귀는 빳빳한 철사를 가지고 고리를 만들어서 구멍 속 컵을 들어 올리는 데 활용해. 침팬지도 그렇게는 못할걸."(388) "어떤 느낌일까, 새로 사는 건?"(424)이라며 토머스 네이글Thomas Nagel이 박쥐를 언급하며 던졌던 질문을[역주9] 다시 제기한다. 그리고 카린 슐루터는 자신이 속한 인간이라는 종種에 관한 깊은 깨달음을 얻는다.

인류 전체가 카그라스 증후군을 앓고 있었다. 저 새들은 마치 우리의 친족처럼 춤추고, 우리의 친족과 닮은꼴을 하고 있고, 우리의 친족 처럼 구애하고 생활하고 양육하고 가르치고 돌아다녔다. 그들의 장기 중 절반은 우리의 것과 같다. 하지만 인간들은 그들을 훠워 쫓아낸다. 사기꾼들 같으니. 기껏해야 블라인드 뒤에서 지켜볼 기이한 광경 정도로 취급하는 게 전부다.(348)

그런 깨달음이 소설 전체의 핵심 주제다. 파워스가 웨스턴 유니언을 통하는 한이 있더라도 전달하려는 메시지[역주10]의 일부라고까지 말할 수도 있을 것이다. *이 새들은 우리의 친족이다.* 그러니 커니에서 야생동물 보호를 위한 서식지의 조성을 추진하는 백해무익한 (화성이 아닌 여기 지구에서의) 부동산 계약은 아무리 잘 봐 줘도 블라인드 뒤에 숨어서 캐나다두루미라는 기이한 장관을 지켜볼 수 있는 방법을 마련하는 사기에 지나지 않는다.

그렇다면 "새 한 무리에서 각각의 새들이 불타고 있다."라는 구문은 뇌손상을 입은 마크 슐레터의 독백이 아닌 바로 캐나다두루미의 시점에서 서술된 것일 수도 있다. 아마도 "다음이 없는 물줄기, 알 수 없는 가장 낮은 것"은 캐나다두루미가 초원 위로 날아오르며 '생각'한 것일 수도 있다. 그런데도 우리는 그런 내러티브 막간을 '인간화'하고 싶어진다. 인간만이 내러티브를 창조할 수 있는 유일한 생물이라고 믿고 있기 때문이기도 하지만 그런 막간이 점점 이해 가능한 것으로 '발전'하는 것처럼 보이기 때문이다. 이를테면 그런 두 번째 막간은 다음과 같이 전개된다.

> 범람한 들판 위로 솟아오른다. 파도가 치고 갈대가 흔들린다. 다시 고통이, 그리고 사라진다. 감각이 돌아오면, 그는 물에 빠진다. 아버지는 그에게 헤엄치는 법을 가르치고 있다. 그의 갈빗대에 물살이 들이친다. 네 살이다. 그리고 아버지가 그를 떠받치고 있다. 난다, 그러다 허우적거리고, 떨어진다. 아버지가 그의 다리를 붙들고 아래로 잡아당긴다.(18-19)

인간이 느끼는 감각들처럼 보인다. 이를테면 네 살 때 아버지에게 헤엄치는 법을 배웠거나 배우고 있는 인간을 연상시킨다. 하지만 마크의 내러티브 막간이 중심 내러티브의 줄기에 다시 합류하기까지는 페이지를 여럿 넘겨야 한다. 그때까지『에코 메이커』의 플롯은 마크 슐루터 본인이 과연 플롯을 이해할 수 있게 될 것인가라는 질문을 다룬다. 여기에서 말하는 플롯은 (모두 가짜로 바꿔치기 당한) 그의 여동생, 그가 기르는 개, 그의 집, 커니 지역 전체가 그를 상대로 꾸미고 있는 계략plot이 아니라 우리가 읽고 있는 소설의 플롯을 말한다. 내러티브상으로는 '앨저넌에게 꽃을 규약'이라고 할 수 있는 재현 규약[역주11]을 변형해서 인물의 내러티브 역량을 통해 뇌 손상의 정도와 유형을 매 페이지마다 기록하는 재현 방식을 파워스가 이 소설에 적용하고 있는 것처럼 보인다.

하지만 "새 한 무리" 단락에서 받은 충격과 혼란이 채 사라지지 않아서일까. 우리가 파괴하고 있는 이 생태계를 제대로 이해하기 위해서는 우리가 새의 시점에서 볼 수 있어야 한다는, 새의 뇌(라고 하면 우리가 떠올리는 그런 뇌)를 가지고 생각할 수 있어야 한다는 암시가 이후 전개되는 소설 전체를 맴돌고 있는 것처럼 느껴진다. 『화성의 타임슬립』에서와 마찬가지로 이 소설의 실험적인 내러티브 기법은 아주 포괄적인 원칙—'지속가능성'의 담론, 그리고 심지어 인류세 담론도 여전히 우리 인간을 중심으로 이루어진다는 원칙—으로 확장된다. '지속가능성'의 담론은 하나의 종種으로서의 인간인 우리의 필요에 근거하고 있다. 우리가 자원과 기존의 삶의 방식을 지속할 수 있도록 후기 산업사회의 방탕한 소비 방식을 전속력으로 추구하는 것을 잠시 멈출 것을 요구한다. 인류세 담론은 인간이 지리학적 변화, 환경 파괴, 대량 멸종의 근원이라고 단언한다. 인류세 담론은 단순히 소비를 위한 자원 추출 과정에서 더 세심하게 배려할 것을 촉구하는 데 머물지 않고 보다 더 급진적인 실천을 요구한다는 점에서 '지속가능성' 담론에서 한 걸음 더 나아간 개념이다. 또한 이 책에서 논하는 시간성이라는 주제와 관련해서 인류세 담론에 주목해야 하는 이유는 그것이 우리에게 인간의 시간 단위를 넘어 심연, 그리고 "영원히 지속된다. 측정 가능한 변화가 없다."와 같은 생각을 하는 것이 가능한 의식을 들여다볼 것을 요구하기 때문이다.[11]

'인류세'라는 명칭이 어디에서 기원하고 그런 명칭이 인류에게 던지는 함의는 무엇인가라는 질문은 이 책의 주제를 벗어난다. 하지만 지적 장애와 내러티브를 이해하는 데 그런 질문들이 중요하다는 주장의 뼈대를 간단하게 나열하고자 한다.[12] 『플롯 찾아 읽기』에서 피터 브룩스는 롤랑 바르트가 『S/Z』에서 제시한 읽기의 다섯 가지 코드 중 두 가지가 플롯의 시간 구조에 아주 중요하다고 적고 있다. 그리고 "그렇다면 플롯은 행동적proairetic 코드를 해석학적hermeneutic 코드로 '덮어씌운 것overcoding'이라고 생각하면 될 것이다." 요컨대 수수께끼의 코드를 따르는 행동적 코드인 것이다. "후자는 전자의 분절된 요소들이 각각 의미와 중요성을 어떤 식으로 갖고 노는지를 파악하면서 그 요소들을 구조화해서 더 큰 해석적 통일체들로 만들어 낸다."(18) 내러티브 이론을 공부하지 않은 이들을 위해 이 부분을 다시 설명해 보겠다.[13] 바르트의 "행동적" 코드는 내러티브의 사건을 다룬다. 요컨대 이런 일이 일어났다, 이런 일이 일어났다, 이런 일이 일어났다는 식으로 말이다. "해석적" 규약은 그런 사건에 의미를 부여한다. 요컨대 이런 일은 이런 이유로 일어났다, 이런 일을 당한 이 인물은 이런저런 교훈을 얻었다는 식으로 말이다. 그렇다면 브룩스가 보기에 '플롯'이란 내러티브가 "우리가 어떤 것들에 대해 읽고 있는가?"라는 질문을 던지고 "그래서 우리는 도대체 왜 이런 것들에 대해 읽고 있는 건데?"라는 질문으로 보충하는 작동 기제다. 이것이 기본적인 작동 기제임은 분명하며 그래서 누군가 아이에게 색이나 물건 이름을 죽 나열하기만 하면 "그런 건 이야기가 아니야."라는 반응이 돌아오게 되는 것이다. 『화성의 타임슬립』에서 만프레드의 기능은 행동적 코드에 해석적 코드를 덮어씌우는 작업을 방해하는 것이고 그럼으로써 내러티브의 행위를 이해하는 데 사용되는 틀을 일그러뜨리고 새로 작성하려는 것이다.

리쾨르는 『댈러웨이 부인』의 셉티머스 워렌 스미스가 내러티브에서 수행하는 기능에 대해 비슷한 주장을 했다. 그가 보기에 셉티머스는 필멸의 시간과 불멸의 시간 사이를 오가는 매개물 역할을 한다는 것이다. "미쳐 있을 때의 셉티머스는 계시의 수용자가 되어 시간 속에서 하나의 통합체로서의 우주에 대한 비전을 방해하는 걸림돌을 발견하고 죽음 속에서 이런 구원의 메시지에 도달할 방법을 찾아낸다."(1985, 103) 리쾨르가 말하는 불멸의 시간은 여전히 인간의 시간, 소설 속에서 빅 벤의 종소리로 상기시키는 그 시간이 아니라 (니체가 말한) "권력자에 의해 정해진 시간"이다.(106) 하지만 그 시간 덕분에 셉티머스는 세계 대전 중 전장에서 죽은 동료 에반스의 환영을 볼 수 있는데 그 환영은 마침 그의 아내가 바로 "시간"이라는 단어를 입 밖에 낼 때마다 등장한다. 그런 장면은 『화성의 타임슬립』에서나 나올 법한 어떤 비밀만큼은 아니더라도 여전히 아주 기이하다.

> "시간 됐어요." 레치아가 말했다.
>
> 그 말이 떨어지자 '시간'이라는 말이 껍질을 깨고 나온 듯, 그 안의 풍부한 내용물이 셉티머스에게 부어졌다. 그러자 그의 입술에서 딱딱하고 하얀 불멸의 말들이 껍질처럼, 대팻밥처럼 저절로 떨어져 나와 '시간'의 송가 속에 있는 자기 자리로 돌아가려고 날아갔다. 그가 불멸하는 '시간'의 송가를 부르자 에번스가 나무 뒤에서 이렇게 응답했다.

죽은 자들은 테살리아의 난초들 사이에 있다네, 전쟁이 끝날 때를 기다리며 거기 그렇게 있다네, 이제 죽은 자들은, 그리고 나 에번스는….

"제발, 오지 마!" 셉티머스가 소리 질렀다. 죽은 자들을 차마 바라볼 수 없었기 때문이다.

그러나 우거진 나뭇가지들이 두 쪽으로 갈라지더니 회색 옷을 입은 사내가 그들 앞으로 걸어왔다. 에번스였다! 진흙 한 점 묻지 않은, 상처도 없는, 예전과 똑같은 모습이었다. (회색 군복을 입은 그 죽은 자가 가까이 다가오자) 셉티머스는 손을 들어 올리며 소리 질렀다. 나는 온 세상에 말해야 해! 손을 머리에 파묻고, 볼에는 절망이라는 주름을 드러낸 채, 사막에서 홀로 수세기 동안 인간의 운명을 한탄해 왔던 사람처럼 그렇게 소리쳤다. 그 사막 끝에서 한 줄기 빛이 나타나 무쇠 같은 검은 형상을 비추었다.(68)

리쾨르가 보기에 셉티머스와 그의 '쌍둥이'인 클라리사 댈러웨이 간 기이한 연결 고리는 "우리는 … 셉티머스가 경험하는 시간과 클라리사가 경험하는 시간의 병치가 말이 된다는 사실을 절대 잊으면 안 된다."(109)고 요구하며 그런 연결 고리는 셉티머스의 자살이 어찌된 영문인지 댈러웨이 부인이 삶을 계속 이어가는 원동력이 되도록 만든다. "셉티머스가 불멸의 시간을 거절함으로써 댈러웨이 부인이 덧없는 삶과 그런 삶 속 가벼운 즐거움으로 되돌아오도록 이끌었다면 그것은 그의 거절로 완벽하게 일시적인 필멸의 시간으로 가는 길 위에 댈러웨이 부인이 서게 되었기 때문이다."(190) 『댈러웨이 부인』에서 동냥을 하는 여자 거지, "녹슨 펌프"를 둘러싼 짤막한 부분은 이보다 더 나아가 우리에게 파워스가 제공했던 것과 같은 지구적 단위의 시간을 접할 기회를 준다. "모든 시대를 통틀어—포장도로가 풀밭이나 늪이었을 때, 매머드와 그 엄니가 지배하던 시대 내내, 조용히 해가 떠오르던 천지개벽의 시대에도, … 이 세파에 찌든 노파는 … 천만 년이 지난 후에도 여전히 여기 있을 것이다."(79-80) 그리고 이것이 "지구에서 솟아나와 싹을 틔우는 오랜 옛날의 봄의 목소리"(79)라고 우리에게 말한다. 다만 그녀의 노래는 "이 엄 파 엄 소오/피 스위 투 이임 우우"로 이루어져 있기 때문에 울프가 지적으로 불구로 만든 실험적인 내러티브에 담긴 그런 단위의 시간이 제공하는 관점을 우리가 티끌만큼이라도 이해할 수 있을지는 명확하지 않다.

그리고 우리가 이해할 수 없는 것이 너무도 많다. 그렇지 않은가? 시간, 공간, 생명, 그리고 왜 아무것도 존재하지 않는 대신 무엇인가가 존재하는가라는 영원히 해결되지 않을 의문도.(스포일러 경고: 이 책에서는 그런 의문에 대한 답을 구하려고 시도하지 않을 것이다.) 이제 나는 『소리와 분노』에서 제공하는 다른 종류의 지적 장애 크로노토프를 살펴보는 것으로 이 장을 마무리하려고 한다. 내가 보기에 『소리와 분노』의 지적 장애 크로노토프도 이해 불가능한 것으로 연결된다. 이런 내 주장은 『화성의 타임슬립』, 『에코 메이커』, 『댈러웨이 부인』에 관해 내가 펼쳤던 주장들보다 덜 위험하면서도 더 위험하다. 『소리와 분노』에서의 이해 불가능한 것의 형태는 기독교를 매개물로 삼기 때문에 이해할 수 있는 이해 불가능한 것이라는 점에서 덜 위험하다. 반면 그런 이해 불가능한 것으로 우리를 데리고 가는 장치가 벤지의 내러티브라고 확실하게 입증할 방법이 없다는 점에서 더 위험하다. 계시—그리고 이 단어는 신중하게 고른 것이다—는 딜지의 것이며 쉬고그 목사의 부활절 설교를 통해 내려진다. 그런 계시는 딜지가 자신이 등장하는 첫 섹션에 대한 메타픽션적 읽기를 통해 얻은 것이 아니다. 하지만 그녀는 그 부활절 예배에 벤지를 데리고 간다. 교회로 가는 길에 프로니는 벤지가 교회에 있으면 "사람들이 수군거려요."(290)라고 불평하지만 딜지는 "선하신 주님은 벤지가 똑똑하든 않든 상관 않으신다고 말하렴. 백인 쓰레기나 그런 걸 신경 쓰지."라며 그야말로 기독교 신자다운 말로 그런 불평을 물리친다. 만약 벤지가 정말로 신 앞에서 완벽하게 순수했다면(장담하건대, 아주 희박한 '만약'이다) 설교 말씀이 다음과 같이 절정으로 치닫는 순간에 딜지가 벤지와 함께 있었다는 사실이 어떤 의미를 지닐 수도 있었을 것이다. 사람들의 "목소리와 박수 소리가 들려오는 가운데 벤은 정신이 팔린 채 온화한 파란 눈으로 어딘가를 응시하며 앉아 있었다. 그 옆에서 딜지는 꼿꼿이 앉아 어린양의 피와 담금질을 기억하며 엄숙하고도 조용하게 울고 있었다."(297)

딜지가 받은 계시는 바로 종말 의식 그 이상도 그 이하도 아니다. 그녀는 프랭크 커모드가 내러티브의 목적이라고 하는 통찰을 허락받은 것이다. 자신의 인생 여정 중반에, 더 정확히 말하자면 그 여정의 후반부에 더 가까운 어딘가에 이르러서 그녀는 자신이 캄캄한 숲 속에 있다는 사실을 깨닫게 된다. 그러다 쉬고그 목사의 설득에 마침내 "부활과 빛"(297)을 보게 된다. 집에 가는 길에 프로니가 또다시 트집을 잡으며 "이제 곧 백인 무리가 지나갈" 거라면서 그만 좀 울라고 했을 때 딜지는 이해 불가능한 것에 대한 접근권을 허락받았음을 알리는 답변을 내뱉는다.

> "나는 이미 처음과 끝을 다 봤어." 딜지가 말했다. "그러니 나한테서 신경 꺼."
>
> "처음과 끝이 어쨌다고요?" 프로니가 물었다."신경 끄라니까." 딜지가 대꾸했다. "난 처음을 봤고, 또 이제 끝을 보고 있어."(297)

이건 분명히 신성한 시간의 비전처럼 들린다. 하지만 우리는 여전히 프로니처럼 물어야 한다. 정확히 무엇의 처음과 끝을 말하는 걸까?(그리고 벤지는 어떤 관련이 있는가?)[14] 딜지는 콤슨 가 몰락의 처음과 끝을 보았는지는 모른다. 자기 삶의 처음과 끝, 예수 삶의 처음과 끝, 혹은 그 모든 것의 처음과 끝, 즉 창조에서 재림까지를 보았을 수도 있다. 아니면 더 소박하게는(그렇다고 덜 심오한 것은 아니다) 자신이 속한 내러티브의 처음과 끝을 보았는지도 모른다.

이런 설명은 일부 독자에게는 우스꽝스러울 정도로 메타픽션적으로 들릴 수도 있다. 하지만 구원을 위한 신의 계획에 대한 이해와 소설 속 등장인물의 자신이 속한 소설에 대한 이해를 동일시하는 것이 곧 딜지의 깨달음의 순간을 폄하하는 것은 결코 아니다. 오히려 그 반대다. 나는 그것이『소리와 분노』의 진짜 '결론'이라고 생각하기 때문이다. 물론 소설의 마지막 페이지에 석고판에 새겨진 듯 확실한 또 다른 결론이 존재한다는 것을 잘 알고 있기 때문에 나는 그 결론이라는 단어를 따옴표 속에 조심스럽게 집어넣었다. 소설 마지막 페이지에서 제이슨이 마차의 고삐를 거칠게 빼앗아 말들이 기념비의 오른쪽으로 가도록 몰자 벤지는 마음이 평온해지면서 질서감각을 회복한다. "기념비 돌출부의 가장자리 테와 전면이 다시금 왼쪽에서 오른쪽으로 매끄럽게 흘러 들어갔으며, 기둥과 나무, 창문과 현관, 그리고 간판이 모두 제자리를 찾았다."(321) 이 확실해 보이는 결말, 즉 벤지가 인식하는(혹은 인식하는 것으로 추정되는) 질서에 대한 이해, 포템킨 마을[역주12]에 비견될 이해는 지적으로 불구인 벤지의 세계관이 딜지에게 내려진 우주적 계시의 매개물이 될 수 있다는 내 주장을 분명 산산조각 낼 수 있는 위협이 된다. 하지만 포크너는 그렇게 처음과 끝에 관한 두 가지 결말을 이 소설에서 제시함으로써 우리에게 도전 과제를 안긴 것이다.[15] 그리고 딜지가 자신이 등장하는 소설의 처음과 끝을 보여 주는 비전만을 허락받았다면 자신이 등장하는 내러티브를 이해한 것이니 그 자체만으로도 충분히 대단한 일이라고 덧붙이고 싶다.

커모드가 '틱톡' 내러티브라고 부른, 이해할 수 있는 처음과 끝을 지닌 픽션의 작동 기제는 "그런 모든 플롯 짜기는 내러티브가 지속된 시간 전체와 내러티브의 전체 의미에 적용되는 결말을 예상하고 이루어진 다."(46)는 가정을 전제로 한다. 그리고 딜지가 그런 결말을 얻었다는 것은 분명하다. 『소리와 분노』가 독자에게 어린양의 피와 기억을 통해서만 시작과 끝을 볼 수 있다고 우리에게 말한 것만으로는 흡족해하지 않는다고 주장한다면 그것은 바로 『소리와 분노』가 근대 소설이며 커모드의 말대로 "우리의 회의주의와 현실에 대한 인식 변화가 우리로 하여금 아주 완벽하게 설명하고 위로에 치중하는 소설은 거부하도록 만든다."(161)고 인정하는 것이나 마찬가지다. 딜지가 인식한 신의 내러티브 질서는 마지막 페이지에 명시된 더 취약하고 더 덧없는 질서에 의해 훼손되는 것이 아니라 그런 질서와 병치되고 대조된다. 딜지의 종말 의식을 마이클 K의 종말 의식과 한 번 비교해 보자. 『마이클 K』에서는 지적 장애의 배치가 상당히 다른 목적에 사용된다. 앞 장에서 『마이클 K』는 아예 이야기가 아닌 것처럼 보인다는 점에서 내러티브 이론에 중대한 문제를 야기한다고 지적한 바 있다. 여기서는 『마이클 K』의 마지막 단락에 초점을 맞추겠다. 마이클 K가 군인들이 파괴한 우물을 내려다보며 어디에서 물을 구할지 걱정하는 노인과의 여정을 상상하는 단락이다.

> 마이클 K 자신은 주머니에서 티스푼을 꺼낼 것이다. 티스푼 하나와 단단한 밧줄 한 다발을. 우물 입구의 돌무더기를 치우고 티스푼 손잡이를 구부려 동그란 고리를 만든 다음 밧줄로 묶을 것이다. 그 티스푼을 입구 아래 어두운 땅속으로 드리울 것이다. 그가 티스푼을 끌어올

리면 우묵한 곳에 물이 담겨 있을 것이다. 그리고 그는 말할 것이다. 이런 식으로 살아갈 수 있다고.(183-184)

마이클 K에게 부여된 호모 사케르의 낙인을 벗어난 자, 즉 온갖 수용소에서 기적적으로 탈출한 자라는 지위를 어떤 식으로 받아들이든 이것은 앞서 살펴보았듯이 플롯이라고 부를 만한 것이 없는 소설에 어울리는, 의도적으로 흐리멍덩한 결말이다. 이렇게 급작스러울 정도로 김빠진 결말에 비하면 심지어『소리와 분노』의 마지막 페이지도 스릴 넘치는 대단원으로 느껴진다. 마이클 K의 지적 장애는『마이클 K』의 동기 대부분을 제공하기도 하지만 그것은 또한 마이클 K의 삶과 시대에 관한 내러티브를 '틱톡'이 아닌 '틱틱틱'에 가깝게 구현한다.[16] 그래서 그저 티스푼 하나 분량의 물, 그것도 가상의 물이라는, 지속성이나 의미에 대한 어떤 인식도 철저하게 배제된 결말을 낳는다.

더 나아가『소리와 분노』는 딜지에게 전체를 보여 주는 비전을 제공하는 수단을 마련하고 있고 그 수단은 바로 시간성을 뛰어넘는 벤지의 존재양식이라는 점을 짚고 넘어가야 한다.(그래서 내가 짚고 넘어갈 것이다.) 그 수단을 통해 처음과 끝, 시작과 마지막이 보이게 된다. 물론 벤지 섹션은 시간을 초월한 신의 존재에 대한 아우구스티누스의 비전을 문학적으로 표현한 것은 아니다. 무엇보다 벤지는 신이 아니고 또 아우구스티누스의 영원에 대한 이해는 콕 집어 시간성을 배제하고 있으며(신이 시간을 창조하였으므로) 벤지에게 1928년 4월 7일 이후 자신의 세계에서 벌어진 사건을 이해하고 서술할 방법이 전혀 없어 보이기 때문이다.(아우구스티누스가 지적했듯이 시간에 대한 포괄적인 인지는 예지력을 반드시 설명할 수 있어야 한다.) 하지만 내가 하는 주장에서는 벤지나 딜지가 자신이 속한 내러티브의 역학관계를 인식하고 있는지 여부는 문제되지 않는다. 벤지의 내러티브가 골프(그리고 상실감) 장면으로 시작해서 어둠 속을 흐르는 "매끄럽고 선명한 형태"(그리고 벤지의 곁으로 돌아온 캐디에게 안겨 어린 아이처럼 잠드는 것)로 끝나는 틱틱틱의 구조를 따른다는 점도 문제되지 않는다. 중요한 것은 오로지 벤지 섹션이 그 섹션에 등장하는 인물 중 하나가 시작과 끝을 보았다는 깨달음을 얻는 내러티브의 시간을 이해하는 수단이 된다는 점이다. 오로지 그런 관점에서 벤지는 딜지의 깨달음의 매개물이 된다. 만프레드가 인간의 시간을 뛰어넘는 것은 지적 장애 크로노토프의 더 비종교적인 구현으로 (어니 코트의 권력을 파괴한) 인간의 획득과 소비 활동의 덧없음과 하찮음을 폭로한다. 반면에 딜지에게는 어린양의 기억과 피만이 중요하다. 그리고 우리가 종교를 믿지 않는 근대 독자, 아주 자세히 설명된 결말에서 위안을 얻지도 않으며 우리의 불멸의 영혼은 어떻게 되는가라는 질문에 별 흥미가 없는(특히 영혼을 믿지 않는 사람이라면) 독자라도 여전히 중요한 질문 하나, 우리 가운데 존재하는 벤지, 만프레드, 셉티머스, 거지 노파와 같은 이들을 이해할 수 있는지 여부를 떠나서 그들을 어떻게 대할 것인가라는 문제가 남는다.

다만 딜지, 내러티브의 시간성, 지적 장애를 이렇게 해석하면 이해 불가능한 세계와 이해 가능한 세계 사이를 연결하는 공간(그리고 시간)에 머무는 일종의 매직 니그로가 여기서도 주어진 것으로 봐야 한다는 점에서 경계할 필요가 있다. 『화성의 타임슬립』에서는 헬리오가발루스가, 『소리와 분노』에서는 딜지가 애매모호한 구원을 실현하는 거의 기적과도 같은 중개자 역할을 한다. 안타깝게도 이것은 미국 백인 작가들, 심지어 공통점이 전혀 없는 윌리엄 포크너와 필립 딕과 같은 미국 백인 작가들에게 매우 유혹적인 도식이어서 역사적으로, 지리적으로 다양한 형태를 띠는 지적 장애 크로노토프를 어떻게 이해할 것인가라는 더 포괄적인 문제가 발생한다. 어떤 지적 장애도 미국 특유의 것이 아닌데도 지적 장애를 지닌 인물의 구현이 미국 문학에 아주 중요한 함의를 지니기 때문이다. 미국은 19세기 말 영국에서 프랜시스 골턴Francis Galton이 제안한 우생학의 가정을 받아들인 국가라는 불미스러운 차별성을 지닌다. 그리고 우생학의 가설들을 토대로 지적 장애의 (대개는 텍스트상) 표지자를 규정하는 것을 목표로 하는 산업을 세웠다. 마찬가지로 H. H. 고다드H. H. Goddard, 루이스 터만Lewis Terman, R. M. 여키즈R. M. Yerkes 등 몇몇 미국 학자들은 학습 보조가 필요한 어린이를 판별하는 장치였던 알프레드 비네Alfred Binet의 지능시험을 가져다가 인간의 순위를 매기는 장치로 삼고 지능이 유전된다는 과학적으로 근거가 없는 편협한 개념(굴드, 176-234)으로 발전시켰다. 인종과 이민에 대한 미국 백인의 뿌리 깊은 불안감이 그런 기획에 추진력을 더했으며 산업자본주의의 심각한 불평등에 대한 비非과학적 근거를 제공한다. 교과서와 지역 축제에서 '좋은'

가족과 '나쁜' 가족을 가르는 행태를 낳았을 뿐 아니라 강제불임시술의 제도화로 이어져 다운증후군에서 간질병까지 다양한 장애나 병을 지닌 사람들의 삶에 악영향을 미쳤다. 일종의 망령, 지적 장애라는 망령이 한 세기 동안 미국을 따라다니며 괴롭혔다고 할 수 있다.[17] 따라서 그런 이데올로기적 한계에도 불구하고가 아닌 바로 그런 이데올로기적 한계 때문에 지적 장애의 허구적 형태를 도구 삼아 우리 인간의 시간과 공간이 지닌 한계를 노출시키고 뛰어넘을 수 있는 다른 인간 존재 양식을 상상하는 일이 더 긴박하고 중요해지는 것이다.

3 장

-

자기-인식

문학 텍스트가 스스로 문학 텍스트임을 인식하고 있음을 표시하는 방법은 여러 가지다. 어떤 것은 음흉하고, 어떤 것은 시시하며, 어떤 것은 그저 귀엽기만 하다. 때로는 허구의 허구성을 메타픽션적으로 노골적으로 드러내기도 한다. 사뮈엘 베케트의 『몰로이Molloy』 마지막 단락이 그런 예로, 두 번째 장의 도입 단락을 더 복잡하게 바꾼 다음 다시 서술한다. "그런 다음 나는 집으로 다시 들어가서 적었다. 자정이다. 비가 유리창을 두드리고 있다. 자정이 아니었다. 비는 내리고 있지 않았다."(176) 허구의 허구성을 더 은밀하고도 암시적으로, 마치 독해에 필요한 독자의 자기-인식 수준에 대한 고찰인 것처럼 표현하는 방법도 있다. 토머스 핀천의 『제49호 품목의 경매』에서는 오이디피아가 텍스트를 해독하면서 정보를 분류하는 장면에서 그녀를 맥스웰의 도깨비Maxwell's

Demon[역주1]에 비유한다. 아서 코난 도일Arthur Conan Doyle의 「해군 조약문The Navel Treaty」도 유사한 방법을 쓴다. 홈즈는 증거가 너무 많아서 사건 해결에 어려움을 겪었다고 설명하면서 그렇기 때문에 탐정은 일종의 정보 분류의 신神이 되어야 한다고 말한다. "중요한 증거들이 겹겹이 쌓여 있거나 무의미한 증거들 사이에 감춰져 있었습니다. 우리 앞에 드러난 모든 사실 가운데 본질적이라고 판단되는 것들만 추려 낸 다음 그 조각들을 제자리에 끼워 맞추고 나서야 이 일련의 사건들을 순서대로 재구성할 수 있었습니다."(467-468) 피터 브룩스는 이 단락을 인용하면서 다음과 같이 적었다. "여기에 하나의 명쾌한 시학ars poetica[역주2]이 담겨 있다. 이는 탐정의 시학이자 소설가의 시학이며, 내러티브 플롯 짜기의 시학이며, 월러스 스티븐스Wallace Stevens가 '어느 정도면 충분할 것인가를/발견하는 연기에 담긴 정신의 시'라 묘사했던 정신작용의 한 사례이기도 하다."(29) 브룩스의 말이 맞다면(나는 맞다고 생각한다) 모든 탐정소설은 어떤 방식으로든 픽션의 독해 원리에 대한 암묵적인 비평을 하고 있는 셈이다. 따라서 탐정소설에 지적 장애를 지니고 있으며 그런 장애의 도움을 받는 탐정, 이를테면 강박증을 지닌 애드리언 몽크(USA네트워크사에서 2002년에서 2009년까지 방영되고 호평을 받은 〈몽크Monk〉 시리즈의 주인공) 같은 탐정을 등장시키면 우리는 픽션 읽기의 작동 원리에 대한 암묵적인 고찰에 흥미로운 가능성, 요컨대 어떤 유형의 지적 장애가 어떤 픽션 장르에서는 독자의 독해 능력을 향상시켜 줄 가능성에 직면하게 된다. 그런 가능성의 역학 관계가 특히 활발한 장르는 탐정소설이다. 대개 탐정소설에서는 귀납적 논리를 따르다보니 내러티브 속 인물들 중에서 탐정소설 독해능력이 가장 뛰어난 인물이 가장 크게 보상받기 때문이다.

앞으로 『한밤중에 개에게 일어난 의문의 사건』을 예로 삼아 그런 역학 관계를 살펴볼 것이다. 『한밤중에 개에게 일어난 의문의 사건』은 탐정소설의 암묵적인 메타픽션적 속성, 그리고 (당연한 지적이지만) 지적 장애와 내러티브의 관계에 대한 메타픽션적 비평을 담고 있기 때문이다. 하지만 먼저 우리에게 주어진 영역을 확장하기 위해 청소년소설이라는 장르를 살펴보려고 한다. 이 장에서 다룰 첫 소설로는 필립 풀먼Philip Pullman의 '황금 나침반His Dark Materials' 3부작의 첫 책인 『황금 나침반The Golden Compass』을 선택했다. 다음 단락은 『황금 나침반』의 여주인공인 11살 소녀 라이라 벨라쿠아의 시점에서 서술되었다.

> 얼마 동안 얘기를 하고 나자 기운을 차릴 수 있었다. 비록 거짓말을 하는 것이 힘들기는 했지만 생각보다는 술술 잘 나왔다. 또다시 어떤 힘이 자신을 지배하고 있는 느낌이 들었다. 알레시오미터가 주는 복잡 미묘한 느낌과도 비슷했다. 그녀는 누가 들어도 말이 안 되는 얘기는 입 밖에 내지 않도록 조심해야만 했다. 어떤 부분은 모호한 채로 남겨두고 어떤 부분은 그럴듯한 내용을 구체적으로 꾸며 내야만 했다. 간단히 말해 소설가가 되어야만 했다.(246)

내가 이 단락에 주목해야 하는 이유는 라이라의 이야기를 꾸며 내는 재능은 자신이 속한 내러티브와 잘 어울리며 또 그 내러티브의 동력이 되기도 한다는 점에서 독자에게 마치 청소년소설 버전의 오디세우스를 읽는 듯한 경험을 제공하기 때문이다. 또한 풀먼이 우리에게 장난을 걸고 있는 것이 분명하기 때문이다. 다시 한 번 정리해 보자. 라이라는 누가 들어도 말이 안 되는 얘기는 하지 않도록 조심하면서 모호함과 그럴듯함을 적절히 섞어야 한다. 자신이 지어낸 허구의 틀 안에서 사실주의 서술자가 되어야 한다. '황금 나침반' 시리즈의 팬이라면 익히 알고 있듯이 풀먼은 시공간 속에 무수히 많은 우주가 동시에 존재하고 있다는 '다중우주multiple-universe' 가설을 적용해 이 시리즈를 썼다. 라이라는 지구에서 옥스퍼드대학교 캠퍼스를 누비고 다닌다. 다만 그 지구에서는 종교 개혁이 일어난 적이 없다. 텍사스 주 대신 주권 국가인 텍사스 공화국이 존재한다. 최신 기술을 활용하는 교통수단은 체펠린이다. 육지에는 마녀, 말을 하는 무장한 곰, 각 인간의 영혼을 충실히 체화한 동물 '정령'들이 활보한다. 위에서 인용한 단락에서 눈치챘겠지만 그 지구에는 알레시오미터라는 장치도 존재한다. 알레시오미터는 진실을 가리키는, 하이데거를 연상시키는 나침반이다. 그리고 라이라는 그 나침반을 해석하는 재능이 뛰어나다. 지극히 사변적인 소설 속 세계에서 누가 들어도 말이 안 되는 얘기를 하면 안 된다고 여주인공에게 조심시키다니, 풀먼의 뻔뻔함에 혀를 내두를 수밖에 없다. 하지만 풀먼은 소설가가 되었을 뿐이라고도 볼 수 있다.

라이라는 오디세우스와 마찬가지로 매우 영리한 인물이다. 라이라와 오디세우스의 기나긴 여정을 따라가다 보면 그 둘 다 *그들 본인이* 가장 기발하고 뛰어난 이야기꾼이기 때문에 내러티브의 주도권을 충분히 장악할 수 있을 거라는 인상을 준다. 결국 풀먼과 호메로스가 하는 일은 라이라와 오디세우스가 한 기발하고 멋지고 궁극적으로는 그럴듯한 거짓말을 우리에게 전달하는 게 전부다. 중간에서 전달하는 이들을 빼 버리고 라이라와 오디세우스에게 직접 듣는 게 낫지 않을까? 말도 안 되는 질문이긴 하다. 라이라와 오디세우스는 실제 인물이 아니다. 그들은 이야기 밖 세상에서는 존재한 적이 없다. 그들의 영리함은 그들을 창조한 이들의 영리함의 산물이다. 그들은 그들을 창조한 이들의 대리인일 뿐이다. 탐정이 탐정소설의 작가와 독자 모두의 대리인인 것처럼 말이다. 하지만 라이라와 오디세우스는 자신들의 내러티브에서 무엇을 하고 있는가? 혹은 자신들의 내러티브를 가지고 무엇을 하고 있는가?

그들은 교훈과 즐거움을 주고 있는지도 모른다. 혹은 최근에 『우리가 픽션을 읽는 이유』에서 리사 준샤인이 제안한 대로 다른 사람이 거짓된 믿음을 지니고 있을지도 모를 가능성을 상상해 보고 다른 사람이 거짓말을 하고 있을지도 모른다고 추측해 보는 우리의 능력을 행사할 기회를 제공하고 있는지도 모른다. 준샤인의 연구에 대해서는 뒤에서 다시 다룰 것이다. 하지만 일단은 뛰어난 거짓말쟁이가 실력을 발휘하는 것을 지켜보는 일은 즐겁고도 교훈적인 경험이 될 수 있으며, 『오디세이아』부터 『사기꾼The Confidence Man』, 그리고 〈화려한 사기꾼Dirty

Rotten Scoundrels〉(1988)과 〈위험한 도박House of Games〉(1987)에 이르기까지 픽션 텍스트는 이런 통찰을 적극 활용해 왔다는, 대체로 논란의 여지가 없는 명제를 던져두고 싶었다. 인지적인 관점에서 볼 때 라이라나 오디세우스의 마음을 경험하거나 추측하면서 많은 것을 배울 수 있다. 그들이 속한 허구의 우주는 외눈박이 거인, 마녀, 정령, 말하는 무사 곰 등 우리가 일상에서는 볼 수 없는 기이한 것들로 넘쳐나기 때문에 그런 인물들이 자신이 속한 우주와 어떤 관계를 맺을지 무한한 상상력을 발휘하는 즐거움도 얻을 수 있다. 하지만 일정 수준 이상의 독해 능력을 지닌 독자라면 누구나 알듯이 그런 기이한 것들은 우리가 허구의 세계에 있다는 증표가 된다. 즉 우리가 역사가 아닌 허구를 읽고 있음을 상기시켜 준다. 트로이 전쟁이 실제로 있었던 역사적 사건이며 천문학과 천체물리학 같은 별세계에서는 다중우주론이 다른 이론들과 마찬가지로 설득력이 있다 해도 말이다. 준사인은 이런 텍스트의 기이함 덕분에 우리가 내러티브에 '소스태그source tag'를 부착하는 메타재현 능력을 발휘할 수 있다고 말한다. 그래서 우리는 내러티브를 있는 그대로의 사실로 받아들이는 대신 특정 소스(호메로스, 필립 풀먼)에서 나왔다고 인식할 수 있는 것이다. 요컨대 우리는 태양이 동쪽에서 떠오른다는 주장을 들으면 그 주장을 누구에게 처음으로 들었건 '소스태그'를 부착하지 않는다. 그런 주장은 의심 없이 받아들여도 된다는 것을 금세 깨닫기 때문이다. 하지만 누군가 우리에게 알리오미터에 관한 이야기를 들려주면 우리는 그 이야기의 전달자가 꾸며낸 이야기인지 아닌지 따져 본 후에 오로지 특정 전달자와 연관지어서만 받아들인다.

'소스태그' 부착 행위에 대해서는 『돈키호테』를 다룰 때 다시 살펴보겠다. 일단은 화자인 인물과 그 인물이 속한 내러티브의 관계에서 발생하는 더 일반적인 문제에 대해 생각해 보자. 준샤인이 깊은 관심을 보이는 '신뢰할 수 없는 화자unreliable narrator'의 문제는 독자로서 우리가 지닌 '소스태그' 부착 능력과도 관련이 있다. 다만 실제로는 라이라나 오디세우스의 이야기꾼으로서의 역량과 벤지나 레니의 이야기꾼으로서의 역량을 어떻게 비교할 것인가라는 문제에 비하면 단순한 편이다. 웨인 부스Wayne Booth는 『픽션의 수사학The Rhetoric of Fiction』에서 이 문제를 살짝 언급한다. 하지만 오로지 화자가 되기에 충분한 인물과 '충분한 자격을 갖추지 못한' 인물을 구별하기 위해서다.

> 화자로 설정된 인간 자체의 유형은 허구 인물의 전체 유형과 거의 맞먹을 만큼 다양하다. 여기서 '거의'를 반드시 집어넣어야 한다. 어떤 인물들은 화자가 되기에, 혹은 이야기를 '반영'하기에 충분한 자격을 갖추지 못했기 때문이다.(포크너는 소설 중간에 얼간이를 잠시 화자로 삼았지만 그것은 나머지 부분들이 그 부분과 대비를 이루면서 얼간이의 헛소리를 해설해 주기 때문에 가능한 일이다.)(152)

여기에서는 "얼간이의 헛소리"가 단순히 헛소리에 불과했는지, 얼간이가 단순히 얼간이이기만 했는지, 벤지에게 나머지 부분들이라는 보정 장치가 정말로 필요했는가라는 문제는 굳이 따지지 않아도 된다. 앞에서 이미 벤지가 의식을 지닌 화자라는 점을 확인했다. 아무리 부족한 부분이 있다고 하더라도 말이다. 이 장의 주제상 마이클 K를 통해 살펴보았듯이 스스로를 재현할 수 없는 이들은 누군가에 의해 재현되어야만 한다는 것, 그리고 『여전사』를 통해 살펴보았듯이 지적 장애를 지닌 인물들은 스스로를 완벽하게 설명하지 못하는 인간의 예로써 모든 내러티브를 '맴돌기'도 한다는 것을 인지하면 그것으로 충분하다.

그런 점에서 그 인물들은 화자가 되기에는 '충분한 자격을 갖추지 못'했다고 할 수 있다. 하지만 그런 인물들을 라이라와 오디세우스처럼 아주 솜씨 좋은 이야기꾼과 동일선상에 놓으면 얻는 것이 아주 많으리라고 생각한다. 독자들이 모든 내러티브가 스스로의 작동 기제에 대해 암묵적이든 표면적이든 비평하는 방식을 포착하는 데 도움이 될 뿐 아니라 화자가 되기에 '충분한 자격을 갖추지 못'한 인물들이 자신이 속한 내러티브에서 핵심적인 역할을 수행하면 어떤 위험이 발생하는지 이해하는 데도 도움이 된다. 그런 인물들에게는 두 가지 선택권이 있다. 하나는 자기 이야기를 들려주는 화자로 직접 나서는 것이고, 다른 하나는 다른 이를 화자로 내세워 자신의 이야기를 대신 들려주게 하는 것이다. 조지프 콘래드Joseph Conrad의 『비밀요원The Secret Agent』 속 "불쌍한 스티비"는 후자에 속한다. 스티비의 운명은 처참하다. 본인이 이해하지도 못하는 임무를 수행하던 중에 폭탄이 터져서 죽는다. 매형인 벌록이 스티비에게 내린 그리니치 천문대 폭파 지령은 그런 테러 사건이 일어나면 무정부주의자들이 용의자로 지목되고 영국 전역에 계엄령이 발효될 것이라는 (벌록의 대사관 연락책이자 상사인 블라디미르의) 계산에 따른 것이었다. 물론 스티비가 내러티브 속 자신의 역할을 이해하지 못한 이유는 지적 장애 때문만은 아니다. 블라디미르는 애초에 그리니치 천문대 폭파 계획의 진짜 배후를 사람들이 알아채지 못하도록 신경 썼으며 경찰서장조차도 자신이 납득할 수 있는 유일한 실마리에 집착하면서 (어리석게도) 런던 무정부주의자인 미케일리스를 쫓는다. 오로지 부서장만이 그런 음모를 간파하고서 "런던의 무정부주의자들은 이 사건과는 전혀 무관하다."(90)고 확신한다. 하지만 스티비의 참혹한 죽음은 여전히 비극적이고도 애처로운 것이었다. 벌록이 그를 너무나 쉽게 속였고 그가 죽은 후에 벌록이 그의 목숨을 매우 하찮게 여겼다는 점에서 더 그렇다.(벌록은 스티비를 죽게 하려는 의도는 없었다. 스티비가 실수로 넘어지면서 폭탄을 일찍 터뜨리고 말았다.) 벌록의 아내 위니는 남편의 매정함에 말로 표현할 수 없을 정도로 충격을 받았고 끓어오르는 분노를 이기지 못해 결국 남편을 살해한다. 그리고 무정부주의자인 오시폰 동지와 도주하려고 하지만 그는 오히려 그녀를 속이고서 돈만 훔쳐 사라진다. 그녀는 프랑스로 가는 대신 자살을 택한다.

『비밀요원』에서 지적 장애가 내러티브의 동기가 된다는 점은 명백하다. 따라서 1장에서 다룰 수도 있었다. 내러티브에서 밝히듯이 위니는 과거를 회상하면서 남편을 찔러 죽인다. 폭력적인 아버지로부터 스티비를 보호하던 어린 시절부터 위니는 자신의 인생 목표가 언제나 스티비를 보호하는 것이었다고 말한다.

> 아이의 머리를 빗기고, 미리 앞치마를 입은 자신이 아이에게도 앞치마를 입히고 끈을 묶어 주던 모습도 떠올랐다. 자신도 아직 어린 아이였고 두렵기는 마찬가지였지만, 자신과는 비교도 안 될 정도로 겁에 질려 떠는 아이를 자신이 위로하던 모습도 떠올랐다. 아버지가 아이를 때릴 때면 (경우에 따라서는 자신의 머리를 들이밀어) 가로막곤 했었다. 화가 머리끝까지 난 아버지가 방 안으로 들어오지 못하도록(오래 버티지는 못했지만) 방문을 필사적으로 붙들고 있기도 했었다. 한번은 아버지를 향해 부지깽이를 던진 적도 있었다.(멀리 날아가지는 않았다.) 그러자 요란하던 폭풍이 끔찍할 정도로 잠잠해지더니 이내 벼락 치는 소리가 났다. 이 모든 폭력의 장면들에는 가부장으로서의 자존심에 금이 간 아버지가 고래고래 내지르는 소리가 뒤따랐다. 그는 자신이 저주를 받아 "바보 천치 같은 아들놈에 앙칼진 악마 같은 딸년"까지 두게 된 것이 분명하다며 소리를 질러댔다.(200)

그리고 『마이클 K』나 『소리와 분노』, 『화성의 타임슬립』에서와 마찬가지로 도입부의 플롯(그리니치 천문대, 콤슨 가의 멸망, 안나 K를 고향으로 돌려보내야 하는 필요, FDR 산맥 개발 계획)은 대량 학살에 관한 이야기로 대체된다.(적어도 그런 이야기로 대체될 도전을 받게 된다.) 무정부주의자인 교수는 아주 심한 망상에 젖어 학살을 옹호하는 장광설을 늘어놓으면서 마무리한다.

"오시폰, 자네는 이해가 되는가? 약자라니! 약자란 이 세상 모든 악의 근원이야. 나는 그 친구에게 약자를 잡아들여 몰살해 버리는 도살장 같은 세계를 꿈꾸고 있다고 말해 줬지. 오시폰, 자네는 이해하겠지? 그들은 모든 악의 근원이란 말일세! 그들은 우리를 착취하는 사악한 주인이네. 약한 자들, 무기력한 자들, 겁 많은 자들, 뱃심도 없는 자들, 노예근성을 가진 자들 말일세. 그들에게는 힘이 있어. 그들이 다수이기 때문이지. 이 세상에서 왕국은 그들의 것이네. 몰살해야 해, 몰살! 그것만이 세상이 발전할 수 있는 유일한 방법일세. 정말이야! 오시폰, 내 말 이해하겠어? 우선, 다수인 약자들이 없어져야 하네. 그러고 나면 비교적 강한 자들만이 남겠지. 알겠는가? 처음에는 눈먼 자들이 없어지고, 귀가 먹은 자들과 벙어리인 자들, 그리고 절름발이들이 그 뒤를 이어 없어져야 하네. 모든 오점과 악과 편견과 인습이 사라져야 해."(247)

이런 분노에 찬 주장에서 망상인 부분은 물론 약자가 주인이라는 교수의 확신이다. 실제로는 과거부터 지금까지 늘 그래 왔듯이 앞으로 수십 년 후에도 약자는 사회의 진짜 주인들, 스스로를 인류의 주인이 될 운명을 타고난 혈통이라고 결론 내리는 이들이 꾸미는 다양한 우생학적 계략의 희생양에 불과할 것이다. 물론 콘래드는 이 점을 아주 노골적으로 강조하고 있다. 교수를 "안경을 쓴 꾀죄죄한 모습의 왜소한 남자"(62), 몸집은 난쟁이에 가까워서 "선 키가 오시폰의 앉은키 정도밖에 되지 않았다."(74)라고 설정한 것만 봐도 그렇다. 교수는 자신의 망상에도 불구하고 자신이 지배 세력이 될 수 없는 세상, 자신이 희생양이 될 세상을 꿈꾸고 있다. 그렇기 때문에 더더욱 그가 어리석은 것이다. 하지만 플롯의 초점은 여전히 스티비에 맞춰져 있다.

앞서 밝혔듯이 이 책에서 내가 제시하는 분석 범주들은 폐쇄적으로 고정된 것이 아니다. 『여전사』에서 다룬 동기로서의 장애는 자기-인식으로서의 장애로 쉽게 전이되고 『화성의 타임슬립』에서 행해진 형식의 실험은 텍스트의 자기-인식과 시간성을 구현하는 대안적 양식의 한 예일 뿐 아니라 (간접적으로, 그리고 궁극적으로) 소설의 플롯 그 자체이기도 하다. 내러티브의 시간을 탐색하는 수단으로 지적 장애를 배치하는 내러티브는 정도의 차이는 있겠지만 지적 장애를, 그것도 자기-반영을 통해 동기로 삼을 수도 있다. 『비밀요원』은 무엇보다도 동기가 전부라고 할 수 있다. 그런데도 내가 이 작품을 자기-인식을 다루는 3장에서야 다루는 이유는 스티비를 아버지로부터 보호하는 위니 벌록의 회상을 뒤따르는 이 단락 하나 때문이다.

> 그것은 너무나 암울한 기억이었다. 그녀는 끝없는 계단을 오르락내리락하며 아침 식사가 담긴 쟁반을 수없이 나르고, 몇 푼 안 되는 돈을 갖고 지겹도록 입씨름을 하고, 지하실에서부터 다락방까지 지겹도록

닦고 털며 청소를 해야 했다. 그녀가 그런 일을 하는 동안, 그녀의 무력한 어머니는 퉁퉁 부은 발 때문에 비틀거리면서 그을음투성이 부엌에서 요리를 했다. 그리고 *본인이 그 모든 고난의 근원임을 모르는* 불쌍한 스티비는 식기실에서 손님들의 구두를 닦았다.(200, 강조 저자)

우리가 스티비의 지적 능력에 대해 알고 있는 것은 그가 잔인함에 본능적인 공포감을 느끼며 이 세상이 "가난한 사람에게는 나쁜 세상"(146)이라는 점을 인식하고 있다는 정도가 전부다. 홀로 남겨졌을 때 그는 종이에 끝없이 이어지는 동그라미를 그렸다. 『포』에서 프라이데이가 걸어 다니는 눈으로 가득한 섬뜩한 그림을 그린 것과 유사한 행위다. 둘 모두 같은 장치로, 유형을 특정할 수 없는 지적 장애를 지닌 수수께끼투성이 인물이 자신의 주변에 대해 해석 불가능한 비평을 말없이 전달하는 역할을 한다. 하지만 스티비가 "본인이 그 모든 고난의 근원임을 모르는" 인물이라는 관점은 그의 누나와 어머니가 겪는 끝이 보이지 않고 보상도 기대할 수 없는 분투의 직접적인 원인이라는 것 이상의 의미가 있다. 스티비에게 적용된 "근원presiding genius"이라는 단어는 콘래드가 붙인 교수라는 명칭만큼이나 과한 면이 있지만(스티비를 수호신genius loci이라고 해석한다면 무해한 상징에 불과할 것이다) 라이라와 오디세우스가 자기가 속한 내러티브를 의식적으로 지배하는 동력이듯이, 스티비가 실제로는 그 소설 전체를 무의식적으로 지배하는 동력이라고도 볼 수 있다.

이제 우리는 스티비를 오디세우스와 라이라와 병치시킴으로써 내가 도달하고자 한 넓고도 새로운 영역에 들어섰다. 어떤 인물이 자신이 속한 내러티브에 대해 무엇을 아는가라는 질문은 지적 장애를 지닌 인물에게만 적용되는 것은 결코 아니며 오히려 『오이디푸스 렉스Oedipus Rex』나 『어둠의 속도』에서 핵심적인 역할을 하는 내러티브 아이러니의 토대가 된다. 전자에서는 오이디푸스가 자신이 속한 내러티브를 이해하는지 여부가 그 희곡에서 던지는 다른 모든 질문만큼이나 중요하며 플롯의 구성에 필수불가결한 요소이다. 따라서 심지어 그 희곡이 최초로 무대에 오르던 날에도 잔뜩 긴장한 소포클레스가 무대 뒤에서 지켜보는 가운데 누군가 "라이오스를 죽이고 테베에 이런 전염병을 불러들인 범인이 누군지 밝혀지면 좋겠다."라고 기대하는 일은 없었을 것이다.(스포일러 경고: 범인은 줄곧 오이디푸스였다!!) 하지만 내러티브 아이러니는 지적 장애를 지닌 "충분한 자격을 갖추지 못"한 인물이 화자일 때는 그 효과를 제대로 발휘하기 어려워진다. 『소리와 분노』에서는 내러티브가 시간성을 대상으로 삼아 벌인 실험이 (적어도 내가 느끼기에는) 벤지가 자신이 속한 내러티브에 대해 무엇을 아는가라는 질문보다 우선한다. 그런 질문을 완전히 무시해서도 안 되고 무시할 수도 없지만 말이다. 이와는 대조적으로 머리말에서 잠시 언급했듯이 엘리자베스 문의 『어둠의 속도』의 내러티브는 루 애런데일이 무엇을 알고 있고, 무엇을 알 수 있는가에 거의 전적으로 매달린다. 루는 성인이지만 안타깝게도 자폐증을 지니고 있어서 직장에서(그리고 자신의 삶에서) 어떤 일이 벌어지고 있는지 이해하지 못하고 있음이 드러나기 때문에 문은 중간중간 전형적인 전지적 화자가 루와는 달리 신경전형인 인물들(톰 알더린과 피트 알더린)의 시점에서 서술하는 '휴지기'를 심는 방식을 택한다. 루는 자폐증 환자들을 고용해 그들의 패턴 인식 능력을 활용하는 제약회사에서 일한다. 그들은 A분과 소속으로 자신들의 특수한 요구를 반영한(트램펄린이 설치된 체육관 등) 다양한 특권을 제공받고 있다. 새로 부임한 진 크렌쇼 부장은 비용이 많이 드는 그런 특권을 없애고 A분과 소속 직원들에게 아직 실험 단계에 있는 자폐증 치료시술을 시행하고 싶어 한다. 하지만 루는 이런 것들을 인식하지 못하므로 그를 대신해 동료 피트 알더린의 시점에서 서술되는 더 상세한 또 하나의 내러티브가 제공된다.[1]

『어둠의 속도』는 누가 누구에 대해 무엇을 아는가, 그리고 그렇기 때문에 누가 질문을 하고 정답을 정할 권한을 가지고 있는가라는 질문을 명확하게 던지면서 시작하고 끝을 맺는다. 다음 단락의 화자는 루다. 그는 자신에게 강요되는 끝없는 심리 테스트의 물결에 (별 효력 없는) 거부를 나열하고 있다.

> 질문, 끝없는 질문들. 그들은 답을 기다리지 않는다. 질문을 겹겹이 쌓아올리며, 모든 순간을 질문으로 뒤덮으며, 질문의 가시가 불러일으킨 통증을 제외한 모든 감각을 차단하며 달려든다. … 전문가답고 예리한 포넘 박사가 눈썹을 치켜들고 보일 듯 말 듯 고개를 흔든다. 자폐증인 사람들은 이런 신호를 이해하지 못한다. 책에 그렇게 씌어 있다.

나는 그 책을 읽었기 때문에 내가 무엇을 이해하지 못하는지 안다.

내가 아직 알아내지 못한 것은 그들이 이해하지 못하는 사물의 범위이다. 정상인들. 진짜 사람들. 학위를 따고 책상 뒤 편안한 의자에 앉아 있는 사람들. … 그녀는 내 생각을 알고 싶어 하지 않는다. 내가 다른 사람들처럼 말하기를 바란다. "포넘 박사님, 안녕하세요." "네, 저도 잘 지내요. 고맙습니다." "네, 기다릴게요. 괜찮습니다."(1-2)

루는 결국 치료를 받기로 결심한다. 그리고 7년 후, 에필로그에서 루는 비록 이전에 자신이 흠모하던 신경전형인 마조리에게 느끼던 감정은 이제 사라졌지만 그 치료가 "성공적"이었다고 서술하고 있다. 소설은 "이제 내가 질문을 할 차례다."(340)라는 의미심장한 마지막 문장으로 끝난다. 이제 루도 자신의 삶을 설명하는 데 더 이상 내러티브 보정 장치를 필요로 하지 않는다.

독자가 루의 결정에 동조하건 동조하지 않건(자폐증 '치료'는 그것이 허구 속이라도 무조건 거부되어야 한다는 이유를 내세우며 그런 결정에 반대하는 독자도 있다[2]) 핵심은 이 소설이 자신의 삶을 구성하는 거대한 내러티브를 이해하지 못하는 루에서 시작하지만 그것을 이해하는 루로 끝난다는 점이다. 달리 말해 루, 벤지, 스티비, 오이디푸스의 경우에는 내러티브 아이러니, 즉 관객 또는 독자로서 우리가 아는 것과 등장인물들이 아는 것 사이의 간극이 내러티브 그 자체다.(『한밤중에 개에게 일어난 의문의 사건』도 마찬가지다.) 하지만 이런 현상은 문제의 인물이 지적 장애를 지니고 있을 때 특히 심화된다. 다른 인물들이 그런 점을 자신의 사리사욕을 채우기 위해 악용할 가능성 때문만은 아니다.(〈메멘토〉와 『비밀요원』에서는 이것이 비극의 원인이 된다.) 지적 장애를 지닌 인물이 자신이 등장하는 내러티브를 이해하지 못한다는 점이 오이디푸스의 지적 자만과 비교해 극단적인 순진함으로 묘사되기 때문이다.(『생쥐와 인간』의 레니를 떠올려 보라.) 아리스토텔레스가 말했듯이 우리는 동료 인간이 자신이 제대로 이해하지 못하는 세상 속에서, 스스로의 열정, 혈통 분쟁, 변덕스럽고 분노하는 신의 희생양이 되어 허우적거리는 것을 지켜보면서 동정심과 공포심을 한꺼번에 느끼기 마련이다. 그런데 지적 장애를 지닌 동료 인간은 오이디푸스보다 더 취약하고 위태롭다. 만약 오이디푸스의 이야기가 전개됨에 따라 내러티브의 기본 원칙이 흔들린다는 아리스토텔레스부터 프로이트, 리쾨르, 테레사 드 로레티스Teresa de Lauretis에 이르는 여러 학자들의 판단이 정확하다면 지적 장애를 지닌 인물을 다루는 이야기에서 작동하는 내러티브 아이러니를 통해 지적 장애 자체만이 아닌 아이러니, 자기-인식, 자기-반영성에 대해서도 중요한 무언가를 배울 수 있을 것이다.[3]

***

허구 속 인물을 진단하는 행태를 내가 얼마나 혐오하는지는 차고 넘칠 정도로 분명히 했다고 믿는다. 하지만 그런 거부감을, 특히 『한밤중에 개에게 일어난 의문의 사건』과 『어둠의 속도』와 관련해서 다시 한 번 강조하려고 한다. 이제까지 그런 소설에 대한 비평은 화자가 자폐증을 지닌 인물을 제대로 재현했는지 여부에 초점을 맞추곤 했기 때문이다. 그리고 애석하게도 소설 자체에서(그리고 심지어 홍보 자료에서도) 그런 비평을 명시적으로 허용하고 있는 것도 사실이다.『한밤중에 개에게 일어난 의문의 사건』은 책날개에 "마크 해던은 여러 어린이 책의 일러스트레이터 및 작가이며 TV 시나리오 작가이기도 하다. 젊은 시절 해던은 자폐아를 돌보는 일을 했다."[4]라고 밝히고 있다.『어둠의 속도』에서는 엘리자베스 문이 자폐증을 앓는 아들을 둔 어머니라는 점을 강조한다. 발렌타인 출판사에서 출간한 페이퍼백의 뒤표지에서는 (일간지『덴버 포스트 Denver Post』를 인용해) "문은 자폐증을 앓는 십 대 청소년의 어머니로 그런 아들에 대한 애정이 주인공 루의 이야기에 한껏 묻어나 있다."고 적고 있다.『어둠의 속도』에는 '독자를 위한 안내서'도 포함되어 있는데 이 부록에는 엘리자베스 문과 폴 위트커버의 인터뷰 내용이 실려 있으며 자폐증에 관한 질의응답이 주를 이룬다. "자폐증 아들이 있다고 알고 있습니다. 주인공 루에 당신의 아들과 그런 아들을 키우는 당신의 경험이 얼마나 반영되어 있나요?" 같은 상투적인 질문도 당연히 나온다.

하지만 그런 소설들에까지 나의 진단-혐오증을 들이미는 것은 옳지 않다고 반박하는 사람들도 분명히 있으리라 생각한다.『어둠의 속도』의 경우 문자 그대로 스스로를 자폐증에 관한 소설이라고 선언하다시피 하고 있고,『한밤중에 개에게 일어난 의문의 사건』은 그 정도까지는 아니지만 주인공 크리스토퍼 부운에게 자폐증 스펙트럼의 끄트머리에 위치한 아스퍼거 증후군을 지닌 사람이라고 하면 우리가 통상적으로 떠올리는 대표적인 표지들을 모조리 덧씌워 놓았다. 대충 생각나는 것들만 나열해도 접촉 거부증, 반사회적 행동, 얼굴 표정 난독증, 불가사의한 수학적 능력, 그리고 샐리-앤 테스트 통과 실패 등이 있다.(다만 크리스토퍼는 자신이 왜 샐리-앤 테스트를 통과하지 못하는지는 안다.) 더 나아가 한 세대 전에 당시에는 정신지체라고 칭하던 지적 장애를 소재로 한 대니엘 키스의『앨저넌에게 꽃을』이 중학교와 고등학교 필수 권장 도서로 지정되면서 5백만 부가 팔려 나갔던 것처럼 어떤 이들은『한밤중에 개에게 일어난 의문의 사건』이 자폐증을 소재로 한 청소년소설의 대표작이라고 생각한다.(『한밤중에 개에게 일어난 의문의 사건』은 출간 당시만 해도 청소년소설로 분류되지 않았는데도 말이다.) 이들 소설에서는 마치 자폐증이 우리 눈앞에 놓인 페이지에 문자 그대로 똑똑히 적혀 있는 것으로 보인다. 그런데 왜 문자 그대로 해석하자는 문자주의를 굳이 거부해야 할까?

문자주의가 (문자 그대로) 문자에 충실하지 않다는 점부터 시작해서 거부해야 하는 이유는 많다. 이미 언급했듯이 진단을 내리는 방식으로 접근하면 인물 X는 Y라는 장애를 지니고 있다는 결론을 내리게 되고, 그래서 플롯과 동기를 둘러싼 더 폭넓은 해석적 질문을 던질 생각조차 못하게 된다.(그리고『한밤중에 개에게 일어난 의문의 사건』과『어둠의 속도』의 경우 *모든 자폐증 환자가 그렇다*라고 결론 내리고 싶은 유혹을 피해 갈 도리가 없다.) 진단을 내리는 방식으로 접근하다 보면 특정 단락이나 진술의 입체적인 디테일들을 지나쳐 버리거나 그 내러티브 자체에 던져야 할 질문을 정작 놓치고 만다. 『자폐증과 재현Autism and Representation』의 편저자인 마크 오스틴Mark Osteen은 서문에서 그런 일이 생기지 않도록 구체적인 세부 사항에 주의를 기울이라고 신신당부한다. 그런데 특이하게도 그는 소설과 영화 속에서 자폐증 환자를 있는 그대로 재현해 달라고 호소하면서도 그런 요구를 한다. "그저 정확하게만 그려 달라는 것이 무리한 요구일까요?" 그저 정확하게만이라니! 허구적 '정확성'이 언제 그렇게 단순한 문제인 적이 있었던가? "그저 정확하게만"이라는 부탁이 귓가에 울릴 때마다 나는 아리스토텔레스의 『시학』을 집어 든다. 그런 다음 베케트의 『몰로이』를 펼친다. 그러면 오스틴의 요구는 "재현에 엄격한 법칙을 마련하는 것은 위험"(재인용)하다는 톰 셰익스피어Tom Shakespeare의 합리적인 지적에 대한 대꾸로 다가온다. 어쨌거나 상상력을 동원하는 작가들에게 가장 순수한 형태의 문자주의적 모방 기준을 들이대는 와중에도 오스틴은 마크 해던의 모순된 유머 감각이 텍스트에서 어떤 식으로 작동하는지를 솜씨 좋게 보여 준다.

다른 사람들의 감정을 이해할 수 없는 크리스토퍼 덕분에 해던은 과도한 감성팔이를 피할 수 있다. 이를테면 크리스토퍼는 런던으로 가는 힘든 여정을 마침내 끝내고 오랫동안 헤어져 지낸 엄마 주디의 집에 도착해서 엄마에게 아빠인 에드가 자신에게 엄마는 죽었다고 말했다고 전한다. TV 자연 다큐멘터리를 즐겨 보는 크리스토퍼는 우리에게 덤덤하게 설명한다. "그러자 엄마는 TV에 나오는 자연 다큐멘터리에서 본 동물처럼 큰 소리로 울부짖었다." 크리스토퍼가 담백하게 서술하기 때문에 이 장면은 더 깊은 감동을 준다.(39)

그건 분명 맞는 말이다. 더 나아가 그것이 바로 『한밤중에 개에게 일어난 의문의 사건』 읽기의 핵심이기도 하다. 크리스토퍼의 담백한 서술은 우리로 하여금 그의 어깨 너머로 읽도록 부추긴다. 그가 소설 속 다른 인물들과 대화를 나눌 때 특히 그렇다.

그리고 나는 경찰관에게 물었다. "런던으로 가는 기차표는 얼마나 하나요?"

그는 말했다. "30쿼드 정도."

나는 물었다. "그거 파운드인가요?"

그러자 그는 말했다. "맙소사." 그리고 웃음을 터뜨렸다. 하지만 나는 웃지 않았다. 나는 사람들이 나를 보고 웃는 것을 좋아하지 않기 때문이다. 그 사람이 아무리 경찰관이라도 말이다.(151)

경찰관이 왜 웃음을 터뜨렸고 왜 "맙소사"라고 말했는지를 설명하는 연결 고리를 독자가 스스로 보충해야만 하는 이런 구조는 크리스토퍼가 하는 거의 모든 대화에 내재되어 있다. 예를 들면 크리스토퍼가 아빠와 나눈 다음의 대화에서도 볼 수 있다. 크리스토퍼가 아빠에게 웰링턴이 죽은 것이 슬퍼서 우느냐고 물었을 때 "그래, 크리스토퍼, 그렇다고도 할 수 있겠구나. 아주 잘 들어맞는다."(21)라고 답한다. 사실은 파탄 난 결혼 생활과 쉬어즈 부인과의 관계 때문에 슬픈 것이지만 그런 설명은 하지 않는다. 또 왜 크리스토퍼의 아빠가 쉬어즈 씨를 좋아하지 않는지에 대해 알렉산더 부인과 나눈 대화에서도 볼 수 있다. 그리고 전철역 매점에서 일하는 인도 출신 남자와 런던 NW2 5NG 챕터 거리 451c의 위치를 두고 주고받은 대화에서도 볼 수 있다. 진단을 내리는 데 정신이 팔린 독자라면 크리스토퍼의 자폐증 때문에 그런 식으로 대화가 전개되었다고 여길 것이다. 그럴 수도 있다. 하지만 내가 지적하고 싶은 것은 그런 대화는 "두 장하고 구십오."라는 구문에 얼마나 많은 비구술적이고 사회적인 암시가 숨어 있는지를 드러낸다는 점이다. 그리고 그 *것이야말로* 텍스트 조작의 핵심이다. 크리스토퍼의 지적 장애가 '그저 정확하게' 재현되었는지 여부에 상관없이 말이다.

그래서 나는 그 작은 매점에 있는 사내에게 다가가서 물었다.

"런던 NW2 5NG 챕터 거리 451c가 어디죠?"

그러자 그는 작은 책을 집어서 내게 건네며 말했다.

"두 장하고 구십오."

그 책의 제목은 『A에서 Z까지, 런던 거리 지도책과 지명 목록』이었다. 그 책을 펼쳐 보니 지도가 많았다.

매점 안에 있는 사내가 말했다.

"그 책 살 거야, 말 거야?"

"모르겠는데요."

"그럼 책에서 그 더러운 손가락 좀 치우시지."

그러고는 다시 그 책을 내 손에서 가져갔다.

"런던 NW2 5NG 챕터 거리 451c가 어디죠?"

그러자 그가 말했다.

"'A에서 Z까지'를 사든지 아니면 썩 꺼져. 난 걸어 다니는 백과사전이 아니야."

"저게 'A에서 Z까지'인가요?"

나는 좀 전의 그 책을 가리켰다.

"아냐, 이 망할 놈의 악어새끼."

"저게 'A에서 Z까지'인가요?"

그건 악어가 아니었기 때문에 나는 그의 독특한 억양 때문에 내가 잘못 알아들은 것이라고 생각했다.

"그래, 'A에서 Z까지'야."

"그걸 살 수 있을까요?"

그는 아무 말도 하지 않았다. 그래서 나는 물었다.

"그걸 살 수 있을까요?"

"2파운드 95펜스. 하지만 돈을 먼저 줘. 들고 내빼면 곤란하니까."

그제야 나는 아까 두 장하고 구십오라는 말이 2파운드 95펜스란 뜻이었다는 걸 깨달았다.(186-187)

이 대화는 웃기기도 하지만 문자주의의 한계를 신랄하게 비평한 것이기도 하다. 상거래상의 단순한 의사 전달 방식에 대한 이해에 (대화에서 문자 그대로 해석하기 때문에) 어려움을 겪는 크리스토퍼에 대한 논평이면서도 지적 장애의 재현을 오직 지적 장애의 재현으로만 한정시켜 읽으려고 하는 독자에 대한 논평일 수도 있다.[5]

이제 등장인물의 진단이 아닌 텍스트 조작에 대한 이야기로 넘어간 김에 크리스토퍼의 '런던으로 가는 힘겨운 기차 여행'이 소설의 3분의 1을 차지한다는 점을 잠시 살펴보려고 한다. 그 자체로 이미 놀라운 일이며 놀랍다고 생각해야 당연하다. 신경전형인 화자는 "그리고 나는 기차를 타고 런던에 있는 엄마 집으로 갔다."고 말했겠지만 크리스토퍼는 그 여정 전체를 장장 60페이지에 걸쳐 세세한 디테일까지 아주 구체적으로 전한다.[6] 그런 내러티브는 우리에게 크리스토퍼의 입장에서는 그런 여정이 얼마나 고역인지를 보여 준다는 점에서도 극적 긴장감으로 넘치지만, 또 한편으로는 우리가 평상시에 중요하다고 혹은 중요하지 않다고 분류한 것들을 다시 되돌아보도록 만든다. 만약 내가 최근 뉴욕에서 전철을 타고 돌아다녔던 이야기를 들려주면서 크리스토퍼가 런던 지하철에 대해 묘사했던 것처럼 세세한 디테일을 내러티브에 집어넣는다면 아주 이상하게 여길 것이다.

> 그리고 '위대한 서부인', '찬 맥주와 라거', '젖은 바닥 주의', '당신의 50페니가 조산아가 생명을 1.8초간 더 유지하도록 도와 줍니다', '인생

이 달라지는 여행', '상쾌하게 다릅니다', '맛있다 부드럽다 고급 코코아가 단돈 1.3파운드', '레몬트리', '0870 777 7676', '금연', '고급 차茶'라고 적힌 간판들이 눈에 들어왔다.(145-146)

하지만 크리스토퍼의 내러티브에서는 이런 구체적인 묘사가 아주 자연스럽게 느껴진다. 신경전형인은 놓치는 사물들을 그가 버릇처럼 인지하기 때문만은 아니다.("사람들은 대부분 거의 장님에 가깝다."라고 그는 평한다.(144) 장애를 아주 기발하게 전용轉用한 예다.) 감각 과잉에 끊임없이 노출되는 상황이 바로 크리스토퍼의 여정을 그렇게까지 힘들게 만드는 요소이기 때문이다. 모든 광고판이 소설 페이지에서는 횡설수설(아니면 '거비쉬'라고 해야 할까?)로 변할 때처럼 말이다. "광고판이 너무 많았고 내 뇌는 제대로 작동할 수가 없었다."(170) 이미 여러 번 봤듯이 지적 장애를 지닌 인물들이 있으면 그런 일이 벌어지곤 한다. 만프레드 슈타이너처럼 그런 인물들은 자기 주변의 내러티브를 일그러뜨려서 어느 정도의 구체성이나 지속성에 대한 우리의 기대를 뛰어넘어 버린다. 그렇다면 크리스토퍼가 마침내 그런 대서사시와도 같은 기차 여정을 마치고 엄마 집까지 남은 길을 걸어가면서 대부분의 독자는 신경 쓰지 않는 디테일들을 삭제했을 때 다소 안도했을 것이다. "그래서 나는 걷기 시작했다. 하지만 시오반 선생님은 내가 모든 일을 자세히 적을 필요는 없다고 말했다. 흥미로운 것들만 적으면 된다."(189)

크리스토퍼가 목적지에 가까워짐에 따라 우리의 흥미를 끄는 의문은 아마도 다음과 같은 내용일 것이다. *크리스토퍼의 엄마와 쉬어즈 씨는 어떻게 살고 있을까? 크리스토퍼와 맞춰서 함께 살 수 있을까?*(스포일러 경고: 함께 살지 않는다.) *크리스토퍼의 아빠가 크리스토퍼를 데리러 오면 어떤 일이 벌어질까?* 등일 것이다.

하지만 나는 무엇이 '흥미롭고 흥미롭지 않은가'에 관한 메타적인 질문을 던져 보고자 한다. *우리는 어쩌다가 중요한 것과 중요하지 않은 것을 구별하지 못하는 십 대가 쓴 추리소설을 읽게 되었을까?* 코난 도일이 탐정과 소설가의 시학에서 설명한 추리소설의 근본 메커니즘, 즉 플롯의 핵심 요소와 그렇지 않은 요소를 분류해 내는 해석 작용에 이미 위배되지 않는가. 해던은 이 점을 더할 나위 없이 분명히 하고 있다. 그의 주인공은 셜록 홈즈의 팬이며 추리소설을 쓰기 위해 일부러 모험에 나섰으며 추리소설에서 정답의 도출은 정보를 분류하는 탐정의 천재적인 능력에 의존한다는 것을 알고 있다. 도중에 크리스토퍼는 누가 웰링턴을 죽였는지를 밝히는 데 중요한 단서가 될 것처럼 보이는 사실을 접하게 된다. 그리고 "그게 아니라면 레드헤링, 즉 주의를 딴 데로 돌리기 위한 거짓 단서이거나 단서처럼 보이지만 사실은 아닌 그런 것"(31)일 수도 있다고 생각한다. 그렇다면 크리스토퍼는 우리에게 탐정으로서는 특이한 텍스트적 역량의 집합체다. 아주 예리한 관찰력, 세세한 사항을 놓치지 않는 탁월한 기억력, 진짜 단서와 거짓 단서를 구별하는 인지력을 지니고 있으면서도 감각 정보를 분류하는 능력, 사람들(이를테면 자신의 아빠)이 거짓말을 하는지 여부를 판단하는 능력, 그리고 동기를 이해할 수 있는 능력이 결여되어 있다.

이제 우리는, 적어도 나는, 그리고 바라건대 당신도, 왜 『한밤중에 개에게 일어난 의문의 사건』에서 자기-반영성이 해던의 자폐증 스펙트럼에 있는 인물 재현의 '정확성' 여부의 문제보다 해석적으로 더 우선시 되는가라는 질문의 답에 점점 더 가까워지고 있다. 우리는(그러니까 우리가 만약 문학비평가라면) 최소한 텍스트 속에 담긴 '내용'을 놓치는 일은 없어야 한다. 『어둠의 속도』와 『한밤중에 개에게 일어난 의문의 사건』은 둘 다 기본적으로는 자폐증과 자폐증 화자에 '관한' 소설이지만 텍스트 상으로는 아주 본질적이고도 중요한 차이를 보인다. 우선 『한밤중에 개에게 일어난 의문의 사건』은 처음부터 끝까지 텍스트에 관한 소설이다. (한밤중에 짖는 개 소리의) 부재에 주목하게 하는 제목이 이미 '셜록 홈즈Sherlock Holmes' 시리즈의 「실버 블레이즈Silver Blaze」를 연상시키며 주인공 크리스토퍼도 대놓고 "나는 살인 사건을 다루는 추리소설을 좋아한다. 그러니 나도 살인 사건을 다룬 추리소설을 쓰려고 한다."(5)고 밝히고 있다. 크리스토퍼는 추리소설을 자신이 좋아하지 않는 "전형적인" 소설과 굳이 비교한다. 그러면서 왜 "전형적인" 소설을 좋아하지 않는지도 간략하게 설명한다. "전형적인 소설에서는 사람들이 이런 식으로 말한다. '쇠, 은, 흔해 빠진 진흙 줄기가 잎맥처럼 내 몸을 흐르고 있다. 손을 오므려 꽉 쥘 수가 없다. 꽉 쥐는데 자극이 필요 없는 그런 주먹을.' 이게 무슨 말일까? 나는 모른다. 아빠도 모른다. 시오반 선생님도, 지본스 선생님도 모른다. 내가 물어봤다."(4-5)

솔직히 말하면 나도 그 구문이 무엇을 의미하는지 모른다. 하지만 그 구문이 버지니아 울프의 『파도The Waves』를 인용한 것이라는 사실은 안다. … 전형적인 소설과는 거리가 멀다. 그렇다면 이런 문학사를 교묘하게 끌어다 쓴 농담을 집어넣은 의도는 무엇일까? 왜 『한밤중에 개에게 일어난 의문의 사건』에서는 이런 비전형적으로 "전형적인" 소설을 도입부에서 끌어들였을까? 앞으로 『돈키호테』, 『창백한 불꽃』, 『포』를 논의하면서 "전형적인" 소설이란 무엇인가라는 문제에 대해 다시 생각해 보겠지만 『파도』가 "전형적인" 소설인지 아닌지 판단하는 것으로 끝날 문제가 아니다. 분명 더 중요한 쟁점은 『한밤중에 개에게 일어난 의문의 사건』 속 신경전형인 인물들이 크리스토퍼보다 구문 독해를 딱히 더 잘하는 것도 아니라는 점이다. 어찌 보면 『파도』 앞에서는 『한밤중에 개에게 일어난 의문의 사건』 속 어떤 인물도 지적 장애에서 자유롭다고 말할 수 없는 것이다. 그리고 그런 측면은 크리스토퍼의 세계에서는 그 어떤 인물도 크리스토퍼보다 사회성이 더 뛰어나다고 주장할 수 없다는 (크리스토퍼를 돌보는 시오반 선생님은 아마도 예외일 수도 있지만) 소설 속에 내재된 심오한 교훈으로 연결된다. 제임스 버거의 말대로 사회질서는 "그 구성원들의 고립과 소통 불능으로 특징 지워진다"는 점에서 "그 자체로 자폐증 스펙트럼에 확고하게 자리 잡고 있다."(201) 이것이야말로 『한밤중에 개에게 일어난 의문의 사건』과 『파도』 간 상호텍스트성의 '주제'를 적절하게 해석한 것이며 그런 상호텍스트성은 『한밤중에 개에게 일어난 의문의 사건』이 오해와 착오로 가득할 것임을 암시하고 있다.

웰링턴이라는 개의 죽음은 실제로는 부수적인 사건에 불과하며 크리스토퍼는 처음부터 핵심 수수께끼를 착각하고 있다. 하지만 여기서 중요한 사실은 텍스트와 텍스트의 관계에서 그런 사실이 암시되어 있다는 것이다.

크리스토퍼의 입장에서는 자신이 허구 텍스트 속에 존재한다는 사실을 알 리 없다. 그래서 잠시 경찰서 구치소에 갇혔던 일에 대해 "나는 이것이 소설이라면 어떻게 탈출할 수 있을지 고민해 보았다."(14)라고 적는다. 하지만 계속해서 텍스트를 적어 나가고 계속해서 자신이 쓴 텍스트를 다시 읽어 본다. 그러다 181장에서는 심지어 다음과 같이 적는다. "나는 13장에서 내가 거짓말을 했다는 사실을 알게 되었다. 그 장에서 '나는 농담을 할 줄 모른다.'라고 적었는데 나는 내가 내용을 이해하고 사람들에게 말해 줄 수 있는 농담 세 가지를 알고 있다. 그중 하나는 암소에 관한 것이다. 시오반 선생님은 내가 13장으로 다시 돌아가서 그 내용을 수정하지 않아도 된다고 말했다. 문제될 것이 없다고 한다. 거짓말이 아니라 *명확히 할 필요가 있는 것*일 뿐이기 때문이다."(142-143) 그러니 텍스트는 내내 그 자신과 명백하고도 현재진행형인 관계를 맺고 있다. 그리고 『한밤중에 개에게 일어난 의문의 사건』이 3분의 1 정도 진행된 시점에 아주 흥미로운 사건이 발생한다. 크리스토퍼의 아빠가 크리스토퍼가 쓰고 있는 책을 발견한다. 그리고 크리스토퍼가 웰링턴을 죽인 사람을 여전히 찾고 있다는 것을 알게 된다. 크리스토퍼에게 그만두라고 여러 번 확실하게 말했는데도 말이다. 크리스토퍼는 비록 자신이 아빠가 한 지시의 의미를 제대로 따르지는 않았어도 그 지시 사항의 문구에는 맞게 행동했다고 말한다. 그러자 크리스토퍼의 아빠는 "그런 씨알도 먹히지 않는 소리 마. 이 녀석이. 넌 네가 무슨 일을 벌이고 있는지 똑똑히 알고 있었어. 네가 뭐라고 적었는지 내가 읽었다는 걸 명심해."(81)라고 내뱉는다.

요컨대 에드 부운은 우리가 읽고 있는 바로 그 책을 읽은 것이다. 그 다음에는 에드가 그 책을 빼앗아서 숨기는 상당히 복잡한 상호텍스트적인 시기가 펼쳐진다. 그래서 우리는 크리스토퍼가 아빠가 나간 사이 그 책을 찾아 온 집안을 뒤진 이야기를 정확히 어디에 적었는지 궁금해하지 않을 수 없다. 하지만 그런 의문은 내러티브 속 또 다른 층위의 텍스트성에 곧 묻혀 버린다. 크리스토퍼가 아빠의 침실 옷장에 숨겨진 책을 찾자 다음과 같이 생각한다.

> 책을 찾은 장소에 그냥 두기로 했다. 왜냐하면 아빠가 그 책을 셔츠 상자에 넣어 두었다면 아마도 버리지 않을 거라고 추정되고 나는 다른 책에 소설쓰기를 계속하면서 그 책은 비밀로 하면 된다.[아마도 그 다른 책에 이 부분이 적혀 있는 것이리라.] 언젠가 아빠는 마음을 바꿔 먹고 처음 책을 돌려줄지도 모르고 그러면 새로 쓴 책에 다시 옮겨 적을 수 있을 것이다. 그리고 만약 아빠가 다시 돌려주지 않는다면 내가 적은 내용 대부분을 기억하고 있으니까 그 내용을 두 번째 비밀 책에 적고 기억이 확실치 않은 부분은 아빠가 집에 없을 때 아빠 방에 들어가서 내

가 정확하게 기억하고 있는지 확인만 하면 된다.(94)

『한밤중에 개에게 일어난 의문의 사건』이 텍스트로서 스스로와의 관계가 『돈키호테』에 비견될 정도로 혼란에 빠져드는 바로 그 순간 크리스토퍼는 두 개의 수수께끼—누가 웰링턴을 죽였는가, 그리고 그가 서술하는 내러티브의 진짜 주제가 무엇인가—를 푸는 실마리가 될 텍스트를 발견한다. 엄마가 죽었다는 이야기가 거짓임이 들통나지 않도록 아빠가 크리스토퍼로부터 숨긴 엄마의 편지를 발견하고서야 크리스토퍼는 자신이 실제로는 자기가 속한 내러티브를 이해하지 못하고 있었다는 사실을 깨닫게 된다. 그렇다면 여기에서 내러티브의 자기-반영성은 지적 장애를 지닌 인물이 자신의 내러티브를 이해하고 "자격을 충분히 갖춘" 화자가 될 수 있는가라는 질문으로 다시 되돌아간다.

정서적인 측면에서 크리스토퍼에게는(그리고 아마도 많은 독자들에게) 절망감을 안겼을 것이다. 아빠가 자신에게 거짓말을 하고 있었다. 엄마는 살아 계시고, 엄마는 자신을 버리고 쉬어즈 씨와 도주했다. *그것이* 진실이었다. 그래서 에드 부운은 아들에게 엄마가 "심장에 문제가 있다"(23)고 말했었다. 우리는 주디 부운의 편지를 읽고 나서야 그 문장을 다시 보게 된다. 하지만 형식상, 구조상으로 주디의 편지는 엘리자베스 문이 『어둠의 속도』에서 맞닥뜨린 문제에 아주 기발한 해결책을 제시한다. 지적 장애를 지닌 인물에게 본인이 들려주는 이야기의 큰 그림을 어떻게 깨닫게 할 것인가라는 문제 말이다. 문은 화자를 더 많이 만들어 내는 전략을 택한 반면 해던은 텍스트를 더 많이 만들어 내는 전략을 택했다.

***

이제 우리는 왜 텍스트의 자기-인식과 자기-반영성이 주인공이 내러티브와 인지적으로 비전형적인 관계를 맺는 내러티브에 유독 중요한지 생각해 볼 수 있게 되었다. 그러니 리사 준샤인의 메타재현 논의로 되돌아가고자 한다. 사람들이 자기에게 거짓말을 하고 있는지 여부를 알 수 없는 탐정에 대해 우리는 다음과 같은 질문을 제기할 수 있다. 인지 장애가 있어서 소스태그를 부착할 줄 모르는 인물을 등장시키면 어떤 일이 벌어질까? 메타재현을 이해하지 못하는, 즉 허구와 사실을 구별하지 못하는 독자가 존재한다면, 혹은 더 나아가 서술자가 아닌 등장인물이 그런 인물이라면 어떤 일이 벌어질까? 그들은 영화 〈갤럭시 퀘스트〉(1999)에서 오래 전 취소된 TV SF 시리즈물의 배우진에게 자기 종족이 학살당하는 것을 막아 달라고 요청하는 터마이안족 같을지 모른다. 터마이안족은 그 TV 시리즈물의 스토리가 본인들의 말을 빌리자면 "역사 기록물"이라고 믿고 있다. 어찌 보면 돈키호테가 바로 그런 인물이다.

그리고 돈키호테가 있는 곳에 소설 『돈키호테』가 있다. 『돈키호테』는 인간의 메타재현 능력(혹은 그런 능력의 부재)이라는 관점에서도 흥미롭지만 다른 한편으로는 메타재현 능력의 장애가 메타픽션을 생산하는 방식에 대해서도 흥미로운 점을 제시한다. 준샤인은 신경정신학자 크리스토퍼 프리스Christopher Frith를 인용하면서 "자기-인식은 메타재현 없이는 불가능하다."는 취지의 말을 한다. 요컨대 "우리는 인지 메커니즘을 통해 자신의 목표, 의도, 다른 사람들의 의도를 파악한다."(55에서 인용) 하지만 준샤인은 돈키호테를 잠깐 언급하면서도 이런 점이 메타재현 능력이 없는 인물의 텍스트상 재현에 어떤 의미를 지닐 수 있는지에 대해서는 다루지 않는다. 세르반테스가 재현한 돈키호테를 단순히 기사도 로맨스를 너무 많이 읽은 나머지 정신이 이상해져서 풍차를 공격하는 그런 기이한 광경을 연출하는 남자일 뿐이라고 생각해서는 안 된다. 물론 그것이 돈키호테라는 인물에게 부여된 가장 보편적인 이미지다. 『돈키호테』에 주목해야 하는 진짜 이유는 제2권의 내러티브 전략이 제1권에 대한 기나긴 메타비평 서술이기 때문이다. 제2권에서는 유럽 전역에 흩어진 특정되지 않은 수많은 사람들이 『기발한 신사 돈키호테 데 라만차』라는 제목의 책을 읽은 세계에 돈키호테와 산초 판자를 투입한다.

세르반테스의 소설을 읽은 독자라면 제2권에서 3장 '우스꽝스런 토론'을 기억할 것이다. 산초는 카라스코를 만나 카라스코가 자신에 대해 이미 알고 있으며 그것이 바로 자신들의 이야기를 적은 책을 읽었기 때문이라는 것을 듣게 된다. 그리고 3장에서는 돈키호테, 산초 판자, 삼손 카라스코 학사가 그 책에 대해 토론을 벌인다. 카라스코가 도착하기 직전, 돈키호테는 어떻게 그런 책이 출간될 수 있었는지 궁금해 한다. 왜냐하면 제1권 말미에 자신이 집으로 돌아온 지 채 한 달이 지나지 않았기 때문이다. 그리고 그 책에서 자신을 어떻게 묘사했을지 걱정한다. 그는 스스로에게 "그렇다면, 그러니까 그런 이야기가 있다는 게 사실이라면, 어찌 되었든 그것은 편력 기사에 관한 것이니 분명 격조 높고 숭고하고 유명하고 장엄하며 진실에 반하지 않는 내용이리라 생각했다."(544) 일단 그런 책이 존재한다는 것이 사실이라면, 그 주제로 보아 그 내러티브도 사실일 수밖에 없다는 순환논리가 작용하고 있다는 점에 주목하자. 우리는 이미 훨씬 전에 거울의 방에 들어섰다. 왜냐하면 제1권은 돈키호테가 스스로에게 자신의 모험담이 서술될 방식에 대해 말하는 것으로 시작하기 때문이다. 그리고 그런 내러티브는 8장 중반에서 길을 잃는다. 세르반테스가 '라만차의 돈키호테에 관한 기록, 무어인 역사가 시데 아메테 베넹헬리 저'라는 제목이 붙은 원고를(아마도 이것이 크리스토퍼 부운의 두 번째 책처럼 비밀의 제2권일 수도 있다) "발견"하면서 소설은 다시 전개된다. 따라서 돈키호테 제2권의 허구 세계 속에서 돈키호테에 관한 책이 존재한다는 것은 사실이며(그리고 그 책이 우리가 알고 있는 제1권이며) 그 책은 무어인 역사가가 적은 돈키호테에 관한 *또 다른 책*의 존재에 관한 단서를 담고 있다. 비록 세르반테스는 중간에 그런 주장은 어느 정도는 융통성 있게 받아들여야 한다고 우리에게 주의를 준다. 무어인들은 "거짓말쟁이"(109)이기 때문이다. 그리고 물론 그런 인용의 허구 틀 안에서도 『돈키호테』 제1권의 내용은 모두 '진실'이다. 라이라 벨라쿠아가 알레시오미터 읽기에 능숙하고 말하는 무장한 곰들에게 거짓말하기에 능숙한 것이 '진실'인 것처럼 말이다. 그렇지 않을 수가 없다. 우리가 제2권에서 알게 되는 책은 실제로 우리가 막 읽은 제1권이며, 우리는 그 책이 존재한다는 사실을 알고 있고, 카라스코가 도착하자 카라스코, 산초 판자, 돈키호테는 그 책의 특징뿐 아니라 그 책이 얻은 인기와 그 책에 대한 비평들을 가지고 논쟁을 벌이기 시작한다.

카라스코가 독자 중에는 제1권에서 '당치 않은 호기심을 가진 자에 관한 이야기'라는 짧은 이야기를 33장에서 35장에 걸쳐 삽입한 것에 불만을 표했다고 언급한다. 그러자 돈키호테는 "그렇다면 … 내 이야기의 작가는 현자가 아니라 단지 무식한 수다쟁이라는 말이군. 생각도 없이 어름어름하면서 그것을 썼다는 얘기요."(549) 분명 『돈키호테』의 화자는 중요한 사실과 중요하지 않은 사실을 분별하는 능력이 없으며 제대로 된 소설을 쓸 능력도 없다. 마틴 아미스Martin Amis는 이 점에 확실히 동의하면서 "『돈키호테』를 읽는 일은 가장 견디기 힘든 친척 노친네가 끊임없는 장난질, 더러운 버릇, 멈추지 않는 회상, 끔찍한 친구들을 잔뜩 동반하고서 당신 집에 무한정 눌러앉는 것에 비유할 수 있다."(427)고 적었다. 하지만 『돈키호테』의 천박한 텍스트에 안전하게 자리 잡고 있는 카라스코는 돈키호테에게 걱정할 필요 없다고 안심시킨다. 왜냐하면 "이 이야기는 지금까지 나온 것 중에서 제일 재미있으며 가장 무해한 오락거리라는 겁니다." 그러자 돈키호테는 다음과 같이 답한다. "다른 식으로 썼다면 … 진실이 아니라 거짓을 말하는 것이 되었겠지. 거짓말을 써먹는 역사가들은 위조지폐를 만드는 사람들과 마찬가지로 화형에 처해야 하오. 그런데 내가 이해할 수 없는 점은, 내 일만으로도 쓸거리가 많을 텐데 작가가 왜 관계도 없는 이야기나 단편들을 집어넣을 생각을 했는가 하는 것이오."(549) 제2권의 나머지 부분은 제2권에 나오는 인물들이 제1권을 읽었다는 전제하에 진행된다. 그리고 그들은 그에 맞춰 기꺼이 돈키호테의 비위를 맞춘다. 그래서 1614년에 세르반테스가 현실에서 알론소 페르난데즈 드 아베야네다라는 자가 『돈키호테』 제2권을 출간하려 한다는 소식(위조 동전을 만드는 위조범의 사기였다)을 듣고서 그 텍스트를 자신의 소설에 집어넣기로 하면서 모든 것이 더 기이해진다. '돈키호테에게 일어난 모험으로 볼 수 있는 이상한 사건에 대하여'라는 제목이 붙은 59장에서 산초와 돈키호테는 여인숙에 머물던 중 옆방에서 누군가 "저녁 식사가 시작되기 전에 제발 『돈키호테 데 라만차 제2편』의 한 장만 더 읽어 봅시다."(949)라고 말하는 것을 엿듣게 된다. 우리의 영웅들은 그 여행객들 앞에 불쑥 모습을 드러낸다. 돈키호테는 그 책 책장을 넘겨 보고는 "완전히 바보 같다"(952)고 선언한다. 그리고 여행객들은 그 가짜 책에 돈키호테가 사라고사의 무술경연대회에 나타나는 장면이 나오는데 그 내용이 "정말이지 형편없었고 그들의 복장도 초라하기 그지없었으며 바보짓거리로 넘쳐 났다."(953)고 평한다.

『돈키호테』의 이런 무한한 자기-반영성이 가능했던 이유는 제1권과 제2권이 십 년의 간격을 두고 출간되었기 때문이지만 한편으로는 픽션과 논픽션을 구분하지 못하는 주동인물 덕분에 픽션의 파라미터와 가정을 탐색하는 허구가 그럴듯하게 느껴진다. 돈키호테의 이런 측면은 (가짜가 아닌) 진짜 『돈키호테』 제2권이 발표된 순간부터 논평의 대상이 되었다. 그리고 『돈키호테』가 『돈키호테』 쓰기에 관한 소설이라는 견해는 수 세기 동안 돌고 돌아 보르헤스의 「피에르 메나르, 돈키호테의 저자」로까지 이어진다. 이 단편에서는 원작을 한 자도 빠짐없이 고스란히 베낀 "메나르의 단편 돈키호테"가 "세르반테스의 원작보다 더 섬세하다"고 평한다.(42) 그런데 충격적인 사실은 아직까지 이 문제를 장애의 관점에서 접근한 사람이 아무도 없다는 점이다. 돈키호테는 지적 장애를 지니고 있다. 그는 픽션을 현실로 여기는 미치광이의 대명사다. 그런데 그 장애가, 물론 *텍스트상*의 장애지만, 『돈키호테』 제2권이라는 텍스트를 탄생시키고 그 텍스트는 돈키호테의 망상이 현실인 거나 마찬가지인 효과를 낸다. 루이지 피란델로Luigi Pirandello의 『엔리코 4세Henry IV』도 유사한 가정을 전제로 한다. 다만 『엔리코 4세』에서는 주인공 본인이 신성로마제국 황제 엔리코 4세라고 믿고 있는 이탈리아 배우이고(그는 축제에서 엔리코 4세 역을 연기한 후부터 그런 망상을 가지게 되었다) 그의 가족들은 그런 망상을 지켜 주기 위해 온갖 수단과 방법을 동원한다. 그런데 실은 주인공은 소설이 실제로 시작하는 시점으로부터 수년 전에 이미 제정신으로 돌아온 상태다. 하지만 여전히 본인이 엔리코 4세라고 믿고 있는 것처럼 살아가고 있다. 반면에 돈키호테의 망상은 텍스트와의 관계에 뿌리를 두고 있다. 그래서 『돈키호테』 제1권의 전제—약간 맛이 간 늙은 시골 하급 귀족이 3세기 전에 쓰인 기사도 연애소설이 실제로는 역사적 사실의 기록이며 그 역사 세계를 재건해야 한다고 믿고 있다—는 제2권에서는 세상 모든 사람이 3세기 전에 쓰인 기사도 연애소설이 실제로는 역사적 사실의 기록이며 그 세계를 재건해야 한다고 믿고 있다는 것으로 바뀐다. 돈키호테의 메타재현 능력 결핍은 텍스트를 뒤틀고 그 텍스트는 허구의 본질과 반영의 본질에 대한 머리를 핑핑 돌게 만드는 메타픽션 반영이 되어 되돌아온다. 크리스토퍼의 아버지가 당신이 읽은 그 부분까지 읽고 있는 시점에 크리스토퍼가 우리에게 아버지가 책을 발견했다고 서술하는 것이나 엔리코 4세가 정신적·신체적 '반영'에 대해 반영하는 것("어렸을 때, 나는 연못에 비친 달이 진짜 달이라고 생각했어."(193))도 마찬가지다.

그와 유사한 것이, 비록 규모는 더 작지만, 〈갤럭시 퀘스트〉에서 벌어진다. 〈갤럭시 퀘스트〉도 이미 한물간 '갤럭시 퀘스트'라는 TV 시리즈물의 박람회에서 옛 에피소드를 상영하는 메타픽션적 방식으로 시작한다. 처음부터 〈스타트렉Star Trek〉 시리즈와 〈스타트렉〉 팬덤에 관한 영화임을 보여 주는 셈이다. 또한 이 영화에서는 파충류 외계인, 신비한 물질 오메가-13, 함선의 배관을 이용한 탈출("왜 언제나 배관이어야 하는 걸까?" 시고니 위버가 묻는다. 영화 〈에이리언Alien〉(1979)의 전의轉義임을 알려 주는 것이다), 첫 광고가 나가기도 전에 죽는 무명의 승무원, 마지막 순간에 멈추는 자동 폭파 장치, 어김없이 등장한 항성 간 여행을 가능하게 해 주는 마법 같은 물질 언옵타늄(이 영화에서는 베릴륨 구체) 등 대중 과학소설 및 영화의 클리셰를 고스란히 옮겨다 쓴다.[7] 하지만 내러티브가 인물에 초점을 맞추는 순간, 즉 사실과 허구를 구분하는 메타재현 능력이 결핍된 터마이안족이 등장하는 순간 재미있는 일들이 벌어진다. 『돈키호테』의 미로만큼 풍부하거나 정교하진 않지만 영화가 대단원에 이르면 그동안 영화가 풍자했던 플롯 클리셰들을 전부 본격적으로 작동시킨다는 점에서 우리가 보고 있는 픽션의 허구적 본질에 대한 날카로운 인식을 담고 있다.(비록 『한밤중에 개에게 일어난 의문의 사건』과 마찬가지로 허구 속 사건들이 등장인물들에게는 '현실'이라는 관념은 절대로 포기하지 않지만 말이다.) 기사도 연애소설이 역사의 기록이라는 돈키호테의 착각이 중세 연애소설의 클리셰를 재생시키는 역설을 낳았듯이, 영화가 시작할 때 사용한 모든 케케묵은 요소들에 새 생명을 불어넣음으로써 내러티브가 그 내러티브가 속한 장르와의 관계 설정을 도모하는 과정에서 역사 다큐멘터리의 진실성에 대한 터마이안족의 굳건한 믿음은 대중 과학소설 속 모든 클리셰를 상쇄하는 역할을 한다. 팬덤 내러티브로서의 〈갤럭시 퀘스트〉의 결정타는 십 대 청소년 팬이 친구와 함께 컴퓨터에 저장해 두었던 함선의 상세한 설계도 덕분에 승무원들이 죽을 위기에서 벗어나는 장면이다. 그 청소년 팬은 앞서 '갤럭시 퀘스트' 박람회장에서 함장에게 다가가 함선에 대한 복잡한 질문을 하다 호되게 당했었다.(함장은 "자속 양자는 존재하지 않아, 보조함선 같은 것도 없고, *그 망할 함선도 다 가짜라고.*"라고 소리쳤다.)

이들 내러티브—『한밤중에 개에게 일어난 의문의 사건』, 『돈키호테』, 『엔리코 4세』, 〈갤럭시 퀘스트〉—에서 벌어지는 일들은 메타재현 능력이 부족하거나 없는 지적 장애를 지닌 인물 혹은 인물들(그런 지적 장애를 지닌 화자도 한 번 나온다), 그리고 그런 지적 장애로 인해 (a) 텍스트에 메타픽션적 효과를 내고, (b) 메타픽션적 효과를 내는 과정에서 그 내러티브의 허구적 틀을 깨서 오히려 그 허구적 틀에 사실성을 부여하는 인물과 관련이 있다. 크리스토퍼는 자신이 개의 살해 사건을 다루는 추리소설을 쓰고 있다고 믿고서 '탐정 활동'을 하던 중 진짜 수수께끼를 발견하게 되고, 그의 내러티브는 런던으로 가는 대서사시와도 같은 여정을 담은 모험소설로 바뀐다. 돈키호테는 독자가 읽은 바로 그 제1권을 읽은 인물들이 등장하는 제2권에서 자신의 망상이 세상을 재구성하는 내러티브를 만들어 낸다. 터마이안족은 NSEA프로텍터호가 존재하는 세계를 진짜로 믿은 나머지 〈갤럭시 퀘스트〉 속 허구의 세계에서 '갤럭시 퀘스트' 속 허구의 세계가 진짜 세계가 되는 실사판을 만들어 낸다. 엔리코 4세 또한 그런 주제의 변형으로, 미친 왕은 제정신으로 돌아오고 난 후에도 재미와 자기계발을 위해서, 그리고 가족에게 복수하기 위해서 가족들이 자신을 둘러싸고 만든 허구의 세계 속에 머물기로 한다. 각각의 작품에서 지적 장애는 메타재현의 역학과 메타픽션의 책략을 연결하는 고리를 구축하는 기회 혹은 장치가 된다.

따라서 돈키호테의 경우에도 그랬지만 찰스 킨보트를 지적 장애가 있는 인물로 보는 일은 거의 없는데도 왜 나보코프의 『창백한 불꽃』이 이 논의와 밀접한 관계가 있는지 짐작할 수 있을 것이다. 엔리코 4세보다는 정도가 더 심하지만 비슷한 방식으로 『창백한 불꽃』의 텍스트는 분명 반영과 모방을 다룬다. 젬블라와 젬블라인에 관한 말장난으로 넘쳐나고, 이미 제목 자체가 셰익스피어가 쓴 비극 『아테네의 타이몬Timon of Athens』 속 반영에 관한 단락을 연상시킨다. "달은 악명 높은 도둑, 그 창백한 불꽃은 태양에서 훔친 거라네."(IV. iii. 437-438) 이런 관점에서 보면 "의미가 분명한 문헌 연구 자료를 두드리고 비틀어서 소설을 닮은 괴물로 만들 생각은 추호도 없다."(86)라고 킨보트가 우기는 것은 스스로의 시학을 비꼬는(혹은 단순히 애교섞인?) 주장이 된다. 더 긴 메타비평적 순간은 화가 아이스타인의 작품이라는 형태로 킨보트의 곁에 등장한다.

> 실물과의 유사성은 전혀 찾을 수 없었지만, 그리고 그래서 그는 스스로를 위인 초상화의 전형적인 양식을 철저히 따르는 현명함을 지녔지만 아이스타인은 이미 고인이 된 자신의 피사체 주위에 다양한 사물들, 애정과 기술을 아낌없이 쏟아 넣은 떨어진 꽃잎이나 윤이 나는 널빤지 등을 그려 넣음으로써 대조를 통해 그 피사체가 죽은 사람이라는 사실을 더 실감 나게 하는 트롱프 뢰유[역주3]의 대가임을 똑똑히 보여준다. 하지만 일부 초상화에서는 다소 특이한 속임수를 쓰고 있다. 그림 속에 나오는 나무, 모, 금, 벨벳으로 만들어진 장식물 중 하나는 물감이 아닌 그 원재료를 사용해서 표현했다.(130)

이것은 트롱프 뢰유와 기이한 텍스트 속임수의 대가인 킨보트의 창조자가 『창백한 불꽃』에서 벌이는 작업과 비슷해 보인다. 텍스트에 거울의 방을 수도 없이 집어넣어서 "자기 모습을 비춰 보는 은밀한 도구" 이며 "그 제작자인 보카이의 수다르그가 다이아몬드로 서명한", "정말 환상적인 거울"(111)이 언급될 때 우리는 즉시 그 이름에 거울을 비춰서 제이콥 그라두스, 즉 잭 그레이의 이름이 쓰여 있다는 것을 알아채야 한다.[역주4] 색인에는 잭 그레이가 "잭 디그리, 드 그레이, 다르구스, 비노그라두스, 레닌그라두스 등"(307)으로만 나오지만 말이다. 따라서 킨보트가 자신이 소설을 쓸 생각은 추호도 없다고 거부하는 것처럼 아이스타인의 미적 감각을 거부하는 것은 역설적이지만 적절하다.

> 이런 장치에는 자신의 촉감적·색감적 안목을 과시하려는 의도가 뚜렷이 나타나 있다. 하지만 어딘가 천한 느낌이 들고, 아이스타인 본인의 재능에 치명적인 결함이 있음을 드러낼 뿐 아니라 '현실'은 평범한 사람의 눈에 보이는 평범한 '현실'과는 무관하게 그 자체의 특별한 현실을 창조하는 진짜 예술의 소재도, 대상도 될 수 없다는 기본적인 원칙을 보여 준다.(130)

이런 기이한 속임수에서 아이스타인의 미적 감각에 대한 킨보트의 비평은 *동시에* 나보코프 자신의 미적 감각을 긍정하는 것처럼 들린다. 하지만 이 단락에서 킨보트가 하는 말을 아이러니로 받아들여야 할지 말지 확실하게 알 수가 없다. 무엇보다 실제로 소설 속 세계에서 킨보트가 정말로 '존재'하는지 아닌지 단언할 수 없기 때문이다.

그것은 또한 이 괴물 같은 무시무시한 소설의 악명 높은 마지막 단락에서 우리에게 던지는 수수께끼다. 그리고 텍스트 전체를 모함하고 킨보트의 정신 상태를 의심하게 만드는 그 수수께끼가 없었다면 그동안 『창백한 불꽃』에서 나온 메타픽션과 메타비평 장면들이 문학에서의 장애학 연구와는 아무 상관없는, 흔해 빠진 20세기 실험주의에 불과했을 거라고 인정한다. 하지만 그 마지막 고별 단락 덕분에 우리는 지적 장애와 메타픽션의 잔치로 유명한 혹은 악명 높은 『창백한 불꽃』 간에 무시할 수 없는 어떤 연관성이 있지 않을까 생각해 보게 된다.

> 신이 나를 보호하리라 믿어 의심치 않으며, 신의 도움으로 나는 이 작품 속 다른 두 등장인물을 따르고 싶은 충동을 물리칠 것이다. 나는 계속 존재할 것이다. 다른 모습, 다른 형태를 띠더라도 계속 존재하도록 애쓸 것이다. 나는 또 다른 캠퍼스에서 늙고 행복하고 건강하고 이성애 성향의 러시아인, 명예도, 돈도, 독자도 없는, 자신의 예술 외에는 아무것도 없는 망명 작가로 다시 등장할 수도 있다. 오돈과 손잡고 새 영화 제작에 뛰어들지도 모른다.[물론 노도와 혼돈해서는 안 된다.] 다름 아닌 〈젬블라 탈출 작전〉(궁전 연회, 궁전 광장 폭파). 연극 평론가의 형편없는 취향에 아부하는 연극, 세 주인공을 등장시킨 고전적인 멜로드라마를 무대에 올릴지도 모른다. 그 세 주인공은 상상 속 나라의 왕을 죽이려는 미치광이, 스스로가 그 상상 속 나라의 왕이라고 믿는 미치광이, 그리고 우연히 암살 현장에 발을 들여 두 허구 인물들 간 싸움에 엉뚱하게 희생당하는 위대한 노시인으로 하자. 아, 나는 많은 것들을 할 수 있을 것이다! 역사가 허락한다면 나는 다시 독립을 되찾은 바다 건너 내 왕국으로 돌아가 눈물을 쏟으면서 잿빛 해안과 빗속에서 반

짝이는 지붕에 인사를 건넬 수도 있을 것이다. 정신 병동에서 몸을 웅크린 채 신음할 수도 있을 것이다.(300-301)

이 단락에 나온 여러 가능성 중 첫 번째는 킨보트가 망명 후 코넬대학교에서 가르치고 있는 블라디미르 나보코프로 재탄생할 것이라고 암시하는 듯하다. "고전적인 멜로드라마"는 우리가 막 읽은 소설을 거의 그대로 옮겨놓은 듯하며 나보코프가 독자에게 보내는 소소한 농담처럼 보인다. 스스로를 젬블라의 왕이라고 말하는 킨보트는 정신이 나갔으며 제이콥 그라두스는 그저 "정신병동에서 탈출한 미치광이 잭 그레이로, 셰이드가 자신을 정신병동으로 보낸 사람이라고 착각"(299)했을 뿐이다. 실제로 잭 그레이를 정신병동에 보낸 사람은 찰스 왕이 아닌 킨보트가 살고 있는 집 소유주인 골즈워스 판사다. 하지만 다른 가능성도 넘쳐 나며 그동안 비평가들은 그런 가능성들을 하나도 놓치지 않고 모두 탐색해 보았다. 킨보트는 실제로는 워즈워스칼리지 다른 학과 교수인 동료 보트킨일 수도 있다. 셰이드는 킨보트가 꾸며 낸 인물이고, 시의 마지막 페이지에서 노시인은 죽지 않았을 수도 있다. 심지어 나보코프가 하나부터 열까지 전부 꾸며 낸 것일 수도 있다. 책 도입부에 나오는 "창백한 불꽃, 999행, 네 개의 칸토로 이루어진 영웅시, 존 프랜시스 셰이드가 사망 직전 20일 동안 미국 애팔래치아 뉴와이 자택에서 쓴 유작(1898년 7월 5일 출생, 1959년 7월 21일 사망)"이라는 첫 문장부터 "현재 내가 사는 곳 바로 앞에는 아주 소란스러운 놀이 공원이 있다."는 마지

막 문장까지 전부 거짓말일 수도 있는 것이다.[8]

어찌 보면 킨보트는(그가 '존재'했다면) 파불라의 대가이며 그를 지적 장애라는 관점에서 본다면 크리스토퍼 부운보다는 돈키호테에 더 가깝다. 그런데도 그는 사회관계에서는 크리스토퍼만큼이나 무지하고 그런 면에서 유머의 대상이 된다. 크리스토퍼는 지도를 사는 데 필요한 비구술적인 사회 신호를 전혀 이해하지 못했고 킨보트는 동료들로부터 금세 경멸과 놀림의 대상이 되었는데도 알아차리지 못한다. "내 자유롭고도 겸손한 태도는 모든 사람들을 편안하게 해 준다."라고 킨보트는 적는다.(21) 그리고 곧 덧붙인다. "나를 괴롭히는 또 다른 사람이 내가 집 지하실에 탁구대 두 대를 설치했다는 소문이 사실이냐고 물었다. 나는 그게 범죄가 되나요? 라고 물었고 그는 그건 아니라고, 하지만 왜 두 대나 설치했냐고 물었다. '*그게* 범죄인 건가요?'라고 대꾸했고 모두들 웃음을 터뜨렸다."(21-22) 그렇다면 킨보트가 현재 사는 곳 바로 앞에 아주 소란스러운 놀이공원이 있다는 사실은 논외로 하더라도 우리는 이미 처음부터 뭔가 잘못되었다고 의심하도록 요구받고 있는지도 모른다.

피터 라비노위츠Peter Rabinowitz는 1977년 『비평연구Critical Inquiry』에 발표한 논문 「허구 속 진실: 독자 재고Truth in Fiction: A Reexamination of Audiences」에서 이 수수께끼투성이 텍스트를 설명해 보이겠다며 당차게 도전장을 내민다. 그는 독자의 허구 텍스트로의 몰입/허구 텍스트의 독자 견인 정도를 다음의 네 단계로 나눈다. "실제 독자actual audience"는 물리적으로 책을 손에 들고 있는 실재하는 독자를 말한다. "작가적 독자authorial audience"는 저자와 역사적 문화적 가정과 배경을 공유하는 독자다. "내러티브 독자narrative audience"는 이 책의 주제, 그리고 라비노위츠의 논문 주제에 가장 중요한 부류로, 실제 독자들 중에서 의심을 잠시 접어 두고 어린 소녀가 말하는 무장한 곰과 대화를 나누고 시공간의 그물망을 가르는 칼의 도움으로 여러 우주를 이동하는 것이 당연한 픽션의 세계로 들어가는 독자를 말한다. 그리고 "이상적인 내러티브 독자ideal narrative audience"는 화자의 말을 곧이곧대로 믿는 가상의 독자를 말한다. 이를테면(라비노위츠가 든 좋은 예를 인용하자면) 『소리와 분노』의 이상적인 내러티브 독자는 "제이슨이 희생당했다고 굳게 믿고서 그의 불평불만에 공감한다. 반면에 내러티브 독자는 그를 경멸할 것이다." (134) 그렇다면 『창백한 불꽃』을 읽을 때 문제 되는 것은 내러티브 독자로 합류하기 위해 우리가 무엇을 믿어야 하는지 도무지 알 수 없다는 데 있다. 실제 독자와 작가적 독자는 모든 것이 나보코프가 꾸며 낸 것이라는 사실을 안다. 이상적인 내러티브 독자는 찰스 킨보트가 실제로 망명한 젬블라 왕이며 존 셰이드의 친한 친구이자 셰이드가 죽기 전 일 년 동안은 그와 온갖 비밀을 공유한 사이였다고 믿는다. 하지만 내러티브 독자는 여러 가능한 선택지(셰이드와 킨보트 모두 실존한다, 킨보트와 보트킨은 동일 인물이다, 셰이드는 킨보트가 만들어 낸 인물이다, 킨보트는 셰이드가 만들어 낸 인물이다) 중 어느 것이 가장 그럴듯한지 알 수가 없다.

그래서 우리는 막연히 『창백한 불꽃』은 상상의 본래적 특성, 비평의 본질, 진실과 환상의 관계와 어떤 관련이 있다고 말할 수 있다. 하지만 셰이드와 젬블라가 실제로 존재했는지 여부를 알기 전에는 이 소설이 그런 주제를 가지고 무엇을 하고 있는지—어떤 질문을 던지고 있는지, 어떤 해답을 내놓고 있는지—더 명확하게 알 수가 없다. 만약 셰이드와 젬블라가 둘 다 실제로 존재한다면 우리는 하나의 주제를 탐구하는 하나의 소설을 읽는 셈이다. 만약 젬블라는 실제로 존재하지 않고 셰이드만 실제로 존재한다면 우리는 완전히 다른 주제를 다루는 또 다른 소설을 읽는 것이 된다. 만약 …

그렇다면 이런 책은 어떻게 읽어야 할까? 내 생각에 유일한 해법은 어느 한 내러티브 독자 집단에 합류하겠다고 그냥 마음 가는 대로 정해 버리는 것이다. 안 그러면 소설을 여러 번 읽으면서 매번 다른 선택을 하는 수밖에 없다. 마치 게임을 하듯이 우리는 여러 개의 열린 결말로 이어지는 선택권을 지니고 있다. 어떻게 전개될지는 우리가 최초에 한 결정에 따라 달라질 것이다. 앞서 던진 질문을 가지고 살펴본다면 우리는 완전히 다른, 하지만 기이하게도 같은 단어로 서술된 네 개의 소설을 만들어 낼 수 있다. 질문을 더 확장하면—셰이드가 킨보트를 만들어 낸 것일까? 이것이 내러티브 독자의 시점에서 그럴듯한가?—가능한 소설의 수는 기하급수적으로 늘어나게 된다.(140)

나보코프는 누군가 본인의 소설에서 그 어떤 것에 대해서라도 '해법'을 제공하길 바란다는 생각만으로도 몸서리칠 가능성이 높지만 여기서 인용한 부분은 킨보트의 불안정한 정신 상태가 야기하는 해석적 딜레마를 상당히 정확하게 설명하고 있다. 〈메멘토〉는 인과관계에 대한 관객의 인식을 불구로 만들려는 시도로 볼 수 있듯이 『창백한 불꽃』은 독자를 불구로 만들어서 독자가 어떤 확신을 가지고 특정 내러티브 독자 집단에 합류하지 못하도록 만들려는 시도라고까지 볼 수 있을 것이다.

그렇다면 내가 제기하고 싶은 질문은 단 하나다. 왜 이것이 문제가 되는가이다. 라비노위츠의 논리에 따르면 나보코프는 한 권 가격에 소설 네 권을 독자에게 안겨 주었다. 필립 K. 딕도 마찬가지다. 『화성의 타임슬립』은 어니 코트의 환각 속에서 끝나는 소설, 잭 볼렌의 정신분열증에서 끝나는 소설, 만프레드 슈타이너의 장애 크로노토프에서 끝나는 소설, 소설의 2장에서 등장해 물의 요정을 잭 볼렌에게 건네는 순간 텍스트를 왜곡시킨 블리크만의 시공간에서 끝나는 소설이라는 여러 가능한 소설을 제공한다. 라비노위츠가 보기에 어느 한 내러티브 독자 집단에 합류하는 것을 불가능하게 만드는 것은 "우리가 텍스트를 지극히 피상적으로 이해하는 것조차 막는 걸림돌이 된다."(139) 하지만 이것은 근거 없는 결론이다. 가능한 텍스트의 활발한 생산이 (상호보완적인 독자-텍스트 연결 고리 속에서) 가능한 읽기(그리고 그런 읽기 중 일부는 "지극히 피상적인 이해"보다 훨씬 깊은 이해와 연결되어 있을 것이다)의 활발한 생산의 원인이자 결과이기 때문만은 아니다. 이 장을 매듭지을 때 살펴보겠지만 『창백한 불꽃』에서 가능한 모든 시나리오에 적용할 수 있는 읽기가 존재하기 때문이다. 그 읽기는 왜 작가가 지적 장애의 배치를 통해 메타픽션의 무한한 영토를 탐색하는지 그 핵심을 반영한다.

***

이제 텍스트의 자기-인식의 반영성에 대한 논의를 (일단은) 매듭지어 줄 작품을 살펴보자. 메타픽션성을 지닌 이 작품에 등장하는 지적 장애 인물은 텍스트 생산에 어떤 지배권도 행사하지 못하며 그 인물의 메타 재현 능력 유무는 텍스트 해석에 어떤 영향력도 행사하지 못하는 것처럼 보인다. 이 마지막 작품은 어떤 작가가 『비밀요원』의 스티비를 세르반테스-피란델로-나보코프-해던이 만든 거울의 방에 집어넣었을 때 어떤 일이 벌어지는지를 보여 주는 예라고 여겨도 좋다. 이 장에서 우리가 다루는 핵심적인 질문 두 가지(허구 속 인물은 자신이 속한 내러티브에 대해 무엇을 아는가? 텍스트가 지적 장애를 통해 자기-반영성을 획득하는 이유는 무엇인가?)가 이 작품 속에서 서로를 비추고, 서로에게 반사되면서 장애의 해석적 난관을 통해 메타픽션의 해석적 난관을 더 심화시키는 방향으로 활성화된다. 그리고 마치 그것만으로는 부족하다는 듯 텍스트 글리치도 나온다.

존 쿳시의 『포』가 텍스트에 관한 텍스트라는 점은 굳이 설명하지 않아도 될 것이다. 『한밤중에 개에게 일어난 의문의 사건』이나 『창백한 불꽃』과 마찬가지로 제목 자체가 상호텍스트성을 반영하고 있고, 이미 많은 독자들이 눈치챘듯이 이 작품에서는 대니얼 디포Daniel Defoe의 『로빈슨 크루소Robinson Crusoe』를 다시 쓴다는 점을 전면에 내세우면서도 디포의 덜 알려진 소설 『록새나Roxana』는 은밀하게 끼워 넣어 교차시킨다.[9] 또한 굳이 지적하지 않아도 『포』가 넓게 보면 저작권, 이를테면 누가 내러티브(그것이 본인의 이야기든 다른 사람의 이야기든)에 대한 권한을 갖는가, 그리고 그런 권한은 어떤 조건에서 결정되며, 어떤 결과를 가져오는가라는 질문을 다루는 소설이라는 점이 명백하게 드러나 있다. 『포』에서는 이 소설을 어떻게 서술해야 하는지, 그리고 그 근거가 무엇인지를 두고 포와 수전이 벌이는 설전을 여러 페이지에 걸쳐 보여 준다. 수전 바턴은 "제가 하고 싶은 이야기는 섬에서의 이야기이고, 저는 그 이야기로 유명해지고 싶어요."라고 주장한다. 그리고 포에게 그가 쓰는 자신의 모험담에서 바이아에서 지냈던 이야기는 빼 달라고 요구하면서 다음과 같이 말한다.

> 당신은 그 섬에서의 이야기가 한낱 일화에 불과하다고 말하지만 그 자체만으로도 충분히 이야기로서의 가치가 있다고 생각해요. 그 이야기는 제가 표류하다 크루소의 섬에 도착하는 것으로 시작해 크루소의 죽음, 그리고 프라이데이와 제가 영국에 도착해 새로운 희망을 품는 것으로 끝나지요. 이 큰 이야기에는 작은 이야기들이 들어가고요. (제가 크루소에게 이야기한) 제가 표류하게 된 이유, (크루소가 제게 이야기한) 크루소가 탄 배의 난파와 초기에 그가 섬에서 보낸 시간들, 그리고 이건 정확히 말하면 이야기라고 할 수는 없지만 내러티브에 담긴 수수께끼나 구멍에 해당하는 프라이데이의 이야기(테두리는 꼼꼼하게 마감처리가 되어

있지만 가운데는 비어 있어서 단추가 채워지기를 기다리는 단춧구멍에 비유될 수 있지요) 등이 그런 작은 이야기가 되는 거죠. 전체적으로 보면 시작과 끝이 있고, 재미있는 여담 또한 곳곳에 들어가 있어요. 이를테면 크루소가 밭을 일구는 데 너무 시간을 많이 쏟아붓는다거나 저는 해변을 쏘다니는 데 너무 시간을 많이 쏟아붓는다거나 하는 장면들 말이에요. 중간에 식인종과 해적을 등장시켜 이야기를 채우자고 당신이 제안한 적이 있지요. 하지만 그것은 사실이 아니기 때문에 제가 반대했어요. 그런데 이제 당신은 섬에서의 이야기를 잃어버린 딸을 찾아 나선 여자의 기구한 운명에 대한 이야기 속 한 일화로 축소하려고 하는군요. 그것 또한 반대하겠어요.(121)

수전 바턴은 실제로 『포』가 시작하는 지점, 즉 자신이 바다를 떠돌다 크루소와 프라이데이가 살던 섬으로 떠밀려 온 부분에서 이야기를 시작하라고 요구한다. 그런 다음 다니엘 디포가 (『포』의 시간틀에서는) 아직 쓰기 전인 소설들, (수전이라는 이름의 딸을 버린) 『록새나』와 (우리가 알고 있는, 소위 꾸며 낸 식인종과 해적 이야기가 나오는) 『로빈슨 크루소』에 대한 비평을 늘어놓는다. 프라이데이의 이야기는 마이클 K의 이야기와 마찬가지로 제대로 된 이야기라고 할 수 없다. 마이클 K가 자신의 이야기를 하려고 할 때면 언제나 틈, 구멍, 암흑에 부딪혔다면 프라이데이는 자기-재현 내러티브를 시도조차 할 수 없다. 그래서 정작 『로빈슨 크루소』에서는 한 번도 등장하지 않는 인물이 그에게 수수께끼 혹은 구멍의 역할을 부여한다.(그리고 디포의 『로빈슨 크루소』에서는 프라이데이가 말할 수 있다는 점이 눈길을 끈다.) "프라이데이는 말을 할 수 없기 때문에 다른 사람이 멋대로 자신을 매일매일 재구성하는 것을 막을 방법이 전혀 없지요."(121)라고 수전은 포에게 말한다.

베니타 패리Benita Parry는 쿳시가 수전 바턴에게는 내러티브 권한을 어느 정도 허용하면서 서벌턴의 혀 자체를 제거한 사실에 주목한다. "노예에게는 담론 능력을 주지 않으면서도 여성의 텍스트에 권위를 부여함으로써 목소리는 문화적 우월성과, 목소리의 부재는 복종과 짝을 이룬다는 내러티브 권한 처리 방식에 대한 통념을 강조하고 재연하는 효과를 낳는다."(158) 『포』에서는 쿳시가 18세기 텍스트 속 여성의 목소리는 복구하면서 흑인인 인물에게는 그 당시 흑인에게 실제로 주어졌던 것보다 훨씬 더 축소된 자율권을 부여한 것으로 보인다. 라디카 존스Radhika Jones가 지적했듯이 『포』에서는 "프라이데이에게 그가 식민주의 시절 가졌던 것보다도 더 적은 권한이 허락된다."(59)〔수전은 한때 포가 크루소의 이야기에 "여자가 없는 게 더 낫다"(72)고 판단할지 모른다고 생각한다. 그래서 우리는 실제로 디포가 그렇게 결론 내렸다고, 『로빈슨 크루소』는 편집된 이야기이며 『포』가 우리에게 진짜 이야기를 들려준다고 여기게 된다.〕 하지만 우리는 꼭 집어 텍스트 속 장애의 지위에 대한 질문을 던질 필요가 있다. 장애학적 관점에서의 읽기는 이 소설에 필수적인 탈식민주의적 관점에서의 읽기를 대체하기보다는 보충해야 한다. 노예가 말할 수 있는지 여부를 문제 삼는 것이 아니기 때문이다. 그가 말하지 못한다는 점은 분명하다. 문제는 말하지 못하는 노예가, 그것도 함께 등장하는 다른 인물들로부터 모자라다고, 즉 지적으로 장애가 있다고 여겨지는 노예가 텍스트 안에서 어떤 기능 혹은 기능들을 수행하는가이다. 프라이데이에게 신체적 장애가 있음은 확실하다. 누군가(노예상인? 식인종? 크루소?)가 그의 혀를 잘라 낸 후로 줄곧 말을 못하게 되었다. 수전 바턴을 사로잡은 의문은 그렇다면 프라이데이가 지적 장애도 지니고 있는가이다. 그녀는 크루소에게 "프라이데이는 말 못하는 얼간이인가요?"(22)라고 묻는다. 그녀는 포에게 "프라이데이가 어느 모로 보나 멍청한 사람으로 보였다."(22)고 말한다. 하지만 『여전사』 속 화자가 벙어리 소녀를 대할 때 그랬듯이 수전은 그런 의문을 그냥 내버려 두지 못한다. 그녀에게 프라이데이는 끔찍하지만 떨칠 수 없는 집착의 대상이 된다. "나는 그를 쳐다보기 시작했어요. 멈출 수가 없었죠. 절단된 신체를 지닌 사람들이 불러일으키는 특별한 공포감을 느끼면서 … 절단된 부위가 감춰져 있다는 사실 자체가 그를 피하게 만들었죠."(24) 수전은 그 후로 소설이 끝날 때까지 프라이데이의 혀에 닥친 운명과 프라이데이와 언어의 관계에 집착한다. "수년 동안 말없는 상태가 지속되면서 그가 말이라는 개념 자체를 잊어버리지나 않았을까 너무 두려워요."(57) 그녀는 포에게 다음과 같이 적기도 한다. "제 이야기를 하면서 프라이데이의 혀에 대해 침묵한다면 아무 내용도 없는 속이 텅 빈 책을 파는 것이나 다를 바 없어요. 그런데 프라이데이의 비밀을 말해 줄 수 있는 유일한 혀는 바로 그가 이미 잃어버린 혀이지요!"(67)

프라이데이는 퀘이슨이 제시한 장애 재현 유형 중에서 해석적 난관으로서의 장애 범주에 딱 들어맞는 예다. 프라이데이의 장애는 수수께끼, 구멍, 『포』의 텍스트 전체가 결국 난파하는 결말을 맞이하기까지 돌고 도는 소용돌이의 중심이다. 프라이데이는 텍스트의 모든 층위에서 재현의 기본 규약을 혼란에 빠뜨린다. 수전이 그의 혀가 절단되는 모습을 그림으로 그려서 그에게서 진실을 캐내려고 시도하지만 그림을 프라이데이에게 보여 주는 순간(수전은 한 번은 무어인이 혀를 자르는 그림을, 한 번은 크루소가 혀를 자르는 그림을 보여 준다) 그 그림이 모든 면에서 모호하다는 절망적인 사실을 깨닫고 포기하는 장면도 예외는 아니다. 크루소가 혀를 자르는 그림에 대해 그녀는 "그림을 다시 자세히 들여다보니 창피하게도 크루소가 어린 프라이데이의 입에 물고기 한 조각을 넣어 주는 자상한 아버지처럼 보일 수도 있다는 것을 알게 되었지요."(68-69)라고 말한다. 무어인이 등장하는 그림은 더 모호하다.

> 아니면 갈고리 모양 칼을 든 무어인 노예 상인이 정말 있었다 하더라도 이 그림이 프라이데이가 기억하는 무어인처럼 보였을까요? 무어인들은 누구나 키가 크고 하얀 아라비아풍 두건이 달린 외투를 걸치고 있나요? 무어인이 충직한 노예, 허리에 천을 두른 깡마른 흑인 노예에게 포로들의 혀를 자르라고 명령했을지도 모르죠. "이 그림이 네 혀를 자른 사람의 모습을 제대로 그린 거니?"라고 묻고 있다고 프라이데이는 생각한 것 아닐까요? 그렇다면 "아니오" 외에 어떤 답을 할 수 있었

겠어요? 그의 혀를 자른 사람이 무어인이었다 해도 그 무어인은 제가 그린 것보다 키가 일 인치 더 컸거나 작았을 수도 있고, 하얀색이 아니라 검은색 또는 하늘색 옷을 입었을 수도 있고, 면도를 하지 않고 턱수염을 길렀거나, 아니면 칼끝이 휘지 않은, 곧게 뻗은 칼을 들고 있었을 수도 있지요.(70)

그런데도 '정확하게' 재현하는 것이 가능하다고 믿는 순진한 사람들이 있다.

따라서 프라이데이가 "이야기의 눈"(141)이라는 포의 지적은 정확하다. 포가 글쓰기는 모든 장애를 극복할 수 있다는 (말도 안 되는) 이유를 대면서("프라이데이가 말은 하지 못해도 손가락은 있으니, … 손가락이 없다 해도, 노예 상인들이 그의 손가락을 모두 잘라 냈다 해도, 스트랜드 거리에서 구걸하는 사람들처럼 발가락이나 이빨로 부지깽이를 잡을 수 있지요."(143)) 프라이데이에게 글쓰기를 가르치라고 수전을 부추기는 동안 프라이데이가 다음과 같은 그림을 그려 보인 것도 전혀 놀랍지 않다. "눈, 크게 뜬 눈들이었고, 각각에는 발이 달려 있었다. 줄줄이 발이 달린 눈들이었다. 걸어 다니는 눈."(147) 스티비가 반복해서 그린 동그라미들이 『비밀요원』 플롯 중심에 자리 잡은 니힐리즘을 (말없이) 가리키고 있다면 프라이데이가 그린 걸어 다니는 눈들은 텍스트의 핵심 수수께끼라는 자신의 지위를 그가 (말없이) 인식하고 있음을 나타낸다.

『포』의 텍스트는 결국 난파하고 만다. 그리고 심지어, 혹은 특히, 프라이데이의 장애는 텍스트가 그런 결말을 향해 작동되는 과정에서 핵심적인 역할을 한다. 거의 모든 페이지에 명백히 드러나 있듯이 그런 텍스트의 작동 과정에는 텍스트의 작동에 대한 메타픽션적 관심이 포함되어 있다. 이를테면 포는 수전에게 자신들이 내러티브 속 등장인물일지도 모른다는, 마치 돈키호테의 입에서나 나올 법한 말을 한다. "당신이 가장 두려워하는 것에 대해 이야기해 봐요. 알 수 없는 마법사에 의해 (우리가 기억하지 못하는) 다른 세계에서 우리 모두가 이곳으로 불려 왔다는 이야기요. 당신 말에 따르면 내가 당신 딸과 그 애의 보모를 만들어 낸 것처럼 말이죠.(나는 그런 적 없지만요.)"(135)(마지막 괄호 속 문장이 불안감을 덜어 주지는 않는다. 포는 그러지 않았다 할지라도 실제로 디포는 록새나와 그녀의 딸을 이 세상으로 불러들였으니 말이다.) 어쨌든 『포』에서는 수전이 자신이 원하는 부분에서, 그러니까 자신이 섬에 도착한 시점부터 이야기를 시작할 권리를 획득한 것처럼 보인다. 하지만 그 과정에서 포는 『포』가 강력하게 부인하지는 않은 또 다른 픽션 이론을 펼친다.

> "그러므로 이야기는 모두 다섯 부분으로 되어 있어요. 딸의 실종, 브라질에서 딸을 찾는 과정, 딸을 찾는 일을 포기한 후 겪는 섬에서의 모험, 딸이 어머니를 찾아 나선다는 가정, 그리고 딸과 어머니의 상봉. 그렇게 책 한 권이 만들어집니다. 실종, 탐색 그리고 회복. 처음, 중간 그리고 끝. 뭔가 색다른 내용이 필요한데, 섬에서의 일화를 쓰면 되고—당연히 중간의 후반부에 들어가겠죠—그리고 어머니가 포기한 탐색을

딸이 이어받는다는 반전도 그런 역할을 하지요. … 섬은 그 자체로는 이야기가 되지 않아요."라고 포가 부드럽게 말하면서 내 무릎에 손을 얹었다. "섬 이야기는 한층 더 큰 이야기 속에 넣어야 생생해져요. 그 자체로는 물이 차오르는 배처럼 하루하루 텅 빈 바다를 떠다니다가 어느 날 아무런 반항도 못한 채 초라하게 가라앉고 말 거예요."(117)

배는 실제로 가라앉고 만다. 수전과 포가 『포』 3부 말미에서 깊은 잠으로 가라앉은 직후에 그들과 함께 가라앉는다. "누가 그 난파선 속으로 잠수해 들어가나요?" 수전은 그 마지막 밤에 묻는다. 수전이 언급한 난파선은 크루소와 프라이데이가 탈출한 난파선을 가리키기도 하지만 『포』의 4부 끄트머리에 등장하는 난파선도 가리킨다. "섬에 있을 때 저는 크루소에게 프라이데이가 안전하게 허리춤에 밧줄을 메고 내려가 그 배에 들어가야 한다고 말한 적이 있어요. 하지만 그가 무엇을 보았는지 우리에게 말할 수 없다면, 제 이야기 속 프라이데이는 그저 다른 잠수부의 표상(혹은 전조)에 불과한 걸까요?"(142)

그렇다. 프라이데이는 자신이 본 것을 우리에게 전할 수 없다. 그것만은 분명하다. 하지만 만프레드 슈타이너처럼 그림으로 그릴 수는 있다. 그리고 아마도 만프레드가 그랬듯이 프라이데이도 자신을 중심으로 돌고 있는 내러티브에 기이한 텍스트적 효과를 낼 수 있을 지도 모른다. 『포』는 『화성의 타임슬립』스러운 반복, 오작동, 글리치로 가득하다. 일단 소설의 첫 문장부터가 인용 부호 속 보고의 형식으로 반복적으로 재사용된다.

> "더 이상 노를 저을 수 없었어요. 손에는 물집이 생기고, 등은 타들어 가고, 온몸이 아파 왔지요. 숨을 크게 내쉬면서, 물살도 거의 일으키지 않고서 바다로 미끄러져 들어갔어요."(5)

이것은 포를 상대로 한 말로 짐작된다. 비록 그런 사실은 수전이 포의 이름을 부르는 1부의 마지막 페이지에 가서야 드러나지만 말이다.(45) 그 후 몇 페이지를 넘기고 나면 우리는 따옴표 속 따옴표 안에 담긴, 전문傳聞의 전문傳聞을 읽게 된다.

> "'마침내 더는 노를 저을 수가 없었어요. 손은 껍질이 다 벗겨지고 등은 타들어 가고 온몸이 아파 왔지요. 숨을 크게 내쉬면서, 물살도 거의 일으키지 않고서 바다로 미끄러져 들어간 뒤 이 섬으로 헤엄치기 시작했어요.'"(11)

수수께끼와도 같은 4부와 5부에서는 이름을 알 수 없는 화자가 어떤 집에 두 번 들어간다.(두 번째로 들어갈 때는 *다니엘 디포, 작가*라고 쓰인 명패가 붙어 있다.) 입구에는 "여자 혹은 소녀"의 몸뚱이들이 누워 있고 포와 수전은 침대에 누워 있다. "프라이데이는 한쪽 모퉁이에서 벽을 보고 누워 있었다."(155) 화자는 상자 속에 들어 있는 원고를 발견한다. "촛

불을 가까이 대고 큼직하고 동글동글한 필체로 쓴 글을 읽어 내려갔다. '포 선생님, 더 이상 노를 저을 수 없었어요.'"(155) 그리고 텍스트 속 텍스트는 화자를 끌고 물속으로 가라앉는다.

> 숨을 크게 내쉬면서, 물살도 거의 일으키지 않고서 나는 배에서 미끄러지듯 떨어져 나왔다. 파도에 밀려 배는 까딱까딱 움직이며 떠내려갔다. 남쪽으로, 고래의 왕국으로, 영원히 녹지 않는 얼음의 영토로 흘러갔다. 바다 한가운데에서 나는 프라이데이가 뿌린 꽃잎에 둘러싸여 있었다.
>
> 섬의 시커먼 절벽을 향해 헤엄쳤다. 그런데 뭔가 밋밋하면서도 육중한 것이 내 다리를 더듬고, 팔을 쓰다듬었다. 나는 거대한 해초더미 속에 있었다. 물결이 칠 때마다 해초 이파리들은 너울너울 춤을 추듯 오르내렸다.
>
> 숨을 크게 내쉬면서, 물살도 거의 일으키지 않고서 나는 물속으로 머리를 집어넣었다.(155-156)

이제 우리는 어니 코트가 모차르트 음반을 트는 장면이 나올 것 같은 착각에 빠진다. 비록 그 장면에서 수전, 포, 프라이데이의 귀에는 끔찍한 비명과 긁는 소리, 마치 시체가 요동치는 듯한 소리만 들리겠지만 말이다.

이것이 『포』에 나오는 글리치의 전부는 아니다. 3부는 수전 바턴이

"층계가 어둡고 으스스했다"(113)고 생각하면서 포의 은신처에 들어서는 장면으로 시작한다. 4부의 첫 장면도 무명의 화자가 집으로 들어서면서 "층계가 어둡고 으스스했다"(153)고 말하는 것으로 시작한다. 그 첫 장면에서 화자는 "층계참에서 어떤 몸뚱어리에 걸려 넘어질 뻔했다. … 여자였다. 아니 어린 여자아이 같기도 했다. … 지푸라기 자루 무게 밖에 되지 않을 정도로 가벼웠다."(153)고 말한다. 두 번째로 집에 들어설 때는 "층계참에서 지푸라기처럼 가벼운 어느 여인, 아니 어린 여자아이의 몸뚱어리에 걸려 넘어질 뻔했다."(155)라고 말한다. 처음 집에 들어갈 때는 수전과 포가 피부가 "종잇장같이"(153) 말라비틀어진 시체가 되어 있고 두 번째로 들어갈 때는 수전과 포가 "얼굴을 마주보고 누워 있었다. 여자는 남자의 팔을 베고 있었다."(155) … 그러다 화자는 (숨을 크게 내쉬면서, 물살도 거의 일으키지 않으면서) 난파선을 발견한다. 그 난파선에서 "수전 바턴과 죽은 선장. 하얀 잠옷을 걸친 몸이 돼지처럼 부푼 그들은 팔과 다리를 몸통 밖으로 꼿꼿하게 뻗고 있었다. 그리고 너무 오래 바다 속에 있어서 오그라들고 주름이 잡힌 그들의 손은 낮은 지붕에 그려진 별처럼 그렇게 떠 있었다."(157) 두 번 모두 적절하게도 프라이데이의 입이 열리는 장면으로 끝난다. 두 번째로 집에 들어갔을 때는 "그러나 이곳은 말을 할 수 없는 곳이었다. 한 음절 한 음절 입 밖으로 낼 때마다 그 소리가 물속에 갇혀, 물로 채워져, 소리 없이 흩어지고 말았다. 이곳은 오로지 몸뚱이만이 존재하는, 그것이 우리의 말을 대신하는 곳이었다. 프라이데이의 고향이었다."(157)라고 선언하며 끝을 맺는다.

존 쿳시는 자신의 텍스트에 글리치를 가능한 최대한도로 심었다고 본다. 『포』에서는 텍스트를 반복하고 고장 내면서, 즉 거의 동일한 구문을 여러 번 반복 사용하면서 소설 텍스트의 메타픽션성을 강조한다. 더 나아가 이런 전략은 나보코프의 『창백한 불꽃』의 경우와 마찬가지로 가능한 소설의 수를 기하급수적으로 증가시키는 결말(결말들)을 낳는다. 그리고 그 모든 결말에서 프라이데이는 자신도 모르게 다른 모든 인물의 고난의 근원 역할을 하는 것으로 설정되어 있다. 그 고난에는 그 인물들을 이 세상에 불러들인 마법사의 고난도 포함된다. 이제 『포』와 이 장이 해결해야 할 질문은 하나가 남았다. 바로 '왜?'다. 왜 메타픽션적 자기-반영성과 지적 장애의 허구적 묘사 및 배치는, 비록 눈에 잘 띄지 않는 경우도 있지만 그토록 긴밀한 관계를 맺게 되는 걸까?

그런 관계는 물론 필연적인 것은 아니다. 문학 세계에서 '해리포터' 시리즈, 『생쥐와 인간』, 『비밀요원』 등의 예에서도 볼 수 있듯이 스스로를 메타픽션적인 뫼비우스의 띠나 종잡을 수 없는 장애 크로노토프에 엮어 넣지 않고도 지적 장애를 주제 혹은 형식에 끌어들이는 내러티브들도 많다. 하지만 내러티브가 종잡을 수 없는 장애 크로노토프에 스스로를 엮어 넣는 길을 *택하면* 평범한 인간의 이해를 뛰어넘는(그리고 아주 특별한 이해력을 지닌 인간만이 접근할 수 있는) 놀라운 시공간이 눈앞에 펼쳐진다. 내러티브가 메타픽션적인 뫼비우스의 띠에 스스로를 엮어 넣으면 자의식의 본질과 목적에 대한 심오한 고찰로 이어진다.

이쯤 되면 문자주의에 대한 나의 경고에도 불구하고 문자 그대로의 해석에 치중하는 독자는 이 장에서 내가 매우 이질적인 관념들을 오로지 주장하는 것만으로 하나로 묶었다며 반박할 것이다. 크리스토퍼 부운의 자폐증은 돈키호테의 광기, 엔리코 4세의 거짓 미치광이 행세, 찰스 킨보트의 추측상 정신병과는 다르고, 이들 중 그 누구도 프라이데이 같은 증상을 보이지도 않으며, 프라이데이의 경우 지적 장애가 의심되는 정도에 불과하다고 말이다. 그런 반론을 나는 기꺼이 수용한다.(진심으로 하는 말이다.) 나는 그 인물들을 진단하고 있는 것이 아니기 때문이다. 나는 그들이 자기-반영 장애 증후군이라는 유형 하에 같은 증상을 보인다고 주장하는 것이 아니다. 내 주장은 그들의 내러티브가 유사한 방식으로 작동하고 있으며 그들의 *허구의 장애*가 그런 작동의 핵심에 자리 잡고 있다는 것이다. 만프레드 슈타이너의 경우에도 똑같은 주장을 할 수 있지만 그가 등장하는 텍스트의 작동은 텍스트의 자기-인식보다는 지적 장애 크로노토프와 더 깊은 연관이 있다고 생각한다. 그래서 『화성의 타임슬립』을 『소리와 분노』와 병치해서 다루는 것이 더 적절하다고 생각했다. 하지만 그 소설에도 같은 원칙이 적용된다. 문학 속 인물의 특성이 아닌 문학 텍스트의 작동 기제가 내가 하는 논의의 핵심이다.

또한 문학 텍스트의 작동이 문학 텍스트의 작동에 관한 암묵적 혹은 표면적인 비평이나 고찰을 다룰 때는 메타재현에 필수적인 일종의 자의식과 메타픽션에 필수적인 일종의(이렇게 불러도 될지 모르겠지만) 텍스트의 자의식 사이에 밀접한 관계가 존재한다고 결론 내리고 싶은 유혹을 느끼며, 그래서 그렇게 결론 내리겠다. 다시 말해 텍스트는 우리의 자의식을 모방하는 형태로 스스로의 작동을 반영한다. 바로 그것이 텍스트의 자기-반영이 어떤 경우에는 음흉하고, 어떤 경우에는 시시하고, 어떤 경우에는 귀엽기만 한 이유다. 때로는 관람석에서, 때로는 홀로 골똘히 생각에 잠겨, 그리고 때로는 화장실 거울을 보면서 자기 이름을 되뇔 때, 자의식이 투입되는 인간이 실제로 존재하는 것처럼 말이다. 하지만 텍스트의 자기-인식이 지적 장애를 끌어들일 때, 혹은 지적 장애에 의해 끌려 들어왔을 때 우리는 텍스트의 형식 실험의(하나 또는 그 이상의 인물에 의해 내러티브가 "뒤틀려" 있고 재현의 기본 규약이 "누전을 일으킨") 또 다른 형태만을 대하고 있는 것이 아니라 보통의 기이한 메타픽션에서는 볼 수 없는 도덕적 진지함을 대하고 있는 것이다. 지적으로 불구인 내러티브가 그런 내러티브를 둘러싼 파라미터에 대해 다시 생각해 보게 만들 듯이 지적으로 불구인 자의식도 자기-인식 그 자체를 재해석하게 만든다. 그리고 그런 재해석 과정에서 독자는(장애를 오로지 장애로 읽고 있다면) 장애의 '윤리적 핵심'을 기억해야 한다. 요컨대 어떻게 지적 장애를 지닌 문학 속 인물들이—아무리 극단적으로 메타픽션적인 인물이라 할지라도— 능력과 특성이 제각각인 다른 사람들과 우리가 맺는 사회관계에 대해 생각할 수밖에 없도록 만드는가라는 질문, 늘 어디에나 존재하면서 우리를 압도하는 그 질문을 염두에 두어야 한다.

내가 이런 점을 강조하는 이유는 내가 『포』나 『돈키호테』에서 깊은 감명을 받았기 때문이 아니다. 그렇지 않다. 자기-반영적 메타픽션적 텍스트에 대한 통상적인 비판에 어느 정도까지는 반론을 제기하기 위해서다. 『창백한 불꽃』에 대한 라비노위츠의 비평은 그런 비판의 아주 좋은 예다. 그는 단순히 "인물들에 공감할 수 없다."가 아니라 "실제 독자와 내러티브 독자 간의 간극 때문에 인물들과 공감하기 어려웠다."고 말하고 있기 때문이다. 그리고 그것은 어떤 면에서는 합당한 지적이다. 라비노위츠는 『창백한 불꽃』이 "우리에게 작가적 독자와 내러티브 독자 간의 간극을 더 또렷하게 인식하게 만들고, 그래서 예술로서의 소설, 구성으로서의 소설을 더 명확하게 볼 수 있게 된다. 그렇기 때문에 『창백한 불꽃』을 읽을 때는 내러티브 독자로서 집중하기가 힘들어서 그토록 재치 있고 기발한 소설인데도 나를 비롯한 많은 독자들에게 감동적으로 다가오지 않는다."(139)

그런 불만을 이해한다. 그리고 이미 족히 들은 불만이다. 동료나 학생들뿐 아니라 내 아내조차도 그런 불만을 토로한다.(나는 사람들에게 우리 부부가 '20세기 문학' 수업에서 만났고 당시 그녀가 제일 좋아하는 소설가는 D. H. 로렌스였고 내가 제일 좋아하는 소설가는 앙드레 지드와 사뮈엘 베케트였다는 이야기를 자주 해 준다. *과연 그 결혼생활은 평탄했을까,* 궁금할 것이다.)[10] 그리고 사뮈엘 베케트가 『머피Murphy』에서 오지랖 넓은 화자를 통해 독자에게 재치 있게, 하지만 끊임없이 "이 책의 모든 꼭두각시 인형은 한 번쯤은 우는 소리를 해, 머피를 제외하고는 말이야. 머피는 꼭두각시 인형이 아니기도 하지만."(122)이라고 끼어들게 했듯이, 등장인물의 창조자가 등장인물이 내러티브의 틀 안에서나마 실재한다는 확신을 심어 주는 작업에 별로 관심이 없다는 점을 독자에게 끊임없이 상기시키면 등장인물에게 애착을 가지고 그 인물의 운명에 신경 쓰기가 어려워지는 것은 사실이다. 새 소설을 펼쳐 들면서 "이 소설에 여러 나라 말로 쓰인 재기발랄한 농담, 문학 작품을 애매모호하게 인용한 구문, 별난 색인이 잔뜩 나오면 좋겠다. 그런 걸 찾아보는 게 책 읽는 재미지."라고 말하는 독자는 거의 없을 것이다. 하지만 문학 작품에 감동을 받는 방식이 하나만은 아닐 것이며 독자에게서 정서적인 반응을 이끌어 낼 수 있는 메타픽션적인 전략들도 있을 것이다. 『한밤중에 개에게 일어난 의문의 사건』에서 주디 부운의 편지들은 적어도 두 가지 역할을 수행한다. 하나는 내가 주장했듯이 크리스토퍼가 자신이 속한 내러티브의 진짜 상황을 인식하도록(그래서 서술하는 것이 가능하도록) 만드는 텍스트 장치 역할이다. 다른 하나는 당신의 마음을(당신에게 마음이 있다면) 갈가리 찢어 놓는 역할이다. 나보코프는 그런 효과를 노리고 있지는 않다. 비록 존 셰이드의 시의 핵심에는 너무 못생겨서 소개팅에서 버림받은 후 자살하기로 마음먹고서 실행에 옮긴 딸의 이야기가 있다는 것을 언급할 필요가 있다고 생각하지만 말이다. 『창백한 불꽃』 속 거울의 방 어딘가에는 비통에 찬 아버지가(그런 아버지가 실제로 존재한다면 말이다. 그런데 소설 속 인물이기 때문에 실제로 존재하지는 않는다) 다음과 같이 적고 있다.

> 자기 또래 아이들이
> 엘프나 요정 역을 맡아 연기할 때

*그 애*가 색칠한 학교 공연 무대 위에,
내 여린 딸은 무대에 섰다, 시간의 여신인
물통과 빗자루를 든 구부정한 청소부로,
그리고 바보처럼 나는 화장실에서 울음을 터뜨렸다.(44)

하지만 『창백한 불꽃』에서 내가 강조하고 싶은 부분은 이 시가 아니다. 나는 앞 장을 마무리하면서 왜 작가들이 지적 장애를 배치해서 메타픽션이라는 무한한 영역을 탐색하는가라는 문제의 핵심을 찌르고 『창백한 불꽃』에서 도출되는 모든 가능한 소설에 적용할 수 있는 『창백한 불꽃』의 읽기를 해 보이겠다고 약속했다. 킨보트가 서술 언어를 찬미하는 단락이 그런 읽기의 주축이 되는데, 그 단락 자체만으로도, 그리고 『창백한 불꽃』의 가장 시시껄렁한 말장난을 읽을 때에도 사용할 수 있는 열쇠가 된다는 점에서 곱씹어 볼 만한 가치가 있다.

> 우리는 몇 개 되지도 않는 기호가 보여 주는 기적, 불멸의 가상 세계, 복잡하게 얽히고설킨 사고 과정, 울고 웃고 말하는 살아 있는 사람들이 사는 새로운 세계를 담아내는 기적에 터무니없을 정도로 익숙해져 있다. 그런 기적을 너무나 쉽게 당연한 것으로 여기고 있기 때문에 어찌 보면 기계적으로 받아들이는 바로 그런 야만적인 행위가 자연인에서 브라우닝에 이르기까지, 원시인에서 키츠에 이르기까지 오랜 세월에 걸쳐 쌓아 올린 성과물, 조금씩, 조금씩 정교해진 시적 묘사와 구성의

> 역사를 허물어뜨리고 있다고도 볼 수 있다. 어느 날 정신을 차렸는데, 우리 모두가 갑자기 읽을 수 없게 되었다면 어떨 것 같은가? 그러니 (내가 학생들에게 늘 말하듯이) 당신이 읽고 있는 글에 감탄하듯이 그 글을 읽을 수 있다는 기적 같은 사실에도 감탄했으면 좋겠다.(289)

이것은 빅토르 쉬클로프스키가 논한 '습관화habitualization'와도 아주 유사한 주장이다.(실은 쉬클로프스키의 논의를 젬블라어로 번역한 것일 수도 있다.)

> 그렇게 삶은 아무것도 아닌 것으로 치부된다. 습관화는 일, 옷, 가구, 자신의 아내, 전쟁에 대한 두려움을 집어삼켜 버린다. … 그래서 예술은 삶의 감각을 재발견하는 것을 돕기 위해 존재한다. 예술은 사물을 느끼고 돌을 돌로 느낄 수 있도록 도와주기 위해 존재한다. 예술의 목적은 사물의 감각을 알려진 대로가 아니라 느껴지는 대로 전달하는 것이다. 예술의 기법은 사물을 '낯설게' 만드는 것이다. 형태를 알아보기 어렵게 바꾸고, 인식을 더 복잡하고 더 오래 걸리는 행위로 만드는 것이다. 인식 과정은 그 자체로 미학적 목표가 되고, 따라서 최대한 연장되어야 하기 때문이다.(12)

이것이 왜 중요한지, 그리고 왜 지적 장애를 다루는 자기-반영적 텍스트에 중요한지는 구구절절이 세세하게 적을 만한 가치가 있다.

몇 년 전 나는 마음을 단단히 먹고서 『창백한 불꽃』을 학부생들에게 가르친 적이 있다. '픽션보다 더 기이한'이라는 제목으로 학부 졸업반 세미나 수업으로 등록하고 강의 준비에 공을 들였다. 별 생각 없는 학생들에게 이 수업에서는 허먼 멜빌의 『사기꾼The Confidence Man』과 리처드 파워스의 『죄수의 딜레마Prisoner's Dilemma』 같은 텍스트를 읽게 될 것이라고 거듭 강조했다. 『창백한 불꽃』을 다룰 무렵에는 모두들 텍스트에 행해지는 최신 텍스트 기법 및 술수는 전부 섭렵한 상태였다. 적어도 나는 그렇다고 생각했다. 그러던 어느 날 수업 시간에 문득 학생들이 킨보트가 소설에 덧붙인 '서문'을 읽었는지 궁금해져서 물어봤다. 실망스럽게도 수강생 15명 중 단 2명만이 읽었다고 대답했다. "그건 그냥 소개글 같은 거잖아요." 읽지 않은 13명이 말했다. "시가 나오는 부분부터 소설이 시작한다고 생각했어요."

좋습니다. 너무 절망하고 낙담한 나머지 갈 때까지 가 보자 싶었다. "색인은 읽었습니까?"

모두 멍한 표정으로 나를 쳐다봤다. *색인이 있다구요?*

네, 있고말고요. 나는 그렇게 말하면서 색인을 펼쳤다. *그리고 진짜 기가 막히게 재밌습니다.* 〈총알 탄 사나이〉 시리즈나 〈에어플레인〉(1980) 본 사람? (대부분이 손을 들었다.) 그럼 엔딩크레딧이 올라올 때까지 기다려야 한다는 것쯤은 알고 있겠죠, 엄청 웃긴 장면이나 재미있는 촬영 뒷이야기들이 나오니까요. 맞죠? (맞아요.) 자, 이제 아무 페이지나 골라서 읽어 봅시다. 311쪽을 펴세요. 이걸 한 번 보세요.

오돈: 도널드 오도넬의 필명. 1915년 출생. 세계적인 배우이자 젬블라의 애국자. 130쪽—K로부터 비밀통로에 대해 전해 듣게 되지만 공연 때문에 자리를 비운다. 149쪽—K를 만난다. 같은 쪽—해변 동굴 근처에서 K를 만나 모터보트를 타고 탈출한다. 171쪽—파리에서 영화를 제작한다. 408쪽—렉스에서 라벤더와 머문다. 691쪽—입술이 두툼한 그 영화배우, 헝클어진 머리를 한 그 여자와는 결혼하지 말 것. '오도넬, 실비아' 참조.

마지막에 입술이 두툼한 영화배우에 대해 적은 부분은 색인이라는 틀을 깼습니다. 색인이 아니라 여성혐오자 킨보트가 오돈에게 보내는 경고인 거죠. 그리고 전체 색인에서 이 정돈 정말 아무것도 아닙니다. '*킨보트, 찰스(박사)*'라는 표제를 찾아보면 온통 웃긴 내용투성이입니다.

하지만, 하지만, 하지만, 학생들은 소리쳤다. 서문이랑 색인을 읽어야 한다는 걸 도대체 어떻게 알 수 있죠?

달리 접근을 해 보죠. 나는 열정적이지만 (바라건대) 너무 크지 않은 목소리로 설명했다. 텍스트의 일부를, 그 부분은 중요하지 않다는 생각에, 건너뛰면 기계적으로 받아들이는 야만적인 행위를 저지르는 것이 됩니다. 자연인에서 브라우닝에 이르기까지, 원시인에서 키츠에 이르기까지 오랜 세월에 걸쳐 쌓아 올린 성과물, 조금씩, 조금씩 정교해진 시적 묘사와 구성의 역사를 허물어뜨리는 셈이죠. 어떤 단어든 그냥 여백을 채우려고 집어넣은 것이라고 넘겨짚으면 서술 언어의 경이로움, 서술 언어의 힘을 느끼지 못하게 됩니다. 보카이의 수다르그가 서명한 거울에 숨겨진 세심한 디테일을 놓칩니다. 『포』와 『화성의 타임슬립』의 글리치 속 자잘한 변화들을 놓칩니다. … *단지 주의를 기울이지 않았기 때문에 말이죠.* 그러면 삶은 아무것도 아닌 것이 됩니다. 여러분의 무관심이 일, 옷, 가구, 남자친구나 여자친구, 그리고 전쟁에 대한 두려움을 집어삼켜 버립니다. 나보코프는 여러분이 주의를 기울여 제대로 읽고 있는지 시험했고 여러분은 낙제했습니다. 나보코프를 실망시킨 거죠. *그래서* 모든 단어를 하나도 빼놓지 않고 읽어야 하는 겁니다.

텍스트에 관한 텍스트인 소설 『한밤중에 개에게 일어난 의문의 사건』에서 마크 해던은 사람들 대부분이 장님이나 마찬가지라고 말한다. 그리고 그 말이 맞다. 『창백한 불꽃』에서는 지적 장애의 배치를 가능한 모든 소설을 무한정 생산하는 데 활용했다. 하지만 『한밤중에 개에게 일어난 의문의 사건』에서 크리스토퍼 부운이 사람과 텍스트를 접하는 매 순간마다 보이는 과도한 주의력을 독자로부터 이끌어 내기 위해 지적 장애를 배치하고 있는 것이기도 하다. 지적으로, 그리고 내러티브상으로 점점 더 불구가 되어 갈 때, 거미들이 다리를 꼰 채 빙글빙글 돌면서 전기의 힘을 이용해 달걀을 풀고 있다고 말하는 킹스턴의 『여전사』 속 문 오키드와 마찬가지로 나보코프의 『창백한 불꽃』 속 킨보트도 그 자체로 인식 재생의 매개물이자 사물을 낯선 것으로, 사람을 종잡을 수 없는 것으로, 그리고 삶의 모든 측면에서 '정상성'을 축출하는 문학의 힘을 보여 주는 대표적인 예다. 그런 시선으로 바라본다면(그리고 마땅히 그런 시선으로 바라보아야만 한다) 자기-반영적, 메타픽션적 지적 장애 재현의 가치를 인정할 수 있게 되고, 더 나아가 그런 소설에 정서적으로도 공감할 수 있게 될 것이다.

맺음말

-

마음

2013년 봄에 대학원 세미나 수업에서 나는 학생들과 이 책에서 제기한 여러 논점들을 가지고 씨름하고 있었다. 그런데 아주 흥미로운 작은 소동이 벌어졌다.

리사 준샤인의『우리가 픽션을 읽는 이유』2장과 3장을 두고 강의하고 있었다. 내가 그 주장을 고른 이유는 다음의 두 가지였다. 첫째, 안타깝게도 사이먼 배런-코언 이론을 그대로 받아들이고 있으며 심지어『화성의 타임슬립』에 집어넣어도 전혀 어색하지 않을, 자폐증이 "아동이 보이는 *심리 질환* 중 가장 심각하다"(7, 강조는 원저자)는 평가까지도 수용한다는 점을 짚고 넘어가고 싶었다. 둘째, 마음이론이 있는 곳에 소설이 있으며 소설이 있는 속에 마음이론이 있다는 명제가 저자의 픽션과 마음이론에 관한 주장에서 가장 중요한 첫 단계를 형성한다는 것을 지적하기 위해서다. 준샤인은 "소설은 특히 마음을 읽는 인간의 능력과 밀접하게 얽혀 있다. 그러니 소설이 현재 우리에게 친숙한 그런 형태를 띠고 있는 이유는 우리가 마음이론의 존재이기 때문이라고 해도 전혀 과장이 아니라고 확신한다."(10)라고 주장한다.(덧붙이자면 마음이론은 명칭부터가 잘못되었다. 마음에 관한 이론이 아니기 때문이다. 그저 우리의 마음이 다른 사람들의 마음을 인지하고 있음을 가리키는 것이며 따라서 우리가 다른 사람들도 의도를 지닌다는 사실을 알고 있음을 의미할 뿐이다. 여기서의 의도에는 사실이 아닌 것을 사실인 양 말해 주는 것도 포함된다.) 그런데 준샤인은 왜 마음이론이 수천 년간 존재했는데도 소설이 현재의 친숙한 형태로 우리의 생물문화적 생태계에 모습을 드러내기까지 이렇게 오래 걸렸는지 설명하지 않는다.(그 형태라는 것이 무엇이든 간에 말이다. 제인 오스틴Jane Austen의 소설일 수도 있고, 알랭 로브그리예Alain Robbe-Grillet의 소설일 수도 있는 것이다.) 다만 저자는 왜 우리가 최근에 와서야 마음이론에 대해 논의하게 되었는지에 대해서만 설명한다.

아주 명확해 보이는 개념을 설명하면서 도대체 왜 마음을 읽는다는 최신식 개념, 즉 마음이론이 필요한 걸까? 사람의 행동에서 그 사람의 마음 상태를 추정하는 인간의 능력은 인간이라는 존재로 사는 데 너무나 필수적인 요소이다 보니 그 자체로 독립된 연구 분야로 설정하고 번지르르한 용어로 포장하기를 망설이는 것도 충분히 이해가 된다. 마음이론이 지난 20년간 인지심리학자들의 주목을 지속적으로 받은 이유는 '신체를 마음에 의해 작동되는 것으로 보는' 능력에 심각한 문제가 있는 사람들, 바로 자폐증을 지닌 사람들을 대하면서이다. 자폐증과 그와 동일선상에 있는 유사한 인지 장애(이를테면 아스퍼거 증후군)를 연구하면서 인지과학자들은 마음을 읽는 인간의 능력이 일상 속 소통과 문화 재현을 구성하는 인간 고유의 인지 능력이라고 판단하게 되었다.(7)

나는 학생들에게 말했다. 바로 이런 순간을 위해 해체주의가 탄생한 것이라고. 이 단락의 주장은(여기서는 내용보다는 형식에 초점을 맞추겠다) '우리는 마음이론이 없는 사람도 있기 때문에 마음이론이 존재한다는 것을 안다'이다. 요컨대 X의 존재가 X의 부존재에 근거하고 있는 것이다. 예외인 상태가 예외가 아닌 것의 조건이 되었다. 해체주의는 특히 이런 논리 관계를 찾고 뒤집는 것에 능하다. 그래서 특별 취급 받는 하나의 용어와 거부당하는 또 다른 용어를 병치시키는 구조에 합당한 의심을 품는다. 나는 준샤인이 여기서 자폐증이라는 용어를 오로지 그것을 얼른 치워 버리고 더 중요한 내용, 즉, 소설이 우리 뇌를 작동시키는 방식으로 넘어가기 위해 끌어들였다고 주장했다. 그리고 『한밤중에 개에게 일어난 의문의 사건』 중에서 (a) 크리스토퍼가 "전형적인 소설들"을 좋아하지 않는다는 두 단락을 스쳐 지나가듯이 잠깐 언급하면서 크리스토퍼가 어떤 소설을 "전형적인"이라고 가리키는지 혹은 왜 그것이 중요한지에 대해서는 깊이 생각해 보지 않으면서 (b) "불완전한 마음이론을 지닌 아이(비록 그 아이는 허구 속 인물이지만)가 쓴 소설이라는 점에서 『한밤중에 개에게 일어난 의문의 사건』은 자폐증과 스토리텔링의 관계에서 볼 수 있는 여러 문제들의 복잡성을 적절하게 상기시켜 준다."(12) 고 결론 내리고 있다. 이것은 『한밤중에 개에게 일어난 의문의 사건』의 아주 심각한 덜 읽기에 해당된다고 말해도 과장이 아니라고 믿는다.

그런데 이때 학생 한 명이 강의실 탁자에서 당황한 기색이 역력한 눈으로 나를 바라봤다. "제 책에는 그런 내용이 하나도 안 나와요."라고 말했다. 텍스트가 바로 눈앞에서 거비쉬로 변하는 대학원생에게는 끔찍할 악몽에서 허우적대고 있음이 분명해 보였다.

"그게 무슨 말이죠?" 내가 물었다. 나도 당황하기는 마찬가지였다. 다른 11명의 학생들은 모두 책을 들고 있었고 아무 문제 없이 수업을 따라오고 있었다. 문제를 제기한 학생은 전자책을 보고 있었다. 전자책에는 자폐증에 관한 내용이 빠져 있었다. 준샤인은 자폐증을 언급한 모든 단락을 삭제하고 그 자리에 각주를 달아 두었다. "이 책의 원본에서 이 부분은 문학 연구에서 마음이론과 자폐증 연구의 의의에 대한 논의를 담고 있다. 이 전자책에서는 그 논의를 삭제한다. 자폐증에 대해 더 공부를 하고 난 뒤로는 자폐증과 허구의 관계를 어떤 식으로든 일반화하는 것이 망설여지기 때문이다."

앞으로 더 구체적으로 살펴보겠지만 준샤인이 제시하는 마음이론은 여전히 문제가 많다. 하지만 장애학의 입장에서는 아무리 작은 승리라도 경축할 만하다고 생각한다. 그 세미나 수업이 있기 몇 달 전 2013

년 MLA 연례학회에서 준샤인은 용감하게도 「진짜 마음맹, 다시 말해 제가 틀렸습니다」라는 제목으로 자신의 이론을 비판한 논문을 발표했다.(1884년 MLA 창설 이래 그런 제목의 논문이 발표된 것은 처음이라고 믿는다.) 그 논문에는 내가 베르뮬이 '조건부' 마음맹을 논의할 때 다루었으면 했던 바로 그런 주장이 담겨 있었다. 그 논문에서 준샤인은 자폐증을 지닌 사람들을 마음맹이라고 지칭하는 것 자체가 마음을 오독하고 있다는 증거이며, 신경전형인이 마음맹인 대표적인 예라고 밝히고 있다. "신경전형인 관찰자야말로 '마음맹'이다(즉 다른 사람의 마음을 읽지 못하고 있다). 그런데 오히려 비전형적인 행동을 하는 개인들에게 마음맹 혹은 '불구가 된' 마음이론이라는 꼬리표를 붙이고 있다." 준샤인이 견해를 바꾸게 된 배경에는 티토 무코파드야이Tito Mukhopadhyay, 도나 윌리엄스Donna Williams, 돈 프린스Dawn Prince와 같은 자폐인 작가들와 더글러스 비클런Douglas Biklen(『자폐증과 고독한 개인이라는 신화Autism and the Myth of the Person Alone』)과 랄프 사바리스Ralph Savarese(『합리적인 사람들Reasonable People』)와 같은 학자들의 역할이 컸다. 랄프 사바리스의 아들 디제이는 말은 못하지만 그가 쓴 글은 자폐증을 지닌 사람들에 대한 사람들의 편견을 산산이 깨부술 만큼 훌륭하다. 준샤인은 디제이 사바리스가 자신의 마음을 파악하는 데 어려움을 겪을 사람들에게 주는 조언을 인용하고 있다.

첫째, 내가 나도 모르게 취하는 몸짓은 무시하십시오. "됐어"나 "그만"을 상징하는 듯한 동작들도 마찬가지로 무시하세요. 그런 몸짓은 내 몸이 나를 향한 부정적인 공포감에 수년 간 노출되었기 때문에 또 다시 그런 부정적인 공포감에 노출될 거라는 두려움에 자동적으로 보이는 충동 반응입니다. 그런 몸짓은 내가 의도한 것이 아니라는 것을 기억해 주세요. 그저 제 몸이 자극에 반응하는 방식이랍니다. 만약 그런 몸짓에 당신이 의미를 부여하면 그런 당신의 반응이 나를 두렵게 만들고 내 심장박동을 높입니다. 하지만 만약 인내심을 가지고 묵묵히 기다려 주면 저는 결국 제가 원하는 대로 당신을 대할 수 있게 됩니다. 일단 제 몸이 그런 충동 반응에서 자유로워지면 저는 그런 자동적인 반응을 건너뛸 수 있게 되고 대화가 진행됨에 따라 더 빠르게 답할 수 있게 됩니다.

준샤인은 『우리가 픽션을 읽는 이유』에서 자폐증을 다루는 부분을 삭제하더라도 "내 주장은 전혀 영향을 받지 않는다."고 결론 내린다. "이 시점에서는 인지 문학비평에서 자폐증에 관한 논의는 덤이었으니까요. 그것을 덜어 낸다고 해도 잃는 것은 아무것도 없습니다."라고 주장한다.

반가운 소식은 『우리가 픽션을 읽는 이유』 3장 '마음이론, 자폐증, 허구: 경고 세 가지'가 전자책에서는 삭제되었다는 사실이다.(다만 『트리스트럼 샌디Tristram Shandy』의 예를 따라 그 장을 비워 두거나 빈 페이지로 표시해 두어야 한다고 생각한다.[역주1]) 나쁜 소식은 준샤인이 여전히 마음이론에 지나치게 의존한다는 것이다. 준샤인은 그 다음에 출간한 『당신 머릿속으로 들어가기Getting Inside Your Head』에서 자신의 이론을 모든 인간 문화, 소설뿐 아니라 영화, 연극, 뮤지컬, 그림, 리얼리티쇼에 확대 적용한다. 온 세상이 마음이론의 무대이며 그 세상에서 우리는 수백만 개의 현실 무대를 창조하고 배우들은 온 세상이 (자기-반영적) 무대라는 원칙을 구현한다는 것이다. 준샤인은 다음과 같이 적고 있다. 우리의 문화는 *"마음을 읽고자 하는 욕망으로 가득한 문화"*(11)여서 끊임없이 *"체화된 투명성embodied transparency"*(23)이 구현된 장면을 만들어 내고 그 장면 안에서 인물들은 서로에게 혹은 우리에게 잠시 마음이 읽힌다. 그런 장면에서 우리는—혹은 우리 생각에는 우리가— 신체 언어를 의도의 표현으로 번역할 수 있게 된다. "그 신체는 우리 마음이론의 집착에 가까운 관심의 대상이 된 덕분에 그 사람의 정신 상태에 대한 *아주 소중하면서도 오독을 이끌어 낼 가능성이 있는* 정보원이 되기도 한다."(14-15) 다시 말해 우리는 언제나 시선, 자세, 표정, 몸짓을 연기할 수 있기 때문에 오독의 가능성이 있다. 준샤인의 표현을 빌리자면 "우리의 정신 상태에 대한 다른 사람들의 판단에 영향을 미치기 위해 … 우리는 *신체를 가지고 연기*하게 된다."(15) 따라서 체화된 투명성의 장면들은 사회적 신호를 해독하고 싶어 하는 우리 뇌의 욕구에 부응하기 때문에 우리에게 즐거움을 준다.

체화된 투명성의 장면들은 일상에서는 아주 드물고 쉽게 접하기 어려운 것, 즉 복잡한 사회적 상황에서 다른 사람들의 마음에 완벽한 접근권을 행사하는 경험을 제공한다. 그래서 그런 장면들은 신체를 보면서 마음을 읽도록 진화했지만 오독의 가능성과 그로 인한 사회적 실패에 끊임없이 맞서야 하는 우리의 마음이론 각색에 아주 큰 기쁨을 안겨 준다.(23)

『우리가 픽션을 읽는 이유』 같은 준샤인의 연구에는 내러티브의 양상과 관련해 관심을 가질 만한 논점들이 있다. 인물들이 잠시 명상, 분노, 극적인 긴장감의 순간에 마음을 드러내도록 구현될 때 그런 순간들은 아주 짧아야만 한다고 준샤인은 주장한다. 사회적 사디스트나 사람들에게 오랜 기간에 걸쳐 마음을 드러내도록 고문이나 정서적 학대를 통해 강요할 것이기 때문이다.

그런데 왜 우리는 그런 아주 잠시 스쳐 지나가는 경험을 허구적 재현이라는 형태로 경험해야 하는가? 준샤인은 몇 가지 가능성을 고려한다. "체화된 투명성을 페이지에서, 무대에서, 스크린에서 소비함으로써 그런 것들을 우리의 일상 속에서 경험하고 싶다는 욕구를 더 강화하는가? 우리 주변 사람들의 마음이 실제보다 투명하게 더 잘 보인다고 여기게 되는가? 그런 마음이 드러나는 신체를 꾸준히 공급하는 이야기와 극에 중독되게 만드는가?"(28) 준샤인은 이들 중 (특히) 마지막에 관심을 집중한다. 자신의 마음이론에 관한 이론이 그 마지막 가능성에서 가장 많은 함의를 지니기 때문이다. "사회적 동물인 우리에게 마음 읽기가

(의식적으로 그러는 것은 아니라도) 가장 중요하고도 꾸준한 집착의 대상이라는 것을 인정해야만 다른 사람들의 사고, 감정, 의도에 대한 접근권이 허락되기 때문에 그런 체화된 투명성의 장면을 감상하는 것을 즐긴다고 말할 수 있으며 우리가 그런 접근 기회를 아주 소중하게 여기도록 진화했다고 주장할 수 있다."(120-121)

문제는 마음이론 망치가 당신 도구함 속 유일한 도구일 때는 모든 것이 마음이론 못으로 보이기 시작한다는 점이다.『우리가 픽션을 읽는 이유』에서는 우리가 마음이론의 존재이기 때문에 소설이 "현재의 친숙한 형태"를 띠게 되었다고 말한다.『당신 머릿속으로 들어가기』에서는 거의 모든 것들이 마찬가지 이유로 현재의 친숙한 형태를 띠게 되었다고 말한다. "영화는 물론 마음이론으로 넘쳐 난다."(79) 게다가 예외도 없으며 마음이론을 유독 잘 보여 주는 장르도 있다. "가짜 다큐멘터리는 TV프로그램의 아주 작은 일부를 차지하기 때문에 나는 그 장르가 체화된 투명성의 순간들을 특히 문자 그대로 생산하기 위해 존재한다고 말하는 것도 당연하다고 생각한다."(117)(고백하건대 여기서 왜 "때문에"가 쓰였는지 잘 모르겠다. 만약 우리가 그런 순간들을 그토록 소중하게 여긴다면 가짜 다큐멘터리는 TV프로그램에서 큰 부분을 차지해야 하지 않을까?) 예술 비평은 마음이론 그 자체인 것으로 판명된다. "이것이 바로 예술 비평이 하는 일이다. 우리가 예술 작품을 바라볼 때 그 작품에 담긴 마음 상태를 더 잘 볼 수 있게 해 준다."(154) 추상적인, 비재현 예술도 마음이론 그 자체라고도 주장한다. "그것은 마치 우리가 각각의 그림을 대하면서 마음 상태를 부여할 준비를 하면서 기대에 부풀어 오르는 것과도 같다. 그리고 만약 그림의 소재에 마음 상태를 부여하는 것을 방해하는 무엇인가가 있다면 우리는 여전히 열의에 가득 차 그 작품의 예술가에게 관심을 돌려 그 예술가의 마음에 대해 생각하기 시작한다. 그리고 그것조차 불가능할 때는 우리 자신의 마음 상태를 투영하기 시작한다."(150) 그림을 바라보면서 선, 형태, 색, 질감을 감상할 가능성은 전혀 없는 셈이다. 하지만 내가 리처드 세라Richard Serra의 아주 기념비적인 작품을 감상하면서 내 자신의 마음 상태를 투영할 것이라는 주장은 추상 예술, 그리고 더 나아가 예술을 제대로 이해하지 못하는 희생을 감수하면서까지 추상 예술에 마음이론을 적용하려는 필사적인 몸부림으로 보일 뿐이다.

이브 세지윅Eve Sedgwick은 마음이론과 실반 톰킨스Silvan Tomkins의 '감동이론affect theory'을 대조하는 아주 흥미로운 논문을 썼다.(이브 세지윅은 '감동이론'을 문학과 문화 연구에 도입하는 데 결정적인 역할을 했다.) 그 논문에서 세지윅은 이론으로서의 마음이론에서 발견되는 문제는 이보다 더 심각하다고 말한다.[1] 『당신 머릿속으로 들어가기』에서처럼 과도하게 확대 적용하는, 그래서 논점을 어리석을 정도로 단순화하는 것만이 문제가 아니다. 진짜 문제는 마음이론에 관한 이론 자체가 스위치 같은 역할을 한다는 점이다. 세지윅은 (나도 동의하는데) 『우리가 픽션을 읽는 이유』에서 준샤인이 대개 버지니아 울프나 헨리 제임스의 작품 속 신뢰할 수 없는 화자와 인지적으로 복잡한 장면에 초점을 맞추고 있다고 지적

한다. 그런 작품에서 독자는 성공적으로 텍스트를 따라가기 위해 A라는 인물은 B라는 인물이 C라는 인물에 대해 아주 나쁜 인상을 갖고 있다는 점을 D라는 인물이 충분히 인지하지 못하고 있다는 것을 E라는 인물이 걱정하고 있는 것에 대해 어떻게 생각하는지 여부를 파악해야 한다. "비록 내러티브 아이러니가 대여섯 겹 정도 겹쳐 있는 내러티브를 가지고 씨름하는 것은 숨 가쁜 일일 수 있다는 준샤인의 주장에는 동의"한다고 운을 떼면서 세지윅은 다음과 같이 적고 있다.

> 그녀의 읽기는 대부분 우리가 고등학교 영어 시간에 지루할 정도로 다룬 케케묵고 신뢰할 수 없는 화자라는 개념에 기댄다는 점에 경악하지 않을 수 없다. 그녀는 신경생물학과 인간 진화의 분석틀과 함께 마음이론을 정복하면 우리가 "헨리 제임스 소설에 나오는 가정교사가 미치지 않았다는 걸 어떻게 알 수 있지?"나 "박식한 킨보트 교수가 그냥 사악한 인간이라면 어떻게 하지?"와 같은 수수께끼에 대해 고민하는 법을 배울 수 있다고 말한다. … 문제는 그녀의 읽기가 가장 단순한 형태의 신뢰할 수 없는 화자에 의존*할 수밖에 없다*는 점이다. 마음이론의 한계는 마음이론 그 자체에서 비롯되는 셈이다."(150)

그래서 세지윅은 크게 실망한다. 그녀 본인의 설명에 따르면 그녀가 마음이론에 관심을 가진 이유는 마음이론이 『벽장 속의 인식론Epistemology of the Closet』의 제1명제, 즉 "사람은 모두 다르다."(22)라는 명제에서 다루는 문제에 접근할 방법을 제시하는 것처럼 보였기 때문이다. 나와 다른 사람은 나와 다른 마음을 지녔음을 인정하는 마음이론은 내가 이 책에서 이야기한 것과 같은 근본적인 개별화를 가능하게 할 것처럼 보였던 것이다. 하지만 마음이론은 실제로는 우리가 다른 사람의 마음을 이해하는 데 있어서만이 아니라 문학 작품을 읽는 데 있어서도 정반대로 작용했다.

> 학생들이 신뢰할 수 없는 화자를 끌어들이는 방법을 택하는 것을 볼 때마다 낙담하는 이유는 그런 화자를 둘러싼 해석학은 아주 복잡한 내러티브를 다룰 때조차도 매우 평면적이고 오로지 이분법적인 답—신뢰할 만한가, 아닌가?—을 요구하는 질문으로 취급하기 때문이다. 그러면서 신원을 확인할 수 없거나, 악랄하거나, 일관되게 거짓말을 하지 않는 화자나 인물이면 전부 신뢰할 만하다고 단정한다. 또한 "신뢰할 만하다"라는 것 자체가 단 한 가지 상태, 단 한 종류의 규범적 투명성 혹은 관계성을 가리키는 개념이라고 가정한다. 하지만 그렇게 가정하고 나면 애초에 마음이론을 정복함으로써 얻을 수 있어야 할 개별적인 차이의 여지를 근본적으로 해체하는 결과를 낳게 된다.(150)

그런 다음 세지윅은 계속해서 프루스트 작품 읽기를 통해 "마음이론은 순수하게 인지적인 쟁점만을 다루지 않는다."(154)고 지적한다. 그런 다음 자신들에게 부여되는 마음맹이라는 지칭을 거부하는 자폐증인 작가들을 다루면서 마음이론을 재개념화하기 위한 여섯 가지 지침을 제시한다. 그 중 첫 두 가지는 다음과 같다.

> 1. 단 하나의 규범 결과를 도출하는 모델을 만들거나 그런 모델에 의존하지 말 것. 그런 규범적 결과와는 다른 예외를 결함이나 우회라는 관점에서 분석하지 말 것.
>
> 2. 대신, 질적으로, 현상학적으로 차별화되는 다양한 결과를 포착하고 설명할 수 있는 방법을 찾을 것. 그런 결과들을 이미 정해진 진화론적 목적론의 관점에서 이해하려 하지 말고 대신 잠재력의 다양성이라는 관점에서 이해할 것. 후자의 방법론만이 미래의 다양한 가능성과 진화 과정에서 핵심 역할을 한 우연성과 복수성의 법칙을 포용할 수 있기 때문이다.(159-160)

나는 이 두 가지 지침만을 인용했다. 이 책에서 내가 그 두 지침을 따르려고 노력했기 때문만은 아니며 그 지침들이 문학 다원주의의 세계관에 잠복해 있는 유해한 요소, 즉 우주, 종種, 역사를 넘나드는 인간 규범을 재도입하려는 극단적인 시도를 노출시키기 때문이다.

이런 측면에서 준샤인은 양호한 편이다. 오히려 (준샤인의) 인지 문학 연구와 (조셉 캐럴Joseph Carroll, 브라이언 보이드Brian Boyd, 고故 데니스 더튼Denis Dutton의) 진화비평/문학 다원주의 간에는 아주 중요한 차이점을 보이며 준샤인의 마음이론에 관한 이론은 비교적 무해하다. 『당신 머릿속으로 들어가기』에서는 과도하게 확대 적용된 감이 있지만 왜 『우리가 픽션을 읽는 이유』에서의 마음이론은 볼프강 이저Wolfgang Iser의 독자 반응 이론의 유사물, 굳이 이름을 붙이자면 마음이론을 적용하는 내포 독자로 볼 수 있다. 준샤인의 주장은 결국 한때 독자-반응 내러티브학에서 '내포 독자'(볼프강 이저) 혹은 '피화자'(제럴드 프린스Gerald Prince)라고 부른 인물에게 문학 텍스트가 특정 인지적 요구를 한다는 것이기 때문이다. 반면에 진화비평/문학 다윈주의 연구는 텍스트 해석에 대해 느끼는 것만큼이나 강한 반감을 개별화에 대해 느끼고 있는 것처럼 보인다. 문학비평의 새로운 접근 방식에는 어울리지 않는 결합이다. 그런데 준샤인은 진화비평가들과는 확실히 차별되지만 『우리가 픽션을 읽는 이유』에서 스티븐 핑커Steven Pinker의 이론을 논하면서 너무 관대한 입장을 취한다. 그런 과도한 관대함은 현대 내러티브와 실험 내러티브를 읽는 방식에 악영향을 미칠 뿐 아니라 인지 문학 연구와 진화 문학 연구자들이 말하는 '학제 간 교류'가 무엇을 의미하는지에 대해서도 심각하게 고민하게 한다.

준샤인이 '울프, 핑커, 그리고 학제 간 교류 프로젝트'라는 장에서 무엇을 염두에 두고 있는지는 명확하다. 그 장의 도입부를 상당 부분 인용해 보겠다.

> 비록 쉬운 글은 아니지만 울프의 산문은 우리의 인지 능력에 단단히

뿌리를 박고 있기 때문에 나는 스티븐 핑커가 최근에 자신의 기발하고 도발적인 저서 『빈 서판Blank Slate』에서 펼친 주장에 동의할 수밖에 없다. 핑커는 울프가 새로운 미학 운동을 시작했다고 본다. 그리고 그는 "모더니즘에는 다양한 양식과 예술가가 포함된다. … 그들 모두가 아름다움과 다른 인간의 감각을 부정하지 않는다."는 것과 모더니즘 "픽션과 시는 지적 활동을 자극하는 측면이 있다."는 것을 인정하면서도 그 새로운 미학 운동이 "인간의 심미안을 배려하는 방식을 따르지 않는 철학"에 바탕을 두고 있다고 말한다. 다음은 모더니즘 전체와 특히 울프에 대한 핑커의 견해다.

> 버지니아 울프의 유명한 말에서 그 단서[예술과 인문학이 최근 처한 위기의 원인에 대한 해답]를 찾을 수 있다. "1910년 12월을 전후로 인간은 변했다." 그녀는 이후 20세기 대부분 동안 엘리트 예술과 비평을 지배할 모더니즘이란 새 철학을 언급한 것이었다. 인간 본성에 대한 부정은 더욱 격렬한 형태를 띠고 포스트모더니즘으로 이어져 다시 수십 년 동안 지속되었다. … 모더니즘은 정말로 인간 본성이 변한 것처럼 활발히 진행되었다. 예술가들이 수천 년 동안 인간의 심미안을 충족하기 위해 사용했던 모든 기술들이 하루아침에 내팽개쳐졌다. … 문학에서는 전지적 시점의 화법, 단계적 구성, 인물의 순차적 등장, 평이한 난이도가 뒷전으로 물러나고, 의식의 흐름, 무질서한 사건 전개, 혼란스런 등장인물과 인과성의 파괴, 주관적이고 불연속적인 내러티브, 난해한 산문체가 그 자리를 대신했다.(404, 409-410)

우리는 문학비평가의 입장에서 울프에 대한 핑커의 견해에 여러 가지 방식으로 대응할 수 있다. 우리는 『현대어문학협회 출간물The Publications of the Modern Language Association』의 대표와 함께 "특히 울프와 모더니즘을 잘못 이해하고 있는 것을 보고 대부분의 문학 학생, 교사, 이론가, 비평가들은 [핑커를] 문학 혹은 더 나아가 미학에 대한 권위자로 진지하게 받아들이지" 않으리라고 기대할 수 있다. 언뜻 보기에 이런 반응은 자연스럽게 느껴진다. 이런 반응은 문학 연구에는 어떤 문화적 거리감이 존재한다는 것을 전제로 인지 과학자들에게 문학은 제대로 훈련받은 전문가들, 즉 우리 같은 사람들만 활동하는 영역으로 남아야 한다는, 그러니 문학을 그냥 내버려 두라는 메시지를 보낸다.(40-41)

준샤인은 계속해서 "상대적으로 학제 간 교류에 우리가 상대적으로 소극적인 태도"(43)를 보인다면서(인지 과학자들에 비해) 안타까워한다. 그리고 우리가 "한 발 양보하고 타협해서 핑커의 입장을 받아들이도록 성실하게 노력"해야 한다고 권한다.(44)

하지만 그게 도대체 무슨 의미인가? 핑커의 입장은 모더니즘이 인간 본성에 위배된다는 것이고 게다가 인간 본성에 대한 울프의 말을 잘못 인용했다.(핑커는 "1910년 12월에 인간의 본성이 변했다."고 적었고, 준샤인은 친절하게도 이를 원래대로 수정해서 인용했다.)[2] "한 발 양보하고 타협"하는 것은 모더니즘이 인간 본성을 다소 위배했다고 인정하는 것을 의미하는 걸까? 문학비평가들이 핑커의 주장을 거부하는 것이 속 좁은 전문가의 아집이라는 지적은 어떻게 받아들여야 할까? 이 이상한 권유를 비유로 표현해 보자. 만약 물리학을 전공하지 않은 누군가가 양자역학 이론은 상식에 어긋나며 그런 이론은 사물은 언제나 아래로 떨어지기 마련이라고 이해하는 보통 사람을 과학으로부터 멀어지게 한다고 불평한다면 물리학자는 어떻게 대응해야 할까? 왜냐하면 솔직히 말해 양자역학 이론은 모더니즘 예술이나 문학보다 더 이상하니까. 그리고 더 적은 수의 사람들만이 이해하니까. 그러니 물리학이라는 학문은 명백히 방향을 잘못 잡고 있고 수천만 년 동안 아무 문제 없이 적용되던 것들을 뒤집고 있을 뿐이라고 말한다면 어떻게 받아들여질까?

핑커가 『파도』 같은 전형적인 소설을 좋아하지 않는다는 것만은 분명해 보인다. 다행히도 준샤인은 그렇지 않으며 그녀의 연구는 『댈러웨이 부인』과 『롤리타Lolita』 같이 상대적으로 어려운 20세기 작품들도 다룬다.[3] 하지만 지난 수백 년간의 예술과 문학에 대한 핑커의 반감은 진화비평이라는 집단, 그중에서도 특히 캐럴, 보이드, 더튼과 같은 강경 문화 다윈주의자들의 연구에 대해 아주 중요한 사실을 드러낸다. 요컨대 플라이스토세에 진화한 인간 뇌가 19세기의 쉽고 현실적인 소설로 흔들림 없이 나아갔다고 굳게 믿고 있다는 것을 알 수 있다. 진화비평가의 이런 신념은 바로 문학 이론에 대한 강렬한 반감에 투영되어 있으며 그런 반감은 *막 들어온 소식. 신호는 임의적인 것이 전혀 아니었음*이라는 신보를 애타게 기다리고 있는 것처럼 보인다.(보이드의 말에 따르면

"조셉 캐럴은 의미의 불확정성에 오래도록 맞서 싸웠다."(64) 그러니 나는 그런 신보는 캐럴이 승리했고 에이해브가 열망했듯이 의미는 앞으로 언제나 고정불변일 것임을 의미한다고 본다.] 핑커 본인은 예술이 진화 적응성이라는 의견을 전개하지는 않았지만 모더니즘과 비평 이론에 대한 그의 거부감은 캐럴, 보이드, 더튼과 공유되었다. 그들은 적응성 명제에 모든 것을 쏟아부었다. 스토리텔링은 생존에 있어 그 가치를 입증했으므로 인간이라는 종種에게 다른 무엇보다 중요하다.(그러니까 인간 본성에 위배되는 너무 이상하거나 실험적이거나 이론적이거나 망가지지 않은 스토리텔링인 경우에만.) 따라서 (E. O. 윌슨의 말을 빌리자면) '통섭consilience'을 위한 추구하는, 학제 간 교류라는 형식을 띤 문학비평은 우리 삶에서 내러티브가 중심 역할을 한다는 점을 부각시키고, 그럼으로써 인문학을 그 자신으로부터 구제할 것이다.

적응성 명제의 문제는 그것을 입증할 방법이 없다는 것이다. 그저 믿는 수밖에 없다. 인간은 처음부터, 혹은 적어도 지난 3, 4만 년 동안 동굴에 그림을 그리고 이야기를 만들어 내면서 서로를 즐겁게 하고 가르치는 데 필요한 어떤 인지 업그레이드를 받은 이후로 신경회로망이 스토리텔링을 하도록 연결되어 있을 수도 있다. 내가 이 책머리에 인용한 구절로 추정해 본다면 피터 브룩스도 분명 이에 동의할 것이다. 그리고 브룩스가 든 예들을 보면 스토리텔링의 그런 기원이 '바로 이것이다'라는 고정불변의 이야기를 만들어 내지 않고도 인간들 사이에 스토리텔링이 만연하다는 사실을 기꺼이 인정할 수 있다는 것을 보여 준다. 그런데도 더튼이 보기에 '바로 이것이다'라는 고정불변의 이야기는 다윈주의에 필수적인 요소다. "철저한 다윈주의는 구체적인 요구를 한다. 허구 내러티브에 대한 인간의 욕구가 플라이스토세에 살았던 조상들이 생존하고 대를 이을 가능성을 높이는 데 어떤 역할—아무리 사소한 역할이라도—을 했는지 설명하지 못하는 것은 픽션의 적응성 기능으로 제시되어서는 안 된다."(109-110) 더튼의 입장은, 캐럴의 입장도 마찬가지지만, 다음과 같이 표현될 수 있다고 말해도 과장이 아니라고 믿는다. *코끼리는 코가 길다. 그리고 기린은 목이 길다. 인간은 이야기를 만들어 낸다. 그러니 나는 주디스 버틀러Judith Butler의 주장을 무력화시켰다.*[역주2] 조너선 크램닉Jonathan Kramnick은 「문학 다윈주의에 반대한다Against Literary Darwinism」에서 진화비평에 대해 다음과 같이 치명적인 논평을 내놓았다. "문학 다윈주의가 충분한 영향력을 확보하면 인문학의 마구간을 청소할 수 있게 된다. 적응성은 이를 뒷받침하는 논리이자 포석이다."(322)[4]

하지만 스토리텔링의 어떤 측면이 인간으로 하여금 플라이스토세에 살아남도록 도왔을까? 궁금하지 않을 수 없다. 캐럴, 보이드 등이 자신의 논문에 반박하며 쓴 논문에 크램닉이 다시 반박한 논문에 따르면 그 질문에 대한 답은 당신이 어디에 방점을 두느냐에 따라 달라진다.

> "문학이 거친 환경에서 살아남는 데 필요한 정서적 실타래를 제공한다는 캐럴의 믿음, 문학이 대조적인 역할극으로 활용되었다는 더튼의 믿음, 그리고 문학 언어가 구애 행위의 일부였다는 베르뮬과 더튼

의 믿음, 혹은 이야기와 기타 예술 행위가 우리의 관심을 붙들고 그래서 '뇌의 유연성을 극대화했다'(보이드 94)는 믿음 중에 어느 것의 손을 들어 주어야 할지 알 방법이 (이번에도 역시나) 없다. 각 주장은 오로지 제각각 별개로 주장되는 믿음이다."(446-447)

게다가 스토리텔링에 연관된 기질이나 특성이 결합해서 그런 결과를 낳은 것이 아니라 스토리텔링 자체가 우리에게 진화상 이점을 제공했다고 일반화할 증거도 없다. 스토리텔링에 연관된 기질이나 특성이 결합해서 그런 결과를 낳은 것이 아니라. 크램닉의 말대로 "스토리텔링이 어떤 이점을 지닌 정신의 측면—법조동사 구문론, 기억력, 당장 눈앞에 보이지 않는 대상이나 사건을 상상하는 능력—에 동반된 것일 수도 있다. 하지만 오히려 지역적이고 역사적인 조건에 영향을 받는 쓰기와 읽기 같은 것들에 수반된 것일 수도 있다."(332)

보이드의 경우 『이야기의 기원On the Origin of Stories』에서(제목에서 이미 다윈에게 경의를 표하고 있는 것이 드러난다) 동료 인문학자들에게 자신이 유전적 결정론자가 아니라고 안심시키면서 시작한다. 그의 말에 따르면 "유전자는 제약의 요소라기보다는 가능성의 요소로 봐야 한다." 마찬가지로 "유전자는 환경의 역할을 부인하는 요소가 아니라 환경으로부터 정보를 추출하는 요소로 보아야 한다."(24) 보이드는 "진화를 인간 행동에 적용하는 것을 불편하게 여기는 사람들은 자칫 이기심과 경쟁이 강조되고 이타심과 협력이 위축될지 모른다고 우려한다"는 점을 인정하면서도 반드시 그래야 하는 것은 아니라고 주지시킨다. "[리처드] 도킨스는 자신의 유명한 첫 책, 『이기적 유전자The Selfish Gene』의 제목을 '협력적 유전자'라고 했다면 주목은 덜 끌었을지 모르지만 여전히 적절한 제목이었을 것이라고 지적한 바 있다."(26) 그런 사실을 이렇게 많은 시간이 흐른 후에라도 알게 되어 다행이다. 이미 30년 동안 대중 과학의 열성팬들이 자연도 아인 랜드Ayn Rand[역주3]와 같은 입장이라고 스스로를 세뇌시킨 후에야 말이다. 그런 사실이 그 사람들에게도 꼭 전해지길 기대하는 수밖에 없다.

눈에 띄는 점은 인간의 행동을 환경적으로 설명하는 것에 대한 핑커의 반감과 사회-구조주의 부류의 인문학자에 대한 핑커의 부정적인 견해를 보이드도 공유한다는 점이다. 그들이 보기에 사회-구조주의 관점은 인간을 무한한 적응성을 지닌 존재로 취급한다는 것이다. 그래서 보이드는 첫 장에서 벌써 쓸데없고 빠져나오기 힘든 자기-모순에 스스로를 가두고 만다. 그는 "정신을 빈 서판으로 여기는 문화적 구성주의 관점은 '독재자의 꿈'[스티븐 핑커 인용]이다." 왜냐하면 "만약 우리가 전적으로 사회에 의해 구성된다면 그 '사회'는 우리를 노예와 노예주로 빚어낼 수 있으며, 우리는 그것을 거부할 이유가 없을 것이다."(26-27)라고 말한다. 하지만 이것은 사회 구조주의에 대한 매우 얄팍한 이해다. 마치 "X는 사회적으로 구성된다"는 것이 "X는 자유자재로 바뀔 수 있다"는 것이나 마찬가지라고 말하는 것이다. 하지만 보이드의 비판이 부적절한 진짜 이유는(그리고 자기-모순적인 이유는) 그 직후에 그가 사회 구조주의와는 달리 "진화론은 지식에 의거한 사회 변화를 허용한다."고 주장하고 있기 때문이다. 그는 "오언 존스Owen Jones는 인간행동을 변화시키는 지레를 법칙에 비유하고, 그 지레가 힘을 쓰기 위해 필요한 받침점을 인간 본성에 관한 지식에 비유한다."(27)고 적고 있다. 만약 지레-받침점 도구가 제대로 작동한다면 진화론이 어떻게 독재자의 꿈이 *아닐 수 있을까?*

하지만 보이드가 진짜 중요하게 다루는 것은 (물론) 이야기의 기원이다. 다른 진화비평가와 마찬가지로 보이드는 예술이 우리에게 이득이 된다고 믿는다. (이토록 오랫동안 우리가 생존하는 데 도움이 된 것 말고도) 마음의 기능을 갈고닦아 인간의 사회적 교류 및 생활 능력을 향상시켰기 때문이다.

> 예술은 상상을 통해 탐색하는 습관을 발달시켜 주므로 우리는 세계를 닫히고 주어진 게 아니라 열리고 우리의 힘으로 만들어 가는 것으로 여긴다. … 예술은 우리의 사회성을 다듬고 강화하며, 상상력의 자원을 더 쉽게 이용하게 하고, 자신의 힘으로 삶을 만들어 나간다는 자신감을 높여 준다. 그럼으로써 예술은 우리와 세계의 관계를 근본적으로 변화시킨다. 생존의 결과를 도표화하기는 어렵지만 심오한 의미를 지닌다는 것은 분명하다. 우리는 오래전부터 예술이 우리에게 중요하다는 것을 감지하고 있었다. 예술은 우리의 관심을 주어진 것으로부터 공유된 세계, 인간이 창조한 가능성의 세계로 돌림으로써 엄청난 차

이를 만들어 낸다.(124-125)

인문학자들이 이런 사고방식을 무시해서는 안 된다고 생각하며 오히려 기뻐해야 한다. 박물관 안내 책자에 실린 수사학들이 진실을 말하고 있음을 확인시켜 줄 뿐 아니라 더 나아가 프리드리히 실러Friedrich Schiller가 옳았다는 것을 입증하기 때문이다. 프리드리히 실러는 『인간의 미학 교육On the Aesthetic Education of Man』에서 인간은 "놀이-충동"을 지니고 있어서 우리는 창조하고 예술에 감동한다고 제안했다. "다시 한 번 강조하지만, 인간은 인간으로서 완전하게 존재할 때만이 놀이를 한다. *인간은 놀이를 할 때만 완전한 인간이 된다.* 이런 명제는 … 단언컨대, 미학 예술의 구조 전체를 뒷받침하고 그보다 더 어려운 삶의 기술을 뒷받침할 것이다."(80) 보이드를 무시하는 것이 아니라 『이야기의 기원』을 읽다보면 때로는 실러의 책과 신경과학 대학원 수업 몇 개를 섞어 놓은 것처럼 느껴진다. 에밀리 디킨슨Emily Dickinson처럼 "내 몸이 마치 머리 뚜껑이 떨어져 나간 것처럼 반응하면 나는 그것이 시라는 것을 알 수 있다." 라고 말하는가, 보이드처럼 "흑색질과 복측피개영역의 신경세포는 놀라움에 대한 반응으로 도파민을 분비하지만 이미 예상한 것에는 분비하지 않는다."(184)라고 말하는가는 개인의 취향 문제일 뿐이다.

그런데 『이야기의 기원』의 후반부는 실망스럽기 그지없다. '제우스에서 수스까지'라는 부제가 달려 있는데, 알파-오메가 싹쓸이 같은 느낌을 주는 그런 부제는 문학에서 다룰 가치가 있는 모든 작품을 거의 다

다룰 것임을 암시한다.[5] 보이드는 이 후반부를 시작하면서 독자들에게 "문학에 대한 생물문학적 접근은 단지 진화가 우리 신체와 더불어 정신적 행동을 형성하는 데도 결정적인 역할을 했다는 점을 우리가 진지하게 받아들일 것을 요구할 뿐이다."(210)라고 안심시킨다. 여기까지는 반론의 여지가 없어 보인다. 하지만 보이드의 그런 원칙을 적용하는 과정에서 심각한 약점 두 가지가 드러난다. 첫째 그로 인해 『오디세이아』와 『호턴이 듣고 있어Horton Hears A Who』에 대한 읽기가 심심해진다. 보이드는 어떻게 호메로스와 닥터 수스가 우리의 관심을 끌고 붙드는 데 성공했는지를 설명하는 작업에 전념한다. 그리고 현대 문학비평이 이런 중요한 점을 간과했다고 호되게 비판한다. 하지만 "호메로스는 이런 식으로 시를 구성해서 당신의 관심을 끌고 붙들어 두려고 했다."는 것은 문학비평에서는 문자 그대로 이미 전제된 사실이 아닌가?(이 점에 대해서는 다시 논의하겠다.) 마찬가지로 독자들은 이미 3백 년 동안 오디세우스가 아주 영리한 친구임을 알고 있었다. 그리고 그가 영리하다는 점은 그가 충동적으로 행동하지 않는다는 데서 알 수 있다. 사람을 잡아먹는 외눈박이 거인과 같은 동굴에 갇혀 있을 때도 그는 숨을 크게 들이쉰 다음 아주 침착하게 계획을 짠다. 보이드는 그것이 정확하게 무엇을 의미하는지 신경학 용어를 동원해 가며 설명한다. "새로운 해법을 찾기 위해서는 이 급속한 촉발 반응을 (안와이마겉질에서) 억제해야 한다. 그래야만 행동에 임하기 전에 (배외측겉질에서) 새로운 선택을 만들어 내고 평가할 시간을 얻을 수 있다."(258) 나는 개인적으로 내가 속한 종種이 이런 작동 기제를 세세하고도 구체적인 부분까지 이해할 정도로 발달했다는 사실이 매우 자랑스럽다. 하지만 오디세우스가 그런 영리한 계획을 배외측걷질에서 짜고 있었다는 깨달음이 과연 비평사에 얼마나 보탬이 되었을까?[6]

이것은 수사학적인 질문이 아닌 매우 현실적인 질문이다. 보이드는 '진화비평'이 인간의 마음의 보편적인 측면을 다룰 뿐 아니라 시간과 장소의 문화적 역사적 특수성도 고려하면서 문학 작품을 제대로 설명하는 설득력 있는 탁월한 문학 읽기를 제안해야 지지를 얻을 수 있을 것이라고 논평하면서 『이야기의 기원』을 마무리 짓는다. 진화비평은 문학 연구가 갈망하는 존재 필요성을 제시하는 역할을 담당할 수도 있다. "만약 스토리텔링이 우리의 사회적 인지를 날카롭게 하고, 인간 경험을 재고하도록 자극하고, 우리의 창조성을 자연스럽게 촉진한다면"(그리고 물론 그렇다) "문학 연구는 굳이 그 존재 이유를 설득하려고 애쓸 필요가 없다."(384) 하지만 진화비평은 그런 정당성의 논리뿐 아니라 검도 뽑아들고서 나타났다. 보이드는 제거해야 할 적은 문학이론이라고 거듭 강조한다. "문학이론은 인간의 사고와 발상이 단지 언어, 관습, 이데올로기의 산물이라고 봄으로써 문학과 삶을 단절시킨다. 그러고는 그런 단절을 상쇄하기 위해 문학은 항상 정치적이거나 이데올로기적이라고 주장한다."(385)

문학비평가가 '언어, 관습, 이데올로기'를 강조하는 것이 어째서인지 '삶'으로부터 단절시킨다고 지적하는 것은 아무리 좋게 해석해도 이상하다.(보통은 그런 것들이 인간의 사회적 삶의 일부라고, 그래서 중요하다고 생각하기 마련이며 그런 것들을 우리 뇌의 진화의 산물로 여길 것이다.)[7] "뛰어난 예술 작품은 창의성을 표현할 뿐 아니라 그것을 즐기는 사람들에게 영감을 준다."(376-377)고 말하면서도 1970년대와 1980년대 언어와 문학의 '이론적' 읽기가 주류로 성장한 이유는 그 당시에는 그런 읽기가 설득력 있고 창조적이었기 때문이라는 점을 보지 못한다는 것 또한 마찬가지로 이상하다. 보이드처럼 앨런 소칼Alan Sokal[역주4]이 1996년에 이론을 죽였다고 믿는 사람이라면 멜빌의 「빌리 버드Billy Budd」를 다룬 바바라 존슨Barbara Johnson의 논문이나 윌리엄 버틀러 예이츠William Butler Yeats의 시 「어린 학생들 사이에서Among School Children」의 마지막 구절에서 제기하는 아주 유명한 수사학적인(혹은 현실적인?) 질문을 다룬 폴 드 만Paul de Man의 논문을 당장 읽어야 한다.[8] 나는 한 번도 골수 해체주의자였던 적은 없지만 그런 논문들이 제시한 읽기를 처음 접한 순간 매료되었다. 멜빌의 중편소설이 내가 생각보다 훨씬 더 특별하다는 것과 어떤 질문이 현실적이든 수사학적이든 상관없이 "어, 그래서 어떻게 다른데?"처럼 가볍게 툭 던진 질문조차도 분석하려고 드는 순간 거울의 방에 빨려 들어 가게 된다는 것을 배웠기 때문이다. 보이드는 잠시 멈추고서 문학을 탄생시킨 인간의 영리한 마음이 문학 이론을 탄생시킨 인간의 영리한 마음과 같은 것일 수도 있다는 그런 가능성조차 고려해 보지 않는다. 만약 조금이라도 고려해 보았다면 그는 다음과 같이 말했을 것이고 더 설득력이 있었을 것이다. 문학 이론은 (인간의 다른 모든 성과물처럼)

놀이와 창조의 충동에서 비롯되었다. 그러다 같은 내용을 기계적으로 지겹도록 수없이 반복하고 난 후에 진부해지고 망가졌다. 『템페스트』에 대한 350번째 신역사주의 읽기를 제안했을 무렵에는 흑색질과 복측피개영역의 신경세포가 더 이상 도파민을 분비하지 않게 되었고 사람들은 뭔가 다른 걸 하기로 마음먹었다고.

더 큰 문제는 보이드가 대부분의 인문학자들과는 달리 문화와 역사의 역할을 인정하는 것을 유난히 꺼린다는 점이다. 이를테면 그는 낭만적 사랑이 12세기 무렵에 발명되었다는 발상을 비웃으며 "비교문화, 신경과학, 종種비교 연구들은 다양한 사회, 심지어 여러 다른 종에서도 낭만적 사랑이 발견된다는 것을 증명했다."고 주장한다.(341) 이것은 인문학뿐 아니라 *과학에서도* 통하지 않을 주장이다. "낭만적 사랑"은 단순히 "포유류가 포유류처럼 행동하는 것"을 의미하지 않는다. 그것은 기사도가 적용된 연애 관습을 가리키는 것이다. 그리고 실제로 유럽 중세시대에 처음 생겨난 것으로 고대 문학이나 고대 문화에서는 찾아볼 수 없다. 그런 관습은 우리의 내재적인(그리고 다형적인) 생물학적 요구가 특정 문화와 역사를 반영하면서 나타난 변종이다. 2만5천 달러짜리 결혼식이 우리의 정신 나간 시대와 장소를 반영한 변종인 것처럼 말이다. 이런 것들을 인정한다고 해서 아메바부터 호모사피엔스사피엔스에 이르는 진화의 역사가 부정되거나 그런 역사에 역행하지 않는다.

스토리텔링에 대한 우리의 유구한 애정을 설명하는 데 초점을 맞추었다고 주장하는 비평 접근법이 인간이 인간의 문화 연구를 위해 고안한 지적 전통을 그토록 철저하게 무시하다니 유감스럽다. 더 안타까운 것은 진화비평이 다른 모든 비평 접근법에 대한 적개심 때문에 각각의 이야기 텍스트에 담긴 미묘한 디테일 혹은 문학비평 연구의 대부분을 차지하는 이런 이야기들을 둘러싼 다양한 해석적 논쟁에는 전혀 관심이 없어 보인다는 점이다. 일단 모든 예술과 스토리텔링이 플라이스토세에 인간이 살아남을 수 있게 해 준 진화 적응성의 산물이라고 판단하고 나면 말할 가치가 있는 것은 전부 말했고 남은 과제는 이야기꾼들이 우리의 관심을 끌고 붙들어 두는 방법을 고안했다는 점을 지적하지 않았다고 다른 비평가들을 나무라는 것뿐이라고 생각하는 것처럼 보인다. 다른 한편으로는 진화비평가들이 확실하다고 내세우는 통찰들이 진화비평 없이 불가능한 것이었는지도 의심스럽다. 『스토리텔링 애니멀The Storytelling Animal』에서 조너선 갓셸Jonathan Gottschall은 픽션이 종교 신념에 의해 형성되는 것과 유사한 공동체를 우리가 구성하도록 만들고 그런 공동체는 이야기의 힘을 기반으로 삼는 방식으로 도덕적인 영향력을 행사한다고 주장한다. 하지만 문학에 대한 그런 (긍정적인) 이해가 신경과학이 출현하기 훨씬 전에 매튜 아놀드Matthew Arnold가 한 주장보다 어떤 면에서 더 낫다는 것일까? 마찬가지로 갓셸은 인간이 내러티브만이 제공할 수 있는 질서와 일관성에 대한 감각을 필요로 한다는 합당한 지적을 한다. 하지만 내러티브에 대한 그런 이해가 커모드가 『종말의식』에서 제시한 설명보다 어떤 면에서 더 낫다는 것일까?

마지막으로 진화비평에서 특히 두드러지는 가장 심각한 문제는 진화비평이 제시하는 이야기에 대한 분석이 구술 문학과 서술 문학, 혹은 문학과 시각 영상의 차이에 대해 어떤 설명도 하지 못한다는 점이다.(그리고 준샤인의 연구는 진화비평가들의 적응성에 대한 집착은 없지만 이미 살펴보았듯이 『당신 머릿속으로 들어가기』에서는 그런 쟁점을 적극적으로 무시한다.) 이것은 단순한 간과의 문제가 아니다. 크램닉이 지적하듯이 "적응성 명제는 아주 오래되었다고 말할 수 있는 문학 능력, 인간 종種의 선사 시대라는 관념 속에서 존재했으며 글쓰기, 글을 읽고 쓰는 능력, 그리고 우리에게 친숙한 그 어떤 문학 작업보다도 이전에 존재한 문학 능력만을 다룬다."(326)[9] 이렇게 본다면 진화비평은 제우스에서 수스까지만을 다루는 것이 아니다. 진화비평이 보기에 스토리텔링이 중요한 이유는 그것이 인간이 포식자를 따돌리고 여러 빙하기에서 살아남는 데 도움이 되었기 때문이며 따라서 스토리텔링의 탄생 이후 진화하는 과정에서 오로지 스토리텔링의 그런 측면만이 연구 가치가 있다는 것이다. 그런데 2007년에 현역 신경과학자가(즉 진화와 신경과학에 부차적인 관심을 보이는 문학비평가가 아니다) 쓰기 발명의 중요성에 관한 책을 썼다. 진화와 내러티브의 관계에 관심이 있다고 주장하는 사람들, 즉 갓셸처럼 픽션이 "문자 그대로 우리의 뇌회로를 재설정"(63)하는 방식으로 작동한다고 믿는 사람들이라면 주목할 법한 책으로, 그 책은 매리언 울프Maryanne Wolf의 『프루스트와 오징어Proust and the Squid』다. 『프루스트와 오징어』에서는 (거짓말과 스토리텔링이라는 더 포괄적인 발명품과 비교해서) 쓰기의 탄생이 우리의 뇌회로를 어떻게 재설정했는지에 관한 아주 설득력 있고 구체적인 논지를 펼친다. 진화비평가 중 그 누구도 아직까지 울프의 주장에 눈길 한 번 주지 않았다. 울프의 주장에 관심을 가지려면 문학 다원주의의 연구 과제와는 상극인 서술 언어와 역사적 특수성에 관심을 가져야 하기 때문이다.

윌리엄 플레시William Flesch는 『인과응보: 값비싼 신호 보내기, 이타적 처벌, 그리고 기타 픽션의 생물학적 요소들Comeuppance: Costly Signaling, Altruistic Punishment, and Other Biological Components of Fiction』에서(제목에서 알 수 있듯이 진화론을 문학 읽기에 적용하는 연구에 우호적인 입장을 취하고 있다) 골수 문화 다원주의자들은 기본적으로 문학 이론뿐 아니라 더 넓게는 텍스트 해석법에도 적대적이라고 말한다. 플레시가 보기에 진화비평가들이 각 문학 작품에 대해 이렇다 할 새로운 의견을 내놓지 못하는 것은 플라이스토세-이후로-접근법에 충실하기 때문만은 아니다. 오히려 진화비평가들이 문학 자체에 대해 놀라울 정도로 기대하는 바가 거의 없기 때문이다.

> "문학을 설명하는 데 진화심리학을 적용하고 싶어 하는 사람들은 그런 식으로 말하지는 않겠지만 … 그 범위를 상당히 좁게 잡는다. 그들은 가장 훌륭한 문학비평 연구에서 제시하는 것만큼 문학이 섬세하거나 심오하지 않다고 볼 충분한 근거가 있다고 믿는다. 아니면 적어도 문학비평주의가 주장하는 것만큼 문학이 섬세하고 심오하다고 볼 충분한 근거가 없다고 믿는다."(1)

이것은 사실이 아닐 것이다. 도대체 어떤 문학비평가가 문학이 전혀 그렇지 않다고 믿겠는가? 하지만 보이드의 책에는 "의미"는 부질없으며 그가 보기에 더 절박한 문제들보다 중요하지 않기 때문에 우선순위에서 밀려나야 한다는 그런 믿음이 적나라하게 드러나 있다.

> 문학비평 학계는 대체로 의미에 초점을 맞추는데, 그중에서도 고전적 비평은 주제를, 최근의 비평은 이데올로기를 중시한다. 그러나 예술 작품은 '의미'에 앞서 관객의 관심을 일깨워야 한다. 작품의 디테일은 찰나의 관심에 영향을 미치지만, 이야기에서 꼭 의미를 추출할 필요는 없다. 우리의 정신이 한 번에 여러 가지에 집중하지 못한다. 관심을 얻으려는 경쟁이 벌어지는 세계에서 관객을 잡으려면, 저자는 창의적이고 직관적인 심리학자여야 한다. 하지만 비평은 관심을 일깨우고 포착하는 능력을 '하찮게' 여기는 경향이 있다.(232)

이쯤 되면 문학 다윈주의에서 해석적 결함은 분석법의 체계상 오류가 아님이 분명해진다. 그것은 체계의 설계 단계부터 의도된 체계상 특징이다. 보이드가 보기에 청중의 관심을 끌고 붙들어 두는 일은 청중의 "의미"에 대한 어떤 이해보다도 우선시된다. 그리고 끌고-붙들기 공식은 (그의 해석에 따른) 진화론의 관점에서 이해되어야만 한다. 하지만 진화론이 문학에 반드시 그런 식으로만 접근해야 하는 것은 아니다. 예를 들어 플레시는 우리가 왜 부랑배, 돌팔이, 기타 사기꾼이 벌 받는 것을 보는 것을 좋아하는지를 설명하면서 누스바움 같은 『시적 정의』-더하기-신경과학 논의를 고안한다. 그리고 그는 정의가 실현되기도 하고 실현되지 않기도 하는 디킨스와 셰익스피어의 텍스트만을 집중적으로 다룬다. 플레시는 진화비평에 가한 혹독한 비판에서 준샤인은 제외하는 관대함을 보인다. 그리고 그래야 마땅하다. 하지만 정의와 "이타적인 처벌"(즉 인과응보)이라는 문제를 제기하면서 플레시가 지적한 논점은 (『인과응보』가 나온 지 5년 후에 출간된) 『당신 머릿속으로 들어가기』에서 준샤인이 펼치는 주장에는 아주 치명적이다.

『우리가 픽션을 읽는 이유』에서 준샤인은 마음이론 때문에 소설이 "지금과 같이 친숙한 형태를 띠게 되었다"고 주장한다. 『당신 머릿속으로 들어가기』는 *모든* 인간 문화가 마음이론의 산물이라고 주장함으로써 『우리가 픽션을 읽는 이유』에서 한 주장을 무력화시키는 결과를 낳는다. 준샤인의 주장이 맞다면, 그리고 특정 문화 작품에 대해 "이것 또한 마음이론의 산물이다." 혹은 (보이드의 말을 빌리자면) "이것 또한 우리의 관심을 끌고 붙들라고 창작자에게 요구했다." 외에는 할 말이 없다면, 나는 왜 이 책에서 진화비평과 그 친척인 인지 문화 비평을 내 논점에 끌어들였을까? 내가 마음이론에 관한 이론이 허구 속 지적 장애 연구에서 중요한 역할을 할 잠재력을 지니고 있다고 생각하기 때문이기도 하지만 그보다 더 중요한 쟁점, 즉 (그런 여러 중요한 문제 중에서도) 정의의 문제로 연결되기 때문이기도 하다. 체화된 투명성의 장면, 즉 우리가 다른 이들의 마음 상태를 헤아릴 수 있는 장면이 픽션의 주요 구성 요소라는 준샤인의 말은 옳다. 하지만 그것이 인간이 내러티브를 생산하고 소비하는 유일한, 혹은 가장 큰 이유는 아닐 것이다. 우리는 때로 다른 것을 궁금해 하기도 한다. 인물들이 어떤 일을 겪게 될까? 그들이 겪은 일이 옳고 정당했는가?(마음 상태도 이런 궁금증을 가리키는 것일 수 있다. 하지만 정의라는 추상적인 질문은 여전히 포함하지 않는다.) 이 픽션에서는 어떤 세계를 그리고 있는가? 산문 내러티브라면 어떤 문체를 쓰는가? 영화나 시각 예술이라면 어떤 영상을 보여 주는가?

준샤인의 〈퀴즈쇼Quiz Show〉라는 영화에 대한 분석은 마음이론 접근법이 어떻게 인지라는 나무만 보다 도덕성이라는 숲을 놓치는지를 잘 보여 주는 예다. "퀴즈쇼는 인지 관리의 일종을 보여 주겠다고 약속하고서는 엉뚱한 장면을 보여 준다. 그것이 퀴즈쇼의 진짜 '스캔들'이다." (100) 이것은 당신이 〈스물하나Twenty-One〉나 〈틱-택-돈Tic-Tac-Dough〉 같은 쇼의 출연자들이 애초에 체화된 투명성을 연기하고 있었다고 믿은 경우에만 말이 된다. 그렇다면 출연자들의 반응이 대본에 따른 것이라는 것을 깨닫는 순간 배신감을 느꼈을 것이다. 당신이 준샤인 같은 독자라면, 감정을 감상하기 위해 퀴즈쇼를 본다면 진짜 감정을 보고 싶을 것이다. 하지만 대부분의 사람들에게는 인지 관리의 일종을 약속하고 엉뚱한 것을 보여 주었다는 것이 퀴즈쇼를 둘러싼 진짜 스캔들이 *아니다*. 진짜 스캔들은 공정한 경쟁이 이루어지고 있다고 주장했는데 그렇지 않았다는 점이다. 우리는 진짜 경쟁을 보고 있다고 믿었고 결과가 이미 정해져 있다는 것을 몰랐다. 내가 출연자들이 승리의 기쁨이나 패배의 슬픔에 어떤 식으로 반응했는지를 지켜보면서 얻을 수 있었을 인지적 이득보다는 그런 점이 어쩐지 더 중요하다고 여겨진다.

『당신 머릿속으로 들어가기』의 주요 부분에서 준샤인은 예술을 바라보는 다른 접근법, 이를테면 여성의 재현이 섹슈얼리티라는 관념과 연관이 있을 수 있다는 관점을 무시한다. "여성을 등장시키는 일련의 그림들을 두고 그 그림들이 그 시대 여성의 섹슈얼리티에 대한 불안감을 반영하고 있다는 가정은 여성을 등장시키는 모든 그림에도 당연히 적용된다. 그것은 *사소할 정도로* 당연해서 특정 그림이나 재현 방식을 설명하지 못한다."(176) 이것은 흥미로운 주장이다. 마음이론 분석도 마찬가지로 체화된 투명성의 장면이 포함된 어떤 내러티브에도 사소할 정도로 당연히 적용되기 때문이다. 하지만 마음이론은 그런 장면이 포함되지 않는 예술 양식—그것이 추상적이든 아니든—에는 적용될 수 없다. 그리고 세상의 모든 무대에서 벌어지는 퀴스쇼를 둘러싼 옳고 그름의 문제에 대해서는 무심하거나 의도적으로 무지할 것이다.

***

나는 머리말에서 이 책은 형식주의적인 관점에서 논의를 전개한다고 밝힌 바 있다. 하지만 나는 지적 장애를 다루는 문학 작품에 아무리 철저하게 형식주의적인 관점에서만 접근하려고 해도 정의의 문제를 완벽하게 배제할 수가 없다. 특히 지적 장애를 지닌 인물이 자신이 속한 내러티브에 대해 (무엇인가를 알 수 있다고 한다면) 무엇을 알고 있는지에 조금이라도 관심을 가지면 특정 텍스트에 아주 구체적인 질문을 던질 수밖에 없게 된다. 그런 질문들에 대해 단순히 "저자는 당신의 눈길을 붙들어 두려고 노력한 것입니다."라는 식으로 답변해서는 충분하지 않다. 그 답은 대략 "인간은 누구나 다른 사람들이 무슨 생각을 하는지 궁금해 하기 마련이고 그 사람들에게 일어난 일이 옳았는지, 그리고 정당했는지 여부에 관심이 있다."라는 식으로 시작되어야 한다. 프랭크 커모드가 말했듯이 자신의(한 개인으로서 혹은 공동체의 일원으로서) 내러티브가 어디로 향하는지 아는 사람은 아무도 없다. 따라서 『생쥐와 인간』의 레니 스몰이 자신이 속한 내러티브에 대해 무지했기 때문에, 그리고 그 내러티브가 (결국 본인에게 치명적인) 결과로 이어진다는 사실을 이해할 능력이 없었기 때문에 이미 처음부터 마지막까지 희생당할 운명이었다는 주장을 토대 삼아 논의를 전개할 수 있다. 그런 것이 바로 문학비평이니까. 하지만 지적 장애를 지닌 사람들에게 사형을 선고하면 헌법에 위배된다는 연방 대법원의 판결이 존재하는데도 범죄자가 레니보다 뛰어난 지적 능력을 지녔다면 그런 범죄자에게는 사형을 선고해도 법적으로 유효하다고 텍사스주 법원이 주장하는 것은 차원이 다른 문제다. 2012년에 사형당한 마빈 윌슨이 바로 그런 경우였다. 스타인벡의 아들 토머스는 그 판결을 여러 차례 비판했다. 법률전문가 앤드류 코헨Andrew Cohen도 마빈 윌슨이 "돈을 다루거나 전화번호부를 사용할 줄 몰랐고 자기 엄지손가락을 빨고 다녔으며 왼쪽과 오른쪽을 구별하지 못했다. 어릴 때는 양말의 짝도 못 맞추고 신발 끈을 묶거나 단추를 채우지도

못했다."고 지적했다.[10]

그런데 2004년 브리세노 단독심 판결문에서 텍사스 주 형사항소법원은 다음과 같이 판단했다.

> 텍사스 주 주민 대부분은 스타인벡의 소설 속 레니가 지적 능력과 적응 능력이 떨어지기 때문에 사형 선고의 대상이 되지 않는다고 해도 수긍할 것이다. 하지만 과연 텍사스 주 주민 모두가 사회복지규정에 따라 정신지체 판정을 받고 법적 보조 수급 대상은 누구나 헌법상 정당한 형벌에서 면제되는 특별한 예외에 해당한다고 생각할까?
>
> 요컨대 정신보건전문가에 의해 정신지체 진단을 받은 모든 사람들은 그런 진단 기준에 아주 약간 못 미치는 사람들에 비해 자동적으로 더 가벼운 도덕적인 책임을 진다는, 국가적인 혹은 텍사스 주 내에서의 합의가 존재하는가? 텍사스 주의 법령에 명시된 최고 형벌로부터 면제받을 자격이 부여되는 명백한 '지적 능력' 기준선이 존재하는가, 혹은 존재해야 하는가?

이 판결문의 요지는 간단하지만 비난받아 마땅하다. 지적 장애를 지닌 사람들에게 사형 선고를 내리지 못하도록 한 연방 대법원의 '앳킨스 대 버지니아 주' 판결의 적용 범위를 제한하는 판결이며 심지어 허구 속 지적 장애에 대한 이해를 지적 장애를 지닌 사람들에게 사형을 선고하는 근거로 삼고 있지 않은가.

이미 살펴보았듯이 『화성의 타임슬립』에서는 자기-인식과 시간을 대상으로 한 텍스트의 내러티브 실험이 지적 장애를 지닌 사람들의 학살에 대한 논의와 한데 뒤섞여 있다. 이렇듯 허구의 지적 장애를 분석할 때는 도출되는 해석이 언제나 큰 위험을 동반할 수 있다는 점을 염두에 두어야 한다. 그런 분석은 결국 누가 "완전한 인간"인지 혹은 누가 "완전한 인간"이 아닌지, 그리고 진화비평가들과 문학 다원주의가 제시한 것처럼 인간이라면 갖춰야 할 주요 기능들을 갖추지 못한(혹은 갖추지 못했다고 추정되는) 사람들을 어떻게 다루어야 하는지를 판단하는 데 결정적인 영향을 미치기 때문이다. 이 책을 준비하는 동안 나는 이 책이 공공정책이나 법원의 판단에 영향을 미치지 못하더라도 상관없다고 스스로에게 상기시키곤 했다. 이 책은 문학비평서이고 문학을 깊이 연구하는 소수의 전문가들 사이에서 논의를 확장하고 활성화하기 위해 썼다. 문학을 연구하는 학자들도 역사, 철학, 예술을 연구하는 학자들과 마찬가지로 자신의 분야에서 장애가 지닌 중요성을 더 분명하게 인식할 필요가 있기 때문이다. 그런데도 이 책을 준비하고 집필하는 동안 나는 『미학적 불안감』의 후반부에서 아토 퀘이슨이 취한 입장에 공감할 수밖에 없었다. 퀘이슨의 논의는 사뮈엘 베케트, 토니 모리슨, 월레 소잉카, 존 쿳시의 작품을 차례로 분석한 후 자연스럽게 가나의 민주발전센터의 업적과 특히 2006년 가나의 장애인법 통과를 기념하는 행사의 하나였던 자신의 강의에 대한 서술로 넘어간다. "그 강연을 하는 동안 그리고 그후 나는 계속해서 스스로에게 묻고 있다. 『미학적 불안감』과 그 행사, 그리고 문학 속 장애의 재현에 관한 논의와 내가 자란 도시의 거리에서 사는 장애인의 삶의 질은 서로 어떤 관계가 있을까?"(207-208)

퀘이슨은 이 질문에 처음에는 텍스트 분석 방법론에 기초한 중립적인 답변을 내놓는다.

> 그것은 장애를 문학적인 미학 영역 내에서 독립된 존재로서가 아니라 텍스트에서 재현된 총체성의 일부로 읽는 것을 필요로 한다. 그런 총체성이라는 관점에서 보면 모든 것은 서로 연결되어 있기 때문에 분석을 위해 장애라는 세부사항을 분리하더라도 오로지 독립된 세부사항으로 간주하는 것이 아니라 텍스트적인 그리고 윤리적인 문제들로 나아가는 문턱으로 간주해야 한다.(208)

따라서 다소 갑작스럽기는 하지만 그 질문에 대해 퀘이슨이 결국 다음과 같은 결론에 도달한 것은 비약이 아닌 당연한 수순이다. "문학비평가로서 우리의 궁극적인 의무는 우리가 사는 세상에서 실제로 일어나는 부당한 사례들에 대해 고민하는 것이다."(210)

장애를 다룰 때는 형식주의에 가장 충실한 해석도 완벽하게 형식주의적일 수만은 없다.(그리고 지적 장애를 다룰 때는 더더욱 그렇다고 나는 주장한다.) 문학에서의 장애 연구는 개인의 신체와 정신을 벗어나 확장될 수 있지만 궁극적으로는 여전히 신체와 정신, 그리고 그런 신체와 정신의 관계를 규정하는 사회적 구조의 특성에 초점을 맞추게 된다.

이 책을 통해 나는 장애학이 문학비평계에 (마땅히 행사할 수 있고, 행사해야 한다고 믿는 그런) 더 큰 영향력을 행사하고 싶다면 텍스트의 텍스트성에 더 깊은 관심을 가져야 한다고 주장했다. 다만 장애 연구는 오로지 텍스트의 텍스트성에 관한 연구에 머물 수만은 없다. 레니가 자신이 속한 내러티브에 대해 무엇을 아는가라는 질문은 형식에 관한 질문이지만 사회에 관한 질문이기도 하기 때문이다. 머리말에서 밝혔듯이 내가 이 책에서 그런 점을 조목조목 잘 뒷받침해서 이제는 그것이 당신에게도 당연한 주장으로 받아들여지길 바란다. 그렇다고 이 책이 공공 정책이나 법원의 판단에 어떤 형태로든 영향을 미칠 수 있으리라고 기대하지는 않는다. 나는 이 책이 마빈 윌슨을 다시 살려내거나 앞으로 그와 같은 처지에 있는 사람들이 사형당하는 일을 막을 법적인 근거가 전혀 되지 못하리라는 것을 안다. 다만 이 책을 읽고서 당신이 지적 장애의 연구가 왜 사회에 대한 연구인지 수긍하게 되었다면, 인간으로서의 자격을 갖추었다고 인정받기 위해 수행할 수 있어야 하는 능력이라는 기준이 왜 백해무익한지 설득되었다면, 문학 속 지적 장애가 왜 연구할 만한 가치가 있는 주제인지 인정하게 되었다면, 어떻게 『화성의 타임슬립』처럼 기이한 소설조차도 우리가 사는 세상의 부당함을 보여 주는 구체적인 사례들에 중요한 의미를 지니는지 깨닫게 되었다면, 나는 내가 이 책을 통해 이루고자 한 목표를 차고 넘치도록 달성했다고 믿는다.

머리말: 이야기

1 영화는 십 대 청소년인 매그니토가 아우슈비츠 수용소로 부모가 끌려가는 것을 막으려다 자신에게 금속을 자유자재로 다루는 능력이 있음을 발견하는 장면으로 시작한다. 그 다음 장면에서 영화는 모든 돌연변이에게 표식을 하는 법안을 두고 미국 상원에서 토론을 벌이는 현장과 휠체어에 탄 채 국회 의사당 내 발코니석에서 이를 지켜보는 자비에 교수를 보여 준다. 한편 다른 곳에서 사춘기를 맞은 로그는 남자 친구와 애정 표현을 하다 뜻하지 않게 남자 친구를 의식불명 상태에 빠뜨린다. 이 장면에서 우리는 (a) 로그가 다른 생명체에서 생명력을 빼앗을 수 있는 능력을 지녔다는 점과 (b) 돌연변이는 사춘기 때 능력이 발현된다는 점을 알게 된다. 자비에 교수는 돌연변이를 위한 특수학교를 세웠고 그 학교에서 돌연변이들은 자신의 재능을 마음껏 계발할 수 있다. 영화가 더 진행되면 돌연변이에 가장 적대적인 미국 상원의원이 돌연변이로 강제 '전환'된다. 이 모두를 종합해 보면 엑스맨은 장애와 뛰어난 재능을 지닌 유대인 아이들을 상징한다고 할 수 있다.

2 지금까지 문학 다윈주의를 주제로 한 가장 포괄적인 논문은 조너선 크램닉Jonathan Kramnick의 「문학 다윈주의에 반대한다Against Literary Darwinism」이며 그 논문을 발단으로 크램닉, 폴 블룸Paul Bloom, 브라이언 보이드Brian Boyd, 조셉 캐럴Joseph Carroll, 바네사 라이언Vanessa Ryan, G. 가브리엘 스타G. Gabrielle Starr, 블레이키 베르뮬Blakey Vermeule 간에 벌어진 토론은 2012년도 『비평연구Critical Inquiry』에 실렸다.

3 그 이야기는 다음과 같다. 나는 네 살 때 아버지를 따라 집에서 약 6.5킬로미터 정도 떨어진 퀸즈공립도서관에 갔다. 내가 길을 잃었는지, 아버지가 나를 놓쳤는지 확실치는 않지만 어쨌든 어느 순간 나는 아버지가 어디에도 보이지 않는다는 사실을 깨달았다. 겁이 난 나머지 아버지를 찾아 도서관 밖으로 나갔다. 근처에 버스 정류장이 있었고 나는—네 살밖에 안 되었는데도!—그 정류장에서 Q65 버스를 타면 집에 갈 수 있다는 것을 알고 있었다.(나는 언제나 뉴욕시 대중교통 팬이었다.) 여섯 살 미만 어린이는 버스비를 내

지 않아도 되는데 이상하게도 나는 그 사실을 잊고는 버스비 15센트가 없어서 버스를 탈 수 없다고 생각했다. 거기에 생각이 미치자 나는 울음을 터뜨리고 말았다. 그때 지나가던 아주머니가 나에게 길을 잃었느냐고 물었다. 나는 도서관에서 아버지를 잃었다고 말했다. 아주머니는 내게 집 주소나 전화번호를 아느냐고 물었다.(나는 집 주소를 알고 있었다. 바로 158번가 45-74번지, LE9-1202였다.) 아주머니는 나를 도서관으로 다시 데리고 들어가 안내 데스크에서 내 아버지를 찾는 방송을 해 달라고 부탁했다. 아버지는 안도하며 나타났고 아주머니의 도움에 깊이 감사했다.(그리고 당연히 감사해야 할 일이었다.) 해피엔딩이었다.

알더만도서관에서 닉은 절대로 내 시야를 벗어나지 않았다.

4 『문학 읽기의 본질: 다섯 독자의 다섯 가지 읽기The Nature of Literary Response: 5 Readers Reading』에서 노먼 홀랜드Norman Holland는 에밀리를 에스키모로 착각한 독자는 텍스트를 제대로 읽지 않은 것이 틀림없다고 주장했다. "이를테면 「에밀리를 위한 장미 한 송이」를 읽고서 '삽화'가 에스키모를 묘사하고 있다고 생각한 … 독자는 수수께끼 같은 내면의 탐색만을 좇느라 이야기를 전혀 이해하지 못한 것이다."(12) 반면에 『이 수업에 텍스트가 있나요?Is There A Text in This Class?』에서 스탠리 피시Stanley Fish는 그런 주장에 어느 정도 동의하면서도 반드시 텍스트 그 자체에 충실해야만 「에밀리를 위한 장미 한 송이」에 대한 제대로 된 읽기로 인정되는 것은 아니라고 말한다. "에스키모 읽기가 인정되지 않는 것은 읽기가 가능한 해석 전략, 즉 에스키모 읽기가 당연하게 보이도록 만드는 '관점'이나 읽기(그리고 모든 관점이나 읽기 행위는 '방식'임을 명심해야 한다)가 현재로서는 없기 때문이다. 하지만 그렇다고 해서 그런 전략이 앞으로도 절대 나오지 않으리라고 단정할 수 없고 그런 전략이 가능할 조건을 떠올리기는 어렵지 않다."(346)

5 인터넷에는 그런 제안으로 넘쳐난다. 마찬가지로 메그도 아스퍼거 증후군으로 볼 수 있다는 지적 또한 넘쳐난다. 스테파니 앨런 크리스트Stephanie Allen Crist는 「등장인물에게 꼬리표를 붙여야만 할까?Should We Label Characters?」에서 그런 진단의 약점을 간략하고도 심도 깊게 다루고 있다.

6 나는 어빙 고프만Erving Goffman의 『스티그마: 장애의 세계와 사회적응Stigma: notes on the management of spoiled identity』을 다룬 학기말 과제 보고서에서 암묵적인 장애의 위계질서와 탈낙인화 과정에서 지적 장애를 향한

거부감에 대해 논의한다.

7 탁월한 논문 모음집 『자폐증과 재현Autism and Representation』에 실린 마거릿 프라이스Margaret Price의 예리한 「학교에서 미치다: 정신 장애의 수사학과 학교생활Mad at School: Rhetorics of Mental Disability and Academic Life」, 캐서린 프렌더개스트Catherine Prendergast의 뛰어난 「특별한 정신분열환자: 포스트-포스트모더니즘 소개The Unexceptional Schizophrenic: A Post-Postmodern Introduction」를 참조하라. 편저자인 마크 오스틴Mark Osteen의 서문 또한 장애의 위계질서가 장애학 연구에서도 여전히 재생산되고 있는 현실을 날카롭게 비판하고 있다.

8 톰 셰익스피어Tom Shakespeare는 장애의 사회 모델에 대한 논평인 「장애의 사회 모델The Social Model of Disability」에서 자신이 처음 시작한 사회 모델 운동을 되돌아보면서 그 모델이 신체적 장애에 치우쳐 있음을 인정한 바 있다.

9 그 에피소드에 대한 대표적인 비평으로는 데이비드 코시엠바David Kociemba의 「'이건 제가 꾸며낼 수 있는 게 아니에요': 〈글리Glee〉 속 장애 재현에 대한 반응'This Isn't Something I Can Fake': Reactions to Glee's Representations of Disability」와 S. E, 스미스S. E. Smith의 「장애인에게는 유쾌하지 않은No Glee for Disabled People」이 있다.

10 이 책의 원고를 출판사에 넘긴 후 나는 2014년 가을 학기 졸업반 세미나에서 이 책의 내용 일부를 가지고 수업을 했다. 기말 시험 문제 중 하나는 학생들에게 지적 장애와 자신이 속한 내러티브에 대한 등장인물의 이해 능력 간의 관계에 대해 쓰라는 것이었다. 카시아 자네시Kassia Janesch라는 학생은 『마이클 K』와 가즈오 이시구로Kazuo Ishiguro의 『나를 보내지 마Never Let Me Go』를 비교해 답변을 작성했다. 마이클 K와 캐시 H는 수용소(각각 헤이스 노리니어스와 헤일섬)에서 자랐기 때문에 자신을 둘러싼 더 큰 사회구조를 이해할 수 없게 되었다. 더 나아가 여러 학자들과 마찬가지로 자네시는 "'기숙사에서는 무조건 침묵할 것'을 첫 번째로 한 지침 21조"(105)라는 헤이스 노리니어스의 규칙에 따르길 거부하면서 마이클 K가 흡사 허먼 멜빌의 「필경사 바틀비Bartleby, the Scrivener」 속 바틀비와 같은 태도를 취한다고 언급하고 캐시 H는 마이클 K에 비하면 상당히 수다스럽다고 할 수 있지만 에밀리 선생님이 복제 및 장기 이식 프로그램에 대해 설명하기 전까지는 그 프로

그램의 존재를 제대로 이해하지 못하는 지극히 제한된 화자이고 그런 큰 그림에서 자신의 위치를 이해하지 못하고 있음을 지적한다. 그리고 마이클 K의 경우와 마찬가지로 캐시 H도 수용소에 의해 그런 이해 능력이 불구가 된 인물이라고 주장한다. 나는 자네시의 견해에 전적으로 동감하며 지적 장애와 (등장인물 및 텍스트의) 자기-인식에 대한 자네시의 분석은 내가 이 책에서 다룬 파라미터를 훨씬 넘어선 함의를 지닌다고 생각한다.

역주1 『멋진 신세계Brave New World』는 올더스 헉슬리가 가상의 미래 세계를 무대로 펼치는 이야기로 그곳에서는 독재자들이 인간 두뇌에 화학 반응을 일으켜 환각 상태나 흥분 상태에 빠뜨리는 방법으로 일반 대중을 통제하며 그중에서 소마의 경우 세 알만 먹으면 완전한 행복의 경지에 빠질 수 있다.

역주2 냉장고 엄마 이론refrigerator-mothers theory에서 냉장고 엄마는 자녀에게 충분한 관심을 기울이며 보살피지 않는 차갑고 냉정한 부모(특히 엄마)를 지칭하는 것으로, 1950년경에 만들어진 용어이다. 당시 자폐증에 대한 정신분석학 연구에서는 엄마와 아이 사이에 친밀한 애착관계가 형성되지 못하면 아이가 자신만의 세계에서 안정을 찾게 되면서 자폐증이 발생한다고 보았고, 이로부터 '냉장고 엄마'라는 표현이 유래된 것이다. 그러나 신경생물학과 유전학이 발달하면서 현재는 자폐증의 원인으로 뇌의 이상이나 유전적 요인과 같은 생물학적 요인들이 활발히 연구되고 있으며, 부모와 자녀 간의 관계가 아이의 행동에 미치는 영향에 대한 현대 심리학 이론들 역시 이전의 '냉장고 엄마 이론'과는 차이가 있다.

역주3 1860년대 후반에서 1970년대까지 몇몇 도시에서 시행되었던 어글리법을 가리킨다. 어글리법은 '보기 흉한' 혹은 '보기 거북한' 외모를 지닌 사람들이 공공장소에 나타나는 것을 금지했다.

역주4 레퀴엠은 장송곡을 의미한다. 스트라빈스키의 〈레퀴엠 칸티클스Requiem Canticles〉는 엄격한 음렬주의적인 어법을 따르며 곡의 일부에는 라틴어 가사가 붙어 있다.

역주5 프리코그precog는 예지를 뜻하는 'precognition'의 줄임말로 예지자를 가리킨다. 필립 K. 딕의 소설을 원작으로 한 영화 〈마이너리티 리포트Minority Report〉(2002)에서 사용된 후 공상과학소설이나 영화에서 널리 쓰이고 있다.

1장 동기

1 자넷 라이언Janet Lyon의 「울프와 뮤를 따라 정신병동으로 가는 길On the Asylum Road with Woolf and Mew」는 지적 장애와의 대면이 어떻게 충격과 공포에서 명백히 모더니즘적인 미학으로 전환될 수 있는지를 기발하게 보여 준다.

2 〈이보다 더 좋을 순 없다〉 속 장애 재현에 관한, 이제는 고전이 된 논문은 로버트 맥루어Robert McRuer의 획기적인 저서 『절름발이 이론Crip Theory』에 실려 있다.

3 나는 TED 강연에서 '인간, 슈퍼히어로, 돌연변이, 장애인Humans, Superheroes, Mutants, and People with Disabilities'이라는 제목으로 〈덤보Dumbo〉(1941), 〈해피 피트〉를 비롯해 주류 영화에서 등장하는 통념을 따르는 다장애의 재현에 대해 논했다. 이제 그런 영화 목록에 하나를 더 추가해야겠다. 비평과 이론 세미나 참가자 데이비드 퍼거슨이 알려 준 〈주먹왕 랄프Wreck-It Ralph〉(2012)다. 그 영화에서는 비디오 게임 '슈가 러시' 속 캐릭터인 바넬로피 폰 슈위츠가 자신은 글리치(게임 프로그램상 오류)가 아니며 단지 픽스렉시아를 앓고 있을 뿐이라고 불평한다.

4 조셉 스트라우스Joseph N. Straus는 "자폐증 또한 신경쇠약증이나 히스테리와 같은 운명을 맞게 될지도 모른다" 그리고 "자폐증 범주에 일관성이 점점 더 부족해짐에 따라 더 빨리 그런 운명을 맞이하게 될 수도 있다."(『장애 연구 논문 모음집Disability Studies Reader』, 465)고 지적한 바 있다.

5 〈니모를 찾아서〉, 『앵무새 죽이기』, 테이레시아스, 『백년의 고독』, 〈잉글리시 페이션트〉는 퀘이슨이 든 예이고 나머지는 내가 든 예다.

6 퀘이슨이 내 책을 예로 들어서 놀랐지만 매우 기분이 좋았다. "정상성으로 받아들여지는 장애"라는 범주에 포함된 것은 일반적으로 좋은 일이며 내가 장애를 인간 삶의 평범한 일부로 재현했다는 증거라고 믿는다. 그 책의 부제에서 나는 제이미를 "특별한" 아이라고 부르지만 나는 제이미의 특별함을 종種의 정상 범주 내의 특별함으로 표현하도록 신경 썼다. 하지만 때로는 내가 퀘이슨이 말하는 미학적 불안감을 어느 정도는 *만들어 내려고* 애써야 하지 않았을까 고민한다. 무언가의 기본 규약을 깨려고 했어야 하는 것이 아닐까? 이제는 『우리가 아는 삶』을 다시 쓰기에는 이미 늦었으니 대신

이 책에서 그런 노력을 하는 수밖에 없다.

7 로즈메리 갈런드-톰슨의 「장애 바라보기: 대중 사진학에서 사용되는 장애의 시각적 수사학」 참조.

8 나는 로버트 맥루어가 『절름발이 이론』의 '정상인 사내의 불구인 눈: 퀴어 이론, 봅 플래니건, 그리고 장애학 연구 길들이기' 장에서 갈런드-톰슨의 분류법에 가한 비판을 일부 참조했다. "사실주의는 장애를 일상화하고 평범한 것으로 보이도록 만드는 것을 목표로 한다."(363)라고 갈런드-톰슨은 적고 있고, 이에 대해 맥루어는 "특정 문화적 구조를 일상화하고 평범한 것으로 보이도록 만드는 영역은 잠재적으로는 이데올로기의 영역이라고 보아야 하지 않을까?"(180)라고 지적한다.(그 다음에 맥루어는 롤랑 바르트의 『S/Z』 대신 『현대의 신화Mythologies』를 예로 든다. 맥루어가 「정상인 사내의 불구인 눈: 퀴어 이론, 봅 플래니건, 그리고 장애학 연구 길들이기Crip Eye for the Normate Guy: Queer Theory, Bob Flanagan, and the Discipling of Disability Studies」를 발표한 에머리 장애학 학회 질의응답 시간에 〈파리는 불타고 있다〉를 먼저 언급한 것이 맥루어였는지 나였는지는 확실하게 기억나지 않는다.)

9 이 논점은 비평과 이론 대학원 세미나 수업 참가자 리온 힐튼 덕분에 나왔다. 그는 화재경보기를 예로 들지는 않았지만 퀘이슨의 "누전을 일으킨다"는 표현에 충분히 관심을 가지고 계속 의문을 제기했다.

10 『새로운 개념어: 문화와 사회 어휘 개정판New Keywords: A Revised Vocabulary of Culture and Society』 87-89쪽에서 내가 '장애' 항목에 적은 내용 참조.

11 나는 『수사학의 예들Rhetorical Occasions』 40-41쪽에서 존 설의 연구를 이런 측면에서 논한 바 있다.

12 마찬가지로 텍스트 후반에 가면 화자는 "나는 말하고 말 안 하고가 정신이 똑바로 박혔는지 아니면 미쳤는지를 구별하는 차이점이라고 생각했다. 미친 사람들은 스스로를 제대로 설명하지 못하는 사람들이라고 말이다."(186)

13 쉬클로프스키, 「기술로서의 예술Art as Technique」 참조. 쉬클로프스키가 말한 "낯설게 하기"에 대해서는 3장 후반부에서 다룰 것이다. 이런 과도한 디테일을 가미한 내러티브의 논픽션에서의 예로는 캐리 헨더슨Cary Henderson의 『부분적 시점: 알츠하이머 환자의 일기Partial View: An Alzheimer's Journal』를 참조하라. 예를 들어 헨더슨은 자신의 개를 산책시키는 장면을 다음과 같이 묘사하고 있다. "나는 보통 내 작은 개를 하루에 두 번 산책시킨다. 산

책할 무렵이 그 개가 음식을 먹고 소화·흡수를 마치고 나서 자신이 먹은 음식 중 남은 찌꺼기를 배출할 준비가 된 시간이다. 그래서 나는 내 작은 개의 처리 과정을 돕고자 하루에 두 번 산책을 나간다."(48)

14 나는 내 이야기-아닌-이야기는 이야기가 아니라며 화를 내던 어린 닉의 모습뿐 아니라 영화 〈어댑테이션Adaptation〉(2002)의 한 장면도 떠오른다. 그 영화에서는 형편없는 시나리오도 그의 손을 거치면 살아난다고 알려진 유명한 시나리오 편집자 로버트 맥키(브라이언 콕스Brian Cox 분)가 시나리오 작법 세미나를 진행하면서 강당을 가득 메운 작가 지망생들에게 "욕구가 없는 주인공이란 건 없어요. 그건 말이 안 됩니다. 손톱만큼도 말이 안 된다고요."라고 강조한다.

15 이 논점은 '인간보다 더 인간적인More Human than Human'이라는 2013년 가을 학기 학부 졸업반 세미나 수강생 프랭크 데시데리오의 지적 덕분에 탄생했다.

역주1 미셸 푸코는 인간의 신체를 권력이나 자본의 의지와 필요에 따라 길들이고 규칙화하는 것을 가리켜 '생권력bio-pouvoir'이라고 표현했다.

역주2 헤라클레이토스는 고대 그리스 사상가로, 만물은 끊임없이 변화하며 정지된 것은 없다는 의미로 "똑같은 강물에 발을 두 번 담글 수는 없다."고 말했다.

역주3 '성스러운 인간'이라는 뜻의 호모 사케르homo sacer는 낱말의 의미와 달리 고대 로마법에서 사회로부터 배제되는 형벌을 받은 죄인을 가리킨다. 이들에게 내려지는 형벌은 물리적인 것이 아니라 시민으로서의 모든 권리를 제한당하는 데 있다. 이들은 언제든 살해당해도 상관없는 존재이며, 이들의 죽음은 숭고한 가치를 실현하기 위한 희생과 관계없는 것으로 여겨진다.

2장 시간

1 2013년도 졸업반 세미나에서 수강생 한나 버크스Hannah Burks는 벤지가 동사 결합에 생략 부호를 쓰지 않기 때문에(예를 들어 "dont"처럼) 벤지 섹션의 텍스트는 현대의 문자 메시지처럼 보인다고 지적했다.

2 영화 평론가 앤디 클라인Andy Klein은 『살롱Salon』에서 어떤 식으로도 파불

라를 구성하는 것이 불가능하다는 점을 아주 생생하게 적고 있다. 그는 "영화를 처음 볼 때는 아주 혼란스럽겠지만 놀란 감독은 모든 조각들을 제자리에 끼워 넣고 나면 영화의 주요 부분들, 즉 모든 등장인물의 행동과 동기가 말이 되도록 신중을 기했다."고 강조하면서도 영화의 주요하지 않은 부분들까지도 말이 되게 하는 파불라를 구성하는 것은 궁극적으로 불가능하다는 사실을 인정한다. "하지만 몇 번이나 다시 봤는데도, 그리고 대본을 읽고 몇 개월에 걸쳐 그 영화를 가지고 토론을 벌였지만 영화가 시작되는 시점 이전에 무슨 일이 벌어졌는지 그 '진실'을 알아낼 수는 없었다. 그럴듯한 이야기를 떠올리면 레너드의 장애의 공식적인 '규칙'에 어긋나는 점이 발견되었다. 이 규칙에는 레너드가 영화에서 직접 설명한 규칙만이 아니라 우리가 영화를 보면서 알게 된 규칙들이 포함된다."

3 포크너가 덧붙인 부록에 대한 읽기를 통해 『소리와 분노』에 대한 포크너의 읽기를 비판하는 필립 코헨Philip Cohen의 「책 전체의 열쇠The Key to the Whole Book」 참조.

4 이 주장은 자넷 라이언에게서 빌렸고 그는 아마도 다시 돌려 달라고 할 것이다.

5 프랭크는 논문 첫머리에서 시각 예술과 문학 예술의 관계에 관한 책인 레싱Lessing의 『라오콘Laokoon』은 "30년마다 재탕하거나 반박하기에 아주 좋은 그런 책이다."(221)라고 평한 앙드레 지드André Gide의 말을 인용하고 있다. 모더니즘 비평의 시금석인 프랭크의 논문도 마찬가지다. 당시 그는 27세에 불과했다. 프랭크는 『소리와 분노』를 다루지는 않는다. 그 논문의 후속 논문에서는 제대로 평가받지 못하고 있다고 본, 그리고 그 후로도 몇십 년간 제대로 평가받지 못한 주나 반스Djuna Barnes의 『나이트우드Nightwood』 하나만을 다룬다. 하지만 『율리시스』를 다룰 때 그가 한 지적은 벤지 섹션과 『소리와 분노』 전체에 아주 잘 들어맞는다. "조이스의 작품은 읽히지 않는다. 읽고 또 읽어야만 읽힌다. 어느 부분도 전체에 대한 지식 없이는 읽을 수 없다. 하지만 더블린 출신이 아니라면 그런 지식은 책을 읽고 나서야 얻을 수 있다. 그래야 모든 인용이 제자리를 찾고 전체를 통합적으로 이해할 수 있게 된다. 이런 식의 구성은 독자에게 극복하기 어려운 부담을 지우는 측면도 있지만 조이스가 자신의 작품 속 공간을 하나의 통일체로 이해하는 것이 궁극적으로는 가능할 것이라는 전제하에 상상을 뛰어넘는 노력을 들여 내

러티브 구조를 파편화했다는 점 또한 부인할 수 없는 사실이다."(234-235)

6 시간에 대한 우리의 이해에 관한 간략한 역사에 대해서는 스티븐 호킹Stephen Hawking의 『시간의 역사A Brief History of Time』를 참조하라. 모든 시대를 통틀어 사람들이 가장 적게 읽은 베스트셀러로 유명하지만(에헴) 사실은 읽기에 그다지 나쁘지 않은 책이다.

7 이 지적은, 그리고 이 용어에 대한 이해는 비평과 이론 세미나 참가자이자 게임에 능숙한 샌드라 다니로비치Sandra Danilovic와 데이비드 퍼거슨David Ferguson 덕분에 가능했다.

8 이와 유사한 역학관계는 필립 K. 딕의 소설 중에서도 더 비주류에 속하는 『당신을 조립해 드립니다We Can Build You』에서도 작동한다. 그 소설에서는 에이브러햄 링컨과 에드윈 스탠턴을 본뜬 인간 형태의 안드로이드에 관한 내러티브가 링컨을 본뜬 안드로이드를 매개물로 해서 임상우울증에 관한 내러티브로 이어진다.

9 비평과 이론 세미나 참가자 데이비드 퍼거슨은 이 지점에서 텍스트 전체가 공식적으로 정신분열을 앓고 있으니 이 소설이 "게임 오버"된 거나 마찬가지라고 지적했다.

10 리타 켐플리Rita Kempley의 「'매직 니그로'가 만능 해결사가 되다, 그리고 자신의 영혼을 대가로 바치다'Magic Negro' Saves the Day, But at the Cost of His Soul」 참조.

11 이런 주장은 비록 우회적이기는 하지만 이언 보콤Ian Baucom이 비평과 이론 대학원에서 발표한 「역사 4°C: 방법론을 찾아서History 4°C: Search for a Method」에서 영감을 얻었다.

12 인류에 대한 도전은 디페시 차크라바티Dipesh Chakrabarty의 「역사 속 기후The Climate of History」에서 처음으로 구체화(혹은 지적?)되었다. 그리고 놀라울 만큼 빠른 속도로 지지를 얻는다. 2013년도 『심볼로케Symplokē』 특별판 「기로에 선 기후Critical Climate」 참조.

13 문학비평의 전문 용어 사용에 대한 불평이 왜 내러티브학에 집중되지 않는지 늘 불가사의하다. 비전문가는 내러티브학을 이해하는 것이 거의 불가능할 정도다.

14 아마도 아서 게핀Arthur Geffen이 내놓은 답변이 아마도 가장 오래된 답변일 것이다. 딜지의 선언은 "그리스도의 속세에서의 삶이 시작하는 순간과 끝나

는 순간, 그리고 기독교의 신성 역사의 시작과 끝, 즉 그리스도의 십자가에 못박힘과 재림에 대한 쉬고그의 비전을 함께 공유한 것을 의미하는 것이 분명하다. … 그렇다면 그녀의 말은 그녀도 쉬고그처럼 신을 직접 대면했음을 암시하는 것일 수도 있다. 하지만 그녀가 한 말들은, 특히 직접 말로 하지는 않았지만 뒤에 전개되는 맥락 속에서 이해하면 그녀가 평생 헌신한 가족의 최후에 대한 논평처럼 들리기도 한다. 딜지가 콤슨 가의 대가 끊겼다는 것을 확실하게 인지하는 예언자 역할을 한다는 점은 이미 널리 알려졌지만 왜 그런 예지력이 교회 예배 중에 발현되었어야 하는 걸까? 딜지가 그 순간에 신이 존재하는 공간으로 이동했던 것은 아닐까? 그래서 속세에 갇힌 저주받은 자들의 운명을 아주 명확하게 보게 된 것은 아닐까?"(185) 게펀은 미르체아 엘리아데Mircea Eliade의 구분법에 따라 신의 시간과 속세의 시간이라는 개념을 적용해 그 두 시간을 오고가는 매개물 역할을 벤지가 한다고 강조한다. 벤지가 "주님의 자녀"이며 "나 또한 그리 오래지 않아 주님의 자녀가 되리니, 주님께 영광을"이라는 구절에 근거하고 있다. 게펀은 "처음 읽으면 딜지가 말한 '주님의 자녀'가 모든 인간, 모든 하느님의 자녀를 가리킨다고 이해하기 쉽다. 하지만 더 자세히 살펴보면 그렇지 않다는 것을 알 수 있다. 딜지는 자신은 아직 주님의 자녀가 아니라고 말한다. 그런 보상은 사후에나 받게 되는 것이다. 그렇다면 딜지가 사후에나 얻게 될 보상을 벤지는 인간 세상에서 얻은 셈이다. 속세의 시간을 뛰어넘을 수 있는 벤지의 능력이 분명 그가 지닌 특별한 상태의 주 증상임이 틀림없다."(179)

버튼Burton도 비슷한 해석을 「벤지, 내러티브성, 그리고 콤슨 가 역사의 일관성Benjy, Narrativity, and the Coherence of Compson History」에서 제안하고 있다. "딜지가 보기에 벤지는 주님이 받아들인 자들, '주님의 자녀' 중 한 사람이어서 시간을 속세의 관점이 아닌 영원의 관점에서 볼 수 있다. … 재림에 대한 쉬고그의 설교가 진행되는 동안 벤지의 들뜬 반응에서 딜지는 벤지의 영원성이 시각적으로 발현되었다고 느낀다."(217)

15 이런 두 가지 결말을 나는 비틀즈의 마지막 앨범, 《애비 로드Abbey Road》의 전략에 비유한다. 그 앨범은 전 우주를 아우르는 결말("결국 당신이 받는 사랑은 바로 당신이 주는 사랑과 같을 거예요."는 딜지의 깨달음과 연결된다)과 (소설의 마지막 문장과 연결시킬 수 있는) 의도적으로 김빠지는, 음조차 틀린 "여왕 폐하"라는 결말 두 가지를 담고 있다.

16 이 논점은 비평과 이론 대학원 세미나 참가자 마이클 소여Michael Sawyer 덕분에 가능했다.

17 상당히 끔찍한 세부 사항이 궁금하다면 해리 브뤼닉스Harry Bruinius의 『이 세상 모두를 위해 더 나은 선택Better for All the World』, 스티븐 제이 굴드Steven Jay Gould의 『인간에 대한 오해The Mismeasure of Man』, 스티븐 놀Steven Noll의 『우리 중 정신이 박약한 자Feeble-Minded in Our Midst』, 스티븐 놀과 제임스 트렌트James W. Trent의 『미국에서의 정신 지체Mental Retardation in America』, 제임스 트렌트의 『정신박약 지어내기Inventing the Feeble Mind』 등을 참조하라.

역주1 포크너는 등장인물의 의식의 흐름이 전환되는 부분을 표시하기 위해 서체를 바꾸는 방식을 택했다. 원래는 서체의 색깔을 바꾸고 싶었으나 인쇄비용이 너무 많이 들어서 서체를 바꾸는 방법을 택할 수밖에 없었다고 한다.

역주2 미국정신의학회에서 제작·출판한 『정신질환의 진단 및 통계 편람Diagnostic and Statistical Manual of Mental Disorders』 제5판을 지칭한다. 정신질환의 진단 및 통계 편람은 정신질환의 신뢰할 만한 진단이 가능하도록 고안된 관련 기준들을 통칭하는 정신질환 분류법으로 60년 이상 거듭 개정을 거치면서 정신건강 분야에서 임상 수행을 위한 표준적인 참고 문헌으로 사용되고 있다.

역주3 '크로노토프chronotope'는 희랍어 어원에서 chronos와 topos의 합성어로서, 미하일 바흐친은 「소설 속의 시간과 크로노토프의 형식」이라는 긴 논문의 서두에서, 크로노토프를 "문학작품 속에 예술적으로 표현된 시간과 공간 사이의 내적 연관"으로 정의한다. 문학 작품의 분석에 있어 시간(역사의 통시적 축)과 공간(사회의 공시적 축)의 요소를 따로 떼어서 생각할 수 없다고 주장하면서 시간과 공간을 하나의 통합체로 고려한다는 의미에서 단순히 시간-공간time-space과 같은 용어 대신 제안했다.

역주4 커모드에 의하면, 시계소리는 '틱틱'으로 일정하지만 인간은 거기에 '틱톡'이라는 구별되는 소리를 부여해 처음(틱)과 끝(톡)을 지정했다고 본다. 이것은 곧 시간에 허구의 구조를 부여한 것이고 '틱'과 '톡' 사이의 시간이 바로 플롯, 즉 인간의 시간성이 수여받기를 기다리는 시간이라고 설명한다.

역주5 저자는 체호프가 "제1막에 벽에 걸린 총이 나온다면, 3막에서는 이 총이 반드시 발사돼야 한다. 안 쏠 거면 없애야 한다."라고 말한 '총의 법칙'을 변형해 인용했다.

역주6 서벌턴 서브채널subaltern subchannel. 이탈리아의 사상가 그람시Antonio Gramsci가 이 말을 지배계급의 헤게모니hegemony에 종속하는 하층민중을 가리키는 말로 사용한 뒤 이 개념을 원용하여 1980년대 인도에서 인도사 연구자들이 『서벌턴 연구』를 창시, 종래의 마르크스주의 및 내셔널리즘의 엘리트주의적인 역사서술 속에 주변화되어 주체성을 박탈당해 왔던 인도 하층민중의 역사의식과 주체성의 회복을 기도한 역사연구를 시작하였다. 인문학자들은 대체로 공적인 역사에서 배제되고 사라짐으로써 그 누구도 '대변'해 줄 수 없는 희생자들을 일러 '서벌턴subaltern'이라 부르고 있다.

역주7 파라미터parameter. 매개 변수. 원래는 회로나 기계를 동작시킬 때, 조작 가능한 요소를 가리키는 말로 여기서는 모사模寫의 작동 방식에 영향을 미치는 모든 요소를 가리킨다.

역주8 미국의 뇌신경학자이자 작가이다. 그는 환자를 단순히 치료할 사람으로만 보지 않고, 질병과 싸우며 존엄을 지키기 위해 노력하는 사람이자 특별한 재능을 갖고 있는 사람으로 대했고 『아내를 모자로 착각한 남자』 등을 통해 그런 인간적이고 따뜻한 시선으로 환자의 사연을 소개해 '의학계의 시인'이라고도 불렸다.

역주9 토머스 네이글은 「박쥐가 된다는 것은 어떤 느낌일까?What Is It Like to Be a Bat?」라는 논문을 통해 우리와는 다른 의식 체계와 그런 체계를 통한 의식 경험을 공유한다는 것은 불가능하다고 주장한다. 그는 이런 주장을 활동 범위나 감각 기관이 우리 인간과 크게 다른 박쥐를 예로 들어 설명했다.

역주10 웨스턴 유니언Western Union은 미국의 국제 송금 전문 업체이다. 수수료도 비싸고 사기극에 연루되었다는 혐의도 받고 있어서 가능하면 웨스턴 유니언 이용은 피하라고들 한다. 그런 업체를 통해서라도 전달하고 싶은 상황, 즉 절박한 상황을 비유적으로 표현한 것이다.

역주11 대니얼 키스의 소설 『앨저넌에게 꽃을』은 정신지체 장애인 찰리 고든이 지적 능력을 높이는 뇌수술을 받기 전과 후의 이야기를 다루는데 1인칭 시점에서 서술했기 때문에 찰리의 지적 능력이 내러티브에 고스란히 드러난다.

역주12 1787년 제정 러시아의 예카트리나 여왕이 외국 인사들과 함께 선박을 이용해 낙후된 크림 반도를 순회할 때 지방 사령관 '포템킨'은 순회단이 가는 곳마다 가짜 마을을 급조했기 때문에 순회단은 포템킨이 그 지역을 잘 다스

려서 모든 마을이 잘 살게 되었다고 믿었다. 지금은 겉만 번지르르하게 그럴듯하고 진심이나 실체가 없는 껍데기를 포템킨 마을이라고 부른다.

3장 자기-인식

1 『어둠의 속도』의 내러티브 기법에 관한 논의는 독서 클럽 지침에도 나온다. 특히 내가 '독서 클럽 토론용 질문 및 주제' 3번에 답하고 있다는 사실에 놀랐다.

"루 애런데일은 소설의 주인공이며 대부분의 사건은 그의 목소리, 그의 시선에서 서술되고 있다. 하지만 문은 때로 사건을 다른 등장인물, 이를테면 톰 알더린과 피트 알더린의 시선에서 서술한다. 왜 저자가 이 이야기를 하나 이상의 시선에서 쓰기로 했는지 논하시오. 그런 결정이 바람직했다고 생각하나요?"

이 질문을 그대로 전달하면서 내 생각에는 장애와 내러티브 아이러니를 어떻게 다룰 것인가에 함의를 지니는 결정이었다고만 말해 두겠다.

2 『자폐증과 재현』의 서문 참조.

"자폐증을 고칠 수 있는 수술을 받을 기회가 주어졌을 때 루가 그 치료를 받고 정상이 되는 일에 동의했다고 보기는 힘들다. … 루가 등장인물로서 그런 결정을 한 것일까, 논쟁을 불러일으키고자 하는 작가의 의도가 반영된 것일까, 아니면 또 다른 복구 내러티브의 일종인 것일까? 문이 신경전형인 작가(그리고 자폐증 아들을 둔 어머니)이기 때문에 독자들은 주인공의 결정이 자유의지에 의한 것이라기보다는 신경전형인이 작가의 대리만족을 위한 결정이었다고 의심하게 된다."(38)

하지만 그런 결정의 요지는 결국 루가 정상이 되는 길을 택하면서 소설의 정서적 핵심을 이루었던 루와 마조리의 관계는 말할 것도 없고 그 외에도 많은 것을 잃게 된다는 점이 아니었을까?

3 아리스토텔레스와 프로이트를 왜 언급하는지는 자명할 것이라고 생각한다. 하지만 문학 이론을 잘 모르는 독자를 위해 드 로레티스와 리쾨르를 왜 언급했는지 설명하겠다. 드 로레티스는 『앨리스는 그러지 않는다Alice Doesn't』 5장 '내러티브 속 욕구'에서 오이디푸스에 대한 기발한 다시 읽기를 제안했

기 때문이고 리쾨르는 「해석학: 상징 접근법」에서 프로이트의 오이디푸스 읽기에 대한 다시 읽기를 제안했기 때문이다. "소포클레스의 목표는 청중에게 오이디푸스의 복잡한 심경을 재현하는 것이 목표가 아니다. 그는 근친상간과 존속 살인이라는 원작을 바탕으로 자의식의 비극, 자기-인지의 비극이라는 새로운 희극을 탄생시켰다."(516)

4 이 현상에 대해 더 자세히 알고 싶다면 버거의 『탈구체화The Disarticulate』를 참조하라. "마크 해던은 크리스토퍼가 … 반드시 자폐인으로 받아들여지도록 의도한 것은 아니라고 말한 바 있다. 소설에서는 자폐증이라는 단어가 등장하지 않으며 해던은 재판에서는 책 표지에서 '자폐증'이라는 단어가 삭제되어서 크리스토퍼가 책 안팎에서 '어떤 꼬리표도 달지 않고' 독자와 만날 수 있길 바란다고 말했다.(인터뷰 인용) 그런 바람은 물론 크리스토퍼가 자폐증의 전형적인 여러 증상을 보인다는 사실을 전제로 깔고 있다. … 우리는 해던의 말을 진실이며 진실이 아닌 것, 회피성과 타당성 모두를 지닌 것으로 보아야 한다. 크리스토퍼는 분명 고高기능 자폐인의 모습을 떠올리게 한다. 저자가 대중적으로 잘 알려진 템플 그랜딘Temple Grandin, 도나 윌리엄스Donna Williams, 유타 프리스Uta Frith, 사이먼 배런-코언Simon Baron-Cohen, 올리버 색스가 묘사한 자폐인의 모습을 아주 꼼꼼하게 연구하고 그에 맞춰 크리스토퍼를 설정한 것으로 보인다."(192-193)

5 "그런데도" 오스틴은 자신의 서문 마지막에 다음과 같이 덧붙인다. "『한밤중에 개에게 일어난 의문의 사건』은 현재까지 자폐인을 등장시킨 소설 중 최고라고 할 수 있다. 그리고 특정 통념을 더 널리 퍼뜨리기도 하지만 자폐증을 인간이 살아가는 또 하나의 방식으로 표현하고 있다. 학부 문학 수업에서 이 소설을 가르치면서 크리스토퍼의 증상을 모든 자폐인이 보이는 증상으로 해석하지 말도록 미리 주의를 주면 전형화의 위험을 피하는 데 도움이 된다."(40)

6 신경전형인 내러티브에도 다음과 같은 예외가 존재한다. 신경전형인 화자가 (1) 마들렌 쿠키를 맛보면서 회상에 빠지는 경우, (2) 여자 형제의 '명예'에 집착하는 경우, (3) 베케트의 작품 속 화자를 닮은 경우, (4) 황제의 노예인 경우. 이 장 뒷부분에서 해던이 울프의 소설 『파도』를 어떤 식으로 사용하는지 논의한 부분에도 잠시 나오듯이 모더니즘 소설은 특정 인물이 겉으로 드러난 지적 장애를 지녔는지 여부와 상관없이 '신경전형인' 내러티브라

는 고정 관념에 도전하는 경우가 많다.

7 〈아바타Avatar〉(2009)에서는 판도라 행성에서 추출되는 신비한 물질 언옵타늄을 실제로도 "언옵타늄"이라고 명명했다. 관람객이 보기에 그런 명칭은 시나리오 작가의 형편없는 상상력을 방증하는 것처럼 보이겠지만 사실은 그 영화에서 공상과학 팬에게 경의를 표한 제스처의 하나다. "언옵타늄"은 몇십 년 동안 공상과학 팬층과 우주공학 기술자들 사이에서 아주 흔한 농담의 대상이었다. 때로는 우주 비행에 꼭 필요한 아주 희귀하고 중요하고 값비싼 물질을 가리키기도 하지만 (〈아바타〉와 같은 허구 세계에서는) 플롯의 핵심 요소 역할을 하는 맥거핀MacGuffin이 되기도 한다.(맥거핀은 서스펜스 장르의 대가 알프레드 히치콕Alfred Hitchcock이 고안한 극적 장치를 말한다. 극의 초반부에 중요한 것처럼 등장했다가 사라져 버리는 일종의 '헛다리짚기' 장치를 말한다. 중요해 보이지만 실은 극 전개에 아무런 구실도 하지 않으며 관객들의 기대 심리를 배반함으로써 동일화와 긴장감을 유지한다.—옮긴이)

8 라비노위츠는 이런 다양한 시나리오를 다음과 같이 요약·정리한다. "메리 맥카시는 킨보트가 실은 노어노문학과 교수인 보트킨이라고 주장한다. 앤드류 필드는 킨보트가 실은 셰이드가 만들어 낸 인물이라고 주장한다. 페이지 스테그너는 오히려 셰이드가 킨보트가 만들어 낸 인물일 수도 있다고 말한다. 케빈 필론은 『창백한 불꽃』의 연대기를 적었는데 젬블라와 셰이드의 시에 나오는 사건들을 포함해 모든 사건이 실제로 일어났다고 본다. 반면에 존 스타크는 나보코프와 『창백한 불꽃』만이 (어찌 보면) 진짜이고, 그 속의 모든 것들(실제로 소설 속에 등장하는 모든 것들)은 상상의 산물이어서 그들 중 진짜인 것은 아무것도 없다고 말한다. 다만 흥미롭게도 그는 셰이드의 시가 사실주의를 따른다고 비판한다. … 그리고 킨보트의 주석은 '철저하게 공상적'이라며 높이 산다."(122)

9 라디카 존스Radhika Jones는 「아버지의 탄생: 존 쿳시의 『포』 속 고전 소설의 고찰Father-Born: Mediating the Classics in J. M. Coetzee's *Foe*」에서 『록새나』의 역할에 대해 아주 훌륭한 분석을 내놓고 있다.

10 이 이야기는 지어낸 것이다. 실제로는 자넷은 울프를 제일 좋아하고 나는 조이스를 제일 좋아한다. 그러니 처음부터 상당히 잘 어울리는 조합이었던 것이다. 비록 그녀가 좋아하는 소설가가 내가 좋아하는 소설가를 조금 무시하는 경향은 있었지만 말이다. 어쨌든 이렇게 지어낸 이야기가 더 재미있

다고 나는 생각한다.

역주1 물리학에서 열역학 제2법칙에 위배되기 때문에 절대로 일어날 수 없는 일, 절대 존재할 수 없는 가상의 존재를 가리킨다. 핀천의 소설에서는 비밀 우편 체계가 이 맥스웰의 도깨비에서 동력을 얻는다고 설정하고 있다.

역주2 시의 본질 및 내용, 형식, 종류, 시작詩作 원칙, 조건 등에 관한 학문으로 아리스토텔레스의 『시학』에서 비롯되었다. 아리스토텔레스는 그리스 비극과 서사시를 둘러싼 법칙들에 대해 논했으며, 시를 "모방의 기술"로 설명하였다.

역주3 trompe l'oeil. 회화에서 관람자가 그림을 실제로 착각할 정도로 대상을 사실적으로 재현한 것을 말한다.

역주4 보카이의 수다르그는 영어로 'Sudarg of Bokay'로 이를 거울을 비춘 것처럼 거꾸로 적으면 'Jacob Gradus' 즉 제이콥 그라두스와 유사해 보이게 된다.

맺음말: 마음

1 이 논문을 내게 소개한 비평과 이론 대학원 세미나 참가자 리온 힐튼Leon Hilton에게 감사한다.

2 루이스 메난드Louis Menand의 「자연스러운 것What Comes Naturally」 참조.

3 데이비드 허먼David Herman은 「모더니즘 되새기기Re-Minding Modernism」에서 모더니즘은 인지 문학비평주의 연구가 비판할 대상이 아니라 근거로 삼아야 할 대상이라고 주장한다. "모더니즘 내러티브는 정신이 행위와 상호작용의 맥락과 뒤엉켜 있다는 인지주의적 설명에 의해 더 명확해지고 그런 인지주의적 설명을 더 뚜렷하게 보여 준다."(249)

4 원 논문에서 크램닉은 "최근 보이드와 더튼의 장황하고도 야심 찬 연구를 수용하면서 문학 다윈주의의 과학적 근거에 의심을 품지 않고 그대로 받아들이는 경향이 있다."(323)고 불만을 표시했다. 그리고 그가 각주에 그런 예로 든 것이 바로 『아메리칸 사이언티스트American Scientist』에 실린 보이드의 연구에 대한 내 논평이다. 그가 지적한 점에 나도 동의하며 무조건 내가 잘못한 것이다. 나는 보이드의 적응성 논의를 충분히 심각하게 받아들이지 않았으며 그 적응성 논의가 얼마나 큰 부분을 차지하는지 미처 깨닫지 못했

다. 크램닉이 지적하듯이 보이드, 캐럴, 더튼 무리는 E. O. 윌슨E. O. Wilson을 비롯한 진화 심리학자 대 그들을 비판하는 스티븐 제이 굴드와 리처드 레원틴Richard Lewontin 간 벌어지고 있는 과학 논쟁에서 의식적으로 한편을 들고 있다. 그들은 마치 자신들이 선 편이 상대편을 간단히 제압했다는 듯이 주장을 펼친다. 크램닉이 자신의 논문에 대한 반박 논문에 대해 반박한 논문에 따르면 "굴드에 대항해 윌슨의 편에 서서 정의로운 전쟁을 펼치는 것에 그들은 대부분의 시간을 보낸다. 그 논쟁이 오래되었다는 보이드의 말은 옳다. 그래서 진화 심리학의 유전적 근거에 대해 생물학자 마커스 펠드만Marcus Feldman과 과학철학자 엘리자베스 로이드Elizabeth Lloyd가 최근에 내놓은 비판을 인용한 것이다. 적어도 내가 보기에는 관련 분야에서는 보이드처럼 그 논쟁이 '생물학계에서는 굴드가 틀리고 적응성 논리가 옳다는 것이 이미 판명 났다'(397)고 믿는 사람은 없는 듯하다. 과학사는 테니스 시합이 아니다."(442-443) 나는 처음 보이드의 연구를 접하면서 이런 중요하고도 핵심적인 측면을 놓쳤다는 사실을 유감스럽게 생각하고 크램닉이 그런 점을 지적해 준 데 대해 고맙게 생각한다.

5 이런 논점은 보이드의 『이야기의 기원』과 준샤인의 『우리가 픽션을 읽는 이유』를 전부 다룬 2013년 봄 학기 대학원 세미나 수업 수강생 크리스타 퀴센베리 덕분에 나왔다.

6 윌리엄 데레시위츠William Deresiewicz(그는 문학 이론 지지자가 아니며, 사실 그는 그 어떤 비평주의도 지지하지 않는다)의 「적응성: 문학 다윈주의에 대하여Adaptation: On Literary Darwinism」 참조. "나는 제인 오스틴의 『오만과 편견Pride and Prejudice』을 다룬 문학 다윈주의 비평 논문을 여러 편 읽었지만(한 비평가는 그 소설을 자신들의 '초파리'라고 언급하고 있다) 그중에 흥미로운 논점을 제시하는 논문은 단 한 편도 없었다. 그 소설이 배우자 선정을 소재로 한 소설이라는 지적은 독창적인 논점으로 칠 수 없다."

7 이론에 대한 보이드의 반감과 텍스트의 언어에 대한 그의 무관심에 대한 치명적인 지적은 로랑 뒤브레이유Laurent Dubreuil의 「실험적 비평주의On Experimental Criticism」를 참조하라.

8 나는 『수사학의 예들』의 첫 세 장에서 소칼 사건과 그 뒷이야기에 대해 꽤 구체적으로 적은 바 있다.

9 크램닉이 "문학 능력literary capacity"이라고 언급한 것은 사소한 실수다. 보

이드와 캐럴은 자신들의 반박 논문에서 그 표현에 이의를 제기했고 크램닉은 실수를 인정했다. 하지만 그 표현은 예전에 문학 이론에서 구조주의가 한창 유행하던 시절로 거슬러 올라간다. 그 당시 조너선 컬러는 촘스키 학파의 '언어 능력linguistic competence'과 유사한 일종의 '문학 능력literary competence'에 관한 주장을 펼쳤다.(컬러의 『구조주의 시학Structuralist Poetics』 참조)

10 『아틀란틱Atlantic』에 코헨이 기고한 사설 「생쥐와 인간: 마빈 윌슨의 사형Of Mice and Men: The Execution of Marvin Wilson」 참조.

역주1 원 제목은 『신사, 트리스트럼 섄디의 생애와 의견The Life and Opinions of Tristram Shandy, Gentleman』(총9권)으로 미완성작이다. 로렌스 스턴이 1760-1767년 간행했으며 '의식의 흐름' 기법의 원조로 평가받고 있다. 때때로 한 문장의 중간에서 말을 중단하고 다른 문장으로 넘어가거나 실제로 몇몇 장의 길이만큼이나 빈 페이지로 남겨 두고 새롭게 떠오른 많은 이야기들을 늘어놓기도 한다.

역주2 주디스 버틀러는 미국 캘리포니아주립대학교 버클리캠퍼스의 수사학·비교문학과 교수이며, 동성애와 페미니즘에 대한 혁신적이고 전복적인 사유를 통해 이론과 실천 모두에서 강력한 영향력을 발휘하고 있는 후後구조주의 페미니즘을 대표하는 학자다.

역주3 아인 랜드(1905-1982)는 미국의 소설가이자 극작가, 시나리오 작가이며 철학자이다. 그녀의 사상의 중심이 되는 '객관주의'는 이성을 직관과 본능, 선험적 지식보다 우선시하며 그녀의 객관주의 사상은 윤리적으로는 이성적, 윤리적 자기중심주의로 이어진다. 그녀는 자기중심주의를 '이기의 미덕'이라고 여겼고, 이는 개인은 다른 가치나 공동의 행복을 위해 자신의 신념을 희생시키면 안 된다는 믿음을 가리킨다.

역주4 미국의 물리학자로, 유니버시티칼리지 런던 수학과 교수, 뉴욕대학교 물리학과 교수직을 맡고 있지만, 그보다는 소칼 사건을 일으킨 것으로 더 유명하다. 소칼 사건Sokal affair, Sokal's hoax은 앨런 소칼이 1996년에 유명 인문학 저널인 『소셜 텍스트Social Text』에 가짜 논문을 투고한 지적 사기극을 가리킨다. 이는 포스트모더니즘 철학과 과학의 관계에 대한 논쟁을 불러일으켰다.

● 참고문헌

Adaptation. Dir. Spike Jonze. Perf. Nicolas Cage, Meryl Streep, Chris Cooper, Columbia, 2002.

Amis, Martin. *The War against Cliché: Essays and Reviews, 1971-2000*. New York: Vintage, 2002.

Atwood, Margaret, *Surfacing*. New York: Anchor, 1972.

Augustine. *Confessions*. Harmondsworth, England: Penguin, 1961.

Avatar. Dir. James Cameron. Perf. Sam Worthington, Zoe Saldana, Sigourney Weaver, 20th Century Fox, 2009.

Bakhtin, Mikhail. *The Dialogic Imagination: Four Essays*. Edited by Michael Holquist. Translated by Caryl Emerson and Michael Holquist. Austin: University of Texas Press, 1982.

Barthes, Roland. *S/Z*. Translated by Richard Miller. New York: Hill and Wang, 1975.

Baucom, Ian. "History 4℃: Search for a Method." Lecture, School for Criticism and Theory, Cornell University, 17 June 2013.

Beckett, Samuel. *Murphy*. New York: Grove, 1957.

_____. *Three Novels by Samuel Beckett: Molloy, Malone Dies, The Unnamable*. New York: Grove, 1955.

Berger, James. *The Disarticulate: Language, Disability, and the Narratives of Modernity*. New York: New York University Press, 2014.

Bérubé, Michael. "Disability." In *New Keywords: A Revised Vocabulary of Culture and Society*, edited by Tony Bennett, Lawrence Grossberg, and Meaghan Morris, 87-89. London: Blackwell, 2005a.

_____. "Disability and Narrative." *PMLA* 120.2 (2005b): 568-576.

_____. "Humans, Superheroes, Mutants, and People with Disabilities." TEDx talk, Penn State University, 10 October 2010. http://www.youtube.com/watch?v=w7VEMQEsy4s.

_____. "Narrative and Intellectual Disability." In *Blackwell Companion to American Literary Studies*, edited by Caroline Levander and Robert Levin, 469-482. Malden, MA: Wiley-Blackwell, 2011.

_____. *Rhetorical Occasions: Essays on Humans and the Humanities*. Chapel Hill: University of North Carolina Press, 2006.

_____. "Term Paper." In *Profession 2010*, 112-116. New York: Modern Language Association, 2010.

Biklen, Douglas. *Autism and the Myth of the Person Alone*. New York: New York University Press, 2005.

Blamires, Harry. *The Bloomsday Book: A Guide through Joyce's "Ulysses."* London: Methuen, 1966.

Bloom, Paul. "Who Cares about the Evolution of Stories?" *Critical Inquiry* 38.2 (2012): 388-393.

Booth, Wayne. *The Rhetoric of Fiction.* Chicago: University of Chicago Press, 1961.

Boyd, Brian. "Evolution and Literary Response." In *Telling Stories; Literature and Evolution/Geschichten erzählen; Literatur und Evolution,* edited by C. Gansel and D. Vanderbeke, 64-76. Berlin: De Gruyter.

_______. "For Evocriticism: Minds Shaped to be Reshaped." *Critical Inquiry* 38.2 (2012): 394-404.

_______. *On the Origin of Stories: Evolution, Cognition, and Fiction.* Cambridge: Harvard University Press, 2010.

Brookes, Peter. *Reading for the Plot: Design and Intention in Narrative.* New York: Vintage, 1985.

Bruinius, Harry. *Better for All the World: The Secret History of Forced Sterilization and America's Quest for Racial Purity.* New York: Knopf, 2006.

Burton, Stacy. "Benjy, Narrativity, and the Coherence of Compson History." *Cardozo Studies in Law and Literature* 7.2 (1995): 207-228.

Carroll, Joseph. "An Open Letter to Jonathan Kramnick." *Critical Inquiry* 38.2 (2012): 405-410.

Cervantes, Miguel. *Don Quixote.* Translated by Walter Starkie. London: Macmillan, 1957.

Chakrabarty, Dipesh. "The Climate of History." *Critical Inquiry* 35.2 (2009): 197-222.

Coetzee, J. M. *Foe.* New York: Penguin, 1986.

_____. *Life and Times of Michael K.* New York: Penguin, 1983.

Cohen, Andrew. "Of Mice and Men: The Execution of Marvin Wilson." *Atlantic,* 8 August 2012. http://www.theatlantic.com/national/archive/2012/08/of-mice-and-men-the-execution-of-marvin-wilson/260713.

Cohen, Philip. "'The Key to the Whole Book': Faulkner's *The Sound and the Fury,* the Compson Appendix, and Textual Instability." In *Texts and Textuality: Textual Instability, Theory, and Interpretation,* edited by Philip Cohen, 235-268. New York: Garland, 1997.

Conrad, Joseph. *The Secret Agent.* New York: Doubleday Anchor, 1953.

Crist, Stephanie Allen. "Should We Label Characters?" *Shift, Journal of Alternatives: Neurodiversity and Social Change,* 1 October 2010. http://www.shiftjournal.com/2010/10/01/should-we-label-characters/.

Culler, Jonathan. *Structuralist Poetics: Structuralism, Linguistics, and the Study of*

Literature. Ithaca: Cornell University Press, 1975.
Davis, Lennard, ed. *The Disability Studies Reader*. 4th ed. New York: Routledge, 2013.
Defoe, Daniel. *Robinson Crusoe*. Edited by Michael Shinegal. New York: Norton, 1993.
______. *Roxana: The Fortunate Mistress*. Edited by John Mullan. New York; Oxford University Press, 2008.
de Lauretis, Teresa. *Alice Doesn't: Feminism, Semiotics, Cinema*. Bloomington: Indiana University Press, 1984.
de Man, Paul. "Semiology and Rhetoric." *diacritics* 3.3 (1973): 27–33.
Deresiewicz, William. "Adaptation: On Literary Darwinism." *Nation*, 8 June 2009, 26–31. http://www.thenation.com/article/adaptation-literary-darwinism.
Dick, Philip K. *Martian Time-Slip*. Boston: Mariner, 2012.
_____. *We can Build You*. Boston: Mariner, 2012.
Doyle, Arthur Conan. "The Naval Treaty." In *The Complete Sherlock Holmes*, 447–468. New York: Doubleday, 1986.
______. "Silver Blaze." In *The Complete Sherlock Holmes*, 335–349. New York: Doubleday, 1986.
Dubreuil, Laurent. "On Experimental Criticism: Cognition, Evolution, and Literary Theory." *diacritics* 39.1. (2009): 3–23.
Dutton, Denis. *The Art Instinct: Beauty, Pleasure, and Human Evolution*. Oxford: Oxford University Press, 2009.
Ex Parte Briseno. 135 S.W.3d 1, 2004 WL 244826 (Tex. Crim. App.).
Faulkner, William. *The Sound and the Fury*. New York: Vintage International, 1990.
Fish, Stanley. *Is There a Text in This Class? The Authority of Interpretive Communities*. Cambridge: Harvard University Press, 1982.
Flesch, William. *Comeuppance: Costly Signaling, Altruistic Punishment, and Other Biological Components of Fiction*. Cambridge: Harvard University Press, 2007.
Forster, E. M. *Aspects of the Novel and Related Writing*. London: Edward Arnold, 1974.
Foucault, Michel. "What Is an Author." In *The Foucault Reader*, edited by Paul Rabinow, 101–120. New York: Pantheon, 1984.
Frank, Joseph. "Spatial Form in Modern Literature: An Essay in Two Parts." *Sewanee Review* 53.2 (1945): 221–240.
Friedman, C. S. *This Alien Shore*. New York: Daw, 1998.
Galaxy Quest. Dir. Dean Parisot. Perf. Tim Allen, Sigourney Weaver, Alan Rickman. DreamWorks, 1999.
Garland-Thomson, Rosemarie. *Extraordinary Bodies: Figuring Physical Disability in*

American Culture and Literature. New York: Columbia University Press, 1997.
_____. "Seeing the Disabled: Visual Rhetorics of Disability in Popular Photography." In *The New Disability History: American Perspectives,* edited by Paul K. Longmore and Lauri Umansky, 335-374. New York: New York University Press, 2001.
Geffen, Arthur. "Profane Time, Sacred Time, and Confederate Time in *The Sound and the Fury.*" *Studies in American Fiction* 2.2 (1974): 175-197.
Godden, Richard. "Quentin Compson: Tyrrhenian Vase or Crucible of Race?" In *New Essays on "The Sound and the Fury,"* edited by Noel Polk, 99-138. Cambridge: Cambridge University Press, 1993.
Goffman, Erving. *Stigma: Notes on the Management of Spoiled Identity.* New York: Simon and Schuster, 1963.
Gottschall, Jonathan. *The Storytelling Animal: How Stories Make Us Human.* Boston: Houghton Mifflin Harcourt, 2012.
Gould, Stephen Jay. *The Mismeasure of Man.* Rev. ed. New York: Norton, 1996.
Haddon, Mark. *The Curious Incident of the Dog in the Night-Time.* New York: Vintage Contemporaries, 2004.
______. "The Curiously Irresistible Literary Debut of Mark Haddon." Interview with David Welch, 2003. www.powells.com/authors/haddon.html.
Hawking, Stephen. *A Brief History of Time: From the Big Bang to Black Holes.* New York: Bantam, 1988.
Henderson, Cary. *Partial View: An Alzheimer's Journal.* Dallas: Southern Methodist University Press, 1998.
Herman, David. "Re-Minding Modernism." In *The Emergence of Mind: Representations of Consciousness in Narrative Discourse in English,* edited by David Herman, 243-272. Lincoln: University of Nebraska Press, 2011.
Holland, Norman. *5 Readers Reading.* New Haven: Yale University Press, 1995.
Homer. *Odyssey.* Translated by Richmond Lattimore. New York: Harper Perennial, 2007.
Ishiguro, Kazuo. *Never Let Me Go.* New York: Vintage, 2006.
Johnson, Barbara. "Melville's Fist: The Execution of *Billy Budd.*" *Studies in Romanticism* 18.4 (1979): 567-599.
Jones, Radhika. "Father-Born: Mediating the Classics in J. M. Coetzee's *Foe.*" *Digital Defoe* 1.1 (Spring 2009). http://english.illinoisstate.edu/digitaldefoe/archive/spring09/features/jones.shtml.
Joyce, James. *Ulysses.* New York: Random house, 1946.
Kempley, Rita. "Magic Negro's Saves the Day, but at the Cost of His Soul," *Washington Post,* 7 June 2003, C1.

Kermode, Frank. *The Sense of an Ending: Studies in the Theory of Fiction*. Oxford: Oxford University Press, 1966.

Keyes, Daniel. *Flowers for Algernon*. New York: Harcourt, Brace, and World, 1966.

Kingston, Maxine Hong. *The Woman Warrior: Memoirs of a Girlhood among Ghost*. New York: Vintage, 1975.

Klein, Andy. "Everything You Wanted to Know about *Memento*." *Salon*, 28 June 2001. http://www.salon.com/2001/06/28/memento_analysis/.

Kociemba, David. "'This Isn't Something I Can Fake': Reactions to *Glee*'s Representations of Disability." *Transformative Works and Cultures* 5 (2010). http://journal.transformativeworks.org/index.php/twc/article/view/225/185.

Kramnick, Jonathan. "Against Literary Darwinism." *Critical Inquiry* 37.2 (2011): 315-347.

______. "Literary Studies and Science: A Reply to My Critics." *Critical Inquiry* 38.2 (2012): 431-460.

L'Engle, Madeleine. *A Wrinkle in Time*. New York: Farrar, Straus and Giroux, 1962.

Lévi-Strauss, Claude. *The Savage Mind*. Chicago: University of Chicago Press, 1966.

Lyon, Janet. "On the Asylum Road with Woolf and Mew." *Modernism/Modernity* 18.3 (2012): 551-574.

McRuer, Robert. "Introduction: Compulsory Able-Bodiedness and Queer/Disabled Existence." In *Crip Theory*, 1-32.

______. "Crip Eye for the Normate Guy: Queer Theory, Bob Flanagan, and the Disciplining of Disability Studies." In *Crip Theory*, 171-198.

______. *Crip Theory: Cultural Signs of Queerness and Disability*. New York: New York University Press, 2006.

Melville, Herman. *The Confidence-Man: His Masquerade*. Edited by Hershel Parker and Mark Niemeyer. New York: Norton, 2005.

______. *Moby-Dick; or, The Whale*. Edited by Hershel Parker and Harrison Hayford. New York: Norton, 1999.

Memento. Dir. Christopher Nolan. Perf. Guy Pearce, Carrie-Anne Moss, Joe Pantoliano. Columbia/Tristar, 2000.

Menand, Louis. "What Comes Naturally." *New Yorker*, 25 November 2002. http://www.newyorker.com/magazine/2002/11/25/what-comes-naturally-2.

Mitchell, David T., and Sharon L. Snyder. *Narrative Prosthesis: Disability and the Dependencies of Discourse*. Ann Arbor: University of Michigan Press, 2000.

Monk. Created by Andy Breckhman. Perf. Tony Shalhoub, Bitty Schram. USA Network, 2002.

Moon, Elizabeth. *The Speed of Dark*. New York: Ballantine, 2004.

Nabokov, Vladimir. *Pale Fire.* New York: Vintage, 1962.

Noll, Steven. *Feeble-Minded in Our midst: Institutions for the Mentally Retarded in the South, 1900-1940.* Chapel Hill: University of North Carolina Press, 1995.

Noll, Steven, and James Trent, eds. *Mental Retardation in America: A Historical Reader.* New York: New York University Press, 2004.

Nussbaum, Martha. *Poetic Justice: The Literary Imagination and Public Life.* Boston: Beacon, 1997.

Osteen, Mark, ed. *Autism and Representation.* New York: Routledge, 2007.

______. "Autism and Representation: A Comprehensive Introduction." In *Autism and Representation,* 1-47.

Parry, Benita. "Speech and Silence in the Fictions of J. M. Coetzee." In *Writing South Africa: Literature, Apartheid, and Democracy, 1970-1995,* edited by Derek Attridge, 149-165. Cambridge: Cambridge University Press, 2000.

Pirandello, Luigi. *Naked Masks: Five Plays by Luigi Pirandello.* Edited by Eric Bentley. New York: Dutton, 1952.

Poore, Carol. "No Friend of the Third Reich':Disability as the Basis for Antifascist Resistance in Arnold Zweig's *Das Beil von Wandsbek.*" In *Disability Studies: Enabling the Humanities,* edited by Sharon L. Snyder, Brenda Brueggemann, and Rosemarie Garland-Thomson, 260-270. New York: Modern Language Association, 2002.

Powers, Richard. *The Echo Maker.* New York: Farrar, Straus, and Giroux, 2006.

______. *Prisoner's Dilemma.* New York: Harper Perennial. 2002.

Prendergast, Catherine. "The Unexceptional Schizophrenic: A Post-Postmodern Introduction." In *The Disability Studies Reader,* 4th ed., edited by Lennard Davis, 236-245. New York: Routledge, 2013.

Price, Margaret. *Mad at School: Rhetorics of Mental Disability and Academic Life.* Ann Arbor: University of Michigan Press, 2011.

Pullman, Philip. *The Golden Compass.* New York: Knopf, 2006.

Pynchon, Thomas. *The Crying of Lot 49.* Philadelphia: Lippincott, 1966.

Quayson, Ato. *Aesthetic Nervousness: Disability and the Crisis of Representation.* New York: Columbia University Press, 2007.

Rabinowitz, Peter. "Truth in Fiction: A Reexamination of Audiences." *Critical Inquiry* 4.1 (1977): 121-141.

Ricoeur, Paul. "Hermeneutics: the Approaches to Symbol." In *Freud and Philosophy: An Essay on Interpretation,* translated by Denis Savage. New Haven: Yale University Press, 1970.

______. *Time and Narrative.* Vol. 1. Translated by Kathleen McLaughlin and David Pellauer. Chicago: University of Chicago Press, 1984.

______. *Time and Narrative*. Vol. 2. Translated by Kathleen McLaughlin and David Pellauer. Chicago: University of Chicago Press, 1985.
______. *Time and Narrative*. Vol. 3. Translated by Kathleen Blarney and David Pellauer. Chicago: University of Chicago Press, 1988.
Rowling, J. K. *Harry Potter and the Chamber of Secrets*. New York: Scholastic, 1999.
_____. *Harry Potter and the Deathly Hallows*. New York: Scholastic, 2007.
_____. *Harry Potter and the Goblet of Fire*. New York: Scholastic, 2000.
_____. *Harry Potter and the Half-Blood Prince*. New York: Scholastic, 2005.
_____. *Harry Potter and the Order of the Phoenix*. New York: Scholastic, 2003.
_____. *Harry Potter and the Prisoner of Azkaban*. New York: Scholastic, 1999.
_____. *Harry Potter and the Sorcerer's Stone*. New York: Scholastic, 1998.
Ryan, Vanessa L. "Living in Duplicate: Victorian Science and Literature Today." *Critical Inquiry* 38.2 (2012): 411-417.
Samuels, Ellen. *Fantasies of Identification: Disability, Gender, Race*. New York: New York University Press, 2014.
Saunders, George. "Bounty." In *Civilwarland in Bad Decline: Short Stories and a Novella*, 88-179. New York: Riverhead, 1996.
Savarese, Ralph. *Reasonable People: A Memoir of Autism and Adoption*. New York: Other Press, 2007.
Schiller, Friedrich. *On the Aesthetic Education of Man*. Translated by Reginald Snell. New York: Frederick Ungar, 1965.
Searle, John. *The Construction of Social Reality*. New York: Free Press, 1997.
Sedgwick, Eve Kosofsky. "Affect Theory and Theory of Mind." In *The Weather in Proust*, edited by Jonathan Goldberg, 144-163. Durham: Duke University Press, 2012.
_____. *Epistemology of the Closet*. Berkeley: University of California Press, 1990.
Shakespeare, Tom. "The Social Model of Disability." In *The Disability Studies Reader*, 4th ed., edited by Lennard Davis, 214-221. New York: Routledge, 2013.
Shakespeare, William. *Timon of Athens*. Edited by Barbara A. Mowat and Paul Werstine. Folger Shakespeare Library. New York: Simon and Schuster, 2006.
Sheppard, Alice, "When the Saints Come Crippin' In." Unpublished paper.
Shklovsky, Viktor. "Art as Technique." In *Russian Formalist Criticism: Four Essays*, edited and translated by Lee T. Lemon and Marion J. Reis. Lincoln: University of Nebraska Press, 1965.
Siebers, Tobin. *Disability Aesthetics*. Ann Arbor: University of Michigan Press, 2010.
Smith S. E. "No Glee for Disabled People." *Guardian*, 19 August 2010. http://www.

theguardian.com/commentisfree/2010/aug/19/no-glee-for-disabled-people.

Snyder, Sharon L., Brenda Brueggemann, and Rosemarie Garland-Thomson, eds. *Disability Studies: Enabling the Humanities.* New York: Modern Language Association, 2002.

Starr, G. Gabrielle. "Evolved Reading and the Science(s) of Literary Study: A Response to Jonathan Kramnick." *Critical Inquiry* 38.2 (2012): 418-425.

Steinbeck, John. *Of Mice and Men.* New York: Penguin, 1993.

Straus, Joseph N. "Autism as Culture." In *The Disability Studies Reader,* 4th ed., edited by Lennard Davis, 460-484. New York: Routledge, 2013.

_______. *Extraordinary Measures: Disability in Music.* Oxford: Oxford University Press, 2011.

Trent, James W., Jr. *Inventing the Feeble Mind: A History of Mental Retardation in the United States.* Berkeley: University of California Press, 1994.

Truchman-Tataryn, Maria. "Textual Abuse: Faulkner's Benjy." In *The Sound and the Fury: A Critical Edition,* 3rd ed., edited by Michael Gorra, 509-520. New York: Norton, 2014.

Vermeule, Blakey. *Why Do We Care about Literary Characters?* Baltimore: Johns Hopkins University Press, 2010.

______. "Wit and Poetry and Pope, or The Handicap Principle." *Critical Inquiry* 38.2 (2012): 426-430.

Wolf, Maryanne. *Proust and the Squid: The Story and Science of the Reading Brain.* New York: Harper Perennial, 2008.

Woolf, Virginia. *Mrs. Dalloway.* New York: Harcourt, 1925.

_____. *The Waves.* New York: Harcourt, 1931.

Wright, David. "Mongols in Our Midst: John Langdon Down and the Ethnic Classification of Idiocy, 1858-1924." In *Mental Retardation in America: A Historical Reader,* edited by Steven Noll and James Trent, 92-119. New York: New York University Press, 2004.

Wright, Richard. *Native Son.* New York: Perennial, 1998.

X-Men. Dir. Bryan Singer. Perf. Patrick Stewart, Ian McKellan, Hugh Jackman, Famke Janssen, 20th Century Fox, 2000.

Zunshine, Lisa. *Getting Inside Your Head: What Cognitive Science Can Tell Us about Popular Culture.* Baltimore: Johns Hopkins University Press, 2012.

_______. "Real Mindblindness, or, I Was Wrong." Lecture, Modern Language Association Convention, Boston, MA, 3 January 2013.

_____. *Why We Read Fiction: Theory of Mind and the Novel.* Columbus: Ohio State University Press, 2006.

● 찾아보기

ㄱ

ㄴ

ㄷ

ㅇ

ㅌ

ㅍ

ㅎ